中短篇小说集

失手
SHI SHOU

王军华 \ 著

敦煌文艺出版社

图书在版编目（ＣＩＰ）数据

失手 / 王军华著. -- 兰州：敦煌文艺出版社，
2019.3（2021.8重印）
ISBN 978-7-5468-1707-1

Ⅰ．①失… Ⅱ．①王… Ⅲ．①中篇小说－小说集－中
国－当代②短篇小说－小说集－中国－当代Ⅳ.
①I247.7

中国版本图书馆CIP数据核字（2019）第035078号

失 手
王军华 著

责任编辑：余 琰
装帧设计：陈 珂

敦煌文艺出版社出版、发行
地址：（730030）兰州市城关区曹家巷1号新闻出版大厦
邮箱：dunhuangwenyi1958@163.com
0931－8152307（编辑部）
0931－8120135（发行部）

三河市嵩川印刷有限公司印刷
开本 710 毫米×1000 毫米 1/16 印张 18 插页 3 字数 311 千
2019 年 3 月第 1 版 2021 年 8 月第 2 次印刷
印数：1001~3000

ISBN 978-7-5468-1707-1
定价：49.80 元

失神时刻

张存学

文字后面的叙述者在孤独行走，这个孤独的行走者在勘验，在抓住那些易逝而刺心的瞬间。日常性的景象被这个孤独的行走者早就看穿了，或者，这个孤独的行走者在某个时刻起就在探究生活表面景象下人晦暗不明的神情。在茫茫人世中，这个孤独的行走者甚至没有可以扶住的某种支撑物，支撑物早就成为灰末了——我的意思是，如此的行走者早就知道在真相面前所有支撑物都不值一提，真相远比所谓的意义要强大和幽暗得多。在如此的现实里面，唯有靠自己去伸出手一点一点抚摸出生活和人真实的样子来。这是我读过王军华的小说后的感觉。

日常性的生活是人们每天都要面对的，在这样的生活中，温情、平安、快乐是人们常规性要求，当幸福感充盈于胸时，这样的生活似乎是真实的。应该说，每个人都希望自己拥有这样的生活，而且，许多人的生活的确是这样的。这没有错。当我们走在大街上放眼望去一片又一片人群时，能深切地感觉到人们在此时共同的处境——同处于一种境遇中，同在一条街上行色匆匆，行色匆匆的人们的神色多么相同，这由境遇构成的人的表面的景象多么平顺！但谁都知道，这种共同的神色并不是每个人真实的神色。在非同质化的另一种情形中，每个人都有其自己的另一面，甚至是阴暗的一面。可以这样说，人的真实——生命层面上的真实并不能以非此即彼的方式来判断和述说。在平顺与幸福中包含着坎坷与苦难，在坎坷与苦难中也包含着平顺与幸福，但人的真实更多地是在人被撕裂、被置于困境、被异化、被悬空中显现的，在这些状态中，人真实的命运才能被摆出来，而要将这些状态显现出来，正是写作者要做的事情，因此，判断一个写作者是否具有写作能力并不是拿拥有的知识多寡来衡量的，也不是拿是否掌握真理来衡量的，写作者的能力体现在对表面生活下人性的切入的程度上的，也就是说，写作者重要的职责是把人本质性的阴暗显现出来。

读王军华的小说是七八年前的事了，那是第一次读她的小说，也是第一次知道她在写小说。第一次读她的小说就被她小说那种气质吸引了，而且，毫不夸张地说，第一次读的她那篇小说在我看来应该相当不错的小说。现在，王军华这么多的小说一下子摆在我眼前让我吃惊，想起第一次读她小说的情形我不得不认真面对这一下子涌到面前的这些小说。在读的过程中，很多时候我得掩卷而思。错位的情思，执拗而凶悍的失落感，人性被撕裂后的臆想，灰暗而动荡的环境等等情形都汹涌而来，在这些情形中，人的生活变形，人的脸变形，人的身体变形。小说中有一只手在不断地揭开那些隐秘的情节：希望破灭后，现实变得七零八落；亲情裂变后，孩子的世界便塌陷而且永久灰暗起来；庆幸自己被自己救赎后，等待他的是另一种堕落；一种眼神很可是另一种凶险行为的肇始，人的生活因此极端地不确定起来。小说中的这只手在揭开隐秘情节的同时也将人物一步步推向前行，人物在此前行中深入到更加动人心魄的境地中，人物的内在性在这凌厉的过程中显露出来，小说至此达到它要的结果，这个结果就是生活的真相。生活的真相其实是人的真相，人在被撞击、被折弯、被一次次损毁之后，人的存在问题被急迫地摆在了写作者面前。

二十世纪以来，人的存在问题始终是文学最本质的问题。人自身被抛离了，被自身造就的价值抛离，被远去的神抛离，人日益变得扁平和整齐划一。在日常生活中，人看起来变得越来越安全，越来越平顺，但这恰恰表明人的表面与内在越来越不谐调统一，人被分裂的危险性在不断加大。就写作而言，将人的这种危险性述说出来就是直面人的生活，直面人的现状，并给予人物造型来通情于读者，让读者在内心最柔软的那个地方颤动并惊悸，从而在艺术感受中被人之为人的本质所召唤。

王军华的这个小说集是她多年心血的结晶，这种结晶是艰难触摸人性的结晶，也是不断忧虑和希望的结晶。在写作的道路上，王军华无疑是一个本真性的作家，也是一个值得期待的作家。

张存学：甘肃省文联文艺理论研究室主任、甘肃省文艺评论家协会常务副主席，小说家。

目　录

花非花

厂门口有一条长长的坡，有几个等车的人站在高坡上，站内停着一辆破旧的绿皮火车，有两个人在车子底下检修，穿着工作服，看不清人的模样，车下的光线又暗，看上去就是不动的两个黑影子。

车一直不来，吴倩就有些着急，儿子下午五点就回校了，公交车再不来，她赶不回去了。

孙娅轻轻地叫她：吴倩。声音细细的软软的，还带着娇羞，在暗淡的光线中，孙娅的脸上罩了一轮晕圈，淡淡的黄黄的，像她嘴角的茸毛，大学毕业十五年了，孙娅一点都没变，像在冰箱里冻过一。

孙娅说起了许赫，一张纸浮在空中，一下一下地晃着，吴倩看到上面的字，模糊不清，但又很肯定地知道是许赫两个字。是他们大四时的班主任，那时刚刚硕士毕业，学英美文学的，长相英俊，眼神忧郁，孙娅一度极迷恋他，总是拖着吴倩去找他，各种理由，还去过他的宿舍楼。

就在女生楼的后面，八楼，是两人间，另一个老师姜子枫岁数大一点，但很风趣，眼神深邃，似乎总在探究什么，吴倩不太喜欢这个人。四个人坐在一起打升级，姜子枫牌技很好，但他故意给吴倩喂牌，吴倩感觉到了，没有说出来，虽然赢了，却怎么也高兴不起来。打完牌四个人一起去吃饭，姜子枫抢先掏了钱，他比许赫早毕业几年，工资高一点，许赫很不好意思，孙娅当时对姜子枫产生好感，事后，还和吴倩讨论：这个老师挺大气，挺男人的。吴倩的心里却很不舒服，她宁愿自己掏钱。

此时此刻，一种忧伤的情绪又慢慢袭来。

你知道吗？许赫死了，去年的今天，哇，刚好一周年呢。孙娅叫起来。

吴倩点点头：我知道。似乎这是一件早已不争的事实，只不过再次被掀开来，像伤口，看到血红的肉，有刺痛感，她捂了捂胸口，问：你们去参加他的追悼会了吗？

孙娅点点头：是啊，我组织的，当地的同学都去了，外地也来了好几个呢。她说了几个同学的名字，吴倩知道，是大学群里的几个活跃分子，总爱聊一些学校的事。

吴倩转过头看到靠墙角那儿有一个小小的土堆，像藏族人的玛尼堆。她走了过去，扒开土堆，围成一个圈，从包里取出一些白纸，上面有平时工作临时记的数字和文字，时过境迁，已经没什么用了。

她问孙娅：你那儿有纸吧？

孙娅看着她，慢慢从包里取出一包黄纸，吴倩吓了一跳，说：你拿这东西做什么？

孙娅诡异地笑了，反问她：你不是要给许老师烧纸吗，我早就知道你会这样的，特意准备的。

吴倩像是被哗啦一声撕去了一大块，露出一个大口子，像破布一样在风中哗啦哗啦地响。她看看自己，天一直阴阴的，一切都灰蒙蒙的，她的身体看起来也很模糊，她看不到伤口，但仍听到哗啦哗啦的声音。心情越发沉重，她一声不响地接过纸，又问孙娅要打火机。

孙娅在她身边蹲下来，从包里又取出了一包黄纸，一包接一包，源源不断的，那个看起来根本装不了什么东西的小包，此时此刻，像有魔力，不断地从里面变出吴倩想要的东西，总共是五包黄纸，没有打火机，只有一盒火柴。火柴很长，有筷子的一半长，火焰也很长，像是永不熄灭似的，在孙娅的手中焕发出灿烂的光芒。两人像卖火柴的小女孩，贪婪地看着火焰，过了很久，火快熄灭了，烫到手了，孙娅才手一松，火柴掉进了纸堆里，火哗啦一下就着起来了。火光很大，将半边墙照得透亮，她们围在火焰旁，痴痴地看着，纸在哗哗地燃烧，慢慢地变成一堆灰烬。

两人互相看看，孙娅幽幽地说：为什么许老师会死，你知道吗，他一辈子都没有结婚。

吴倩望着被火焰熏黄的墙角，摇摇头说：我不知道，大学毕业后，我就与所有的同学都失去了联系，包括老师。

　　当年，她独自一人回到家乡滨城，带着肚子里三个月的孩子。在第二年的正月初六生下了孩子，厂医务室里，跟她一个宿舍的厂办医生王英抱着湿腻腻的婴儿问她怎么办，确定要送人吗？她一个远房亲戚结婚五年了没有孩子，女方输卵管堵塞，通了好几次，也没效果，托她留意一下。之前王英提起过这件事，她们在一个宿舍住了半年，王英很快就发现了她的秘密，答应帮她保密并为她接生。

　　厂里空荡荡的，只有一个值班的门卫躺在长椅上睡觉，根本没注意她俩。王英骑着自行车，她把孩子拥裹在军大衣里坐在后面，天气特别得冷，她特别得累，怀里的婴儿很安静，贴着她的前胸暖暖的，她的心也暖暖的。呼呼的风从耳旁刮过，街上到处是穿着新衣服喜气洋洋放鞭炮的孩子，咚咚的。王英躲着那些声音和炮火，一直骑到了一个家属院的门口对面的商铺门前，她放下吴倩，接过孩子，过了马路，走进家属院里，沿着长长的人行道一直往里走。家属院很大，楼宇错落，出出进进的人也不少，很快，王英的身影就淹没在人群里，分不清了。吴倩当时有种巨大的冲动，想要跑过去把孩子夺回来，但太过于虚弱的身体，和茫然无知的未来让她无法迈动脚步。

　　过了很久，王英出来了，吴倩快冻僵了，她把头整个都缩在军大衣里，在原地转着圈，王英把自己的围巾又给她系上，连说对不起，还说你放心，我这家亲戚可好了，你有机会可以看孩子。

　　是吗？这话带着温度瞬间暖和了她，她的眼里燃起了火，用力地点了点头：王英，谢谢你，你是我这辈子的恩人。

　　王英摆摆手摇摇头，有点不好意思：说什么一辈子，我们是好朋友，这点事算什么。你好好养身体，一切都会好起来的。

　　与李伟也不来往了吗？孙娅问她，眼神里透出几分狡黠和促狭。

　　吴倩黯然地点了点头：当然没有，你知道的，我们只是一般同学，连朋友都算不上。

　　是，我知道你看不上他。

但是，快毕业的那段时间，李伟整天和吴倩在一起，他俩还在毕业前夕一起去了黄山，班里的人都觉得不可思议，又不得不承认这个事实：吴倩和李伟确实恋爱了。

孙娅作为吴倩大学里最好的朋友，也曾经问过她这个问题，为什么要跟李伟一起去黄山，你明明不喜欢他，为什么还要跟他在一起？

记得吴倩当时深思了很久，才说出了一个理由：跟他在一起最安全。

安全？孙娅当时不大理解安全的意思，是说不会被侵犯吗？还是告诉那些对她有想法的人，她已经名花有主了。可是找了李伟这样的人，对吴倩想入非非的人既失望又寒心，弄不懂吴倩到底怎么想的。

毕业后，吴倩和孙娅倒是一直有书信来往，还对孩子的事出过各种馊主意：送人、自己养，或直接找个月黑风高的夜晚扔掉。孩子对于当时两个懵懂无知的少女来说，不是生命，更多的是物品，而且是多余的，如何将其安全有效地处理掉，才是最主要的事。

吴倩向王英摊牌后，王英的侠义心肠的确感动了她，甚至让她觉得，王英比孙娅更可靠，更有担当，更应该做朋友。但也只是那一段时间的想法，后来，孩子送人了，麻烦解决了，她就和王英淡了，王英也感觉到了，主动调了宿舍。两人有时在厂里碰见，也只是打个招呼，谈谈工作上的事，每次，王英都以为她会问起孩子，但一次也没有。后来，王英就再也没提过那件事。偶尔，她还是会去医务室为家人拿药，王英也会很热情，但也只是对病人的态度。她有时扪心自问，王英是个好人，只是，她掌握了自己的秘密，她们不能在一起像真正的好朋友那样无所顾忌。

但孙娅问孩子的父亲是谁时，她也总是顾左右而言他，孙娅不依不饶，追问不会是李伟吧，你们一起去黄山，发生了什么事情？说完，连孙娅自己也不相信，扑哧一声笑了。她也笑了，当然不可能，我们只是在一起爬山而已，住的大通铺，你说会发生什么？

孙娅说李伟现在混得相当好，在当地一家大型国企当老总，我们上次同学聚会，就是他掏的钱，西装革履，很有派头呢。

哦，知道。吴倩点点头，她看过同学相册，李伟的确变得很自信，与以前相比，气质有了很大改观。只是这些于她淡然无味，她几乎是一翻而过，只是在一个身影面前停了几秒钟，那人看上去过得也不错，一如既往地笑着。

那次，她给王英打了电话，说想见一下孩子，不要让他们家人发现。王英很爽快地答应了。她们之间的关系一直如此，平日，淡得像白开水，可一旦有事，王英总是毫不犹豫。这让她有时觉得羞愧，毕竟，她总是有求于王英，而王英从未麻烦过她任何事情。

孩子十五岁了，个子很高，热爱篮球，参加过市级比赛，学习也不错，在全国奥林匹克数字竞赛中获得过二等奖。她和王英当时站在学校门口，孩子并不认识王英，和两个同学边走边说着什么，还抱着一只篮球，一边走一边拍，显得很活跃。懵懂无知地与她们擦肩而过。开始，吴倩还很平静，但望着孩子渐渐远去的身影，她还是忍不住流泪了。王英拍了拍她的肩膀，说：走吧，别让孩子发现。

嗯。吴倩点点头，擦干泪水，说：长得真高。

王英就笑了：你没见呢，跟他现在的养父很像，周围的人都不知道是领养的呢。

哦，那就好，就让他好好地生活，不打搅他。

毕业后，吴倩和李伟天各一方，李伟给她写过几封信，还说要到滨城来玩，她拒绝了。后来，李伟就不写信了，只是每年元旦会寄一张明信片，没什么特别的话，总是祝她新年快乐万事如意之类的词。她也没有回，再后来，明信片也没有了，两人之间完全断了联系。其实，李伟在她的生活里没留下多少痕迹，如果非要说有点什么的话，大概就是愧疚吧。她心底承认，当时发生了那么大的事，她孤单无助，之所以和李伟来往密切，确实有利用他之嫌。李伟不傻，当然知道她的心情，但依然全心全意，无论她想要做什么，他都会陪她，他无怨无悔陪她走过了人生中最黑暗的一段时光，她从心底里感激他。

李伟的媳妇长得很像你。孙娅促狭地说，当时，我们都有种错觉，好像年轻的你回来了，那女的比李伟小八岁呢。

　　李伟比吴倩小两岁，那女的就年轻得很了。吴倩笑了，是吗？那太有意思了，你这么一说，我都有些好奇了，到底有多像。

　　特别像，你要是在就好了，说不定当时，那女的会闹起来，多好玩呀。孙娅自个抬头想象了一下，哈哈地笑起来。

　　吴倩捶了她一把：幸亏我没去，你们这帮坏人。

　　笑声很轻，飘散在空气里，好像没有动，吴倩看到孙娅的脸很亮，像玻璃，有一种透明的质感，她笑盈盈的样子更像是一张老照片。

　　公交车终于来了，高坡上等车的人一下子全上了车，吴倩和孙娅坐在最后一排靠窗口。吴倩转过头看工厂，还是一个人也没有，好像被废弃了。当年毕业分配到这里，第一次来，她倒了两次车，坐了三个小时，才来到这里，厂大门上方挂着"高高兴兴上班、平平安安回家"几个大红字，非常鲜亮，厂里也一派热闹，门口停着一辆大货车，运玻璃的火车响着鸣笛，冒着白烟，哐哧哐哧地穿过调度站向远处驶去。年轻帅气的门卫穿着制服拿着电击棒走上来问她找谁。

　　后来，玻璃价格下滑，厂子效益一天不如一天，再后来，一次严重的爆炸事故，全厂的工人都放假了，只剩下几个留守的。转眼一年半过去了，据说，厂方正在跟全国有名的一家房地产商洽谈，要将这里变成一个大型购物城，也许，这里会再次热闹起来。

　　那两个售票员始终站在调度站的外面，一个织毛衣，一个说话，那地方背光，远看上去，像剪影，薄薄的，轻飘飘的，挂在空中。

　　孙娅说：今天是许老师去世一周年的日子，去年的今天，许老师被人发现死在屋子里，好几个星期了，尸体都烂了，屋子里特别臭，但又收拾得特别整洁，只是蒙了一层厚厚的灰。看得出，许老师知道自己要死了，特意打扫了屋子，床头柜子里有好几个空的药瓶子，都是治癌症的。

　　吴倩的心里有些异样，许多年过去了，许多事都可以放下了，那个十五岁的少年很阳光，很健康，他给一个家庭带去了欢乐和希望。如果许赫此时还活着，站在她面前，用忧郁的眼神看她，也许她会平静地笑。

孙娅说：许老师口碑特别好，他的葬礼上许多女生都哭了呢。可惜他死得太凄惨了，听说他从小没有父亲，母亲一个人带大了他和妹妹，他母亲会理发，开了一个理发店，手艺可好呢。后来，他妹妹继承了她母亲的手艺，在咱们学校附近开了一个理发店，生意挺不错的，还在南京开了好几家连锁店呢。

那时，吴倩经常去他母亲的理发店剪发，开始，许赫还没有分到学校，后来，在店里碰上了，才知道他们是母子。他母亲很洋气，大波浪卷的披肩发在八十年代末看来很新潮也很时尚，像一个电影明星那么漂亮，许老师的长相显然遗传了他母亲。他母亲手艺很好，每次把吴倩的头发都打理得很漂亮。

最后一次，许赫也在，他母亲跟她聊起了天，问她家里都有些什么人，父母是做什么的。

吴倩老老实实说：父亲在一家饭店当厨师，母亲则是一家食品厂的工人，上面有两个哥哥，她是老小。

记得当时，许赫的母亲还说她有福气，两个哥哥一定很宠她吧。

说实话，她特别小的时候，两个哥哥总是欺负她，拿她当一个好玩的玩具，扳她起来坐下，让她哭或笑，似乎她是声控的，必须应声而做，否则，就成电动的，他们会按她的胳肢窝、脖子，甚至拉她推她，看她啪的一声向后倒在床上，两人就乐得哈哈大笑。长大后，他们倒是好多了，尤其她考上大学后，两个哥哥都已经工作，有了工资，争着要给她出生活费，后来，还是母亲出面调停，一人一个月，两个哥哥都高兴得手舞足蹈，还一起请她去看电影，就他们兄妹三人，给她买爆米花和冰淇淋，真的很开心。

许赫的母亲也开始说许赫小的时候如何护着妹妹，和别人打架，他身体那么弱，总是被别人打得头破血流，又好强，总是在班上考第一。现在如愿当了老师，只可惜，都二十七八岁的人了，连个女朋友都没有。唉。他母亲叹了一口气。然后问她有没有男朋友。

吴倩说：有个高中同学，在北京上大学，两人从小青梅竹马，两家大人也都满意，准备毕业后就结婚呢。

他母亲说：真可惜，还以为你会留在我们南京呢。

许赫打断了母亲，不耐烦地说：你剪好没有？

母亲看了一眼儿子，忙说：剪好了。说着用毛巾帮她掸了几下，把碎头发吹干净，笑着说：挺漂亮的一个女孩呢。吴倩也笑了。

两人一起从店里出来，一时无话，好久，许赫说了一句"对不起"。

吴倩不明所以，许赫转身看了看远处的理发店，说：我妈那个人爱唠叨，你别介意啊。

记得吴倩当时笑了，还促狭地说：我很介意。

许赫看她一眼，不好意思地也笑了，顿了顿问她：你真有男朋友？

吴倩低下头嗯了一声，她当时已经怀孕，知道一切都无可挽回，所以才编出青梅竹马的男朋友。

许赫似乎很失落，又不想表现出来，故意笑着说：那挺好的，像你这样的女孩肯定会有男朋友。

吴倩抬起头来定定地看他，她仿佛听见火车的叫声，她和许赫正像两列相向而行的火车，只在交汇处互相望了一眼，就擦肩而过。该毕业了，这辈子大概再没有见面的机会了。

她向许赫招招手，说：孙娅那么喜欢你，现在又留校了，结婚的时候一定要叫我。说完跑走了，心也再次痛了起来。

记得，以前有一次，孙娅问吴倩：你说许赫会找一个什么样的女人结婚呢？

当时，两人坐在操场的双杠上，腿在空中晃荡，天已经完全黑了，但月光很亮，一切都看得很清楚。远处的草地上三三两两地坐着出来乘凉的学生，也有的在搞对象，只是比较含蓄。像她们一样，隔着一定的距离，连手都碰不上，但眼神和语气都很热烈，似乎有说不完的话题，时间总是不够。

应该是个女人吧。吴倩很严肃地说完，却忍不住哈哈地笑了，孙娅愣了一下，没笑，也不看她，而是很认真地自说自话：一定是个漂亮的，像他妈妈那样的，很有气质。许赫母亲的理发店就在学校门口，大家都去那里剪头发，男的女的，剪一次五毛钱。

恋母情结？吴倩更笑了，你怎么会有这么奇怪的想法，他喜欢的应该是你这样的，个子高高的，脸圆圆的，爱笑的，多喜庆啊。

前面孙娅听着还挺美的，听到最后几个字却恼了，捶了一下吴倩：你才喜庆呢。

吴倩还笑，说：那当然，我们是一对欢喜宝宝。说着她亲昵地搂了一下孙娅，拉着孙娅一起跳下双杠。

那时，她们一直很欢乐，无论爱着恋着或想着某个人，都是正常的美好的，是生活的样子。许赫那么英俊，班里的几个女生都对他心生好感，总爱找他问题，开始与英语有关，慢慢地就关心起他的个人生活，比如他新买的一件衬衫，各种溢美之词，有女生直截了当地问许赫：许老师，您有女朋友吗？

许赫很认真地回答：还没有。

女生马上惊喜地大声宣布：许老师没有女朋友！

乌拉！女生们心照不宣地笑了，许赫红了脸，知道着了女生的道儿，以后再遇到类似的问题就不再回答，而是顾左右而言他。

两人又咯咯地笑起来，孙娅叹息：他那么优秀，居然一辈子不结婚，太不可理喻了。孙娅转过头问吴倩：你说为什么呢？

吴倩不笑了，慢慢地说：也许他不想结婚。

这算什么理由？

的确，这不算什么理由，结婚正常，不结婚其实也正常，结婚有孩子正常，没结婚有孩子其实也应该是正常的，但在他们那个年代，这两件事都极不正常，前者会被指指点点，后者会被绑上道德的法庭判处终身监禁。

吴倩开始有了妊娠反应，吃饭爱吐，以为是肠胃不舒服，孙娅陪她去校医室开药，校医替她做了检查，发现她怀孕了，将此事报告了校办处。

那个魏主任找她谈话，让她交代问题，还拍着桌子说：你想不想拿毕业证了？还想不想去原来单位了？那时，离毕业还有一个月，他们都已经分了单位。

吴倩哭了，说：我被强奸了，天特别黑，我根本没看清是谁。

魏主任的怒气一下子消解了，反而很激愤，发誓一定要找出凶手，枪毙他！他详细地问她事情发生的时间、地点，周围有什么人。吴倩哭得稀里哗啦，一直摇头，她什么都不记得了，当时吓傻了，也不愿再提这件事，太过于羞耻，知道的人越少越好，查出凶手又能怎么样，这件事已经发生了，已经抹不掉了。

魏主任没有再追究下去，反而安慰她：好了，好了，我不问了，你放心，我会安排林医生给你把孩子拿掉的。只是他有点不甘心，气哼哼地说：太便宜那个坏蛋了。

吴倩没想到问题会这么解决，之前她只是一直担心可能怀孕，不知道该怎么办，当时，不能随便堕胎，要学校开证明，那她可就完了。现在，曙光初现，她有种重生的感觉。

学校的医疗设备简陋，林医生自己不能给她做流产，把她带到南京市的大医院，她坐在那里惴惴不安，想象各种刀叉剑戟在自己身体上轮番演练。她哀求林医生：咱们回去吧，我害怕，你给我开点药吧，过去的人不是都用药的吗？

林医生看着她，目光略显鄙夷，本来陪一个学生来医院做这种事，就有种耻辱感，现在，学生自己提出来不做，她正求之不得。她颇为倨傲地说：可以，不过，要是你那个孽障拿不下来，你可别怪我啊。

吴倩连连摆手：不怪，不怪，我绝不怪你。

林医生给她开了药，但她没吃，而是悄悄地扔进了垃圾桶，林医生那倨傲的表情总让她不放心，如果那医生乘机害她怎么办？各种可怕的后果在她的脑海里翻涌。

后来，王英在厂医办里给她接生，她很庆幸，当时没吃林医生开的药，学校的设备比厂医办要好得多，同样是医学院毕业，王英接生很顺利，而林医生居然连一个简单的流产都做不了。她是故意的，就是要吴倩难堪，让吴倩在学校难以抬头做人，这样的人，谁知道给吴倩开的药里会加入什么成分，会让人变傻什么的，说不定呢。

孙娅说：那你怎么办，带着孩子回家？

吴倩看着打好的行李箱，慢慢地说：不知道，也许我会把他生下来。说完，她转过头对着孙娅诡异地笑了，有几分前途未卜的迷惘。

那不行的。孙娅大声叫着，你怎么能把他生下来，那你以后还怎么嫁人？

不嫁人。吴倩思索着，她这样子还有资格嫁给谁呢？

　　孙娅苦口婆心，还自告奋勇要陪她去医院，但是开不到证明，还需要林医生出面，一切又回到了原点，两人颓唐地站在一片狼藉的宿舍里，茫然不知所措。

　　车外的风景一闪即逝，麦田、公路，还有黄河两岸的滨河大道，"黄河母亲"雕像的前面，有很多游人拍照，"母亲"披着长发，有种维纳斯女神般的古典美，又有敦煌飞天的飘逸感，她半卧着，裸着胸，正在给一个非常可爱的孩子哺乳。那些游人被强烈地吸引，定定地站在那儿看着。

　　孙娅说：真美啊。

　　吴倩说：是啊，还很温馨，世间最美好的情感莫过于这种母亲对孩子的爱，它可以消融一切。

　　黄河水厚厚的冰层瞬间开裂，几乎能听到咔嚓嚓冰裂开的声音，一点点地，那些大冰块就掉入了水底，看不见了，黄河水透出了前所未有的清冽感。

　　快要到家了，吴倩忽然有种担心，儿子不知道走了没有，时间已经来不及了，马上就五点了，儿子还在等她吗？儿子一个星期回来一次，每次她都有事，连一顿饭给儿子都做不了，她不是个称职的妈妈。

　　她转过头看孙娅，心里忽然产生恨意，如果不是孙娅，也许她能及时赶回家呢？孙娅为什么会单单在星期天来滨州呢，而且只有一天的时间，和儿子回家的时间刚好撞在一起，简直像是故意的。

　　孙娅像是感觉到了她的内心活动，转过头来笑盈盈地看她，还说：这么多年，你恨过那个人吗？

　　谁？吴倩冷不丁没反应过来，孙娅说孩子的父亲呀。她的声音很大，像是要全车的人都听见，但没有人转过头来，好像那些人都是空气，只有她俩是活的。

　　吴倩摇摇头，说：那么久的事了，早就没感觉了。

　　孙娅说：真便宜那坏蛋了，要查出来的话，至少能判他个三五年，他这辈子再也抬不起头做人了。

　　孙娅好像知道那个人是谁似的，吴倩隐隐地不安起来，好像她所有的心事或秘密都被孙娅窥见了，或者孙娅早就知道一切，只不过没有说出来罢了。

　　这么想着，还是王英比较让人放心，至少这么多年，她从没跟吴倩主动联系过，或提起过这件事情。甚至单位上搞活动，她俩相遇时，也只是像普通同事聊一些很家常的话，只有吴倩问到孩子的事，她才会一五一十地告诉她。自从那次见过孩子后，吴倩就再也忘不了，她总是惦记有关他的一切，渴望知道他的一举一动，甚至后悔当初送人，如果伴着他一起成长该有多好。她一直隐忍着这些情绪，在王英面前不露出来，有时，也就恨王英，为什么，她不能主动地说说孩子的事呢。她为什么总能够严守秘密，难道这件事很好玩吗，或者很丢人，她心里其实是看不起自己的，所以才不出声。

知道她秘密的人都应该消失，像空气一样，哗地一下散了，无影无踪，就当一切从没发生过，吴倩一个人走在天地里，自由自在，没有任何包袱，也没有秘密。

她看到那个孩子在慢慢长大，像一棵小树苗，哗哗地，长到那么高，顶天立地，居高临下地问她：你为什么把我生出来，为什么？我到底有什么错？

你说什么？孙娅转过头来问她，她接住孙娅的目光，感觉很陌生，心里奇怪，这么多年了，孙娅居然一点都没变，甚至还穿着大学时的那件粉红色外套，童蓬领，袖口和衣摆那儿都有松紧，那时，像个纯洁的洋娃娃，现在透着某种怪异。好像，好像，他们坐上了时间机器，又回到了从前，年轻的时候，一切都回来了。那种不踏实感，没把握感，都来了。吴倩惶惑不安，她想抓住什么，栏杆就在手边，但无力伸出去，孙娅抓住了她，连问她怎么了？

她醒了，儿子的脸浮在上方，正担心地看她，她抬了抬眼皮，但不动，四肢也动不了，她只是那么呆呆地看着儿子，十几年来，他们一直相依为命，她一直没有嫁人。

他又叫了她：妈妈，妈妈，快醒醒。她慢慢地说：我已经醒了。语言含糊不清，好像被拘住了，或者她还在另外一个世界，无法发出清晰的声音，走不进眼前。

儿子的眼神更加担心，问她是不是又做噩梦了，醒了没？

她看着儿子的脸，喃喃地说了句：他死了。

谁？

他死了。她又重复了一遍，声音异常的平静，似乎这是一件再正常不过的事情，她还躺着，保持着睡觉的姿势和表情。

儿子不明所以地看她，充满疑惑，却没有继续发问。

她看着他，手抚上他的脸，轻轻地滑了两下，说：我要打个电话。

电话通了，孙娅哭着说：许赫死了，早晨五点钟走的。吴倩看看表，刚刚七点钟，也就是两个小时之前。在梦里，她一直急着赶五点的火车，原来是因为许赫。

许赫两个月前查出了癌症晚期，孙娅在同学群里发了悲伤的表情，大家不断地惋惜，还聊起各种抗癌的方法和病人，但没想到这么快，许赫终于没有扛过去。

她开始收拾东西，说要去南京，有个大学老师去世了，她得去送他一程。

儿子幽幽地说：你喜欢那个老师吗？

她怔了怔，收拾东西的手停住了，她想，何止是喜欢，许赫是她心中的一个痛，永远都竖在那里，从没有动摇过。这么多年，她的心里始终有一张纸在哗哗地响，上面有字，是许赫的名字，但看不清，还有许赫的像，也有些模糊，他的笑容，他讲英语时的声音，他跳舞时的背影，一切的一切从来都模糊不清，却又从未离开过。

她想起梦中的黄纸，不是祭奠，而是忘却，那张纸无论什么颜色，却总是许赫，即使烧成了灰，依然还站在那里。此时此刻，她感到了纸的锐利，像一把钝刀，一下一下地割着她，声音清冽，她抬头看了看儿子。

孩子十五岁了，个子很高，热爱篮球，参加过市级比赛，学习也不错，在全国奥林匹克数学竞赛中获得过二等奖。儿子是她这一生的最大安慰，也是最大的梗，他长得越来越像他，那双深邃的眼神总能看穿她的心事，她一点都不喜欢。

儿子迟疑地问她：你一个人去吗？

她低下头嗯了一声。

许赫的模样非常奇怪，扑了白粉，画了红嘴唇，真的像个死人了。她很想摸他一下，但没有人那么做，她也不敢。孙娅哭得非常伤心，向所有的同学哭诉许赫生前的件件桩桩，如何吃药打针，如何痛苦，吴倩却毫无感觉。

似乎孙娅说的是另外一个人，与她毫不相干，或者她根本不认识，心目中的许赫依然阳光明媚，英语讲得很流利，他邀请她跳舞，像一棵大树，她是树上的枝杈，她随他而动，他随风而走，轻盈无比。

他们四个人坐在一起打牌，她和孙娅输了，他们请她俩吃饭，喝了一点酒，他唱了一首英文歌，特别好听。

有一个周末，她路过老师宿舍楼时，忍不住上楼去找许赫，他不在，那个姜子枫在，说许赫回家了，问她有什么事。她其实没什么事，只是想过来而已。她举了举手中的《高级英语》，说其中的一个习语不懂，想请教一下许老师。姜子枫也是英语老师，马上问她是哪一个，她把书打开，给他看。

姜子枫的身子倾斜过来，遮住了阳光，门从里面反锁了，她听到了自己的叫声，嘤嘤地，被捂到被子里，像是一种绝望的哭泣。

天使翼

上

一只蓝眼睛的野猫，总跳到我家的水龙头那儿喝水，然后伸展四肢躺在地上晒太阳。我坐在它旁边，摸它的毛、身体、尾巴，甚至眼睛，它懒洋洋的，偶尔，眼睛睁开一条狭窄的小缝，睨我一眼。

猫忽然抬起了身子，抖了抖毛，看了看门口的方向，然后嗖的一声跳上墙，上了房顶，站在那儿俯视着院子。门哐的一声开了，一群人争先恐后地挤进院子，有人一把拉起了我，把我塞进屋里，人群里有熟悉的邻居和父亲的同事，他们四处张望着比画着，好像在商量如何占领这个院子。我趴在窗口，脸贴在玻璃上想看清楚究竟发生了什么事情。越来越多的人涌进来，哭声随即响了起来，我分辨出了母亲的声音，终于按捺不住跑出了屋。

长长的巷子里已经搭起了帐篷，一口巨大的棺材停在里面，身着白衣的女人转过身来，向躲在人群背后的我招手，我慢慢地走过去，她抱住了我，说：你爸爸走了，再看看他吧。她拉着我的手走向棺材，棺材盖开着很宽的一条缝，刚好看到父亲的头，右太阳穴那儿有一个圆洞，像是特意刻出来的，边缘很光滑，没有血迹，他在过马路时，一辆大卡车的后视镜打倒了他。

那个男人站在门口，我站在女人的后面，她把我拉到了前面，与男人面对面，男人亲切和蔼地笑着，像是戴了一个假面具。他拿出一个大大的玩具熊给我，我没有接，熊掉在地上，雪白的身子沾上了一些黄土。他们俩同时低下身子去捡那个东西，头碰头，脸碰脸，男人依然假假地笑着，她却有些羞涩地转过头去，我看到她的眼角有一丝窃喜。

十四岁生日那天，那个男人拿了一个八时的生日蛋糕，急不可耐地侵袭了我。门半开着，一个优雅的身影飘过再飘过，我一直把那当作希望，嘴里不停地喊，妈妈、妈妈。那是我一生中喊妈妈最多的一次，但也是最后一次。

她做了一桌丰盛的饭菜，里面都是我爱吃的，还有那个人爱吃的，静静地坐在客厅里，等待着。我一直没有出去，缩在床脚里，整个人都木掉了，那两个人在吃饭、聊天，我甚至听见笑声，那个人和蔼亲切一如既往，那个女人附和着他，像是一个始作俑者。

那个女人习惯于坐在四楼的窗台上抽烟，披着床单，在晨曦或夕阳下，望着窗外的那棵香椿树，不时有香气随风飘过来，她深深地嗅一口，好像醉了一般。她曾经的好逸恶劳、强权霸道都沉匿不见，变成了一个温柔贤淑娇滴滴的小女人模样，看男人的眼神总是那么畏怯和不安，好像有一根无形的链条拴在她的脖子上，另一头攥在男人的手心里，男人随意地笑着，和蔼可亲地说着，从不看她一眼。我像影子一样从他们面前飘过，从厨房到卧室，再到厨房，我轻盈地将那些碗碟刷洗干净，归类整齐，擦洗案板和地板，我跪在地上的样子特别沉醉，好像要陷进去一样。

赵峰像是一个天外来客，忽然走了进来，将背包放在门口的柜子上，脱鞋换鞋，倒在沙发上，喊了一声：我要喝水。屋里只有我和他，我正跪在地上，他的脚就搭在我的眼前，不停地晃动着。我的目光沿着他的脚一直往上看去，赵峰正居高临下地审视我，我们目光相撞的瞬间，他不耐烦了，踹了我一脚：没听见哪，倒水！

我摔倒了，很快地爬起来，给他倒水，试了试温度，放在他面前的桌上。我继续擦地，一种惊惧、紧张、不安的情绪弥漫在空气中，身体不由自主地抖动起来，我无法控制自己的双手，我拼命地把它们按在地上，抓住那块抹布，往前推动，每推一步都使出浑身的劲，汗很快就下来了，滴滴答答地落在地上。我想站起来到卫生间去，可浑身僵硬，连小指头动一下都成了一种奢望。

赵峰喝完水，打开了电视，故意把声音开得很大，是摇滚，他跟着哼哼，然后坐起来，拿着遥控板像个歌星一样扭动着身体跳起舞来，尽情忘我。我偷偷觑了他一眼，他转过来转过去，闭着眼睛摇头晃脑的，完全忘记了我的存在。我暗暗地松了一口气，手又能动了，我将抹布前后推过去，动作有些机械。

我已经猜到赵峰是谁，以前从照片上见过，大学四年他从没回来过，现在，他回来了，这个家又多了一个男人，对男人的恐惧像排山倒海一样倾泻而至。

日子却异乎寻常的平静，赵峰的存在一时阻断了那个男人的攻击，好几个月，我的房门都一直关着，再也没有蹑手蹑脚的脚步声针扎般地刺激耳膜。我甚至在一个深夜醒来时悄悄溜出房子，倒了一杯水，坐在沙发上慢慢地缀饮，想象一个偌大的干净的空间属于我一个人，我在其中站起蹲下，伸展四肢躺在雪白的床上，将领口的纽扣解开，把袖子挽起来，长裤褪去，只穿一个小裤头，左腿搭着右腿，嗑葵花子。

男人忽然闯进来时动作迅猛得像一只饿疯了的狼，纽扣全都掉在了地上，内裤被从中间剪开，剪刀扔在床头，我咬紧双唇，双手向床头摸去，他嚎叫了一声，捂住自己的右手，血滴滴答答地落在床上，他舔了一口血，把剪刀远远地扔在了地上。他狠狠地打了我一记耳光，将余下的事情做完。

我肿胀的右脸和男人受伤的右手，饭桌上弥漫着可疑的味道，那个女人脸上一直带着温和的笑容，一如既往地往男人碗里夹菜，招呼冷漠的赵峰。我洗碗，擦地，四肢都伏在地上，像藏族同胞五体投地般地亲近大地，可我亲近的是木地板，我的姿势如此丑陋，赵峰走近我身边时踢了我一脚，像踢走一只讨厌的狗。我没有抬头，他走过去了，又转回来，我还在擦地，模样还是那么难看，于是，他又踢了我一脚，走了，嘴里吹着口哨。门哐地响了一下，我才抬起头来，看着微微颤动的门。

我的头发被人用力地揪起来了，我无法抬头也无法转身，我只是随着揪头发的力量站了起来，但马上又低下头去，因为我已经比她高了。一只烟头在我眼前晃动着，似乎在犹豫放在什么地方，然后就压在了右太阳穴那儿，我疼得倒在了地上，缩小成一团，我以为我要死了，我甚至产生了幻觉，眼前白茫茫的一片，我看见自己化身为一只苍蝇轻盈地穿过窗纱上的纱眼飞走了。

男人的脚步总是轻捷无声，几乎一下子就把我扑倒在床上。

门总是开着一条缝，那个女人变成了我，正像一个影子在门口飘来飘去。我像傻子一样倒在床上酣然大睡，嘴角流着涎水，皮肉烤焦的味道窜进鼻孔时我甚至很享受地吸了一下鼻子，然后才疼地从梦中惊醒。

那个女人的脸离我很近，瞳孔像一面凸透镜，里面变形的我，狰狞狡诈。我低下头去，看到我的右乳，烟头已经灭了，有烟或气正从那里滋滋地跳出来。我抓住她的手使劲地按下去，她踉跄地倒在我的身上，脸离我很近，她曾经的霸道和不可一世像回光返照一样一闪即逝。

那是一个意外中的意外，门一如既外地开着，那个影子飘过来飘过去，谁也没有在意，但没有想到的是，影子忽地一下插在了我和那个男人之间，插进来的不仅是他愤怒得变了形的脸，还有一把锐利的匕首。那匕首从男人的后背直指前胸，血喷在我的身体上方，黏稠、油腻，我下意识地抹了一下，男人已然惊惧得倒在了我的身上，我更加惊惧地大叫了一声，推开那个肥硕而松弛的身体，跳下了床。血还在快速地涌出来，男人趴在血泊里一动不动。

我怀疑地看着那个身体，我曾经无数次幻想过这样的情形，可因为它内在的庞大、狡诈，我从来不敢付诸实施。我转过头看赵峰，我不明白，他为什么要杀自己的亲生父亲？他也定定地看着我，我低下头看到自己一丝不挂，我从地上捡起衣服护住了自己。

他痛悔地抱住了头不停地摇动着，嘴里喃喃地说：怎么会是这样，为什么，为什么？

我跪在那个男人的灵前，像在赎罪。人来人往，脚步纷沓，我的头始终低着，再低下去，离棺材很近，天气很热，上面的板子半开着，男人的身上撒了石灰粉，但还是能闻到淡淡的尸臭味。他的脸擦拭得比以往任何时候都干净，还涂了淡淡的口红，有点像戏子，还有点女人像。

"他死得真是时候，纪委正要立案呢，听说贪了上千万。"脚步声外我还听到窃窃私语，人来人往，车进车出，像个小小的集会，几个穿着制服的人远远地站着，表情严肃，像是这个集会上的不和谐音。

　　我站在赵峰的旁边，赵峰端着骨灰盒，我们一同向墓地走去，他一直有些恍惚，像个木头人，走路时完全不辨东南西北。我抓住了他的胳膊，他没有丝毫的反抗，我们像一对好兄妹那样互相扶持着，慢慢地跨上一级又一级台阶。路很长，台阶很高，黑压压的人群，一层又一层覆盖在台阶上，像是一曲悲壮的交响乐。

　　我轻轻地说：真可惜。像是在耳语，赵峰回了一下头，我的嘴唇差点触到他的脸颊，我们俩同时愣了一下，又继续往前走，他甩开了我的胳膊。我们并排走到了墓地，将骨灰盒放进去，盖上石板，我几乎瞬间就看到了这里将杂草丛生、灰尘满地、荒败颓圮的未来。

　　我离开北城那天，去派出所改了名字，以前叫林洋，现在叫叶寒，那个警察问我为什么要改名字，我说，因为母亲改嫁，我要跟着后父姓。那个所谓的后父根本不存在，这个名字与任何人无关，它只属于我。

<h1 style="text-align:center">中</h1>

　　窗台上坐着一个人，飘逸的长发，嘴里叼着一只长长的摩尔，她慢慢地转过头来，对我笑了一下，两滴大大的泪珠落了下来，我揉了揉眼睛，那里却什么都没有了。我坐起来，翻身下床，走到窗台前，用手抚摸着刚才她坐的地方，好像还有一丝微温。

　　我坐在那里开始抽烟，天渐渐地亮了，手中的烟头一闪一闪的，我轻轻地向膝头按去，有一点点疼，然后就熄灭了。

　　来江城十五年了，我一直在做各种销售，从一袋洗衣粉，到一份保险单、家用电器、车，到现在的房子，卑微地弓下身子赔着笑脸收起自尊，从门里被推到门外捡起被扔出去的皮包抬起头站起身扬起头假装不在乎，一次又一次；穿上制服短裙系上领花学会微笑和各种礼仪假装白领，所谓的领导或有钱人居高临下的眼神慢慢生出好奇，先是从某种语言或身体的暗示开始，挣扎绝望却又柳暗花明，一次又一次，像是对过去的重复。

展厅里人头攒动，高小军正在给几个学生讲解着什么，二十五年过去了，他居然还是我记忆中的那个模样，只是有些清瘦和憔悴。

记忆瞬间奔涌而至，颤抖迅速漫过我的四肢和内心，我不由自主地抱住双肩，却越抖越厉害，慢慢瘫软在地。

纷沓的脚步声和惊呼声向我涌来，我依稀辨别出了高小军的身影，在人群包围圈的最里面，离我最近，只要我抬起手就能触到他的裤角和衣袖。但是，身体里的所有力量好像被抽空了，我甚至睁不开眼睛。

叶寒！有人在叫我，我隐约辨出画家张成的声音，他前几天在我这儿刚买了一套房子，合同有点问题，我特意过来找他的。

叶寒，他又叫了一声，我意识清醒却四肢无力，想回应一声"哎"都无比费力，我的喉咙里不停地滚动着"高小军"三个字，想要把它们变成一种力量，支撑我站起来。

你醒醒，有人摇动着我的胳膊，有人在我脸上喷水，那冰凉的滑动感惊醒了肌肤的一些感觉，我抬抬胳膊，伸伸腿，"动了，动了！"我的确动了，在众人的搀扶下站了起来。

"你怎么了？"张成问我，有人在旁边回答"中暑了吧？""房间里有空调啊！"他们彼此争论，高小军没有参与其中，只是站在一群学生中间，关切地注视着我。

我慢慢向他靠近，在离他只有几厘米远的时候，他下意识地后退了一步，伸手扶住我，问道：这位同学，你还好吧？

他的目光深邃、温和而平静，眼底有浅浅的笑意，透着十分的陌生，这像一把锋利的匕首，割裂了所有的过去，仿佛只是我记忆中的一个偏差，他从来就没有在我的生活里出现过，我硬要说有，没有人会相信，他也不信。我只是怔怔地看着他，像看着一段逝去的生命，一句话也说不出来。

叶寒，你怎么了？张成也在问我。

我羞愧地摇了摇头，转向张成，说合同有一点改动，需要他重新签一下，我们一起去会客厅说合同的事。人群渐渐散开，高小军接着讲解那幅油画，周围有一群学生，我们从他们身旁走过，他的声音低沉平和而专注。在会客厅里，我的耳边总能听到他的声音，他的模样也一遍一遍地在我的大脑里放映，张成的名字签错了地方，我却没有注意。回公司的路上，我不停地擦眼泪，边擦边笑，仿佛生命中期待的一朵昙花终于要开放了。

曾经，高小军是我的邻居，他比我大十二岁，我总是跟在他的屁股后面叫哥哥，他那时候就已经画得很好了，时不时地拿回一些奖状向我炫耀。后来，他们全家搬去了江城，临走之前，他嘱咐我：一定要坚持画画，哥哥到时要回来检查的。

那年我只有七岁，对他的话信以为真，总以为他某一天会不期然地回来。于是非常认真地画画，有一阵甚至到了痴迷的地步，每本作业本的后面都是我的杰作，甚至新的本子都被画了擦擦了又画。本子用得超快，这引起了那个女人的怀疑，她毫不犹豫地帮我戒掉了这个毛病。我的屁股上和大腿上由此留下了三只深深的烫疤。

我再也没画过画，只要一产生这个念头，我就会自动地拿圆规尖扎自己的右手，每次都扎出血。我心里一直不安，不知道高小军什么时候回来，如果让他知道我辜负了他的期望，他还会认我这个妹妹吗？会把我当作他的亲人吗？还有我的那些经历，我已经不配做他的亲人了，也不配叫他哥哥了。

但是，我忍不住想要再次见到他，他已经不认识我了，我们可以像普通人那样相处，这对于现在的我来说再好不过了。

我再次拿着合同去找张成，他和高小军领着一帮学生在水塘边写生，我站在高小军旁边看他画画，他对周围的人和事充耳不闻，只是全神贯注地观察挖藕的一家人，把他们一点点移到画布上。

水塘里，一对穿着皮衣皮裤的夫妻在挖藕，岸上的小女孩伸长脖子看着，把父母扔到岸上的藕捡到筐子里。那小女孩成为画面的中心，从右侧不断地被放大，两只天真无邪的眼睛成为画之魂，挖藕的父母只是远处的剪影，水塘的绿染上了一层墨色，显得幽暗、神秘，整幅画透出一种忧郁的气质。

我看着远处的女孩，说：真是个安琪儿。小时候，高小军总喜欢这么叫我，他说我长得很像油画中的小天使，卷卷毛，胖乎乎的小胳膊，又大又圆的眼睛，特别可爱。眼前的小女孩也有六七岁的样子，她比小时候的我清瘦，皮肤也略黑，但眼睛又黑又亮，透着十分的欢愉和好奇，她不停地跑来跑去捡拾莲藕，还细心地拍净上面的泥土，用塘里的水洗干净，像是一个勤劳的中国小女人。我后来也像她这样的勤劳和能干，整个身子伏在木地板上不停地打扫、擦拭，站在小板凳上用晾衣竿将那些大人的衣服一件件挂在阳台上，它们不停地掉下来我再捡上去，那上面土的痕迹总也拍不掉，烟头的痛不停地烙着我的肌肤，留下一个个发白的印迹。

我转过头看向高小军，他的耳旁有几根白发，头发也有些稀少，已经不是小时候那种浓密油黑发亮的模样。我摸摸右额角的疤痕，略略地凹凸不平，我总会下意识地触摸这里，已经没有什么感觉，只是一种习惯。高小军的目光一直在小女孩和画布之间移动，我仿佛不存在，说话也像一段空气，哗地一下就散了，对他毫无意义。

我找了一个石块坐下来，远远地看着他，他的五六个学生散落在水塘边，从不同的角度描画着这片郊外的风景，他们组成了一个群，而我是局外人。

张成走过来坐在我身边，说：真不好意思，麻烦你一趟趟地跑。

我笑了，指着高小军问道：这位高老师想不想买房子，您能不能帮我问问他。

张成说：可以啊，他刚回国不久，可能还真的需要买个房子，最好是大一点，人在美国住了好多年，小房子肯定看不上。

我蓦地想起郊外的那套别墅，是时候派上用场了。

郊外，一座破败废弃的别墅，一个大大的链条锁，锁上积满了尘土，轻轻地碰一下尘土四起，门被推开，小径分叉的院子里有一大一小两个花园，杂草丛生，屋子共有三层，地板上散落着一些旧家具，墙上积满了尘土和蜘蛛网。站在三楼的窗口能看到大海，海边巨大的沙滩上鲜有人迹，斑驳的渔船，船上的渔民正扬起巨大的网撒向大海，有的正在喜悦地收起。这是我半年前买的一套别墅，因为前主人是一对英国的老夫妇，他们最终老死在这里，房子因此成了一种不祥之物，搁置了一年之久，一直卖不出去。我偶然间来到这里，看中了它所处的位置和风景，这里十分清幽、安静，不远处就是海滩，即使卖不出去，一个人住在这里，周末时到海边走走，也十分惬意，当然，最吸引我的是它的价格，与市区的一间公寓相近。

我请了专业的设计和装修团队，对别墅进行了全方位的改造，并示意要参照欧美当今流行的风格，尽量把它打造得具有西欧风情，以吸引高小军的眼球。

张成陪着我来到高小军的画室，把装修好的别墅照片给他看，我的摄影技术一流，光线、角度都拿捏得恰到好处，大海、渔船、大网撒向天空，晚霞像一团火，近景却是静谧的乡间别墅，小径、花园，还有那朵开得大大的茉莉花。他果然被吸引了，仔细地端详着那些画面，一遍又一遍，看不够似的。

张成邀请他一起去乡下看一下，那儿的环境很不错，就当度假了。

周末，天气凉爽，还有徐徐的微风，我，高小军、张成，还有高小军的一个学生顾玲，一起骑自行车去了那里。别墅矗立在一个低矮的半山坡上，周围是大片的竹林，风过处，竹林哗哗作响，像风铃一样。

我们四个人站在那儿嗅嗅着清新的山风，谁也不说话，我转过头去，想看到高小军的表情，判断这笔生意成交的可能性。令我惊讶的是，他脸上没有一丝笑意，反而在流泪，我扶住了他的胳膊问他怎么了？

他喃喃地说：好，真好！

好在哪里？

我们三个人的目光都转向他，不知道他在说什么，他抹了一把眼睛，拉着我的手说：你是怎么做到的？

我纳闷了：什么？您什么意思，我怎么不太明白。

他不相信地看着我，说：这幢房子跟我在美国住的地方很像，真的，连周围的环境都像。

我内心暗喜，天地下竟然有这么巧合的事情，这房子注定就是高小军的，从我手里卖给他，冥冥中，我觉得有个神在看着我们，让我们重逢，又让我们从一套别墅开始。

我们推开大门,走进院子,花园里的花开得正艳,葡萄架上爬满了大串大串的葡萄,厨师已经把肉和菜都准备好了,炭火也已经点燃,石桌上放着香槟和白酒。

高小军的眼泪滂沱而出,他跌倒在地大哭了起来,哭声很吓人,像一只孤独的狼在旷野中号叫。我们三个人都吓呆了,赶紧扶他拉他,有一股巨大的力量将他粘贴在地,三个人的力量根本不足以对抗,我们都倒在了地上,靠着他,倾听他的哭声。风吹竹林哗哗作响,但再也没有刚才的美好和清新,反而像是另一种号叫与高小军一唱一和,这哭声像是一种传染源,我们的眼泪不由自主地流了下来。

高小军哭着说:我妻子特别喜欢别墅的样式和风格,当初一眼就看上了,也有这样两个花园,经常请园丁打理,雪燕啊,雪燕!他拍打着地,像是在呼唤某个逝去的亲人。

不是一个人,是三个人,他的妻子和一双儿女,就在美国与这幢相似的别墅里被三个入室盗窃犯残忍杀害了。他当时正在离家不远的山坡上作画,枪声惊动了飞鸟,它们成群地飞向天空,黑压压的,仿佛暴风雨来临前的乌云。他一路狂奔,跑下山坡,穿过树林,来到大路边时只看到了绝尘而去的盗贼的汽车。

他回到家里,妻子还活着,但已经说不出话来,只是紧紧地抓住他的衣服不停地颤抖,眼里充满了恐惧和眷恋,甚至还在笑。那眼神像一块透明玻璃裂成了无数碎块,插进了他的身体里,再也拔不出来。

房子最终卖给了一对外国夫妇,是高小军的朋友。

一个夕阳西下的傍晚,我们四个人又一次骑着自行车一起从那对夫妇家出来,找了一家酒馆,喝酒猜拳,高小军划拳的花样非常多,且反应极快,几乎每次都能押对,两瓶白酒几乎都被我和顾珨喝了,他和张成没喝几口,就这样,我们也没醉,倒是张成先躺在了沙发上,敞着衣服,露出大肚皮,像一口大白猪一样酣然大睡。

高小军只喝了两小杯,有点醺醺然,居然唱起了歌,那歌很有节奏感,又透着某种忧郁,是一首外国歌,听不清唱什么,但很好听,也很感伤,胃里的那点酒精全散出来了，整个人像醉了一样，我不知不觉地就倒在了顾珆的身上。

那是一个比我小八岁的油画系研究生，是高小军的得意门生，年底要赴美读博。我们俩手拉着手像偷情一样从酒馆里跑了出来，在大街上狂奔，一边跑一边笑，一斤的白酒啊，像发了疯一样在身体里乱窜，我们就那样跑了一夜，天明时才躺在公园门口的长椅上交叠着睡着了。

我像猩猩一样被围观，那些人处在暗影里看不清模样，只是看到他们的手势，一下一下地剁在我的脸上、身上，甚至在我的私处。他们拥过来了，我的衣服一件件被剥掉了，我缩在一起，头缩在怀里。一个女人扶住了我的肩头，我不敢抬头，她把我的头从怀里拉出来，面朝着她，她也是一个暗影，只有一个大概的轮廓，看不清眉眼，但能感觉到她在笑，好像还在抽烟。她做了一个喷烟的姿势，一股浓郁的烟味扑面而来，我摇头躲闪着那些烟，烟散去了，烟头处的火星一闪一闪地，准确地烙在了我的右乳上。我感到了一种木木的疼痛，我低下头去看我的乳房，那里正在冒烟，一丝皮肉烧焦的味道窜了出来，那么浓郁。

我一下子醒了，环顾四周，我在自己的小屋，周围没有人，我很安全，我释然了。但那股焦肉的味道依然清晰地散了过来，我望向窗口，马路对面，一对新疆夫妇正在烤羊肉，男人烤肉，女人给顾客找钱，一个七八岁大的小女孩正站在烤架旁睁着一双天使般的大眼睛，认真地看着男人烤肉的动作，似乎那里面蕴含了无限的神奇。我被女孩吸引，下床走到窗口前，眼睛眨也不眨地看着女孩，心想，这就是所谓的天使吧，我小时候长的就是这个样子吗？那女孩是新疆人，长得非常漂亮，像外国洋娃娃一样，我肯定没长成这样。但我想让高小军看到这个女孩，好让他想起天使的模样。

高小军画了很多速写，有关那对新疆人夫妇的，几乎把他们做生意的每个镜头都记录了下来，为此，高小军每天像上班一样，一到下午就来到路边离烤肉摊不远的地方支起画架，专心地作画。我坐在他的旁边，静静地，什么也不说，只是会看看他的画、路上的行人，偶尔那女孩会跑到我们这边来跟我们说话。女孩很聪明，会说好几种语言，哈萨克语、江城话、青海话，她还会说北城话。这几个城市她都去过，父母走到哪里，她跟到哪里，好像吉卜赛人一样，她还会跳新疆舞，脖子一扭一扭的，两只眼睛大大的，像一只小精灵。

高小军也会说北城话，他说他就是在那里长大的，那里的人和事，一草一木都是有感情的，只是二十五年前出来以后，他再也没回去过，每次去敦煌，都想回北城看看，但总是没时间，不知道小时候的邻居和朋友都变成什么样了。

我说，见了也不认识，小姑娘都变成老太婆了。

高小军笑了：哪有那么快，只会更加漂亮。

这都是男人的劣根性，女孩长成女人，对他们只有好处没有坏处。我指指女孩的母亲：看到了吗，那就是小女孩长大后的样子。那女人个子很高，有些胖大，穿着一件油腻的围裙，连头巾都呈现出一种脏色。

高小军又笑了，他笑起来跟以前一模一样，他走的时候已经十九岁，算半个大人了，这么多年，时间在他的脸上几乎没有留下什么痕迹，我却完全变成了另外一个人，这太不公平了。

我给他做了一顿饭，糖醋排骨、西湖醋鱼、红烧鸡翅，全是他妈妈的拿手好菜，我做得也不差，他第一次对母亲的手艺发生了怀疑，问我这种菜做起来是不是很容易？

我第一次感觉到给家人做菜的意义，温暖、幸福、感动，所有那些书本上读到的美好的字眼，只要想起它们，心就会感动得流泪，我流不出眼泪，反而满眼是掩不住的欢愉。

我不断地翻动柜子、抽屉，拿出我的摄影作品给高小军看，包括北城有名的景点白塔山和中山桥，这是我的最大爱好，十几年的时间里，已经积起了一整个书柜。

高小军看着那些东西，眼神渐渐发生了变化，他慢慢地翻看着那些东西，说：不错，真不错。还说其中的几张照片他想作画的时候用一下。

他把一张小女孩的素描送给我，小女孩大大的眼睛里充满天真和好奇，还有一丝丝抹不去的忧虑，卷卷的头发，圆润的脸颊，小小的下巴，看上去比那个卖烤羊肉的女孩要大一点，也更美丽。

我说能不能涂上颜色再给我，我希望有一张完整的高老师的画。我现在总是叫他高老师，我把自己淹没在人群里，这样相处起来更加自然。

他想了想说，好吧。

画作完成的那天，他邀请我去他的画室。那里放了好几幅完成未完成的画作，那个小女孩一双好奇的大眼睛正望着画室的门口，她的背后是山，山的底色是藏青色，山上有星星点点的红和绿色，山下是一条河，河水泛动着晶莹的银色，女孩赤着脚，双手微微地抬起，她的面庞是整个画中最明亮的粉色，有一种吹弹欲破的质感。她的嘴微微地张开，好像要说什么，又好像在轻轻地说，嘘。

我出神地看着那幅画，高小军问我在想什么。我说不知道，只是感觉很喜欢，谢谢你。

我把画背挂在一个角落里，外面罩了一个罩子，没有人知道那是一幅画，我每次看见它都有种想把它拿出来再看看的冲动，但只是那么一瞬就什么想法都没有了。

长长的巷子里已经搭起了帐篷，一口巨大的棺材停在里面，一个穿白衣的女人正在号啕大哭，我慢慢地走过去，她抱住了我，她的脸蒙在白布里面，手紧紧地箍住了我，我好像被卡住了，我使劲挣扎着，想要摆脱她。可是越挣扎，那个箍越紧，我开始咒骂，嘴里叽里咕噜地说个不停。

叶寒，叶寒。我微微睁开眼睛，看到上方一张男人的脸，那是顾珩，他的瞳孔无限地大，里面有一个变形的我，只有眼白，好像瞎了一样。他摇动着我，扶我坐起来，把我紧紧地抱在怀里，好像怕我丢了。

我疲弱无力地说了一句：我要喝水。

我彻底醒了，他端过来一杯白开水，我一气喝完了。他问我刚才是不是做噩梦了，我点点头，说我梦见一个棺材，一个女人，女人从棺材里爬起来，使劲地掐着我的脖子。我无意中篡改了梦境，想让梦显得更加真实。

我在顾珩面前一直是一个假人，他不了解我的过去，只是被我的热情打动，他说从来没见过像我这么阳光的人。他像一个纯情的小男生一样在家属院门口等我，送我花还有热咖啡，约我出去玩。我把他叫到屋里，关上门，开始脱衣服，露出身上所有的伤疤，我甚至摸着自己的乳房数上面的印迹到底有多少个，它们重叠在一起，其实早就数不清了。我还摸自己的屁股，虽然看不到，但我依然能准确地摸到那些疤痕，它们凹凸不平，摸上去很有质感，我把身体凑到顾玲跟前问他：好玩不好玩？

他抱住了我，疯狂地吻我，把我平举起来放到床上，开始解自己的衣服。他的嘴巴一刻都没有离开我的身体，他吻着那些伤疤，那些凹凸不平的地方仿佛加剧了原始情欲的迸发。我本来想吓退他，反而变成了一种勾引，我像他一样开始痴傻、疯狂，如果这就是世界末日，那就让它快点来吧。

我一直在想，这样做不算对顾玲的伤害，反正他年底就要走了，去另外一个国度，那么远的地方他很快就会把我忘了，就当我是为社会再做一次公益事业吧。无关乎爱情，也无关乎道德，这只是我和高小军关系的一个副产品，高小军知道不知道也无所谓，我把他一直当作一个亲人，与情欲无关。

但顾玲每次睡在我身边，我都会做梦，关于死亡的梦，棺材、哭声、纷沓的脚步声总是萦绕不去，那只蓝眼睛的猫像只夜梦中的精灵，它一次次出现，仿佛真的。有时，白天上班时，偶尔的静寂也会产生这种感觉，仿佛它又来了，凭空而来，凭空而去，我害怕又期盼，被一种神秘的情感所吸引，那仿佛是一张巨大的网，我扑了进去，网一点点收紧，把我紧紧地包裹在里面，腐蚀掉融化掉，最后什么都不剩。

顾玲常常把我从梦中叫醒，我被梦魇住了，嘴里面呜里呜呀地咕噜个不停，眼睛半睁着，明明能看到他，也能听到他说话，但就是无法从梦中的情境里解脱出来。他抚摸我的面庞，吻我，我的手动不了，身体也没法回应他，但大脑里却在上演一场被强暴的场面，我拼命地反抗，推他打他甚至用牙咬他。那个男人的脸出现了，我瞬间就失去了所有抗拒的力量，整个人变得软绵绵的，眼前只剩下一个飘忽的影子，和一双偷窥的眼睛，从门缝里透进来，像一束光，照亮了我的裸体和全部的耻辱。

那是一段纠结的日子，顾玲问我做了什么梦，我说梦见家里进了小偷，我害怕，我使劲叫你的名字，可你就是不理我，我跟那个小偷对打，他拿着刀子，我害怕。

顾玲哈哈大笑起来，说：你是在说我吗，说我偷了你吗？这是一个混乱的逻辑，但从某个角度似乎也能说得过去，至少，顾玲很得意，那样子有点孩子气，像是从前淘气的高小军，每每得手，就会露出这样得意而狡黠的笑。可现在，高小军完全变成了另外一个人，成了大人，从前的表情和心情都消失得无影无踪，跟我一样抹去了过去的痕迹，我们彼此像陌生人重新相识走近，但总是在最后的那一点点距离面前止步，像是在两个维度，看起来很近，实际上根本不可能相遇。我的世界依然灰白，无论如何用心，就是上不去颜色，过于浓郁的底色让所有色彩都黯淡无光。

顾玲像一只精美的艺术品，我和他的每一次肌肤相亲都像是一种亵渎，会加剧我的罪恶感，可我又缺乏勇气对他说不，我习惯了顺从。我甚至不愿意看到他不高兴的样子，那一皱眉一�’嘴一烦恼都会深深地触动我，我禁不住自己的手要抚平他的额头，禁不住自己的嘴想要吻他，给他说甜蜜的话哄他。那些话原本不曾在我心里有过，只是在面对顾玲时，一瞬间就诞生了，从嘴里跳了出来，那么自然真诚热烈，连我自己都不能相信，却深深地打动了顾玲。一度，我们像连体儿，彼此不能忍受哪怕一秒钟的剥离。我浑然忘记了自己的名字和过去，像是一个梦游者，任下意识主宰整个身体和行为，即使这样，我还是会看到那个黑暗的角落，它总是停在那儿，无数的人和事萦绕不去，那些窥探的眼睛在黑暗中闪闪发光，我能听到它们的声音，嘈杂纷乱，有一种低低的隐忍，却挥之不去。

我坐在高小军的画室里，一句话都不说，只是看他一笔一画地涂抹那些色彩，让一些化学物质渐渐现出事物的轮廓，成为一些与心灵想通的意象，他画下的意象在极力逃向一种与人世无关，与自然破坏无关的宁静，虽然那宁静中还有不安和躁动，但足以让我静下心来，恢复所有的心力，继续去应对人和事。

顾玲来了又去了，只是站了那么几秒钟，高小军问他有什么事，他摇了摇头，走了。高小军摔了画笔，问我到底想干什么，说顾玲是他最好的学生，很有天赋。笔掉在地上，断了，折了，我心疼地捡了起来，跪在地上，使劲地想把两部分粘在一起，但它们之间没有血液和筋肉，即使接上了也已经无法重合，手一松，又断了，仿佛这是命中注定的结局。我跪在那里开始流泪，我拼命压抑住自己的声音，让它不要发出来，反而压得我嗓子干疼，那里变得粗硬，连一丝空气都流不出，我没有发声，就声嘶力竭了，我抚着自己的喉咙低低地啊了几声，就倒在了地上。

我把卖房子的工作辞了，搬进了之前买的公寓里，共买了四套，是用卖别墅的钱买的。小区刚刚建成，大部分房子还空着，出出进进很少见到居民，只有保安、园丁和保洁员晃来晃去，偶尔会有看房子的人成群结队的，好像逛集市一样。我的几套房子也挂在中介公司，他们不时地领人过来。我整天窝在家里，看动漫、打游戏，喝咖啡、红酒，买菜、做饭，烙饼，我热衷于所有的美食试验，把各种食材混搭，做出稀奇古怪的东西，一个人吃得津津有味或者倒掉。小区离海边很近，我偶尔会去海边散步、拍摄，看渔人坐在船上聊天抽烟喝酒哈哈大笑，偶尔会有一小群人骑自行车或开车来这里玩，手挽着手，脚跟着脚，像是一些连体儿，彼此不能分离，他们从中获得了温暖、力量，还有欢笑。

顾珩没有去美国，他患了强迫症，正在某精神病院接受治疗。他不记得我了，他迷上了雕塑，不停地刻雕各种女性人体，他无法抑制自己。每个人体雕塑的乳房和私处、屁股都被抠得稀烂，仿佛正在滴血，其他部分却光滑完美，五官极为精致，嘴唇和鼻翼的线条圆润流畅，眼形的轮廓狭长柔美，但里面却是两个空洞，没有眼仁和瞳孔，仿佛一个盲人，右侧的太阳穴那儿还有一个洞口。那些大大小小地被损害了的女人裸体摆满了他小小的房间，那些被抠得稀烂的女人私处使顾珩成了每个人的笑话，那些精神失常的人看见顾珩都会呵呵地笑。而顾珩则处于一种极度的亢奋中，一改平日的羞涩和温文尔雅，他盯着雕像的两眼闪闪发光，像一只发情的狼，但没有情欲，他只是对伤疤的形状和表达感兴趣，在他眼里，那些形态各异的疤痕都有着不同凡响的生命，他所有雕塑的意义就在于此。

医生说这个病人的心理阴暗，极度迷恋女性人体，因为一直受到压抑，所以才患了强迫症。我骂了一句脏话：你他妈的才阴暗呢。

医生是个中年男人，他不敢相信自己耳朵似的又问了一遍：你说什么？

这次，我只是大声地说了那句国骂，就不再理他。

　　高小军靠在窗户那儿，一边抽烟一边看我，我向他走过去，他微微地笑了一下，像是一种赞许。我想狠狠地揍他，或者他揍我，只要打倒一个就行。我站在他对面，从他手里接过烟，点了一支，和他并排站在一起，看着眼前慢慢升起的烟圈。

　　他好像在自言自语：怎么办呢？又好像很愤怒，转过脸说我：这局面都是你造成的！他是我最有天分的学生！

　　我吐了一口大大的烟圈，漫不经心地说：我想给你当人体模特，行吗？

　　他的愤怒一下子变得具象，他举起了右手，指着我的脸，不停地剁着，我等待着，我希望它变成一把刀，划过我的脸或身体，让痛感再次袭来，添加一个全新的伤口，是高小军给我的，因为顾玲而起，与那个女人无关，与过去无关。但高小军只是对着空气剁了几下，既没有碰到我也没有骂我，他变得极度沮丧，垂下头仿佛一个打了败仗的将军，甚至无比羞愧。

　　我知道不可能了，即使痛也得不到了，惩罚也不可能，生活总是这样的荒谬，顾玲、高小军这样的人遇到我是他们的不幸，我忏悔、祈祷都已经无济于事，甚至我的存在都变成了一种罪恶，只能加重顾玲的病情、他亲人的痛恨和老师的怨怒。

　　我掐灭烟头，想就此消失，从此离开高小军的圈子，小时候的安琪儿早已经不在，我现在是叶寒，一个根本没有翅膀甚至没有灵魂的躯壳，我行走在人间，只是为了一种虚妄的毫无意义地活着，如果对人无害也就罢了，偏偏我伤害了最信任我和最爱我的人。

　　高小军终于抬起头来，看着我，很平静地说：好吧，现在就去。

　　一路上，我都在想着各种退却的理由，我不想和高小军就这样面对，即使这样了，于顾玲的病又有什么益处呢？

　　车门推开，高小军向前我向后，我们向着不同的方向走去，我回到住地。

下

　　我无法再安心做任何事，我总能看到身体上的那些伤疤，包括数目、位置、形状、大小，每个伤疤似乎都有了来历，我反复回味着那些可疑的过去，人和事都被忽略成一个阴影，躲在黑暗中，静静地看着我笑。时至今日，他们依然如此强大，我逃不过那只手掌，即使只剩下一片废墟，那废墟上冒起的青烟依然不远千里地笼罩着我，压得我透不过气来。

我回了一趟北城，那里真的已经变成了一片废墟，几个工人正坐在废墟上抽烟闲聊，身边躺着铁锹，我站在那里，等待一个女人出现。五十多岁，长得很美，嘴唇很薄，牙齿很白，牙尖锋利，喜欢吃肉、啃骨头，动作优雅、婉转，每一次就餐都变得像一种没完没了的仪式，她沉醉其中，好像这就是她活着的全部意义。隔壁房间的呻吟和呐喊像是一种对抗，或者炫耀，她都无动于衷。她从上门者的手中接过礼品，笑着向他们承诺一些模棱两可的话语，挥挥手说再见。现金存进银行里变成卡，卡珍藏在首饰盒里，密码记在她的心里，她一直觉得这是万无一失的。那些卡后来没有增加或减少，像是一个定格，停在一个永恒的数字上，让她既期待又害怕。

黄河边的花园里，有四五十个老太太在跳舞，她们全都在七十岁上下，跟着她的节奏做伸展、转身、拍打的动作，她的声音依然清脆，腰肢依然柔软，妆容依然精致，她穿过那些纷乱的胳膊和腿之间的缝隙，看到了站在花园门口突兀的我。

她慢慢地向我走来，脚步满是犹疑，我拼命压抑住想要逃跑的冲动，我的腿开始发抖，手心里攥了一把汗，我在积蓄力量，在她距我一步之遥时，我转身离开了。我走得很快，好像后悔不该来这儿，她停住脚步，叫了一声我的名字：洋洋。

我站在马路边，那个女人站在我的左边，我们之间的距离是一米，我望着马路，她望着地，述说她现在的幸福和满足，她又嫁了人，是个医生，那个人对她特别好。过去像一场梦魇，她每次想起来都觉得很不真实，就像现在，我站在她面前，她依然不能肯定我的存在和我们的相见。

事发那天，她从四楼的阳台上纵身一跃，二楼的几根电缆线碰到了她，然后掉在地上，盆腔骨折，她在医院躺了一个多月，那个主治医生每天看她，问她恢复得怎么样，还安慰她，告诉她不要轻视生命，医生的话语和行动点燃了她对新生活的憧憬和希望。现在，她信了耶稣，每周都会去两次教堂，在主面前忏悔。她劝我也去教堂，多见见人，有事不要老放在心上，要经常找人开解……

她的声音在颤抖，她有点控制不住自己的身体，靠在了身后的栏杆上，抚着胸口，好像喘不上气来的样子。

我没有转头，甚至没有犹豫，挥手打了一辆车向机场驶去。

我去了新疆的那个监狱，赵峰已经不在这里了，因为表现好，他一年前就被释放了。

幸好不在。

我回到江城去见高小军，他一直没有抬头看我，只是专心地作画，堆砌的色块层层叠叠的，像是山峦又像是树林，好像人头攒动，又好像繁星点点。

我慢慢地褪下衣服，站在他面前，他抬起头来，看着裸体的我，乳房上的烫疤清晰可见，他的目光下意识地扫了我的私处和更下面的地方，那些印迹已经变成了一个个白色的圆斑和长长的十字划痕，像是皮肤上的一道道装饰，即使最新的烫疤也只是一个个硬痂，远没有顾玲的雕塑那么面目可憎。我转过身去，手按在屁股的那三个烫疤上，有一点点凹凸感，我移开手指，双手上举，好让他更清楚地看到我。

但是他给我披上了外衣，双手按住了我的肩头，说：把衣服穿上吧。

我说，我不是故意的，我根本没想到事情会变成这样。

他说：顾玲要开个雕塑展，一起去看看吧。

那些雕塑全都有了眼仁和瞳孔，或笑或哭，或忧伤或喜悦，因为这眼神的不同，每个女人都获得了一种全新的生命，她们变得活跃、生动，身体上的缺陷更加成就了灵魂深处的美，仔细看去，每一个作品都有其动人之处，那些血淋淋的伤疤也各有千秋。我从来以为只有我才能体会它们的痛和无所不在，但顾玲却表现得更加淋漓尽致，深刻而触目惊心。

赵峰惊异的眼神落在我的脸上，久久不能移开，我站在一个雕塑的后面，那个人像几乎和我同高，脸颊、面容与我有几分神似，身体从前至后扭曲成一个夸张的S形，脸上却挂着十分满足的笑容，因过于满足，那笑有了几分神秘和可疑的气息。

他问我：你在这里？

十二年不见，他完全变了，一改原来白皙稚气的学生模样，他留了络腮胡，郁郁葱葱地，皮肤也变黑了，像是一个在逃犯。

他进一步问我：是你吗？

他从未对我这样说过话，也从来没有正眼瞧过我，即使那件事发生以后。

我去了以前住的那个地方，长时间没有人住，房间里有一股浓郁的尘土味，我戴上帽子围裙开始打扫房间。吸尘器的尖叫声引来了对门的老太太，她敲开了我的门，向我问好，还问我去哪里出差了，这么久。想到她以前时常送我青菜，给她钱她总是不要，过后总是把钱塞进我的门缝里，我好几次打扫房间都捡到了钱。

我有些不好意思，回来时没有带任何礼物，我拿出高小军的那幅画送给她，说是特意给她买的。我刚刚擦拭过，镜面非常光亮，小女孩那粉嫩的面庞、明亮的眼睛和嘟起的嘴巴在暗红、藏青等冷色调的背景下，虽然阴郁，但还是很可爱。老太太非常喜欢，不住地摸着女孩的面庞说：真是心疼人呀。她拉着我的手说：你真是有心，你是个好女娃。她的手柔软、多皱，透出了老人对孩子特有的那种温暖。我说：应该的，我老吃您种的菜呢。她抱着画欢天喜地地去了，我忽然有一种感觉，那女孩变成了我，被她抱在怀里，走进了她家。

一条长得望不到头的公路，没有人迹，额头上的汗掉地的瞬间就被烤干了，只冒出了哧哧的热气，更多的汗从各个毛孔涌出来。公路两旁是望不到头的田野，迢远处有一星两点的人影或牛影，来来回回地缓慢移动，佝偻的样子在一望无垠的天地间显得那么渺小，不像是主宰这个世界的主人，而是这个正午被太阳鞭挞的奴隶。我慢慢向他们走去，我想知道这是什么地方，距我的目的地还有多远。

　　我几乎是一瞬间就站在了他们面前，那是一个老者和年轻的女人，还有一头牛，她们戴着草帽围着围巾，那围巾蒙着脸，只露出一双眼睛，那是怎样一双苍老的眼睛哟，本来好看的双眼皮现在则层层叠叠地成了一堆皮，大眼睛被皮挤成了一条窄小的缝隙，慈祥、温暖、疼爱盛满了缝隙。她伸出了枯皱的手摸我，干燥而粗硬的皮肤摸索着我的另一种干燥。我叫了一声奶奶，那只手把我拉进了怀抱，那干瘦的胸膛却是踏实而安全的，我紧紧地伏在那里，像一只子宫里的婴儿。

　　敲门声惊醒了我的美梦，一对年轻的夫妇站在门外，他们是来让我腾房的，刚才的梦是我在这座房子里的最后一个梦，而且是一个美梦。搬家以后，我的梦少多了，偶尔有，也总是一些稀奇古怪的，与现实不搭界的画面和情节，常常在梦醒的瞬间就忘了。要走了，我却有些留恋这所房子以及在其中的所有梦，包括和顾珺的那些时光。

　　高小军问我周末有没有事，有个学生要出国，让我陪他一起去。我点点头，我现在是无业游民，有大把的时间。

　　候机大厅里，顾珺抱着一个半米高的雕塑，一边走一边抚摸那个塑像的面孔，时而闭着眼睛，仿佛在倾听她的呼吸。高小军走到旁边，拍他的肩膀，对他说着什么，他笑了，样子依然有些扭曲，因为强迫症的频繁发作，使他过于劳累，他有些力不从心，需要打镇静剂才能安睡。他的父母跟在后面，他们最终决定送他去美国休养，希望他的病能够在那里得到根治。

　　高小军和我站在机场外边，仰望着天空中的那架飞机，顾珺就在上面，和他的父母一起，也许他正在构思他的下一幅作品，我不知道里面有没有我的影子。即使有，他也记不得了，我已经幻化成一个虚幻的影子，禁锢于他下意识的某个域限内，永远不会被开启，只能像水滴一样动来动去，他有感觉，却触摸不到。

　　赵峰站在高小军的画室，我坐在一幅未完成的油画面前，画的是一座铁桥，傍晚，天边的晚霞在火红中透着一层晕黄，桥上站着一个女人，嘴里叼着一支烟，烟圈围绕在她的上方，像一层层薄薄的光晕；桥的远处有一个裸体的女人，站在阴影里，注视着你，像是一种幻觉；远处的白塔掩映在朦胧的远山上，只有塔尖上的那点白像是一种点缀，隐隐发光。我们三个人都认识这幅画的背景，北城的中山铁桥和白塔山，还有女人。

赵峰还带了一个朋友，也是个北城人，他们坐在一起兴致勃勃地说起了北城的小吃、天气和风物。许多人和事在我听来就像发生在昨天，好像我刚走过那些熟悉的街道，刚下过一场雨，道路泥泞，空气清新，雨还在滴滴答答地从树缝间滴下来。现在，我们都变成了异乡客，坐在一起喝酒，还保持着北城人的实诚和豪爽，不断地向对方劝酒，应了那句话，"感情铁，喝出血"。赵峰真的吐血了，十二年的牢狱生涯让他的胃早已不堪重负，他只喝了一小杯白酒。我们送他去医院，输液，然后送他回家。

他的家里摆着那件顾玢的雕塑作品，跟我有点神似，在昏黄的灯光下散发出玉一般的光泽和质感，她的眼睛狭长柔美，双眼皮刻得很深，几近欧洲人种，从而更加衬托出眼神的深邃和辽远，眼底是一抹微微的笑意。上面贴了一张标签：林洋。

我记得很清楚，那次展览的主题叫"爱"，雕塑上标注的都是与爱有关的各种情绪，比如"忧伤"、"痛苦"、"绝望"、"喜悦"、"幸福"等等，这就是那座"幸福"。一个伤痕累累的身体上面却安着一张幸福十足的脸，连每一根笑纹里都溢满了无与伦比的幸福感，因为幸福，那些伤痕反而变成了一种炫耀。每一处伤痛都做了亮化处理，它们在雕塑的身上闪闪发光，不像是烟头或棍子留下的痛苦，而是一种生命的痕迹，因为这种痕迹，生命才散发出如此令人炫目的光彩。但我知道，这光彩不属于我，它只属于顾玢，他是一个才华出众的年轻人，做什么都无比出色，即使正常思维失控，他的下意识也能把一切都做到尽善尽美。

那个朋友像发现新大陆一样叫了起来：这个雕塑跟叶寒有点像啊，是不是，赵峰？

赵峰抚着胃做痛苦状，躺在沙发上，闭着眼睛。他的房间很大，三室两厅，装修风格却很简约，有一种显而易见的隐忍和节制感。赵峰看上去像是单身，屋子却收拾得非常干净。

那个朋友又转过头来问我：你看，跟你像不像？林洋？他念着那个标签，笑起来，问赵峰：林洋是谁？他转过头看着我，眼神充满怀疑。

赵峰从沙发上坐起来，走过来一把扯下那个标签丢进了垃圾筒里，又拿起茶几上的烟灰缸奋力向雕塑砸去，雕塑瞬间开裂了，他又击了几下，那座"幸福"就变成了一地的石膏残片。

我怀疑地看着那些残片，没想到它会变成这样，那本是顾珀给我的全部希望。我俯下身子去捡拾那些残片，要把它们重新粘合起来，变成原来的我，即使有再多的裂缝我都要粘起来。

那些碎裂的残片重新被和在一起烤干，弥合在原来的地方，我用砂纸打磨了那些伤痕，它们平滑、细腻，一如它天生的模样。我搬家以后一直用对门老太太教我的一种土方擦抹那些伤痕，它们与周围的皮肤渐渐地融在一起，只是有些苍白，像是白化病灶，我知道有一天它终会消失，就像从未出现过一样。那座雕塑以一种全新的面容出现在我的房间里，那些裂隙无可避免地布满全身，像是龙泉瓷上的冰裂纹，平添了一种光芒过后的宁静。

高小军知道了我是林洋后，带我去看了他在江城的父母，他的母亲为我们做了好吃的鱼和排骨，她摸着我的胳膊说：这么瘦，多吃点，洋洋，以后你要常来呀，把这当家。她知道我的父亲死了，母亲改嫁了，我独自一人在江城打拼。

他们慈祥的面容像是那个梦里的老人，在一个炙热的下午，站在旷远的田野里，紧紧地抱住了我。

迷 失

云晓站在巷子口，等待下棋的父亲回家，天渐渐黑了。

巷子口直通宽阔的马路，路上人影渐稀，玩耍的孩子们也都跑回家吃饭去了，只有她一个人孤零零地站在那儿，像一盏坏了的路灯。

父亲骑着自行车出现在十字路口，远远地，瞥了一眼这里，也看见了她，却不紧不慢的，云晓的心紧了一下，她希望父亲能骑得快一点，家里，母亲做的面片坨了，弟弟的肚子饿得咕咕直叫。父亲慢悠悠的，似乎一点也不饿，云晓怀疑，他一定去了那家包子馆，要了几个小菜，喝了几盅。母亲曾经这样说过，父亲也曾经带她和云帆去过那里，那是全区唯一的一家餐馆，有纯肉包子，还有红烧肉和糖醋里脊，特别好吃。云晓的嘴里不由自主地沁满了口水，她使劲地咽了一下。

父亲经过她的身边，推着车子径直向家门口走去。她默默地跟在后面，心里忐忑，父亲没搭理她，看来心情不好，肯定是下棋又输了。

父亲很喜欢下象棋，每天晚上下班以后会在厂门口的一个棋摊上杀上几盘，据说，他的棋术并不怎么样，输多赢少，可越是这样，他越是痴迷，常常耗到很晚才回家。

云晓想：待会儿吃饭时一定要小心点，不要说话，不要掉饭粒，要吃得快点，越快越好。

母亲小心翼翼地端饭上桌，父亲拿起筷子，只尝了一口，就扑地吐了，摔了筷子，指责母亲：这么难吃，又这么难吃，你是怎么做饭的，你会做饭吗，一天到晚地做这么难吃的东西，你会干什么，连个饭都做不好，还一天到晚地哭丧个脸，真他妈晦气。父亲居然说脏话！

母亲懵了，张着嘴，满脸无措的样子，本来她很满意今晚的劳动，西红柿鸡蛋面片，还放了肉臊子，这本来是一家人的最爱。父亲的晚归，人可以等得住，面却坨了，她加了一些水，又加了一些盐，洒了几滴酱油，美味因此被稀释了。她还难受呢，父亲居然给她找毛病，还骂她。

母亲开始争辩，带着对父亲晚归的怨气，两人你来我往，争吵逐渐升级，震怒、咆哮，像洪水般汹涌而至，两个孩子呆呆地坐在桌前，不知所措。忽然，父亲狠狠地打了母亲一记耳光，响亮、准确，母亲的脸上留下了清晰的五个指印，又打架了，他们吓得抱住了头。

与以往不同的是，母亲并没有还手，而是疯狂地呐喊：离婚！离婚！离婚！她不停地喊着这两个字，似乎这样就还击了父亲，能够把抽在脸上的那一巴掌带来的所有屈辱和疼痛都能擦抹得干干净净，像从来没有发生过一样。

父亲以极端厌恶和恶毒的口气说：滚滚滚，现在就滚，都滚！

母亲这一次也豁出去了，抬脚就往外走，不像是离家出走，倒像是出去散散心，一会儿就回来了，谁也没拦她。云晓和云帆都以为这只是一次平常的争吵，一切都会烟消云散，生活还会像原来一样，有快乐有压抑，有幸福还有恐惧，但确实是家的样子。

父亲不再吃饭，而是进里屋了。云晓和弟弟互相看看，拿起筷子继续往嘴里送饭，饭的美味和香味很快就化解了刚才的不快，他们甚至比平时还多吃了一碗。云晓洗完碗，收拾完，坐在床上看一本《儿童文学》，里面的故事很引人入胜，不知不觉，就到了十点多钟，对面铺上的云帆已经睡着了，父亲的屋子也黑了灯，母亲却没有回来。

云晓关灯，躺在床上望着天花板，刷的白灰已有些年头了，即使就着窗外的月光也能看到有的地方已经起皮，似乎随时要掉下来的模样。她伸出手，假装要接那块掉下来的灰皮，当然，没有掉下来，她的手只是在空中停了一会儿，有些冷，又缩了回来。母亲那一夜没有回来。

早晨，云晓站在一块厚厚的砖上给父亲打荷包蛋，有点散，但蛋黄包得很好，父亲闷头吃完，临走时丢了两块钱，说是让他俩中午吃牛肉面。他中午从不回家。

父亲走了，他俩对着桌上的那两块钱欣喜若狂，左看右看，前思后想，对两块钱所能带来的各种美味一时浮想联翩。

上英语课的铃声响了，云晓还在想着中午的牛肉面，母亲走了进来，脸色不好，一夜之间，长出了很深的眼袋和皱纹，还有两颊上的雀斑，云晓很肯定，那些东西以前都没有。她摸摸自己的脸，人们都说，她和母亲长得很像，长脸，小眼睛，薄嘴巴，皮肤白皙，很容易长斑。现在，她看到了那些斑，很脏，像是擦不掉的鸟屎，她下意识地搓了一把脸，有些生疼。

那是云晓这一生中听得最认真的一次英语课，她专注地好像要把母亲吞进去，将其说出的每一个英语单词都记住，再原模原样地念出来，她做到了。那天，她发觉了自己的英语天赋，比母亲念得更加自然、流畅，好听的卷舌音，像一个真正的外国人那样。但母亲始终没有看她一眼。

下课铃响了，母亲向教室外走去，她追了出去，母亲走得很快，她紧追了几步，叫了一声黄老师。学生们并不知道她和母亲的关系，学校里只有一两个老师知道。

母亲转过头来，一本正经地问她怎么了。

她嗫嚅的，不知说什么好，一向在母亲面前她笨口拙舌的，何况这是在学校呢？母亲说过，在学校里，两人不要单独说话，不要引起别人的误会，她不想让云晓和别的孩子有什么不同。而云晓已经不同了。

母亲很有耐心地看着她，她脱口而出说了一句：我爸给了两块钱，让我们中午吃牛肉面。那是她这辈子说过的最后悔的一句话。

母亲的脸轻轻地抽搐了一下，嘴角竟然露出了一丝笑意：好，那很好。说完就走了。

牛肉面很辣，她不喜欢，但云帆喜欢，吃了三碗，肚子鼓鼓的，一边走一边打着饱嗝一边问她：姐，明天中午咱们还吃牛肉面吗？

她想起母亲的表情和笑意，一丝不祥慢慢爬上心头，她说：不了，明天妈给咱们做饭。

咦。弟弟有些失望，因为父亲中午不回家，母亲的饭总是做得凑凑合合，要么是前一天的剩饭，要么是随便炒一个青菜，下点面条，或就馒头，一般都没有肉，也没有鸡蛋，这对于正在发育中的弟弟来说，毫无期待。云晓也不喜欢，她不喜欢吃剩下的，还不喜欢吃面条，只有热乎乎的馒头对她还有点吸引力。

下午只上了两节课，云晓早早回家，奇怪地看到门半开着，锁挂在门环上微微地晃动着。她不敢推门，也不敢叫，只是静静地站在那儿发愣，嚓嚓，脚步声由远及近，到门口了，门哗地一下被拉开了。门里门外的人都愣住了，云晓惊讶地看着门里的人，是母亲，正提着大包小包，像是要出远门。

母亲的半只脚踏在门槛上，一时有些犹豫，云晓叫了一声：妈！

母亲看了一眼她，又看了一眼，像是对她说，又像是喃喃自语：好好的。说完，踏出门外，擦着她的肩膀走了，一直走出了巷子。云晓追了出去，问道：妈，你去哪儿？

母亲停住了，慢慢转过身来，一字一顿地告诉她：云晓，我要和你爸离婚了，你和云帆要好好的。

云晓看着母亲，迟疑地问道：你不管我们了吗？

母亲看着她，摇了摇头，什么也没说，径直走了。

云晓坐在巷子口的一块大石头上发呆，远处的马路边上有几个孩子在玩跳房子，发生了争执，互相撕扯起来，一个男孩被打哭了，哭声很大。云晓抬起头来，看到那男孩一边号哭，一边扑上去捶打那个比他高很多的女生，女生终于被打哭了，蹲在地上嘤嘤地哭了起来。几滴水落在云晓的头上、地下，云晓看看天，看看地，远处的孩子已经叫起来：下雨了，下雨了。雨点很大、很硬，疯狂地跺着地，路上的人们都奔跑起来，转眼，几个孩子就没了踪影。云晓的头发完全被打湿了，她站起来，慢慢地往家走去。

吃完晚饭后，父亲就进了卧室，里面的灯一直亮着，云晓睡觉时还没关。她悄悄地下床，透过窗户，看到父亲独自坐在沙发上打一种叫作麻将的纸牌，玩得很专心，脸上的表情生动，嘴巴一开一合，好像有好多人在跟他一起打牌。

她怯怯地敲门，走进去，小声叫道：爸。父亲转过头来看她，问怎么了？她鼓起勇气问道：你会和妈离婚吗？

父亲把手里的牌扔了出去，不耐烦地挥挥手：去去去，大人的事小孩子少管。

她没有走，反而胆子更大了些，她说：下午，我妈拿了好几个包袱走了。

父亲怔了一下，显然没想到这么严重的后果，但只是一瞬，反而冷笑了一声：哼，她一天到晚就会搞些回娘家的这些小伎俩，就让她去，看她能折腾几天。

看样子，父亲对母亲的离家出走并不以为意，大概母亲只是到娘家住几天，再回来就好了，一家人还是像以前一样过日子。云晓松了一口气。

英语课换了一个年轻的女老师，白净、高挑、端庄，与人目光相触时，容易脸红，几个胆大的男生轻轻地嘘着，眼角眉梢满是得意的笑容。女老师课讲得很好，发音清晰、准确、地道，是一种真正的欧美风，像广播里的声音。但云晓一直想着母亲为什么没来，去哪儿了，真的去外奶奶家了吗？吴老师讲了些什么，她一个字也没听见。

下课了，云晓追上班主任，问黄老师请了几天假，她怎么了？班主任愣了一下，说：可能要请几天吧，你找她有事吗？云晓慌乱地摇了摇头，说：没，我有个英语题想问她。班主任笑了：你找新来的吴老师不就行了，她可是重点大学毕业的。吴老师恰好从身边走过，回过头看了一眼云晓，亲切地问她：你是六班的学生吧，有什么问题你问我吧？

云晓忽然对眼前的吴老师有了一种无法言说的憎恶感，她年轻、漂亮、亲切，又是重点大学毕业，而母亲什么都不是，只是一个高中生，从偏远的小县城调到这里来，英语全是自学的，发音不准，老招来同学们背后的嘲笑。曾经，她也讨厌母亲念英语的声音，可现在，她想念母亲，母亲的身影、声音和做的饭。

她回到座位上假装看书，手无意识地抠着桌面，发出咯吱吱的声音，同桌叶晨问她：你在干吗？她慌乱地抬起头，笑了一下，连连摇头：没事，没事，上课了吗？她看了看讲台，教室里乱哄哄的，讲台上有两个学生在拿着笤帚你来我往地比画。她急忙低下头去，手更加用力地抠着桌面。叶晨拽住了她的胳膊，手架在空中，动弹不得，她转过头去，无辜地看着叶晨，叶晨也看着她，追问道：到底怎么了？

她下意识地说：我父母要离婚了。

是吗？叶晨的声音轻了，语气也低沉了，对于正上初三的两个孩子来说，这的确是个重大事件。

她还说，想去外婆家，去找母亲，那儿离城区很远，在机场附近，坐在院子里，常常能看到低空的飞机，挺好玩的。但需要坐很久的车，她一个人从来没去过。叶晨自告奋勇：我陪你去吧，反正下午就是两节自习，没什么要紧的。

两个初中生的孩子，叶晨未完全发育，个子还不及云晓，他们像是姐弟俩。买票时，那个售票员阿姨还笑吟吟地问云晓：你们姐弟俩去哪儿？去机场意味着出城，两个没有大人陪的孩子总是让人有点不放心，云晓的心头也始终笼罩着害怕，叶晨却大胆地说：去奶奶家。他说得那么自信，好像是去他奶奶家。云晓奇怪地看了他一眼，这个小个子男生当了她快三年的同桌了，她第一次发觉以前并不了解他。

快到外奶奶家了，云晓怯怯地说：叶晨，我告诉你一个秘密，你可别对别人说。

叶晨好奇地问是什么，她说：黄老师，是我妈妈，她以前是这边的老师。她指着远处的一所学校。

有些破旧的院墙，院子里孤零零地坐落着几处平房，高高的桅杆上一面红旗迎风舞动。她还说：我小学三年级以前就是在这里上的。他们两个趴在学校的院墙上向里张望，一阵槐花香扑面而来，槐树长得很低，伸出手去就可以够得着。叶晨站在院墙上，大把大把地揪着槐花，转手递给云晓，云晓喂进嘴里，甜甜的，带一点苦，正是她喜欢的味道，她连连点头：好吃，好吃。她抓着叶晨的手，也爬上了墙头，两人沿着院墙一直从后院走到了前院，几个住校的老师正在房子里打扑克牌，终于看见了他们，急急地跑出来，叫着，威吓他们。

母亲并没有在外奶奶家，外奶奶一个劲问云晓家里出什么事了，她妈妈怎么了。云晓说了父母吵架的事，还强调父亲打了母亲一耳光，母亲拎着几个包袱离开家了，已经两天了。外奶奶也着急了：这孩子，去哪儿了呢？她指使小舅去母亲小时候的几个要好的玩伴家里去看看，再四处打听一下，看看母亲到底去哪儿了。

晚上，天都黑了，小舅回来了，很沮丧：没有，我姐根本就没来过这，谁都没见过她。

外奶奶着急地在屋子里走来走去，她是个小脚，走起路总是颤巍巍的，云晓总是有种担心，她会不会摔倒，但她就像棵小柳树，不管枝叶如何摆动，根基却是牢牢的，最终归了原位。云晓略略地后悔，是不是不应该到这来，害得外奶奶白白担心，也许妈妈过几天就回来了。

小舅开着拖拉机送他俩回了北城，还嘱咐云晓：下次想外奶奶了，提前打电话，我开车来接你，可不许这么乱跑。她调皮地吐了吐舌头，她怕父亲，但一点也不怕小舅。小时候，小舅总是领着她去摘玫瑰，卖玫瑰花，还会榨香喷喷的玫瑰精油，她把精油滴在小手绢里，什么时候拿出来都香香的。她问小舅，妈妈会去哪儿，她是不是以后再也不见我们了？

小舅坚决地否认了：不会！她就是心里气，出去走走，很快就会回来的，你要在家安心学习，可不能瞎跑，到时谁去找你呢。

她想，她真要走了，就要去一个别人永远找不到的地方。母亲是不是也这样想的，他们再也找不到她了，母亲藏起来了，就像他们小时候捉迷藏一样，那个藏的人因为太隐蔽了，没有人能找到他，天黑了，小朋友们都回家了，那个人才会从角落里溜出来，悄悄地一个人回家。天什么时候会黑呢，她抬头看看天，日头渐西，云彩有些灰蒙蒙的，分不清几点了，也看不出即将来临的黑夜。但她想，母亲一定会回来的，一定。

挑开门帘，父亲在客厅里码牌，弟弟云帆听见门响怯怯地走了出来，看到小舅，脸上露出惊喜的笑容，大叫了一声：舅舅，奔跑了过来，舅舅将他抱起来在屋子里转了个圈，说：哗，一下子长这么高了，才几个月啊。父亲也站了起来，讪笑着说了一句：来了，坐。

小舅放下小弟，脸色变得严肃，对着父亲说：我有事问你，出来一下。说着转身出去，父亲跟在身材高大的小舅后面，背有些弓，身子骨薄瘦，云晓有点担心，悄悄地跟在后面。他们一直来到了巷子口，下面的马路上有车，但不是很多，偶尔过一辆，鸣笛声很响。

他们俩远远地站在那里，父亲给小舅让了一支烟，小舅没有接。他们站在那儿说着什么，小舅似乎有些激愤，好几次拳头捏了起来，但又松开了，直到最后，什么事也没发生，小舅直接离开了，父亲独自回来了，身子骨还那么薄瘦，只是眉宇之间充满怒气。

刚一进屋，父亲揪过正怯怯地站在门口的云晓，顺手抄起门后立着的笤帚，把云晓按在床上，毫无章法地打了下去。云晓没有叫，甚至都不动，像个死人一样，父亲狠狠地抽了几下，似乎出了气，把笤帚一把扔进院子里，兀自坐在院子里狠狠地抽烟，很久都没有进屋。

云晓从床上下来，来到和云帆住的小屋，云帆看着她，无助地哭了起来，声音压得很低，尽量不让人听见，云晓抱住了他的头，轻轻地说：没事，我一点都不疼。

英语课还是吴老师上，她刚来，还处于实习阶段，但班里的男生女生显然已经喜欢上了她，她发音纯正、流畅，透着一种美式英语的活泼和大方，还喜欢笑，提问时亲切温和，好像邻家的大姐姐。只有云晓一味地抗拒，默默地期待这个老师早点离去，母亲忽然有一天破门而入，若无其事地说：同学们，今天，我们来学习课文。

上课铃响，每次进来的都是吴老师，云晓低下头去，不敢看讲台，生怕自己产生幻觉，以为那是母亲，会大声地叫出来。她的目光始终落在书本上，那些黑色的小方块像活了一样，一个个长着眼睛、鼻子和嘴巴，一动一动地，做着各种古怪的表情，还在说：妈妈找不到了，她去哪儿了，她是不是不要我们了，她怎么心这么狠？她点着头附和它们，还说：你们知道她去哪儿了，告诉我呀，我要去找她，找到她我给你们奖励，我有巧克力。她从书包里拿出一块大大的巧克力，不停地晃动，还嘿嘿地笑着，说：真的，我说的是真的，我们家里有很多的巧克力。

她说话声音很大，吴老师正讲一个语法，同学们听得很专心，教室里很安静，她的声音突兀地跳了出来，所有的人都吓了一跳，转过头看她。她手里晃着巧克力，目光落在书本上，脸上微含笑意，嘴巴上下歙动，念念有声。同学们都吃惊地看着她，叶晨推了推她的胳膊，她兀自沉浸在自己的世界里，点头、说话、微笑，像一个梦游者。叶晨有点害怕，怕惊醒了她，出现什么不好的事，他听老人说过，梦游的人是不能惊动的。别的同学却嘻嘻地笑了起来，然后全班同学都哗地一下笑了。吴老师没有笑，她叫了一声：云晓，又叫了一声，云晓都没有反应。

吴老师走下讲台，走到云晓的课桌前，敲了敲她的桌子，叶晨担心极了，云晓要是被惊醒了怎么办，出事了咋整。云晓并没有被惊醒，她只是抬头看了一眼吴老师，满含笑意，嘴里还在呜呜噜噜地说着什么，然后，呵呵地笑了。

吴老师叹了一口气，轻声问道：云晓，你知道我是谁吗？

云晓仿佛刚从梦中醒来，惊讶地看着吴老师，摇了摇头，手下慌里慌张地合上了书本，稀里哗啦的，笔、橡皮和一只小本子掉在了地上，她想去捡，老师挡在前面，她有点焦急。吴老师还在看着她，想说什么又不知从何说起。

忽然，云晓一把推开了吴老师，低下头捡笔、橡皮和小本子，橡皮滚得很远，停在了前面一个同学的脚下，云晓的手伸过去的时候，同学一脚踩住了橡皮。云晓用手去扳那只脚，脚更加用力，拉扯之间，同学不耐烦，抬起脚踢倒了云晓。云晓的头碰在了桌角上，然后滑落在地上，额头上有一个三角口子，开始往外冒血。

云晓看见了母亲，穿着常穿的那件碎花衬衣，站在公交车站等车，手里拎着一个黑色皮包，像是要去开会。她急忙奔过去，公交车来了，人们蜂拥而上，母亲也随着人流往上挤，云晓也挤了上去。票员问她去哪儿，让她买票，她掏掏口袋，一分钱也没有，她说让我妈妈买吧。谁是你妈妈？

车上人很多很挤，云晓根本看不到母亲，她只好大叫了一声"妈妈"。人们侧目，还给她让出了一条小缝，她用力挤过那些肉乎乎的墙，仔细辨认每个面孔，但找不到母亲。有人开始埋怨：这个小孩挤什么呀，别挤了，别挤了。票员也生气了：我说你这个小孩，你到底要去哪儿，是不是想逃票啊？

云晓怎么也找不到母亲，却被票员一把推下了车，她扑通掉在地上，头上湿漉漉的，还有点疼，她抹了一把，鲜红的血，她叫了一声：妈妈，妈妈，我流血了，我流血了。

我知道，我知道。一个非常温柔的声音在耳边响起，十分好听。云晓禁不住睁开了眼睛，是校医室的李医生，正在为她擦洗伤口，脸上含着微笑，看她醒来，笑着安抚她：别怕，我给你缝两针就好了，不痛的。她看着李医生那和蔼可亲的样子，有一种十分熨帖的感觉，好像妈妈在不在都无所谓了。她问李医生谁受伤了，为什么要缝针。

李医生一边缝针一边笑着说：没事，在桌角上磕了一下，长两天就好了。

针脚一下一下地扎着额头，但感觉与她没什么关系，一点都不疼，她能清晰地听到针捅进皮肉里的声音，扑哧扑哧的。

李医生的白大褂的前襟不时地拂在她的下巴上，有一种淡淡的消毒水味，感觉十分清洁，仿佛她也被消毒了一样。似乎只是一眨眼的工夫，李医生说缝好了，让她这两天乖乖的，不要让水碰到伤口，否则会感染的。她听话地嗯着，临走时，还给李医生说再见。

走出医务室，吴老师迎上来，用手扶住她的肩膀，轻声问道：云晓，你看，你要不要回去休息两天，我给你爸已经打了电话，他很快就来接你了。

已经来了，厂子和学校离得学校很近，走路也就五分钟。父亲看上去有些疲惫和散漫，看到云晓头上的纱布，只是略略地惊讶了一下，却并没问什么。吴老师主动地解释着，一个劲地道歉，还说这两天的课她会帮云晓补上的。父亲闷闷地说了一句：老师，不关你的事，她活该！语气恶狠狠的，仿佛恨了多日的仇人终于有人替他报了仇。云晓低下头去嘿嘿地笑了。

吴老师拉着父亲走到一边，离云晓比较远的距离，尽量压低声音，不让云晓听见，她问家里是不是出什么事了，云晓这孩子有点不太对头，喜欢自言自语，而且在课堂上，声音很大，都影响别的同学了。

父亲满不在乎地说：老师，她不听话，你就往死里打。

吴老师愣住了，看着云晓的父亲：你这个家长怎么说话呢，怎么能这么教育孩子？

父亲就不说话，只是远远地看着云晓，目光恨恨的，云晓还低着头，嘿嘿地笑着，仿佛真的有什么可笑的事情，她已经保持这样的表情快一分钟了。吴老师当时忽然有种感觉，也许云晓这孩子真的有问题，她不可能再回到学校了。

吴老师又说了一些做家长的应该多关心孩子的思想而不是吃饱穿暖就完了，还问云晓的母亲在哪里上班

父亲却说要领着云晓回去，还说麻烦老师了，等孩子病好了，就让她继续上学。他走过去对云晓闷闷地说：走，回去，丢人现眼的。云晓没有动，还在嘿嘿地笑着，父亲就一把拉起了她，像领着个小孩一样。但云晓个子很高，快到父亲的耳朵那儿了，身材很直，看上去很苗条，吴老师直为她可惜。

云晓穿上母亲的大红色卡其布外套，短款，宽松式的，在那个年代很少见，即使现在也不过时，提着布袋，在菜市场买菜。有个男人主动向她搭讪，她轻轻地笑了，长长的眼睫毛忽闪着，透出几分诱惑，几分神秘，男人大胆拉她的手，她没有反对，一直跟着对方。走到父亲厂门口时，她看到父亲正蹲在地上下棋，已经下班了，偌大的厂门口只有那两个人，蹲在一个墙角里，头对头，仿佛在密谋着什么。那陌生的男人还拉着云晓的手，云晓忽然大叫了一声：爸！

父亲抬起头来，看到了云晓和那个男人，他们手拉着手，父亲的眼神渐渐愤怒，霍地一下站起，奔过来，那男人已经迅速地丢开云晓，一溜烟地跑了。父亲的巴掌噼里啪啦地就落了下来，还带着穿皮鞋的脚，卡其布衣服被扯掉在地，脏了，云晓蹲在地下，扑在那件衣服上，用身体的后背挡住所有的拳打脚踢。后来，父亲被人拉开了，云晓慢慢站起来，提着衣服和菜向家里走去。

云帆正在写作业，看到她大叫：姐，什么时候做饭，我都快饿死了。

云晓笑了一下，她已经拍净了身上的土，又穿上了红色外套，像出门时一样，但脸上有巴掌印和伤口。云帆问她怎么了，她说是摔了一跤，然后去做饭。她和了拉条子面，做了红烧肉，饭端上桌的时候，云帆张大嘴看着那一盘肉问她：爸怎么还不回来，怎么老是这么晚？

是的，自从云晓被领回来后，父亲又像以前那样回家很晚，有时云帆等得都睡着了。云晓认真地说：你先吃吧，爸说他吃过了，让咱们自己吃。

真的？云帆不相信地问了一句，已经忍不住拿着筷子夹起了一块肉喂进嘴里连说好吃，一盘肉很快就见了底，只剩下一些肉汤。这时，父亲进了门，啪的一

声，云帆吓得丢了筷子，张着嘴巴坐在那儿不知所措。父亲静静地看了一眼餐桌和盛着肉汤的碟子，坐了下来，云晓给云帆使了个眼色，云帆急忙咽下最后一口饭，回屋写作业。云晓则去厨房拉最后一片面，父亲接过去，用那些肉汤拌了菜吃着，呼噜呼噜地，好像什么事都没发生。

放下碗，父亲闷闷地说了一句：把那件衣服扔到垃圾堆里，现在就去。

云晓抱着衣服走出门外，往厕所后面的垃圾堆走去，路过电线杆的时候，那儿站着一个人，叫了她一声：云晓。

云晓转过头去，是李珊珊，来给她送作业本，这几天一直是她给云晓讲每天的课，还把云晓每天的作业带到学校去。云晓接过作业本，翻了翻，都是红勾勾，她撇着嘴角笑了笑，似乎很不屑的。珊珊说，今天老师还表扬你了，说你一个病人，没听课都能把作业完成得这么好，还批评谁谁谁来着。珊珊说了几个人的名字，强调了其中一个人，那天伸脚绊云晓的同学。

但云晓一直没吭声，只是怔怔地望着怀里的衣服。珊珊把衣服扯过去，抖了抖，说：你抱着个衣服干吗，这衣服还挺好看的。

云晓说：那给你吧。

珊珊疑惑不解：干吗要给我，你不穿吗？

云晓摇了摇头，转身往回走，珊珊叫住了她，说今天的课还没讲，你坐下。云晓就又转回来，坐在电线杆下面的水泥墩子上，珊珊坐在她旁边，打开书包，给她讲起当天的课来。

云晓说：珊珊，你一直给我讲课吧，我不喜欢到学校去，也不喜欢那个吴老师。

珊珊说：吴老师很惦记你呢，她一直为那天的事愧疚，说她没把事情处理好，每次我来这她都嘱咐我，一定要把关键的内容给你说到，她还说，要亲自来呢。

云晓使劲摇头：不用，我不想见她，你来就行了。她说着笑了，阳光灿烂，还透着一丝天真。

云晓进门时，父亲已经回自己屋了，桌子上还摆着碗碟，她默默地收拾起那些东西端到厨房里,打开水龙头,水哗哗地冲击着碗上干结的饭粒,天慢慢就黑了。

她走进和云帆的小屋,云帆正在折一只纸飞机,折好后飞了出去,屋子里到处都是纸飞机。云晓一边低下身子去捡,一边催促云帆:作业写完没,就开始玩。

云帆说:姐,我想参加学校的航模班,做飞机模型的,可好玩了。

她瞪了云帆一眼:那就参加呗,跟我说干吗。

云帆说:可得自己花钱买材料,我没钱。

云晓哦了一声,她手里有父亲给的买菜钱,就问是多少,云帆说五块,云晓说太贵了,什么东西呀。云帆说:这已经是最便宜的了,我们同学的比这贵呢。

云晓有点心疼钱,还有点疑问:学那东西能干吗?

云帆得意地说:将来可以考飞行员。

云晓就笑了:那好啊,在天上飞,地上的一切都能看清楚吗?

云帆信心满满地说:当然,都能看见咱们家呢。

那样,我们就能知道妈妈在哪儿了。云晓像是在自言自语。

可是她没有五块钱。她说:你别急,我给你想想办法。

父亲领着云晓来到学校,在林老师的办公室里,父亲希望云晓能够继续上学,说她在家里好好的,做饭、扫地、洗衣服,样样都干得井井有条,一点毛病都没有,她完全可以上学。林老师抬起头看云晓,云晓正看着墙上的一只潮虫一动不动,嘴角轻咧,露出一丝得意的笑。林老师失望地摇摇头,却还是耐着性子叫了一声云晓。

云晓笑着没有动,也没有看林老师,那只潮虫的模样完全吸引了她,父亲拍了她一巴掌,她的身体往前倾了倾,转过头好奇地看了一眼父亲。父亲好言好语地说:林老师叫你呢。

云晓就笑了,走到墙边,啪地一下,拍死了那只潮虫,翻过手来,用另一只手拨动着虫子的尸体,呵呵地笑。

林老师震惊地看着她,然后站起来轰父亲:走走走,这个样子怎么能读书,赶紧领回家。

父亲忽然扑通一声跪在了地上，跪在了林老师的面前，带着哭腔说：林老师，您让她上学吧，她还小啊，再这样下去非毁了不可，您是老师，有的是办法，您好好教育她，怎么都行，只要能像以前一样，我给您磕头了。说着头触地，碰得地梆梆响。林老师连忙拉他，但他就是不起来，非要林老师答应不可。

林老师只好说：好好，让她上学，让她上学，云晓，快过来，拉你爸。

云晓站着没动，也没笑，只是大声地说了一句：我要转学！

一只蒸馏瓶，一个酒精炉，玫瑰花慢慢融化、缩小，成一滴清亮的精油，香气溢开来，云晓深深地吸了一口，屏住呼吸，淡淡得像微漾的水波，缓缓滑开来，一波又一波，无穷无尽，她被激荡，被汹涌，被充满。她啊了一声，香气呼啦一下钻进了她的鼻孔里、嘴巴里，在身体里四处游走，仿佛一群欢快的鱼。她张开小手绢，轻轻地说：小舅，给我一滴吧，只要一滴。小舅看看她，笑了：说好了，只要一滴，能香一年呢。精油滴在手绢上，润开来，香香的，软软的，她小心翼翼地将手绢叠起来，把香气牢牢地藏在最里层，放进衬衣的小口袋里，向小舅保证：我一定好好地保存。

玫瑰地里有豌豆花，像一张人脸，五官分明，黑白相间，小舅一岁的孩子哇的一声哭了起来，小舅急忙跑过来，从云晓的手里接过孩子，把孩子的脸埋进自己的怀里，嘴里连说：不看，不看，姐姐坏，姐姐坏。

云晓捶了一把小舅，笑问：我怎么了嘛。

小舅嘘一声：孩子怕这个呢，别给他看，你看，那像不像鬼脸，好多小孩子看了都哭。

云晓仔细端详着那花，说：确实像脸，我还觉得好玩呢。

她抬起头望向远处，玫瑰地里静悄悄地，前两日摘玫瑰的繁忙景象转眼就没了，像是一场午后的太阳雨，快得像是一种幻觉。但地头边站着一个人，一动不动，像是稻草人，云晓有点好奇，慢慢地向那里走去，渐渐近了，稻草人动了，挥起了手臂，嘴里还叫着云晓。

云晓听到了，看清了，是叶晨，穿着一件卡其色的夹克衫，阳光、灿烂，他长高了，像地里的庄稼，才一年多的时间就比去年高出一拃长去，一下子比她高出一个头，再也不是以前的小不点儿模样。云晓摸了摸口袋，那里有一封刚刚收到的信，叶晨在信中告诉她要去北京参加奥数比赛，路过机场时来看她。没想到这么快。

他俩面对面站在地头上，云晓还是不适应抬头看她，两只手插在衣服口袋里，右手按着信纸，生怕它发出声响，让叶晨发现她收到了信，只是不理他。这已经是一年中的第十三封信了，每一封她都锁在小木箱子里，藏在外奶奶的床底下，不让任何人知道。偶尔，她会趁着屋里没人的时候，打开小木箱，取出信来，坐在小板凳上，一封一封地读。叶晨的学校生活就那样鲜活了起来，每一场球赛仿佛都有她的参与，每一次数学竞赛获奖好像都挽着她一起上台领奖，分享的欢乐和幸福缓缓地沁入心脾，像花一样开放在身体的七经八脉，悲伤和绝望一点点淡去。

她喜欢读信的感觉，却向往和害怕见到叶晨的那一时刻，现在，它还是来了，如此唐突和意外，她毫无准备。至少，她应该换上那件白色外套和的确良裤子，换一双新鞋，而不是穿着这件母亲的工作服，宽大的肥裤子，和一双张着口子的黑布鞋。每次跟小舅来地里，都会换上这一身，没想到正好撞上叶晨。

叶晨端详着她，然后问：你好了吗？

云晓不明所以，他们一年多没见了，这话从何而来。

叶晨拍了一下自己的脑袋，又问：你是不是在上次咱们去的那学校上学？

云晓慢慢地想起了一些事情，那天，父亲跪倒在地，咚咚地，狠狠地敲着她的脑壳，于是，她跑出去了，一路狂奔，她跑了很久，是有生以来跑得最远的一次。马拉松有多远，四十二公里，她跑了十公里，一直跑到了城外，一辆去往机场的运货车司机拉上了筋疲力尽的她。她一上车就睡着了，一觉醒来时，车子停在一个热闹非凡的路口，司机却不在。她趴在车窗往外看，分辨出这就是上机场的三岔路口，外奶奶家在与机场相对的那条路的尽头再拐个弯。她打开车门，跳下车，蹲在饭馆门口台阶上正在吃饭的司机叔叔问她醒了，要不要吃点。

她指指路的尽头，说：我外奶奶家在那，我走了。司机站了起来，顺着她指的方向看一眼：

你没记错？

她迟疑地点点头，来过好多次了，应该没错。司机不大放心，坚持送她过去，直到家门口，看到了正在劈柴火的小舅。小舅站起来，给司机师傅让烟，还让到家里去坐，连声感谢他，司机摆摆手，走远了，没抽烟没喝一口水。小舅拍了云晓一巴掌：你咋这么好福气，碰到这么好一个人。

云晓转过头去，想想刚才在城外拦车的情形，车子一辆辆呼啸而去，只有这位叔叔停下来问她上哪儿，刚好顺路，可以拉她一段。她什么都没想，就上去了，睡着了，要是碰着坏人咋整？可什么样的人就是坏人呢，云晓甚至想，宁愿遇到个坏人，把自己整到外地去，再也不到这儿来。可转眼看到小舅，某种久违的亲密和依恋瞬间席卷了她，还是这样好，真好，那个叔叔真是个好人。

叶晨看她不说话，拉起了她的胳膊，说：我想去看玫瑰。

云晓看着叶晨的手落在自己的外套上，温暖隔着外套准确地传到了她的感觉神经上，她有了一种奇妙的感觉，好像她和叶晨之间打开了一条通道，可以自由来往，像现在这样说话、拉手、一起行走，走到了玫瑰地里。

来不及摘的玫瑰花都谢在地上，铺了一地的香。两人不敢踩，只是捡拾花形还比较完好的，不一会儿，就捡了好多，把花装进衣服口袋里，手心上却沁了一抹玫瑰红，云晓舔食着，向叶晨笑，叶晨也学她的样：嗯，有点淡淡的香，像你的味道。

云晓摸摸衣服口袋，从小她就闻着这种花香，母亲的衣服也总含了这种香。她学母亲的样儿，把半干的玫瑰花用纸包起来藏进不穿的衣服里，来年，衣服一打开，淡淡的香气沁人心脾。

两人坐在候机大厅里，叶晨一直在说话，这一年多在学校的情况，大部分都在信里说过了，但在云晓听来，还是很新鲜。她静静地坐在那里，低着头，绞揉自己的衣角，想问什么，但在心里过了几遍后都咽了回去。她什么也没说，也没问叶晨什么时候回来。

站在十字路口，有低飞的飞机，她仰起头，迎着刺目的阳光，紧紧地闭上眼睛，又睁开，飞机缓缓地上升，在云层里进出了几下，就不见了。她忽然后悔，刚才应该给叶晨说点什么，比如，她特别希望见到叶晨，听他说说话，说什么都行，只要听到他的声音，看到他的表情，笑，抑或某个亲切的眼神或动作，她的内心会充满喜悦。喜悦的感觉真好，仿佛太阳照进了整个身体，到处都暖洋洋的，脸上都会溢满连自己也不能相信的笑和满足。见到熟人或陌生人，她都想笑，和他们打招呼，说一句哪怕是你吃了吗，回家吗，菜多少钱一斤呀等等，诸如此类的话。她想融入他们的圈子，像他们一样，大声地笑、喊、跳、奔跑，还有，一个温暖亲热的拥抱，像以前和李珊珊一样，手挽着手，搂着彼此的腰一起走过马路、铁轨，爬山、钻小树林，无拘无束。

忽然间，从前蜂拥而至，同学、操场，珊珊是个短跑运动员，学校田径队的，每天早上五点半到学校参加集体训练。她每天早上也很早去学校，六点半左右，天蒙蒙亮，独自在操场上奔跑。七点钟，训练完的珊珊回到操场上，和她一起去教室上早自习，她们前后座，珊珊每次做题，都要转过头来问她，顺便聊天、谈笑，时间过得多快呀。她一年多没见过珊珊了，刚才见到叶晨时也没问，其实她想问，但不知为什么，总有什么东西堵在嗓子眼那儿，阻止着她说出心里的话。

她很沮丧，还很难过，低着头，慢慢往家走去，长长的影子拖在左边，像是整个人倾倒在地上，幽暗、混沌，没有方向感。

一个身影跳着从屋里奔跑出来，边跑边喊：姐，姐！是云帆。一抹惊喜瞬间涌来，整个身体都热起来了，她笑了，眼睛里还流出了泪。她抓住了弟弟的胳膊，弟弟看到了她的泪，问她：姐，你咋了，谁欺负你了，告诉我，我帮你。

她笑着摇摇头，向他的身后看去，隔着好几米远，她已经感觉到了屋子里的人，正端坐着，外奶奶在踮着小脚给他倒水。她慢慢走过去，挑开门帘，站在门口，端详着那个人，一年多没见了，也没什么变化，就像她从来没有离开过。家里的成员渐渐少去，对他并没有什么影响。只是，母亲在家的时候，他一年都来不了外奶奶家一次，可现在，这里已经与他没什么关系了，他反而主动地来了，还带着云帆。

他端起水，吹了几下，喝了一小口，又吹了几下，杯子一直端在手里。外奶奶招呼她：晓，你爸来看你了，快进来。

看，这个词有几分温暖，还有几分刺痛，在一瞬间，她全都感觉到了，猛地转过身走了出去。云帆在院门口和小舅的孩子玩，小舅妈招呼云晓照顾孩子，她去给他们做饭。云晓说：我来做吧。她转过头问云帆想吃什么，云帆指着小舅妈说：我要吃小舅妈做的"破布片"。小舅妈扑哧一下笑了：不是"破布片"，是"破皮袄"。云帆也笑了：我就喜欢吃这个。

其实就是烫面饼，卷了油和玫瑰酱，想起来就让人馋涎欲滴。那个人也喜欢吃，母亲以前也爱做，只是远没有小舅妈做得好吃，她也会做，父亲有一次还夸她做得好吃，那是母亲走了以后她唯一一次获得父亲的夸奖。后来，她走了以后，谁做饭呢？像灵光一闪，这个问题忽地跳了出来，她很想知道，但不想问，只是看看云帆，再看看那个人，他们正埋头吃那些"破皮袄"，嚼得津津有味。

外奶奶说：你爸要带你回去呢，问你行不？外奶奶很慈祥，笑眯眯的，人上了岁数，大概都这样吧，没有什么可以争可以抢的，心态也就平静了，对待亲人和孩子们充满了无尽的爱。

那个人一直没有看她，甚至没有对她说一句话，但她想，他也是爱她的吧，不然怎么会跪在那个林老师面前呢。

外奶奶又说：你都上高中了，那边的教学质量好，你去了可以考个大学什么的，这儿就把你荒了。

那灵光再次闪烁，做饭，做饭，谁在给云帆做饭，云帆每天回来吃什么，那个人呢？

小舅说：你要想外奶奶了，就常回来看看。

她抬头看了看门外的天空，有飞机在低飞，然后没入云层，她想，叶晨到北京了吧。　她从学校的教务室一口气奔跑到郊外的国道上，那个货车司机停下车来，问她：小姑娘，去哪儿？她说机场。坐飞机呀？她摇头：去外奶奶家。司机哦了一声，一挥手"那上来吧"。车座高，她上的时候有点费劲，司机叔叔还拉了她一把。她坐好了，满脸的汗，神情疲惫，司机同情地说：你跑什么呢，累成这样？好好歇歇，机场还早呢，还能睡一觉。他的话像催眠曲，她的眼睛吧嗒一声就合上了，直到机场的三岔路口。真好。

三岔路口去机场的反方向则是学校，远远地看上去，那里安静、祥和、绿树成荫、花香氤氲，那个看门的老头坐在大门口，腿伸得长长的，沐浴着阳光，惬意地闭上眼睛，后面的小花园里落满了玫瑰花瓣，渐渐地干枯、消殒。那个爱找她倾诉的兰兰，扎着一只长长的马尾巴刷子，胖胖的红脸蛋，白白的牙齿，说起话来语速很快，气息很急，好像后面有人拿鞭子赶着，说几句就得停下来喘口气，云晓真为她着急，可又不能为她做什么。日头慢慢从左侧移到头顶再到右侧，暖洋洋的，仿佛母亲的手，外奶奶的目光，小舅的笑，小舅妈的亲昵，扑通一声，那个人跪在了地上，头磕得土地咚咚地响。

高中教研室，于老师，一个留着小胡子的男人，看上去像外国电影里玩世不恭的公子哥儿，要命的是嘴里还叼了一支烟，大大咧咧地坐在椅子上，两条长腿伸展开来，好像要把屁股从椅子上拽下来一样。这激起了云晓的好奇，还从来没见过这样的老师，印象中，老师都应该像母亲或林老师那样，规规矩矩的，说话、表情都是严肃、认真、不可置疑的。

但于老师不是，他亲热而熟稔地笑了，好像在迎接老朋友，招呼云晓：来来，坐。这可是从来没有过的待遇，包括在母亲面前，云晓也总是循规蹈矩地站着，不敢大声说话。所以，她并没有听他的，还是站在那两条大长腿面前，一动不动。于老师收回了大长腿，身子往前一倾，把云晓一拽，硬是把她拉坐在了旁边的一张椅子上，云晓条件反射似的站起来，又被他按了下去：老老实实坐着，这样说话方便，知道不？于老师半严肃半开玩笑的表情，让云晓紧张、不安，又有点好奇和小感动，只好老老实实地坐在那儿，和于老师处于一个水平线上，平等地对话。

于老师问她先前在哪里上学，学习怎么样，有什么特长？奔跑，两个字突然跳出了云晓的嘴巴，同时，两眼炯炯发光，于老师愣了一下，似乎没有反应过来：什么奔跑？

十公里长跑。想起去年的某一天，她就是从这里一直奔跑到郊外的，大约是十公里，小舅告诉她的。

十公里？于老师睁大了眼睛，不确定地问：你有这么厉害，那可以进学校的田径队啊，回头我给齐老师说说。

齐老师很严肃，面无表情，以前给云晓他们带过课，有一次考仰卧起坐，云

晓怎么也起不来，一个也没做上，齐老师毫不犹豫地给她画了个大零蛋。

但这次他嘿嘿地笑了，云晓这才发现他笑起来很难看，五官堆积在一起，像是把整个脸挤裂了，还是严肃点好。他半开玩笑地说：那你跑给我看看，绕操场十圈，五千米。他似乎已全然不记得云晓了。也是，学校的体育老师很缺，总共也就三个，带着全校体育，他怎么可能记得一个考零蛋的学生呢，体育考零蛋的人很多呢。

珊珊拉着云晓的手跳了起来：云晓，云晓！好像这是一个很拗口的名字，她在一遍遍确认，云晓看着珊珊，珊珊穿着母亲的那件红卡其布上衣，衬得皮肤很白，整个人很亮，像个电影明星一样，真漂亮。但她只是轻轻地笑着，嘴唇紧紧地闭着，不敢说一个字，表达对她来说，成了一件很奢侈的事情。许多话挤在喉咙口，就是倒不出来一句，像是交通堵塞，没有一个指挥的警察，车永远堵在那儿，谁也别想往前走。

于老师拍着云晓的肩膀向全班同学介绍：这是咱们新转来的同学，云晓，大家欢迎。稀稀拉拉的掌声似乎带有某种情绪，于老师很不满意，他再次带头鼓掌，掌声有了某种命令式的整齐划一，但缺乏真实的情感。云晓几乎不敢看任何人，只能对着教室最后的墙壁，上面有很多脏污，像是用拖布故意甩上去的湿迹，长年累月，形成了某种带有抽象意味的画卷，层层叠叠的，云晓一一解读开来，仿佛看到了每段画卷形成的时间和情绪。

英语课，提问，云晓站起来，一字一顿地回答，很慢，但正确，老师点了点头，示意她坐下，喜悦从心底缓缓升起，充溢整个身体，暖暖的。下课了，她站起来，跟在同学的后面往教室外走去，叶晨站在楼道里，逆着阳光，像是一个剪影，她扑地一下笑了，那么自然、轻松，连她自己也没想到。她向他走去，他俩面对面站着，同时开口：你回来了？眼里都扑满惊喜，她甚至有种冲动，想要拥抱叶晨。学生们从左从右碰撞着他们，还有人从他们的中间穿过，隔着人流，他们相互招手，叶晨说：学习上有什么问题，找我，我有好多复习资料。

她和叶晨不是一个班，但门对门，一下课就能见面，只是不敢，太多的眼光和议论，她几乎不敢抬头，更别说主动去叶晨的班。放学回家的路上经过百货大楼，橱窗那儿有一个大大的窗台，经常有人坐在那儿歇息。坐在窗台上，叶晨给她几本复习资料，讲题，说起对大学的向往。云晓只是听着，说话还是有诸多困难，关键是不敢开口。叶晨一心想考清华的数学系，这对于云晓来说，像是遥远的天际，无法触摸，甚至对一般大学，她都不敢向往，成绩是一方面，还有心理上的重重障碍，不知如何应付。叶晨却对她很有信心，还给她计划了一所北京的大学，说挺不错的，离清华很近，两人可以经常见面。

橱窗里的塑料模特穿着一件红色风衣，是长款，模特做得很高，身材修长，那件长风衣被她穿出了一种飘逸、高贵、优雅的风采，如果一个真实的人有这么好的身材，该有多好。想象母亲，也是这样消瘦、高挑，但眉目之间一味地颓丧、肃杀，所有女人的柔情和妩媚似乎都与她无缘，因此，她即使辛苦到死也只会赚来父亲的一句"滚"？云晓似乎刹那间明白了什么，又一闪即逝，对母亲强烈的情感压住了所有不好的画面和想象。

她抚摸着橱窗的玻璃，仿佛触到那个模特的手和呢子大衣，感到阵阵温暖，甚至，她看见了母亲，正在人流中转过身望着她，目光关切、哀怨，人群裏挟着她，前后左右，不停地晃动，她轻轻地叫道：妈妈，妈妈。母亲张开嘴，好像在呼应她，甚至抬起了手，似乎要拉她，那么真实、具象，她用拳头使劲砸着玻璃，仿佛要把母亲从里面拽出来。

叶晨叫起来：黄老师，黄老师。还拉她，她不愿意转过身去，害怕因此看不见母亲，叶晨急切地拽着她：看，黄老师。她猛然意识到了什么，急忙转过身来，看到马路上人来人往，车来车去，但并没有母亲，她再转过头去，果然，橱窗里的母亲消失了。

她和叶晨一直往前奔跑，追赶一闪即逝的母亲，十字路口，连绵不断的人流和车流，那个熟悉的身影被淹没其中，肉眼无法分辨。走入两边的街道，他们挨家挨户地打听、询问，有没有这样一个女人，这么高，穿着一件灰色的短上衣，短头发，跟云晓长得有点像，人们摇摇头，抱着孩子、搂着爱人，转过身走开。

云晓望着那一个个洞开的大门，母亲也许深藏在某个门的背后，被束缚着，能听着她的声音，但嘴被堵着，没办法说话，正等待人前来解救，她一定要进去，搜寻每个角落，找着母亲。她进去了，阔大的院子，空寂的屋子，角落里坐着吸烟的男人，两个写作业的孩子，厨房里擀面条的女人，以为她是客人，还招呼她和叶晨：来，屋里坐。那条空寂的长得望不到尽头的巷子里，有无数这样的院子和角落，门都敞开着，左邻右舍的人们坐在院子里聊天、说笑、吃东西，没有见不得人的角落，也没有叶晨口中的那样一个女人。

叶晨敲着脑袋说：难道我看错了，眼花了，那根本不是黄老师？

云晓却说：我看到了，她一直在看我。她也后悔了，不应该转过头来，那样，母亲就不会消失。

父亲站在巷子的尽头，外套搭在胳膊上，吃着一根雪糕，嘴角挂满掩不住的笑意。看见云晓和叶晨他愣住了，站在那儿，雪糕溢出嘴角，眼看要掉到地上，父亲急忙用手掩住嘴，紧走几步，问云晓怎么在这儿？又疑惑地看看叶晨。云晓推开他，向他身后的小院走去，院子里槐花将落，石桌旁坐了好几个人，还有站的几个人，七嘴八舌的，透着十分的热闹。云晓慢慢走近去，人群的中心是一块帆布做的棋盘，几只为数不多的棋子正在两个人的手里把玩、思索、犹疑，沉醉其中。云晓伸出手去，抓住帆布的一角往上一掀，所有的棋子都飞撒在空中，硬邦邦地落在地上，发出此起彼伏的铿锵声，有的甚至砸在人的头上，人抱住头，惊愕地看着云晓，和她身后愤怒的父亲。

父亲手脚并用，将所有的失败、沮丧和羞辱都累加在云晓头上、身上，她一点都没有躲，平视着父亲，看手和脚如何举起、落下、砸她，一下又一下，她的嘴角、鼻子都出血了，父亲被人们拉开了，有人递过来手绢，让她擦血，她没有接，只是慢慢转过身走了。

云晓每天放学都会穿过那条巷子，门口乘凉的人们都认识她，偶尔还会和她聊两句，云晓坐在他们的门槛上，听大人们说家长里短，和小孩子在巷子里追跑，看来来往往的女人们，期待忽然有一天母亲的出现。

于老师正坐在办公桌前，盯着桌上的电话机发呆，云晓敲了敲门，说：于老师，我来取大学录取通知书。

于老师转过头来，若有所思地看着她，问道：你母亲原先是这个学校的老师？

云晓呆住了，于老师一直对她亲切平和，从不探询，还像一束温暖有力的光，时时照亮她，渐渐化开心底的拧结，全力以赴地参加高考，这份录取通知书上也有他的一份功劳，为此，云晓的内心充满感激。

现在，他也这样了，也开始好奇这件事了，甚至比那些异样的目光更直接、彻底。云晓不知所措了，下意识地低下头去将食指含在嘴里拼命地咬指甲。于老师马上意识到了什么，赶忙说：对不起，我是想告诉你，我知道黄老师在哪儿。

崎岖的山路，两边是大片大片的田地，零落的住家户，土坯墙，一条狭窄的小道蜿蜒曲折，云晓和于老师下了长途车，沿着小道一直往前走，尽头处有一个大大的铁门，门上挂着一把锈锁，门旁的小房子里走出一个中年男子，摇着扇子问他们找谁。

门吱扭扭地开了，院子里面，腰身粗大的老槐树，高大的杨树，洒下一片阴凉的柳树，一条小渠哗啦啦地流淌着，通向墙外的田地。旁边土坯房的教室里传来稀稀拉拉的朗读声，云晓趴在其中的一个窗台上，透过窗花的间隙向里窥望，教室里只有十几个学生，讲台上，母亲穿着一件花衬衣，蓝布裤子，布鞋，头发胡乱地束在后面，抑扬顿挫地念着英语课文。

失 手

他终于找到那件裘皮大衣了，借着外面路灯投射到大厅的微弱的光，他看出这就是白天于梦试过的那种大衣。

他小心翼翼地取出来，把其他的东西原样的塞在箱子里。他相信没有人会发现少了一件大衣，昨天刚盘完点，再次盘点要到下个月，等到那时候再让他们查去吧，那时候还能查出什么呢？

站起身来的时候他眼前轻轻闪了一下张小慧那张愁苦的脸，张小慧是这个柜台的负责人，今晚的这件大衣够她和她的组员赔一年的。张小慧的家里条件好像也不是很好，可那与他有什么关系。

于梦很喜欢这件衣服，而且穿上也很漂亮，就好像这衣服是专门为她制作的一样。值得干一次。

他已经好久没干活了，前段时间活干得太密了，商品部上上下下都很小心，好多贵重商品都上了锁，科里查得也很紧，差点就把警察叫来了。

今天晚上，刚好又是他值班，本来还有一个小李，他今天请假说孩子病了，这机会太好了。

半夜两点钟，正是大厅里最静的时候，所有部门值班的人此时都进入了梦乡。

他坐起来穿好衣服，拿着电棒和手电筒，拿了钥匙，出了保卫科的门，来到了营业大厅。

大厅的门被悄无声息地打开了，路灯投射进来的光给大厅蒙上一层幽暗和朦胧，这光已足以让他看清大厅的柜台大致摆放的位置。他径直走向大衣的柜台，走进后面，后面很黑，他打开了手电筒，照见了那个装裘皮大衣的箱子。

他对这一切太熟了。他知道这些大衣是怎么放进去的，一个箱子里装了几件大衣。

昨天，他亲手帮着张小慧把这些衣服一件件放进箱子里的，当时，张小慧还说：这可是我们的命根子，千万要放好。

在那以前，这些衣服根本不是他的目标，他哪里能看得上这些衣服，最贵的一件也不过几千块钱，哪有那些摄影器材值钱，而且出手也不容易，他要是拿一件女式衣服去卖的话，别人一准早就怀疑到他了，他哪能还像现在这样悠闲地在保卫科干呢。

但这次不一样，这次是为了于梦，于梦太喜欢这件衣服了，而且这件衣服太贵了，已经超出了他的支付能力，他只有这样了。

想起昨天张小慧的话，他觉得那像是一个预言，连他自己当时也在想，他不可能动这些衣服的。因为他从来没有在摄影器材以外的商品上动过手，别的商品根本提不起他的兴趣，也找不到出货的下家。

但只过了一天，这一切就都变了，他决定干一次，他已经好久没有干了，老不干活，让人感到浑身都不得劲。只有对不起张小慧了，想到张小慧要为此背上一年的债，他的内心里也有一点不忍。

他知道，张小慧喜欢他，从她每次看他的眼神他知道，从她每次娇羞的表情里他能读到里面所含的全部内容，但那与于梦的娇媚相比，就不值一提了。于梦是他的妻子，也是他的一切，这一点在他十岁那年就清楚地知道了。

那年他爬到树上去掏鸟蛋，掏住了，他高兴地一喊就从树上掉了下来，屁股重重地摔在了地上，手也杵破了，流出了血，刚刚六岁的于梦抓着他的手，嘟起小嘴在上面一遍一遍地吹着，他立时觉得不疼了，呆呆地看着于梦，说：于梦，将来你给我做媳妇儿吧。他清楚地记得，于梦当时一本正经地说：你要是解放军叔叔，我就答应你。行，我长大了就要去当一个解放军叔叔。

后来，他真的当了兵，成为一名侦察员，练了一身的本事。他和于梦也顺利地结婚了。只要于梦在他身边，什么都变得不重要了。

他合上箱子，看着手里的衣服，心满意足地笑了。他好像已经看见于梦穿上这件衣服时欢快的样子了，于梦会搂着他，热情地亲他，然后。他想着，想着，就坐在了一个凳子上，打开了烟盒，从里面抽出了一支，他要好好地享受一下。这是他的习惯，每次在营业大厅里办完事后，他都要坐一会儿，抽一支烟。

想起每次案发后，他们和单位的领导一起在现场勘察时，他们都会对那些烟头感兴趣，都说从犯罪分子还能坐在这里抽烟看来，这个人一定是个极其冷静很有头脑的人。每次听到这样的评语，他就会在心里暗暗地发笑。他哪里就那么冷静，那么有头脑。

这个世界没有天生的贼和罪犯，这都要有一个过程，第一次谁都会紧张害怕发抖，得手后好几天都惴惴不安，说话做事总觉得有人在盯着自己有人在怀疑自己。但慢慢地就适应了，就习惯了自己所扮演的角色，开始变得冷静了，有头脑了。

他第一次在这里抽烟时，不是冷静而是他太紧张了，觉得如果不抽烟的话，他无法平抑自己那如火焰般燃烧的心；如果不坐一下的话，他会腿软得走不出那空荡的营业大厅。

后来，他觉得一个人在深夜坐在空荡而寂静的大厅里抽烟是一种真正的享受，那种享受在其他任何地方任何时候都是找不到的。那是一种奇异的感觉，一种让他为之着迷甚至忘记了危险的感觉，他需要这种感觉。

他点燃了香烟，深深地吸了一口，在喉咙里停留了几秒钟，然后缓缓地吐了出去，烟雾淡淡地笼罩着他，他觉得自己忙碌了半天的心情在此时安静了下来，像这夜一样静静的。

他这时不用想出货的问题，因为这次是给于梦穿的。以前总要想到出货的事，想到能卖多少钱。

家里太穷了，于梦跟了他，一直没过过好日子，本想着，他上班了能挣钱养家，可是哪知道一个月才只有两百多块钱的工资，还没有于梦的高。于梦是个要面子的人，在别人面前总是夸他有本事，能挣钱，有一次，他无意中在她同事面前说自己工资低，她的同事立即睁大了眼睛看于梦。

于梦当时脸红红的，好像做错了什么事，回家来和他大吵了起来，他这才知道，自己的那点工资让于梦在同事面前多么没有面子啊。他自己也觉得没面子起来。所以于梦埋怨他的时候，他觉得于梦是对的，于梦多美啊，她比那些电影明星都要美丽百倍，但是他却没有钱让她把这份美丽发挥到极致，他让于梦跟着他过穷日子，这是多么悲哀的事。他要挣钱，挣很多钱，让于梦过上最好的生活。

白天他在营业大厅转悠的时候，看到那些有钱族花钱大手大脚的样子，他的心里充满了羡慕，然后是嫉妒，然后他就想，人和人多么的不同，有的人生来就有钱，有的人稍一抬手就能挣来钱，而有的人，就像他这样的人多么努力啊，在部队时，样样考核都是优秀，最后还是免不了回家务农，过面朝黄土背朝天的生活。

他那时苦闷极了，每天坐在田地里看着落日，想得最多的就是怎样脱离这块贫瘠的土地。终于有了占地招工的机会，他进了城，穿上工作服，成为一名工人。

他的梦想实现了，他和于梦也结婚了，于梦在中专毕业后在家乡教书，成为一名公办教师。他俩憧憬着美好的幸福生活，想着从此以后能像城里人一样地生活，这种感觉好极了。

可是这种美丽的感觉没有延续多久，他就发现了自己已经被打上了烙印。

当许多人知道人他是占地招工进来的时，眼光马上就不一样了，他知道那目光是在说：噢，是农村的呀。

尽管他长得高大帅气，还有一种沉着冷静的气质，这在许多城里女孩子的眼里有着一种不同寻常的魅力，但是当她们知道他来自农村时那种眼光马上就黯然失色了。他的心也就跟着沉落了，原来，他离城市的脚步还有那么远，也许要等到下一代，或者更远。

于梦不想要孩子，说要等到他们在城里买了房子以后再考虑这件事。他也就由她了，虽然他那么想要孩子，虽然这是他母亲临终前一再嘱咐过的。但是他们没有房子，在城市里还没有根，他们不想让自己的孩子也在这座陌生的城市里漂泊。

每次，他帮着营业员盘货的时候，对那些高档的商品，他都禁不住浮想联翩，其中，哪怕有一件能够属于自己，那该有多好啊。可是那只是一件件商品，最终会走到那些有钱人手里去，与他这样的人相隔着十万八千里。

有一次，他想得入神，禁不住说了一句：我们一个月的工资还不够买一个摄像机的腿。那个营业员就笑了：还腿呢，如果我们不在这上班，连摸一下的底气都没有。

好像真的是这样，走在大街上，看到眼花缭乱的广告牌，装修气派的酒店舞厅，还有各种各样的吧，他连迈一下腿的勇气都没有，生怕门口穿着整齐的保安会用势利的眼光把他干瘪的口袋看个底朝天。尽管他也西装革履，尽管他也气宇轩昂，但是他知道，只要一抬头，他眼底的虚弱就会不由自主地流露出来，他口袋里的虚弱也就会更加战战兢兢。

那天盘完货，他晚上值班，一个人躺在床上，眼前一遍遍地闪现出下午盘货的摄像机，一台机子一万七千块钱，真好啊，摸上去那么具有质感，一看就知道是好东西，他真想再去摸一下。这个念头一旦产生就像生了根，拔也拔不动。他转过来转过去睡不着。

他起身走到了院子里，看着天上晴朗的星空，又转头看看营业大厅，现在只有他一个人，其他的人都在梦乡里，钥匙也在他的手里，他站了一会儿终于决定再去看一眼那台华贵的摄像机。

他打开营业大厅的铁门，他的动作很轻，声音很小，他走了进去，返身又把门关上，这样即使有人经过也不会注意到什么。

他走进大厅，走到摄影组，看到了那台摄像机正安然地躺在柜台里。他看着，伸出手，拉了拉柜台的门，门上有锁，这难不倒他。

他从口袋里拿出一块薄薄的刀片，轻轻地拨弄了几下，锁开了，他伸手拿出了那台机子，拿在手里沉甸甸的，好一会儿舍不得放下。最后，他终于决定拿回去，拿回家好好地看一下。

他拉上柜台门，弄锁，这时，他觉得自己的手一直在抖，心也咚咚地响着，他对自己说：没什么，没什么。尽管这样，等好不容易弄好锁，他发现自己整个人已经湿透了，而且双腿发软，他一下子将自己卸在了地上，他望着整个营业大厅，从来没发现这个大厅这么长这么大，要走出大厅，还有一个多么漫长的过程。

他手抖着从口袋里摸出了烟，点上吸了一口，马上就觉得心咚咚跳的声音不那么响了，手也不抖了，他又吸了一口，身上的汗在渐渐地冷却，他又狠狠地吸了一口，然后把烟头撚灭，站了起来，他觉得那个沉着冷静的自己又回来了。

他抱着摄像机，什么也没有想，就走出了营业大厅，重新锁好大厅的门。他回到了保卫科。

他把摄像机放到了一个包里，第二天早上开完营业大厅的门，他就下班了，等回到家里再仔细地看吧。他觉得很累了，经过这么一个折腾，他沉沉地睡去了。直到早上七点半闹钟把他吵醒了。

地上的烟头已经有三个了，可他还是不想回去，他在想第一次时自己简直太紧张了，也太匆忙了，许多方面都没有想好。当时就不应该从柜台里拿，那样也太容易被发现了。

第二天营业员一上班就发现少了一台机子，当时还以为放在别处了，东找西找，最后才确定可能是丢了。由于柜门什么都好好的，就想可能是在白天，没注意让人从柜台里摸走了。

营业员员们只是感叹这些小偷也太厉害了，那么大的摄像机也敢下手，而且还就成功了。小偷成功了，可害苦了营业员，一万多块钱的东西，他们得自己赔，这得赔到什么时候去。有一个营业员当时就哭了，说她还准备着最近结婚呢，现在倒好，还要赔钱。

他是第三天去上班的，在营业大厅里听到了那几个营业员的咒骂声，当时他的心里产生过那么一丝愧意，他想把东西退回去算了，但这只是一闪念，他马上就否决了自己这个愚蠢的念头。他只是告诫自己以后不拿就是了。

但是很快，他又拿了第二次，这次他有了经验，他从后面的库里拿，而且从底层拿，上面照原样放好。直到一个月后盘点时才发现，而这时，他的货早已出手了。

这个东西确实不错，出手也比较容易。他有一个战友就在做这些，每次都是战友帮他出货。他的战友好像知道他这些货来路不正，从不问是哪儿来的，反正是以低价收进，比市场价低将近一半，一换包装转手就能卖个好价钱，何乐而不为呢。

而且他知道战友的货本身也是来路不正的，据战友自己说，一个远房亲戚在深圳海关工作，所有的货都是亲戚从香港那边走私过来的，所以进价很低，很有赚头。

战友说这些时，带着一种炫耀，还一个劲鼓动让他一起干，一点儿也没觉得这是违法的，是见不得阳光的。

而他不一样，他不能说出来，说出来就意味着会像过街老鼠一样挨打，还会被抓起来，失去自由。那是可怕的，也是致命的，他要控制局面，不能让那样的事发生。他还这么年轻，还没有充分享受生活，他还要和于梦一起走到老。

他仿佛看到于梦穿着裘皮大衣在向他笑，于梦的笑很美很甜，还有点让他痴迷，他一看到于梦的笑就不能自持，他会想入非非，会有一些举动，他和于梦都会很快乐。他想着想着，不由地笑了，烟着到了头，手感到一点儿热，他扔掉烟头，站了起来，他准备回去了，太晚了，已经三点多了。

他转身要走的时候看到了地上的烟头，他数了数，有五个。今晚抽得很多，坐的时间也最久，今晚来的地方也不一样，到时哭的人也不一样。张小慧那张有点忧郁的脸在眼前晃了一下。好像她家里孩子很多，她是最不受欢迎的一个；好像她心脏不好，不能生气，否则的话后果会不堪设想。他想起她的眼神，想起她看见他时娇羞的样子，他仿佛看见她发现大衣不见了时的绝望，和心脏病发作时痛楚倒地的情形。

他看着手里的大衣，又看着地上的烟头，忽然他又弓下身子，打开箱子，把那件大衣放了回去。

他径直向营业大厅的门走去，内心里觉得奇怪，今天晚上到底干什么来了，白白耗了这么长时间，却什么都没有得到，这好像不太符合他一向办事的原则。

他轻轻地拉开门，从里面走了出来。门外站着一个人，他唬住了。

月光下，那人穿着一件大衣，领子竖起来，两只眼睛冰冷地盯着他，一言不发。他看着那个人，不由自主地问了一句：你是谁？那个人拿着手电筒向他照了一下，他用手挡住刺眼的光亮，同时一只手摸向了腰间的电棒。对方好像看出了他的企图，闷闷地说了一声：是我。他听出来了，是保卫科长，一颗悬着的心就放了下来。

科长，怎么是你，吓我一跳。他一边说，一边回头锁门。科长一言不发，等他锁好门，转身走了，他跟在后面。这时，他才想起有什么地方不对头，科长半夜三更地跑到这里来干什么，今晚没有科长的班呀，难道？他忽然想起今晚来的目的，忽然想到科长可能发现了什么。想到这里，他觉得浑身的血涌到了头顶，瞬间，就觉得自己已经湿漉漉的了，他不由自主地擦了一把汗。他觉得腿已经软了，他已经走不动路了：完了，终于暴露了，完了。

他的脚步越来越慢，科长回过头看了他一眼，有意地放慢了脚步。两个人好像在夜深人静的月光下散步，有一搭没一搭地走着，他觉得离办公室越来越近，心也跳得越来越响，他努力地想一些借口，想说一两句话，可是思绪好像被什么粘住了一样，他什么也想不起来，什么也说不出来。

科长进了办公室，他也跟了进去，里面的灯很亮，在灯光下，他还没来得及站稳，科长猛地转过身来，一拳捣在他的脸上，他猝不及防，打了个趔趄，有一股热乎乎的东西顺着嘴角流了下来，他想擦，只是想了一下，还没有来得及付诸行动，膝盖后面又受了重重的一击，他一下子跪倒在地上。索性，他跪在那里没有动，他太累了，跪在那里，好像还轻松一点。

起来，你给我起来。科长低吼着，他只好站起来，膝盖骨好像碎裂了一样，散得怎么也提不起来，血在不断地从嘴里冒出来，他没有擦。

打开，把衣服打开。他听话地把外面的大衣脱了下来，里面是一件薄薄的衬衣，一眼可以望穿，科长冷眼望着，他浑身上下轻飘飘的，那么大的相机他能放到哪儿呢？

东西呢？科长沉沉地问道。

什么？一时间他愣了，他几乎忘记了科长为什么要打他，他今晚做了什么。他只是在见到科长的那一瞬间，感觉事情败露了，他一直在想怎么找借口，可是他一直没有找出借口。科长打他时，他还想，该来的终于来了，他终于躲不过这一天了，他是罪有应得，科长打他是对的，科长是恨铁不成钢。是科长当时顶住各种压力，硬要了他到保卫科，否则像他这样占地招工进来，没有任何关系的人，怎么能进保卫科呢。可是他辜负了科长。营业大厅的偷盗案让科长没少挨骂，他亲眼都见过几次。科长一定早就注意他了，不然怎么会在今天晚上捉住了他呢。

科长看他一脸迷雾的样子，心里闪过一丝疑惑：难道不是他？自己亲眼看见他有一次拿着一个鼓鼓的包下早班走了，不久，营业大厅就又发生了一起丢失案。今天，小李请假的时候，他当时眼睛亮了一下，难道自己的感觉是错的？难道他没有得手？不会啊，从前几次的盗窃案的作案手法上看，罪犯很老练，一般的防范措施根本挡不住，难道不是他？

你半夜三更跑到营业大厅去干什么？

这时，他终于想起来了，想起了那件裘皮大衣，想起了一地烟头，他忽然想起自己又把那件大衣放回去了，放回去了。他一下子兴奋起来，真是幸运啊，在最后的关头，他把大衣放回去了，今晚他什么也没有拿。刚才往外走的时候他还在想，今夜是无功而返，既然自己什么也没拿，怕什么呢，自己什么也没有做呀。

他立时觉得整个人轻松了起来，他的腰一下子又直了，胸挺起来了，他抬起了头，擦了一把嘴角的血，平视着科长说：我睡不着，觉得大厅里有一个窗户好像没有关，就进去关窗户了。

他的目光那么平静，语调那么轻松，科长马上觉得自己的感觉可能是错了，但还是追问了一句：那怎么进去这么长时间？他有一点不好意思地说：我关上窗户，有点困，结果就坐那儿睡着了。

他的思绪空前地顺畅起来，连他自己也觉得惊奇，谎话一句接着一句，却听上去句句合理。

科长看上去对他的话不是很信，上下地打量着他，然后坐下来，说起了这两年营业大厅的盗窃案，问他有什么好的建议和看法。这在以前的案情调查会上不知说过多少次了，他张口就来，但就是没什么新意。

科长大概觉得问不出个所以然来，看到他脸上的伤，有点歉然地说：要不你回家休息吧，我来值班。他犹豫了一下，这样单独和科长坐在一起，在这样夜深人静的时候，他有点心虚；科长似乎并不相信他的话，说不定明天早上他们会在大厅里巡查，说不定他们还会发现点什么，他想还是早点逃离算了。于是他说：

好吧，那我先回去了。

回到家时，已经快六点了，他想这时于梦一定还在被窝里，想到于梦温热的身子，他的身体也变得温暖起来。他打开门，走进了卧室。

他看到于梦和他的那个战友睡得正香，并且，在他的注视下翻了个身，两个人互相摸索着抓住了对方的胳膊，紧紧地搂在一起，嘴里发出一连串含糊不清的咕噜声，好像两只猪吃饱喝足后发出的惬意的哼哼声。

红气球

腊月二十九，我抱着女儿刚下车，街头的拐角处有一个卖气球的，五颜六色的气球像花一样开放在一棵大树的旁边，女儿张开双臂，身子前倾，拽着我向那朵大花扑去。花心里蓦地露出一只头来，戴个眼镜，笑盈盈地问道：小朋友，你要哪一个？

我看着那些令人眼花缭乱的气球，说：随便拿一只吧。

那张笑盈盈的脸并没有动，只是定定地看着我，我转过头看他，想把刚才的话再说一遍。但没有说出来，我认出来了，他是张远。

所有的气球挣脱了束缚，向天空中飞去，漫天的色彩迷乱了行人的眼睛，有些孩子跳起脚来扑打那些气球，捉到气球的人开心不已，兴奋地跳着笑着，人群骚动着欢呼着，气球，气球，这么多的气球。张远还站在那棵大树底下，张开双臂，定定地看着我，我也看着他，周围的一切都不存在了。

女儿哭着，小手兀自对着那些越来越远的气球乱舞，哭声越来越大，惊醒了我们。张远变魔术般地从口袋里掏出一只气球鼓起腮帮子用嘴吹起来，女儿脸上挂着泪珠惊奇地看着那点红色慢慢变大，变成一只真正的气球拴上线递到她手里，她咯咯地笑了起来。

张远摸了摸女儿的手：真可爱。

我的心一酸，眼睛涩涩地，哑着嗓子说：对不起。

张远笑着，使劲地摇了摇头说：没有。

我们看着对方，所有的过往如蒙太奇般快速地移动重叠交叉，最后定格在一种逝去的忧伤和重逢的喜悦里，人流不断地从我们身旁涌来离去，汽车的喇叭声司机的叫嚷声，店铺门口的喧嚣声都远去了，女儿在自言自语。

张远开口了，语气迟重缓慢，某种无形的东西牵扯着他，他说：我去深圳

71

了，在一家企业做软件开发，待遇很好，公司给了我一间公寓。他说出了那个公司的名称和确切区域，还说了一个电话，他说如果你有朋友去那边的话可以找我。说完转身离开了，不等我开口。

他走得很急，我目送他的背影渐渐消失在人流中，大脑无意识地重复着他刚才说过的话，一遍又一遍，像是一只火红的烙铁，不停地烧烙着我，我迫不及待地把它们念了出来。女儿被我的声音所吸引，转过头看我，并使劲地在我脸上拍了一下，我被惊醒，看她，她的另一只手拽着红气球，啊啊地叫着。

那只红气球静静地停在天花板上，女儿仰望着那个东西，眼睛睁得大大的，显得十分好奇，过一会儿又咯咯地笑了。她两只手扶着墙，努力跳起来想要够着它，但脚始终没有离开地面，气球一点儿也没有动。她头转向我指着气球向我哼哼，我站起来取了气球给她。李枫在擦玻璃，他骑蹲在窗台上，身子一面在外一面朝内，一边擦一边哼歌一边逗床上的女儿。我在整理洗过的窗帘，把细细的铁丝穿进窗帘的飞边里，起固定和悬挂的作用，因为洗得太勤，窗帘的布有些酥不敢用力拉，因为刚洗过，窗帘还有些潮湿，穿起来非常涩，这是个非常细致而艰难的工作，每年都是由我来做。我坐在一堆窗帘中，枣红色的金丝绒布像一种逝去的岁月浓浓地拥裹着我，铁丝穿进飞边里我恍然觉得时光已经过去了好多年，五年还是十年？

走读研究生的日子里，我每天六点钟下班坐一个半小时的公交车赶 7：40 的课，我每次到教室时，张远都已经替我占好了座位，他的宿舍离学校很近。每天下课后，他都送我到公交车站，有时，他一直送我到西城，然后再坐一小时公交车回去。我不忍心，他说那你嫁给我好了，省得这样跑来跑去，我也觉得麻烦。

这的确是一个解决问题的方法，但父母不同意，原因是张远家没有房子，也没有母亲，他们兄弟二人与父亲在同一个厂，住同一间宿舍，那个厂效益低下，有时连工资都发不出来，即使张远这样的技术骨干也要隔月轮岗，那点学费全是从牙缝中挤出来的。母亲一直看好父亲同事的儿子李枫，在石化上班，一个月拿到张远十几倍的工资，还有宽大的房子，那个儿子一直很中意我，经常以各种名义到我家里来，每次都提着礼品，双方父母认为我和他是早晚的事情。

母亲一天二十四小时的责骂辱骂我都充耳不闻，我在沉默地对抗，我甚至想，实在不行，我就离家出走，和张远租个农民房住，那花不了多少钱，只要我们俩在一起。

父亲则换了另外一种方式，他从来不干涉我，对于我和张远的事情他从未发表过任何意见，即使在母亲大动肝火的时候，他也一直保持沉默。我曾经错误地以为他是支持我的。但是，他在某一个清晨起床时病倒了，病来得很突然也很吓人，他说不出来话，只是睁大眼睛看着我，嘴唇哆嗦。幸亏及时送进了医院，进行了各方面的检查，他的心脏有问题，医生说，他绝对不能再受刺激。

病房里只有我和父亲，我坐在凳子上给他削苹果，父亲一直喜欢吃各种水果。父亲开口了：瑶儿，李枫这孩子是我看着长大的，知根知底，人真的很不错，老实、上进也孝顺，经济上也宽裕，是个过日子的人。

我一时愣了，这是什么意思，他是在劝服我吗？是要我和他同事的儿子李枫在一起吗？难道他这次生病是因为我的事吗？他一直沉默不是在支持我，而是因内心挣扎在倍受煎熬，所以他病了，一言不发地躺在了这里。

我怎么办，我说什么呢，他不能受一点点刺激。我只得笑着点头应和他：是，李枫是不错。我的笑不能带一点点勉强，我笑得阳光灿烂，仿佛听到了一件天大的喜事，只要父亲没事就好。我只是提了一个条件，研究生毕业后我再和李枫结婚。

张远一点都没有怨我，毕业那天，我们俩手拉手一起去吃饭、逛中山桥、照相，仿佛这是世界末日。他的宿舍里换上了新的床单和被褥，我要在这里过我的新婚之夜，但在最后那一刻他却停住了，他说我不能害了你，让你这辈子不幸福，他说我要你有一个完完整整的婚姻，不能因为我有一丝丝瑕疵。

我把自己完整地奉献给了李枫，像是一只祭坛上的羔羊，血从我的身体里一点点流出，我一点都不痛。仿佛那不是真实的我，而是另一个人，徒具有我的外壳，思想和感情却一直隐秘地属于张远。我再也没有联系过他，他也没找过我，仿佛那个真正的我早已经随着张远去了。

现在跟李枫生活在一起的这个郑瑶只是一个影子，一个不具有思想和感情的世间行走者。她每天上班下班，和李枫一起温存地做爱，李枫达到高潮时结束，她从来没有叫过也没有哼过，她的身体随着李枫的身体起伏大汗淋漓，蓦地，她突然说起某件厂里的事情，仿佛她正在一丝不苟地工作。李枫笑她是个工作狂，干这事的时候居然还能想起工作，她应和着笑，内心里闪过一个很奇怪的场面：一只机器人正在爬山，四条长长的机械臂牢牢地附着在土地上，一点点向上延伸，像一只巨大的蝎子，它知道终点就在前面，它只要往前爬就能到达。她想她也能到达，但是到达哪里呢？

郑瑶六点钟下班，坐一个半小时的车到走读过研究生的那所学校门口，学生们急匆匆地进去出来，那个看门人问她：你找谁？她摇摇头，转身离开。坐一个半小时的车回到家里，李枫还没回来。

李枫几乎每天晚上都有应酬，他在家吃饭的时间很少，他说没有办法，谁让他给领导当秘书呢，除了干好工作，陪着吃饭喝酒也必不可少。当然，这并非毫无意义，领导已经好几次许诺，让他去当人事处处长，那个处长马上就要退休了，熬不了多久，等当了处长，他就有大把的时间在家陪郑瑶了。

郑瑶一个人回家探望父母，每次手里都提着礼品，说是李枫买的，他忙没有时间来看他们。母亲絮絮叨叨地，忙了好，男人整天待在家里有什么出息；李枫总也不陪她回家，母亲的话开始变了，瑶啊，你得把他看紧点，他不会在外边有人了吧，现在的男人啊，说变就变。

郑瑶心想，那就变了吧，变了吧，把眼前的一切都变了吧，要是李枫从来都不存在多好啊。但又一想，没有李枫，还会有王枫、赵枫，反正总会有那么一个男人出现，她总要嫁给一个莫名其妙的男人，那人姓什么其实都不重要，变不变对她也没有意义，甚至那个男人的存在就是对她的一种桎梏。

她坐在桌前，手指在桌上无意识地一遍遍滑过，大理石桌面并非毫无感觉，每一次都会留下痕迹，它们形成一种蜿蜒的文字，每一笔一划里都是她曾经走过的路径。司机的不耐烦和票员的叫嚷，还有那个看门人，他们的容颜一遍遍从眼前滑过，仿佛他们已经认识她很久，见证过她的笑和忧伤，明了她心里的一举一动，但是不说。他们一遍遍从她身旁走过，依然走在原来的路上，喊着叫着上班下班。她的外形看上去也没什么改变，路径也同从前一样，上班下班，编那些无休无止的程序。每一次结束都意味着一次新的开始，只是，她从不期待开始的意义，好像她早已洞悉各种语言组合的结果。成功或失败，都属于别人，他们笑着说着与她都毫无关系。她只是一台机器，和计算机室的那些电脑毫无二致，她的过去与未来也是一路演算好的程序，向左向右都是语言组合的结果。

父亲比以前更加沉默了，他一直抽烟，现在他加大了烟量，从以前的每天一盒到现在的两盒，还说现在的这些烟抽着都不过瘾，他想要抽烟叶，老家种植的纯烟叶，抽起来没有痰也不咳嗽。老家常有人来，一包一包的烟叶被父亲卷成烤烟的模样，他的脸上露出了满足和喜悦。唯有那一刻，郑瑶才觉得自己的人生有了些许的意义。

李枫没有当上人事处处长，他们单位和另外一个单位合并，他原先跟的那个厂长当书记，配合新任厂长工作。李枫去后勤处做了副处长，有名无实，他真的闲了，再也没有那些所谓的饭局和应酬，他可以每天按时回家吃饭。但他却不习惯这样的生活，他怀念从前的日子，跟在领导后面看别人对他谄媚地笑，他认为那才是他真正的人生。而现在，他感觉自己变成了一个笑话，无论走到哪里，都能看到或听到人们的窃笑。他不愿上班也不愿回家，从下班到回家的那段时间里，他总是泡在一家舞厅里，坐在高高的吧椅上，喝酒、听歌、和吧女调笑。他说他是某单位的一个处长，那个单位的名头很响，一个处长听起来也很有权力，这诱惑了那个涉世不深的吧女。

郑瑶的哥哥郑钧亲眼看见了李枫搂抱着那个吧女耳鬓厮磨的情形，他打了李枫。郑瑶去派出所接他俩，谁也没对她说什么，但她知道了一切。

李枫在餐椅上一直坐到很晚，她走过去喊他睡觉，他没有动，她动手拉他，他突然抓住了她，身体从椅子上滑下来跪在了她面前，双手抱住她的腿，头埋在了她的腿间，她的身体弯下去抱住了他的头，问他怎么了，快去睡觉。他抬起头来，看郑瑶良久，慢慢说道：其实我早就不是秘书了，我早就调到后勤上了，我一直瞒着你，故意装作每天很忙的样子，不陪你回娘家看爸妈，也不做任何家务，对不起。

郑瑶摇摇头：没关系，我不在乎你做什么工作。她想，其实我什么都知道，我早就知道了，你师傅就住在我们院子里，他妻子告诉我的。

李枫的师傅姓赵，是个优秀的焊工，李枫在车间实习的时候跟着他，转正后去了厂办，但跟他师傅一直没断了来往，现在，赵师傅是三车间的车间主任，是个实权派的人物。赵主任的老婆喜欢聊天，每次见到郑瑶都要说几句话，她劝郑瑶去舞厅看看李枫，把他劝回来，郑瑶去了，看到了那个吧女，也看到了李枫送她回家，两人站在小巷子口亲吻。在那一刻，她的心里掀起波澜，她多么希望这种情形一直持续下去，直到他们从她的生活里彻底消失。

李枫更加愧疚，他向她保证：我以后每天都按时回家，好好陪你。

母亲看到李枫时笑逐颜开，偷偷问郑瑶：他当上人事处处长了吗？郑瑶含糊其词地引到别的话题上，但母亲不屈不挠地问了好几遍，郑瑶只得点头说嗯。李枫恰恰在这一刻出现在厨房门口，听到了母女的对话，他神情漠然地转身离去。

李枫问郑瑶：你在意我当官吗？

郑瑶肯定地摇摇头：不会。她想我根本就不在意，你做什么我都无所谓，不过，这又有什么关系，这对你并没有什么改变，我们的关系也不能改变，这就是现实。

李枫下班以后到菜市场买菜，在院子里同所有见到的同事工友打招呼，他把菜放到厨房的台子上，择菜洗菜炒菜，他系着围裙站在锅灶前两只胳膊有力地翻动着，他把菜盛上来，放到餐桌上摆好，等郑瑶回来。

郑瑶再次站在那个学校门口时看到了一个熟悉的身影，心脏急剧地跳动着，嘴巴略张，张远的名字呼之欲出。那个人骑着自行车由远及近，停在了她面前。他穿了一件和张远一模一样的蓝色夹克衫，也戴了一副眼镜，他比张远更为清瘦，个子稍高，皮肤略白，即使离得这么近，也很像张远。他也看着她，目光略有些好奇，她笑了一下，他也笑了，他一笑，那点张远的影子就跑得无影无踪了，他的嘴咧得很大，笑的样子还很谦恭，他根本就不是张远。郑瑶的眼神掠过他的肩膀向人群中望去，他站了几秒钟，有些索然无味，推着自行车走进学校，边走边回过头看郑瑶。郑瑶还望着远处，好像刚才和他的四目相对只是一种时空造成的错觉。

她回到家里看到餐桌上丰盛的晚餐，李枫躺在沙发上睡着了，电视兀自开着，屏幕上的人物虚假地表演着。她叫醒李枫一起吃饭，李枫问她去哪里了，这么晚才回来。她说去了一趟东城，那儿有一个讲座，请了一个外地的软件专家，讲一种新型的聊天工具，很有创意，如果能够普及的话，人们现在的交流方式将会产生翻天覆地的变化。她从某个新闻报道上看到过这件事，后面的几句话是她随兴诌地。

这是她第一次对李枫撒谎，说完她略略不安，抬起头看李枫，后者也正在看她，脸上浮着一层淡淡的笑意，也有一丝不安。这是李枫常有的一种表情，好像做了什么对不起她的事。她想起那个吧女，李枫和那个女子并没断了联系，在那些回家晚的日子里，她知道，李枫又去找那个女人了。那些夜晚，李枫进卧室时脚步很轻上床很轻，盖被子时也是轻手轻脚地，似乎生怕触碰了她的好梦。

但是，结婚以来，她从没有梦到过张远，哪怕只是一个模糊的影子都没有，她反而会经常梦到父亲，父亲坐在家里的那只沙发上，不抽烟也不说话，他的周围缭绕着一股浓郁的烟气。烟熏到了眼睛，她总是在梦中流泪，她跪在父亲的面前，好像在哭，即使醒来，她仿佛还能听到自己的抽泣声。这个梦隔几天就会重复一次，有时，父亲是在沙发上，有时在床上，有时在医院里，还有几次在旷野里。父亲孤零零地坐在那儿，烟气远远地飘过来，像是一层缥缈的云雾，遮在了她和父亲中间，她怎么也跨不过去。于是，她急得哭了，醒来时，她还在嘤嘤地哼着，但眼角根本没有眼泪。李枫问她怎么了，是不是做噩梦了。她不说话，只是摇了摇头，转过身去。

李枫扳过她的身子，温存地吻她抚摸她想让她快乐，她的身体一点点湿了，不由自主地动着，她知道那个动的身体是不属于她的，也不属于我，它只是一具女人的躯壳，能让男人快乐也能让它自己有所安放。是的，安放，她认为这个词极好地表达了她和李枫的关系，李枫占有她的躯壳，让她女人的外表有了一个安放的婚姻，使她的生活看上去中规中矩，和别的女人没什么两样。她的灵魂蛰伏在这个躯壳里，一动不动。

一个新生命的搏动像是一种对抗，她不由自主地就屈服了，就像她的躯壳不听她的，那个婴儿的哭声和笑声那么肆无忌惮不管不顾，她还能说什么做什么呢。她抱起了她，脸贴着脸，大手抓着小手，一股股暖流不停地流动着，像要把她浇透湿透浸透，让她脱胎换骨变成全新的一个人。李枫从她的手里把孩子接了过去，两只手相接的那一瞬间，她恍然觉得这孩子不是李枫的，而是另外一个人的，那个人正在千里之外，苦苦地等待着这样一个结果。

我和李枫一起抱着女儿回他们家，女儿的手里拽着那个红气球，它在一点点地变小。李枫的妹妹李楠有个三岁的儿子，他抓着女儿的小手，使劲逗她，女儿终于松开手，把气球给了他，他开始追着气球满屋子跑，女儿咯咯地笑个不停，气球变小的速度加快了。

李楠和我一个单位，但她是在上级部门的财务科，我在下级单位，她总是比我早知道一些小道消息。她说单位要南迁了，去广东茂名，尤其我们这个技术口，要么南迁要么买断，二选一。我问她去茂名的待遇好不好，李楠摇摇头，肯定没这边好，工资跟这边差不多，只是多一两千块钱补助，而且住的公寓离厂区很远，坐厂车也得一个小时。条件很艰苦，将来可能会比较好，可将来在哪儿，谁也说不上。

我说，那还不如去深圳打工，也比这挣得多。李枫看了我一眼，眼底有一丝不安，他总是有这种不安，好像做了对不起我的事。那些晚回家的夜晚他不再找任何理由，自从有了孩子以后，我整天围着孩子转，不再顾及他，床上的那点事也终于结束了，我和孩子睡在卧室，他独自睡在书房。有时，他晚上回来了没有我也不知道。

他的不安让我蓦地想起了张远，深圳是个脱口而出的地方，但他的眼神让我看见了自己心底深处的那层秘密，张远也在深圳。昨天，我刚刚遇到他，今天，我就想去深圳。这是不是一种巧合，还是从昨天起这种想法就深深地扎在了我的心里，我的潜意识已经开始替我筹划去深圳的各种路径。无疑，李楠的消息让我找到了一个去见张远的最佳路径，毫无破绽，堪称完美。

我的心因为想到深圳的张远，剧烈地颤抖起来，我的身体也抖了起来，在那一刻，我忽然无比激动，想哭。我跑到厕所里，不停地流眼泪，我不敢抬起头来看镜子中的自己，怕看见心底的秘密，它们藏了这么久，本以为，它们早已不存在了。但是，昨天，我看见了张远，今天，又听到了可以去深圳的可能，它们是如此迫近，我无法回避。我不得不抬起头来，看着镜子，一直以来它只有时间的意义，从未带给我自信和美丽。但此时此刻，我终于开始正视眼角和皮肤的纹路，想知道五年——会改变些什么。我的脸比以前圆了、润了，有种清亮的东西正在瞳仁的最中间闪烁，想念，这个词从心底里跳了出来，我禁不住再次流泪。

我在舞厅见到了那个吧女珊珊，她其实长得很一般，但是，她很会化妆，在灯光下看上去楚楚动人，她有一双媚眼，看人时总是不由自主地展露风情，面对男人女人她都这样。她说话时总是爱笑，嘴角边有两个深深的酒窝，给她又增加了一份天真，说实话，她挺讨人喜欢的，就连我，也实在说不出来她有什么不好。

我要了一杯红酒，慢慢地啜饮，舞台上那个架子鼓敲得很好，贝斯也弹得低沉抒情，他们五人的小合唱，"穿过你的黑发我的手"，很有穿透力，我从来没有听过那么好听的歌。

珊珊一直在忙碌着，吧台上除了我还有很多客人，大多是男人，他们在不停地和两个吧女说话，逗得两个吧女一直忍俊不禁。珊珊显得更老练一些，对于客人伸上来的咸猪手她总是能不动声色地化解，显然，她更讨客人的喜欢，他们都向她要酒。另外一个吧女当然也有一些老主客，但是手腕太过于直接，甚至把脸贴在一个男人的脸上，以此来博得那个男人的欢心，逗得吧台上的几个人全笑了，珊珊边笑边低着头，显得很节制。

我不知道她和李枫发展到什么程度了，她下班时我跟踪了她。在她家的巷子口，她转过身来问我是谁，我说我是李枫的老婆。

她略略地不好意思，用脚蹭了蹭地，好奇地问我：你会跟他离婚吗？

我愣了一下：为什么这么问？

她说：他说他爱我，可他从来不说跟你离了婚娶我。

我们都在桎梏着对方，可那个真正的桎梏到底在哪里呢？

我说我要请她喝一杯,她立即喜形于色:好啊。

珊珊的父母家人也都是石化的,家境优越,只是她不喜欢在石化上班,像个机器人一样,每天三点一线,她讨厌那样的生活。她宁愿做个吧女,做自己喜欢的事。

我问她:你喜欢李枫吗?他很喜欢你呢。

她摇摇头,不相信地说:怎么可能,即使喜欢,他也不能告诉你呀。

我说:他清醒的时候不会,但喝醉酒了就叫你的名字。我听到过好几回。这是真的,我先是从他的醉话里知道了珊珊这个名字,然后才见到了这个女孩。

她咯咯地笑了:真的吗?太好了,太好了。她甚至拍了拍手,像个小女孩那样,她的确还很小。

顿了顿,她再一次问我:你会跟他离婚吗?

我摇了摇头:暂时不会,但如果他提出来的话,我会同意的。

珊珊睁大了眼睛:你们俩说话的口气一模一样,不愧是夫妻啊,你们这样过着有什么意思,真累。她满脸的不可思议。

是啊,真累,是需要换个活法了。

咖啡厅外面,不时地有礼花在空中绽放,仿佛漫天的彩气球,张远站在那些气球下面,正笑盈盈地看着我。

父亲独自坐在沙发上抽烟看电视,是一部枪战片,他看得津津有味。我走进去时,他怔了一下,脸上露出一丝疑惑,今天不是周末,也不到下班的时间。我说,我出来办点事刚好路过这儿,过来转转,我妈呢。

母亲到邻居家串门去了,我买了一大堆的东西,有父亲最爱吃的水果和烟卷,还有母亲喜欢的酥鸡。我在沙发上坐下来,帮父亲卷烟卷,他接过烟卷,一边抽一边看电视,一边看看我,又转向窗外,说:你妈一会儿就回来了。

我说:没事,我就是顺路过来转转。

父亲问女儿谁看着呢。

我说送幼儿园了。

他略略地惊讶,这么小,孩子行吗?

刚去时有点闹腾，现在适应了，每天从幼儿园回来可开心了。

沉默了一会儿，我们看着电视，但电视上演的什么，我一点也没看进去，我有点心慌，一想到要走，有一股酸涩的东西就涌进眼底。但是，我真的要走了，该接女儿了。话一出口，酸涩感立马盈满了我的喉头，我的嗓音变得有些异样。父亲在我背后嗯了一声。我想转过头看看他的表情或者再看他一眼向他笑笑，好像没事人那样，但我做不到。

父亲跟着我出来了，我让他回去，他说回去也没事，他刚好要到汽车站那边去买点馒头。

母亲远远地过来了，她惊奇地问我怎么没上班，我像没事人那样笑了笑，扶着她的肩膀，说：妈，我走了。

我坐在汽车里，父亲站在车下向我招手，还说有什么事就打个电话。

他像是知道我要去深圳，今天晚上九点半的火车。

我对自己说，这样不算违逆他们，我没有和李枫离婚，而只是离开，去外地打工而已。因为我们单位要南迁，如果不买断的话就要去茂名，一样是走，只不过去的地方不一样。

我是单位第一个买断的人，几乎是毅然决然地，将档案转到人才市场，然后买了火车票。刚过完年，票还很紧张，我只买到了硬座。李枫让我等一等，但我说越早越好，刚过完年，招聘的单位多，早了好找工作，李枫说不过我，只好同意了。他说要找黄牛党，买一张卧铺票，硬座太遭罪了。我说不用了，黄牛党手里也有假票，那样反而得不偿失。

我一边收拾行李一边嘱咐李枫：我去深圳的事先不要告诉家里人，等我在那里落下脚以后，我会写信告诉他们的。

李枫默默点头，说：你放心吧，家里有我呢，我会照顾好女儿的。

我还想说：等我在那边一落下脚，我们就离婚，我会把女儿带走，大家可以过自己想要的生活。

但那两个字太沉重了，谁也开不了口，好像先说出来的人就是罪人，做到更不可能，就这样吧。

　　我在路边的公用电话亭，给张远打电话。已经过去一年了，我还清晰地记得那些数字的排列顺序，只是不知道它们是否还有效。电话通了，那个人只喂了一声，我就捕捉到了张远的气息，我叫出了他的名字。沉默了几秒钟后，我说我要来深圳，他说我知道，我一直在等你。

　　一年前，那棵大树底下，他的头从一大堆五颜六色的气球中探出来看到我的一刹那间，他就在等待这一刻。

傍　晚

冰冷的雨从天而降，仿佛期待已久的花瓣，以碎裂而残暴的方式落下，着地以后，失去了原有的美丽模样。我踩了上去，地开始打滑，刚刚清扫过的街道，雨带来的沙石均匀地铺陈开来，土和水搭配混合后的泥浆成条状散落在地上，还有风刮起的落叶，那一地的铺陈，一地的狼藉，像是一个生活优越的人面对着刚扫过的地吐一口痰，或扔一块香蕉皮，或一只破了的塑料袋。我站在一棵树下，等待雨过。两个同伴也站在不远处的雨篷下，下巴拄着扫帚，眼神无助而迷茫地看着天气。

身材高挑的张姐慢吞吞地向我走来，右手拖着扫帚，扫帚所过的地方像被筛过一样，露出一条条的泥印，看上去像是一幅抽象画。她总是这样一副模样，被街道办事处的那个林主任看见，肯定又要说她，指责她，还要顺带说两句她十岁的儿子平安。她会慢慢地、慢慢地将那只扫帚从地上向腋下聚拢，直到与她平行，那只扫帚被紧紧地夹在她的腋下，像她一样缩在一起，脸上挂着谦卑的笑，听林主任训话，什么都不反驳。

这种天气，像林主任那样的人早已经下班回家做饭去了，此时，大概已经吃上热乎乎的饭菜，正在听她上初中的女儿优优练钢琴。我和张姐去过她家，那只巨大的黑色钢琴几乎占据了一间屋子，还有一只长长的琴凳，那个扎着两只羊角辫的优优站在琴凳上居高临下地看着我们，死活不肯下来。似乎她是一个忠诚的卫士，正在守卫她的疆场，我们这些清洁工们像敌人一样令她恐惧而激起她誓死捍卫的决心。其实，那天，我们并没有靠近，我俩只是被林主任叫去，帮她擦家里的玻璃、地板、厕所和抽油烟机，那间琴房我们并没有进去，林主任说，那间房的玻璃她自己擦。

张姐走近来，站在我的对面，看着我傻傻地笑，这也是林主任说的，说张姐只会傻笑。几个清洁工每听到这样都会附和地笑，张姐也会笑，只是显得更傻。但在我的眼里，其实，张姐是个美丽的女人，个子高挑，五官精致，大眼睛，高鼻梁，红润的嘴唇，笑起来洁白而整齐的牙齿。那种美几乎举手投足间就能感觉到，我第一次看见她，就觉得惊艳，这样一个女人，怎么会和我们一样来做扫大街呢？但看看她的穿着也就明白，她的家境应该跟我们差不多的，甚至还没有我的好。一件紫红色的外套一年四季都没有换过，还有那双黑色的圆头皮鞋，底子掉了钉了又掉又钉，我说买双新的吧。她说，已经穿了七年了，有感情了，怎么也舍不得呢。她老公下了岗，有点神经质，一家人全靠她一个人的工资和娘家人的接济。

此时，她依然穿着那件紫红色的外套，袖口和衣角都露出了磨损后的白和破，几乎分裂成了两块破布，一些扯开了的布丝垂吊着，拖拖拉拉地，她总也舍不得剪，说是再剪，衣服就彻底不能穿了。她抬起手向我打招呼，我伸出手去拉住了她的手，冰凉彻骨，我说：这样的天气你不多穿一点。

她掀起衣角，露出里面的碎花衬衣，说：不冷。

雨点稀里哗啦地敲打着树叶和地面，发出很大的响声，她毫无遮挡地站在雨中，对雨的敲打和冰冷似乎毫无知觉，我拉了她一把，她和我并排站在停车牌下，下巴挂在扫帚上，望着天空。她问：不知平安吃了没有？

我说：吃过了，这个点他都已经开始写作业了。

平安虽然只有十岁，但会做饭，会炒洋芋丝，炒西红柿鸡蛋，还会下面条，有时，就买大饼夹咸菜。

张姐说：他最爱吃我做的糖醋排骨，红烧鸡块。

真的很好吃，我也吃过，下午三点多吃的饭，此时有点饿了，一说起吃的，嘴巴里不由自主地就沁满了口水。我咽了咽，推了她一把：别再说了，再说，我口水吐你身上。没有吐她身上，口水掉在地上，浸在一块泥土上，迅速地洇开化在了雨水里。她愣愣地看着那滩湿迹快速地从有到无，抬起头来指着我呵呵地笑了。我总是这样，总爱在饿的时候，别人一说起吃的就流口水，不说话还好，一开口，口水就顺着话往外流，有一次居然流在了我新买的衬衣上。

张姐知道我这个毛病，从不嘲笑我，还好心地递过手绢，让我擦掉。那块手绢我一直没还她，太旧了，洗了以后挂在阳台上，就再也没见到过。后来，张姐还跟我要过，我回去翻遍了阳台，也没看到过那个东西。我有点不高兴，说：不就一块破手绢嘛，我回头买个新的。张姐有些惶惑，似乎说错了话，我忽然有些内疚，她是好心，一直觉得我是她可以相信的人，当我是好朋友，我刚才的语气一定让她以为我生她气了。我真的给她买了一块新手绢，张姐死活不要，我选她过生日那天给她，算是她的生日礼物。她勉强收下了，但又觉得欠了我的情，一个劲地问我生日是哪天，也要送我一份礼物。

张姐说：我知道你生日是哪天了，我给你准备了一份礼物，你看，好不好看？她变魔术似的拿出一只木头框的镜子，是我们有一次逛城隍庙的时候看到的。木头框刻着好看的花纹，像龙，又像鸟，还有两朵很大的花，像是山里种的大烟花，有一种令人沉醉的感觉。我当时只是觉得好奇，拿在手里多把玩了一会儿，那个摆地摊的人一把从我手里抢了过去，不屑地说：大姐，这东西是不能摸的，要摸，买回去摸。他的话透着某种暧昧和色情，让我感到羞辱，但又无可奈何，任由张姐拉着我的衣角默默地离开了。

我仔细地摸索着这只镜子，跟城隍庙看到的那只一模一样，像是孪生姐妹。我说：你从哪里弄到的，一定很贵吧？依她的条件怎么买得起这样一面镜子呢？

张姐的嘴巴凑到我的耳朵上悄声说：我偷的。说完，她对着我诡异地笑了，那笑让我觉得，这面镜子要么很不值钱，要么真是她偷的。

于是，我也笑了：偷的？你怎么不早点叫我，我帮你放风，我们多偷两件。

张姐的脸上露出迷惑不解：要那么多干吗，我又不用。

我点了一下她的额头，哈哈地笑了：好玩呀。想到那个摆地摊的人跳着脚气急败坏的模样，很过瘾。

一辆红色小车飞驰而过，泥水从轮下像花一样向四处溅开，溅在我的衣服上和小镜子上，我拿起镜子，使劲地用手抹去上面的泥污，心疼不已，骂那个司机：不要脸，开车技术这么滥。

那车神奇地倒了回来，司机从里面探出头来，问我：你刚才说什么？我愣住了，是林主任的老公，在他家里见过一次。他戴副眼镜，对我们很客气，斯斯文文的。他从车上下来，仔细地看着他的车，一个劲说可惜，然后转过身来，问我：刚才你说什么？

我忙摇摇头：没有，没有，我是说你的车真好看。

他笑了，说：可惜了，脏了，这鬼天气，刚洗过的。他站在那儿，看着车，摇着头，转过头来对我笑笑，看看天气，雨还在下，但已经变得清亮、晶莹，树叶绿油油的了。我说：这会儿好了。看，树都干净了，天也亮了。真的，远处，一抹红梢云渐渐照亮了天空，雨还在下，但已经小多了。地上的泥水正在稀释、变薄，沿着下水道慢慢流去，街道也比刚才清爽多了。

他问我几点钟下班，还说：你们这一行怪辛苦的，老是熬夜，看，眼袋都出来了，女人一定要好好睡觉，睡眠才是最好的化妆品。

我想自己每天要上四次班，夜里三点，早上六点，中午十一点，下午四点，总是在睡梦中惊醒，干我们这一行的，生物钟跟正常人刚好相反，他们可以晚上睡、中午睡，睡到自然醒。我们的睡眠被切得零碎，没法用这个当化妆品，更买不起贵的保养品，于是，我们总是比别人老得快些。我才三十二岁，眼角的皱纹、眼袋，都清晰在目，真是行业催人老呀。平常没觉得什么，突然来了一个这么有社会地位的男人，对我说这样的话，我有点受宠若惊，甚至马上萌生换职业的想法，当个营业员，或者服务员什么的，穿得干干净净的，抹得漂漂亮亮的，站在华丽的商场里笑着迎来送往。

我傻傻地笑着，说：林先生，您和林主任不大一样。林主任很严肃，不大和我们开玩笑，更是从来没说过这么贴心的话。这个男人身上有一种让人温暖的东西。

他呵呵地笑了起来：林先生？我姓梁，叫梁斌，我老婆姓林。

我怔了一下，忽然反应过来，是啊是啊，只有女人跟着男人姓，哪有男人跟着女人姓的。我为自己说错了话，感到不好意思，不停地抚摸着扫帚把，不知道该说什么好。

雨停了，那抹红梢云变大变亮，红彤彤地照亮了整个天空，一道彩虹跨在桥上，赤橙黄绿青蓝紫，真漂亮！我指着那道彩虹激动不已：看，看，看。我不停地跳着脚，兴奋地叫着，好像小时候那样，彩虹总是把雨后的街道照得亮堂堂的，垃圾桶里的食物被抹上了一层健康、安全的颜色，令人馋涎欲滴。

他快速地看了一眼，回过头看我，呵呵地笑了：你怎么像个小孩一样？

哦，我哦着，眼睛还是盯视着彩虹，我总是被这美丽的色彩吸引，还有海市蜃楼，我不知道那次是不是真的，但我真切地看到了广阔无垠的沙漠里，一个美丽的公主骑着骆驼披着纱丽，带领一个庞大的驼队，像个美丽的新娘一样向我缓缓走来，我几乎能清晰地看到那新娘的模样，有点像张姐。

张姐，我喃喃地叫了一句，蓦地转过身去，不知什么时候，她已经离开了，大概是这个男人从车里出来的时候，她还会回来的。

男人还在看我，笑着，轻轻地说了一句：你其实长得挺好看的。

我有点不太相信自己的耳朵，追问了一句：你说什么？

男人笑着摇摇头，摆摆手说：我走了，下次再聊。说着上车、关门，向我招招手，像给好朋友打招呼一样，我也摆摆手，轻轻地笑着。那一刻，我真的觉得自己像个商场的服务员了，明亮、大方而可爱。想到后一个词，我有点不好意思，脸微微地发烫，我甚至觉得脸红了。

车子已经走远了，我还站在那儿，想着一面镜子，它藏在我的衣服口袋里，我拿出来照着自己的脸，想看看眼袋、皱纹还有他说的好看，但我什么也没看到。我对自己的脸从来都看不出来什么，它们总是混沌的一片，我使劲照也没有用，有时，我怀疑自己没有脸。

远处的两个同伴向我招手，意思是回去，我哎了一声，找笤帚，什么时候滑倒在地上，弄了好多的泥，很脏，我去找水，最近的是黄河，上台阶，下去到岸边。很静，棚子里的人缩在屋里，只有狗围着树不停地转圈，看到我，迟疑地叫了两声，又低下头去，若无其事地找吃的，好像我是它的老熟人。每周，都有一两天从这岸边走，无论冬天夏日，寒冷、炎热，雨中还是晴朗，我都有可能到岸边来。拖着一把扫帚，拿着几块抹布，到岸边来洗，有时，是提一只塑料桶，到这里来打水。每次都会见到狗，一身黑棕色的毛汹涌地堆到脸上，眼睛和鼻子看上去像是隐匿在背后，有一种凶猛而又柔软的味道，看人的目光总是显得有些忧虑，像人，某个熟悉的人，但又想不起来是谁，只是觉得亲切。特别怕狗的我，渐渐地敢从它身边走过，不再担心它的狂吠，也不担心它会挣脱铁链向我扑过来。大多数时候，它都是温顺地卧在地上，做死狗状。

我轻盈地向岸边走去，一堆的沙石是人为的结果，总有人在这里打捞沙石，还有人在这里做佛事，放生很多的鱼，下游有人拿着网子捕捞。那些鱼的确是超生了，以很便宜的价钱，满足某些人的口腹之欲。我不信仰佛教，也不信基督，但我敬仰那些信的人，他们能专心地做一件事，是很了不起的，还能买那么多的鱼放生，那些鱼被捞起来，被钱买了，被放了，又被捞了，被买了，最终只有很少的几条鱼经过几番折腾还能回归黄河。其余的只是一种意念。

一块较大的石头可以容得下人世间最大的屁股，我的不算大，在人类里面算是小的，在女人里面也算是瘦弱的，这块石头只及我屁股的三分之一。由于经常被人坐，它平滑得像是一个大板凳，只是有些冰凉。我一屁股坐了下去，低下身子把扫帚放进水里使劲地摇摆着。刚下过雨的黄河比往日汹涌了许多，水浪很大，水流比平常快得多，就想起许多有关黄河的传说。大部分是死人，自杀的，被杀的，还有杀而不死的，那些奇异的事件总是会在某一个水湾大白于天下，那些奇形怪状的已经分辨不出谁是谁的所谓人体，无辜地陈列在一个陌生的地方，没有人没有时间来推究它们从哪里来到哪里去。

我喜欢听那些奇奇怪怪的事，听的时候又害怕又好奇，还有某种不可名状的恐惧，好像那些事件的背后总有一只阴暗的眼睛能看到我，阴冷、潮湿、污浊，还有几分满不在乎。我喜欢那种满不在乎，放下的心情应该就是这样吧。但像我这样的人其实什么都没有，也就无所谓放下，但我偏偏喜欢这两个字。这还是有一次看到岸边做佛事的人说的，他们说的时候那么随意、自在，好像这两个字长在他们的心里，与他们的血肉相连无法分割，因此，我羡慕他们。我也想有，然后像他们一样满不在乎地放下。想了很久，有一件事，还有一件事，让我感到一种隐隐约约的有，就是刚才那个戴着眼镜一脸斯文有着社会地位的男人，他说我长得挺好看的。

这是一种隐秘的感动，很偶尔的，闲下来的空当里，像这样的时刻，下了雨，没办法扫街，又一时回不了家，脑子里就慢慢有了想头，一些平常从未进到心里去的镜头、人、事，慢慢地有了形，变得具象、真实，像是活的，站在我面

前，笑着怒着还骂着，却还是慢慢地走着。

该回家了，张姐站在我旁边，凝视着我，问我：你在想什么呢？刚才的那个男人吗？我茫然：哪个男人，没有人呀。我向四周看看，棚子里的人已经出来了，正收拾东西，准备做生意呢，烧烤摊，一到下午、晚上，这里就热闹极了，我挺羡慕那些吃东西的人，他们的神态、表情，总是那么悠闲、自在，还透着某种优越。是的，是优越，我们拿着扫帚从他们旁边走过的时候，他们总是看着我们，居高临下，虽然，他们坐着，我们站着。

回家吧，你老坐在这干吗？张姐在催促我，我拍拍石头，笑着说：坐一会儿。她犹豫了一下，坐下了，和我背靠背，我能感觉到她身体的冰凉和瘦弱，她总是这样，这几乎成了她的一种标志。还有她身上那种清苦的味道，像落叶，总在秋天的时候，淡淡地，挥之不去。

我喜欢这种味道，总是让人从尘土和汽车的喧嚣声里找到一丝安静或清凉，仿佛累也不那么累了，有时，我期待着张姐，看到她，或听到她的脚步，哪怕是想到她，也会有一种奇妙的感觉，甜蜜、忧伤、安慰，一闪即逝，滑溜溜的，顺着指缝间流进流出。

我转过头去，问她：你刚才去哪儿了？

她好看地笑了一下，却有些苦，如果她的眉头舒展一点，嘴角向上提一点，这笑该有多么灿烂、阳光，她说：我一直在啊，那男人说的话我全听见了，他在挑逗你。

我咯咯地笑起来，身体前仰后合，张姐也笑，但很节制，她总是这样。我几乎没有看到过她大笑的样子，但随即，她的笑声也出来了，声音不大，但能感觉到她也觉得这件事很有趣，透出某种令人乐不可支的味道。一个高高在上的男人，挑逗一个清洁工。

你说，他这样会不会让人瞧不起呀？我不安地问。像我们这样的人，经常被人瞧不起，跟我们好的人自然也降了身份。我不懂，那个男人为什么要和我说话，那么平和、温暖、安静，"我觉得他是个好人。"我嘟囔了一句。

也许，他撞死过人呢。张姐幽幽地说，我打了个寒战，说：不可能，他那么好的人怎么可能撞死人。张姐看了我一眼，站起来，慢慢地向前走去。我也站起来，拖着扫帚，跟在他的后面，还想再说点什么，那个做烧烤的人已经出来了，正在摆桌子，狗站在那儿，好奇地看着我们，汪汪地叫了两声，低低地，像是蚊子叫，做烧烤的人头也没抬。

两个同伴已经不见了，大概急不可耐地回家了吧。刚刚下过雨的地很干净，马路上没有车也没有人，张姐慢慢走过斑马线，像一片秋天的落叶，轻飘飘的，一辆红色轿车突然而至，像风一样，张姐被带出好远，然后倒在地上，地上流出了一大摊血。车子里，林主任的老公，一脸的惊慌，茫然四顾，停了几秒钟，车子飞驰而去。雨又淅淅沥沥地下了起来，整个街道都变成了红色。

那个人在院子里急匆匆地走，边走边喊叫：砸我呀，砸我呀，你来砸我，狗娘养的，老子今天就把头给你支着，你给我砸。听上去，他很生气，好像在和谁干架，其实没有，这只是他没吃药的结果。院子里的人早已经习惯了他的叫嚣声，谁也不会接茬，甚至在他出现以后，原来在院子里乘凉、闲聊的人都会很快地消失在各个门洞里，关起大门，看电视、喝茶、聊天，当他不存在。

我从院子里走过，低着头不看任何人，不回应任何声音，甚至连一只狗叫，我都不会抬头看一眼，我匆匆地走过，好像这里埋着很多地雷，一不留神就会踩响，轰的一声，让所有的人捂着嘴笑。我经过他的身边拽了拽他的衣角，他回过头看了一眼，茫然无措，然后，默默地跟在我后面走了回来。

我做饭、洗碗、扫地、擦地，拿着毛巾，给他端洗脚水、洗脚，手法温柔，他眼睛盯着电视，神情专注，时而评价电视里的人物和事件。我不插话，也不搭腔，给他洗完脚，拿干净的毛巾帮他擦干，他顺势躺在沙发上，两脚高高地搭在扶手上，手枕在头下靠在软垫上，这是一个舒服的姿势，他很喜欢，看电视时像这样躺在沙发上。他还喜欢我坐在他的脚下，跟我说话，时而把脚搭在我的背上或肩上蹭来蹭去，甚至蹭到我的裆里揉搓我，我用手拨弄他，他却更用力，一边弄一边哈哈大笑。

我很累，晚上还要上班，需要早点休息，我恳求他放过我，他很不高兴，破口大骂：如果没有我，你还在山沟沟里放羊呢。这是他常说的一句话，他自认为是我的恩人，解救了我。其实，在我的心里，放羊挺好玩的，我挺羡慕哥哥的，怀里揣上两个玉米面馍馍，甩着羊鞭，领着他的一群羊儿，像个大将军一样，漫山遍野，都是他的领地，他会吹口哨指挥羊，还懂羊语，它们只要一抬脚一撅屁股，他就知道它们是高兴了还是生气了，甚至是不是搞对象了。冷了还是热了，该剪羊毛线了，该织毛衣了，我们家大大小小穿着的毛衣都是哥给我们织的，生羊毛线，暖和、厚实，饭钱也是羊儿给我们挣的。我曾经的梦想就是能嫁个像哥哥一样的放羊郎，他去放羊，我在家做饭，冬天穿他给我织的羊毛衣。

刚来时，那个人对我挺好的，摸着我的脸像是摸着一个好玩的玩具，满脸都是笑，乐得满屋跳，一边跳一边拍手：好啊，好啊，这是我的媳妇，我的媳妇。他把我搂得很紧，像是搂着一个棉枕头，几乎让我喘不过气来，洗澡时总抢着给我擦后背，他擦得很用力，我很疼，他用手摸着上面的红印子，看它慢慢变白，他笑嘻嘻地说：这么好玩，你这么白。我真的越来越白了，脸上的两团红反而淡下去了，像水墨画，颜色配匀实了，人就变得好看了。我到车间给他送饭，他特别骄傲，总是搂着我的肩对别人说：这是我媳妇，我媳妇。说完呵呵地笑，有人笑有人不笑，还有人低头干活，仿佛没听见他说的话，他有时会走过去专门捅一下那些不识趣的人，他们抬起头来看他一眼，他指着我说：我媳妇，我媳妇。他们连哦一声都懒得说又低下头去，他依然兴致勃勃，走来走去，告诉每个人这个事实。

我抬起头来看着那个人，张开手掌，白色、粉色和黄色的药片，我一手端着水杯，走到他面前，说：该吃药了。

他一把打掉了那三粒药片，指着我大骂：你想药死我？我才不上你的当呢。刚一说完，他忽然笑了起来，感觉自己很聪明似的，拍起了手掌，边拍边说：我才不上你的当呢。吃药一直不是一件容易的事，他总是想方设法地抗拒，趁我不注意，把药打翻。

他还质问我：说，为什么回来这么晚，又跟哪个野男人混去了？这是他每一次骂我的开场白。起初，野男人三个字极为刺耳，骂的次数多了，我渐渐知道，它们其实与我没什么关系，只是那个人的臆想。

可这个晚上，他骂出那三个字时，我竟然奇怪地想起一个人，林主任的老公。傍晚，他特意为我停车，站在雨中和我说话，他温柔的语调，微笑的表情，优雅的举止，还有那一抹令人心动的关切。还有，满街道的红色，那么刺眼，我一时有些迷惑。

他在屋子里转着圈拍手唱：有野男人了，有野男人了。

我的脸涨得通红，他说什么都可以，甚至骂我祖宗，我都没有还过嘴，但这一次不知怎么了，野男人三个字强烈地挑动了我的神经，似乎我真的做了那样的事情。林主任的老公不停地晃动着，指责我，我的想入非非是对他的一种亵渎，他开着车从我的身上辗压了过去。

我把杯子里的水哗地一下泼在他的脸上，又快又猛，那个人一个激灵，抹了一把脸上的水，抖了一下脑袋，脸上还湿淋淋的，他瞪着两只眼珠子，像是被打蒙了。

然后，他冲了过来，像一个冲锋陷阵的战士那样嘴里高喊着："你去死吧！去死吧！去死吧！……"

他牢牢地捏住我的喉咙，用力，再用力，让我无法喘息，我看到自己渐渐变成一股轻烟，从我们中间上升，在天花板上慢慢散开，然后化成一团似有似无的云，呼地一下钻出窗户不见了。

不知过了多久，他丢开手，蹲在地上，捂着脸呜呜地哭了，我看到自己倒在地上，身体在慢慢僵硬、变冷，他还在那里不停地哭泣。时间过了很久，他把我抱上床盖上被子，自己也躺在我的身边，像什么事都没发生一样，呼呼地睡着了。第二天清晨醒来，他端详着我，摸了摸我僵硬的身体，自言自语道：怎么办，这怎么办。他找了很多的石灰，堆在我的身上，一次又一次，年深日久，石灰堆满了整个床。

隔壁屋子里，平安正坐在桌前写作业，旁边放着一只空碗，里面还有几颗吃剩下的米饭粒。

那男人躺在长长的沙发上已经睡着了，嘴角边流淌着一条长长的涎水。电视里正在播一档法治新闻：傍晚时分，黄河南岸附近发生了一起车祸，一辆红色轿

车撞死了一名清洁工，由于下雨，地上的痕迹都被冲干净了，很难取证，肇事逃逸司机正在追捕中，有线索的市民请拨打电话：……后面是一串电话号码，我隐约想起这是七年前的事了，那时，平安只有三岁。

爱有多远

考上大学的那一年是他们第一次分开，他去了北京，她来到了上海。开始，信写得很频繁，字里行间充斥着对大学生活的新鲜和好奇，二年级以后，新鲜劲过了，人就懒了，信也写得稀了，最长的一次有四个月她都没有收到他的来信，他好像凭空地消失了。她想他大概遇到了意中人，他们正在一起风花雪月。

她试着去爱一个男生，那个男生会弹吉他，节奏明快、短促，嗓音也不错，唱起歌来整个人都闪闪发光，她喜欢被光照到的感觉。他们一起逛街、上食堂、散步，像真正的情侣那样。

然后，她收到了他的来信，问她什么时候回家，想结伴同行，他可以先来上海，或者她去北京，顺便逛一逛，再回家。她兴奋异常，拿着信纸摇摆不定，到底是去北京，还是等他来上海，纠结了好几天，她终于决定等他来，她喜欢看到他来找她的样子。

他一下子就来了，信发出去的第二天，他就空降到了她的宿舍门口，她看到了，哐地一下就关上了宿舍门，她开始收拾自己的床，换衣服，给脸上擦油，然后开门再次见他，那一刻，她的心还在怦怦地跳。

他穿着一件红色的运动衫，球鞋，背着一个软塌塌的背包，好像刚从球场上下来，顺便到她这里来串个门。他走进寝室，在她的床上坐了下来，桌上有她的水杯，里面有半杯水，他问了一句：是你的杯子吧？

她嗯了一声，想起来什么似的，说我去给你倒水。

他说不用，我喝这个就行。他很自然地端着她的杯子喝水，还是她喝剩下的。

宿舍里还有三个女生，从他进来到喝水，一直饶有兴趣地打量着他，这时就夸张地噢起来，一声比一声长，好像发现了一个什么天大的秘密一样，脸上带着促狭的表情。

她的脸红了，真的红了，本来这没什么，他俩从小一起长大，又一直在一个班里，好得不分彼此，喝杯水本来不算什么，在一个碗里都不知道吃过多少回饭呢。可此时此刻，他的举动显然有了不同的意义，她的感觉也有些异样，是惊喜还是幸福，已经说不清楚了，只能说，她喜欢这种感觉。

那个弹吉他的男生来找她，他站起来伸手说：你好，我是林宇，是小筝的高中同学。

吉他男生迟疑了几秒钟，然后握住了那只手，说：我叫席军。

他们俩人一个在门外一个在门里，地理上的位置形成了心理上的落差。她问席军：你找我什么事？席军慌了，他一时忘记了来找她的理由，他也从来就没想过要找个理由然后再来找她。他愣了几秒钟，然后说：你有事，我下次再来。他匆忙地逃走了，仿佛撞见了见不得人的事。

他饶有兴味地问她：这是你男朋友？

她坚决地摇头否认了，说：不是。

他评价说：这人还不错，你俩挺合适的。

她呸了一声：你俩才合适呢！说完，她哈哈大笑。

他没有笑，怔怔地看着她，一道墙似的阴影浮现在他的瞳仁里，好像一下子就把她和他隔开了。她不明白是怎么回事，看他发呆，伸手在他眼前晃着，他抓住了她的手，嘻嘻地笑了，问她喜欢黄山还是杭州。她也嘻嘻地笑着，说不知道。这两个地方都不错，但都是书本上给的印象，实在分不出伯仲。最后只好扔硬币，正面杭州，反面黄山，是正面，他们俩长舒了一口气，好像心里一直想的都是这个地方，现在终于如愿了。

她一路上都在想，他这次特意约她一起玩，一定有事。他是不是想跟她表白，在某一个温馨浪漫的地方，或者意想不到的瞬间。他还从来没有对她说过爱呀情呀的词语，他们一直都是这样亲昵，好得像一个人一样，任何表白也许都是多余。但是，她还是想要他清清楚楚地说出来，然后手牵着手，肩靠着肩，一路走下去，直到有一天，一起走进结婚殿堂，他为她戴上戒指，等神父问她：无论疾病、贫穷或者富有，你都愿意和他在一起吗？她会说：我愿意。她想说很多个愿意，如果可以的话。

但是他什么也没有说，多余的表情也没有，就那样去了，又那样回来了，和以前没什么区别。

他们一起回到家里，又变成了邻居，他趴在窗户上，刚好对着她家的院子。小时候一到寒暑假，她和他就被大人们关在家里，他也是这样，从窗户上探出头来叫她，问她中午吃什么，她说馍馍蘸辣子，问他要不要？他连连摇头，做了一个鬼脸，然后像变魔术一样抓了一把牛奶糖给她。她站在窗户下面一边剥糖吃，一边和他说话。窗户上安着铁栏杆，防止他从窗户里掉下去，他用手钳悄悄地拧断了两根，从里面钻出来了，跳进她家院子里，等大人快下班的时候，他又从窗户里爬回去。那两根栏杆软软地耷拉着，远看上去，好像跟以前没什么区别，过年拆洗窗帘的时候，母亲才发现了那个秘密。

他现在不用跨越栏杆了，但还是喜欢站在窗户后面叫她跟她说话，问她学校的事，拐弯抹角地问那个吉他男生的事。

她问他为什么四个月不给他回信，

他说，学习太忙了，还担任学生会的工作，出简报，疏导学生心理，反正是事情多得很。

她说：怎么疏导学生心理？就你，本来人好好的，也得给人说绝望了！

他说：我哪有那么差，他们都很认可我的，给你说件成功案例。我们学校有个男生差点自杀，站在六楼的阳台上一直不下来，楼下好多人都拿着床单准备接他；我就一直站在他们宿舍门口跟他说话，开始他一直不理我，后来，他就哭了，说学校冤枉他，他根本没有强奸那个女生，连碰都没有碰过她。他说，他捡到了一个日记本，根据上面的名字和班级，他找到了那个女生，去还给她，当时，那个女生一个人在宿舍，正在换衣服，他俩就那样撞上了，那女生就骂他流氓，看她日记，还闯进她宿舍，要强奸她，告到了学校，学校要开除他。我说我是学生会的，这件事一定会调查清楚的，还你一个清白，还向他保证，学校不会开除他。说那话的时候我心里一点底也没有，我又不是校长，说了根本不算，我只是想骗他从阳台上下来。后来，他就真的从阳台的防护栏上下来了，蹲在阳台上一个劲哭，后来，就没事了。

她问他：他被开除了吗？

那道墙似的阴影再一次跳出来在他的眼底飘荡，他愣了一下，说：没有，学校最后决定留校察看。

她气愤地说：他那样的人还留校，还不定祸害多少人呢。

他不解：他怎么着你了，你又不认识他。

她恶狠狠地说：强奸犯，流氓，我最恨世界上的这两种人了。

他不说话了，过了一会儿，头从窗户上收了回去，消失了。

他们一起参加同学聚会，他给她夹菜，她咬了一口不好吃又扔到了他碗里，她想要纸巾、喝水，还没等到她开口，他就已经把那些东西送到了她手里，好像他是她肚子里的一只虫，她轻轻一动，他就知道她的方向和目的，他总是先于她到达。同学们早就把他俩看成了一对，还开玩笑地说是不是等不到大学毕业了，干脆偷偷办了得了。同学们促狭的表情让她脸红心跳，还有一丝丝甜蜜。他和一个男生猜起了拳，两个人都很激动，那个男生站到了凳子上，他坐在桌子上，大声地喊着酒令，后来，因为喝酒的问题，他们打起来了，好像是他赢了，那个男生不喝酒要等到最后一起喝，他不同意，他俩推搡着，那个男生从凳子上掉了下去，拉倒了桌布，杯子盘子稀里哗啦地掉了一地，碎了。服务员拉住他们不让走，让赔东西，还报了警，一干人都去了警察局，最后还请了家长赔了罚款了事。

她问他到底发生了什么事？说你以前从来不这样，还抽起烟来了。他不说话也不看她，只是低着头抽烟，他已经有了烟瘾。脸颊上的络腮胡好几天没刮了，露出了毛茸茸的胡子楂，她伸出手去摸了摸，硬硬的还有些痒，她把脸凑上去，轻轻地摩擦着，她搂住了他的脖子，两条腿跨在了他的腿上，与他面对面，试着亲吻他。他一直不动，仿佛是一个静物，她是水，想把他化掉融解掉。他终于抬起头看她，眼底的墙变成一股寒流，冻醒了她，她打了个颤，从他的身上慢慢地滑下来，走了出去。他是个静物，一直摆在那里动也没动。

天气很热，寝室里的人都到外面的凉快地方待着去了。她躺在床上，席军坐在床边，给她扇风，他们聊着天，她吃吃地笑着，他俯在她耳边说着肉麻的话，她也说了，很平常，好像说了一句"你吃了没有？"他们一遍一遍地说着，吻着，动着，一切就那样自然而然地发生了。整个过程她很主动也很接受，一点也没想起别的男生来，好像压在身上的席军就是最应该的那一个。

回到家里，她在路上遇到他，第一次有了陌生感，好像隔着千山万水，以前的那种亲昵感一下子跑得无影无踪。她向他矜持地笑着，好像对着院里的大妈大婶们，他也站住了，看着她，然后点点头，匆匆地走过去。

她站在院子里，茫然地看着林宇家的窗户，前几天刚下了雪，窗台上积了厚厚的一层，她走到那个窗户下面，用鸡毛掸子够雪，雪哗哗地飘了下来，落在了她的肩上、头发上，眼前白茫茫的一片，好像雪还在下。她想起了南方的热，她躺在床上，席军给她扇扇子，他们俩拥在了一起，那时真是热呀，可她心里想的却是这里的雪：他推开窗户时雪花飘落在她头上身上，她哎呀地大叫，他的头从窗户里探出来，使劲地拍手欢笑，她一边笑一边骂他。

她一直够着雪，生怕掸不干净，她一下一下地跳着，好像那个穿了舞鞋的女孩，不知道累也不知道时间，一直舞着舞着直到死。窗户被打开了，他的头从里面探出来，静静地看着她。她的舞鞋一下子失去了魔力，怔怔地站在那里，他看了看窗台和她手中的鸡毛掸子。忽然间，他像小时候那样，从窗户里钻出来了，从高高的窗台上咚的一声跳了下来。

他嘻嘻地笑着，接过了她手中的鸡毛掸子，开始掸石桌石椅，一边掸一边说：这么好玩的事为什么不叫我？那些雪花薄薄地铺在雪地上，她拿了一把笤帚扫雪，有一种轻快的东西在心底里浅浅地叫着，她的整个心都快乐地叫了起来。

他们堆了两个雪人，给雪人戴上了草帽安上了两只黑煤球眼睛，红色的剪纸嘴巴，那雪人一副笑嘻嘻的模样，他们互相笑着看着比画着，他用冰凉的手摸她的脸，她往他的衣服里塞了一只大雪球，他们快乐地叫着闹着，跑到屋子里围着炉子取暖。她铲了一小铲炭加在炉子里面，他往里面放了两个洋芋，他俩坐在炉子边不说话。她就想起了南方的热和席军，她忽然就产生了强烈的渴望，他拥着她该有多好。她转过头去，他低着头，她拉住了他的手，两只，把它们搭上自己的肩头,她的身体慢慢地靠过去,再靠过去,靠在了他的心上。她说:搂住我,搂得紧些,再紧些。两人的身体贴在一起,暗流涌动,她无法抑制。

他像抱小孩一样把她平端着放到了床上,她闭着眼睛等待着那一刻,她想只要这一次,就此死去,她也愿意。

时光停在那里,像被卡住了,越卡越紧,有一种无法逾越的窒息感。她睁开眼睛,屋子里空荡荡的,他已经走了,她听见自家的门吱扭地响了一声,烤洋芋的香味从炉子里窜了出来。

席军坐在她寝室的床上看她,两只眼睛亮晶晶的,她疲惫地放下行李,拿着水杯到水房洗杯子接水,下楼,慢慢地往前走,拐几个弯,在一张长椅上坐下来。阳光很好,天气很温暖,远处的学生们三三两两地说着笑着,一对对情侣亲热地搂在一起,倾诉一个假期的相思。想念从她的心底慢慢升起,她渴望一双手臂环绕在她的肩头,渴望有一个温暖的怀抱她能缓缓地靠上去。她这样想着,头慢慢地倾下来,想靠在椅背上,却被一个坚实的肩膀给接住了,她就稳稳当当地靠在了上边,真的有种温暖踏实的感觉。她的手伸上去,顺着肩膀摸到他的下巴,那上面有一层薄薄的胡须,刚剃过,留着新鲜的胡子楂,摸上去痒酥酥的,那个人打了一个喷嚏。她一下子坐了起来,怔怔地看着他。

席军擦了擦嘴,手搭在她的肩膀上笑盈盈地问她:是不是特想我?

她还是怔怔地,问:想什么?

席军就搂住了她,乐滋滋地说:瞧你这丢魂失魄的样子,一定是想我想的。

她没有动,脑子里一片空白,好半天才回过神来,第一个想法就是:席军说得对,我在想一个人。

班主任找到她,问她和席军的关系发展到哪个程度了,她有点紧张,以为班主任知道了他们的事,忙说:我们就是同学。

班主任是个刚毕业时间不太长的年轻人,意味深长地看了她一眼,问她:难道你不想毕业后分在一起吗?

是啊,还有几个月大家就要各奔东西了,从哪儿来回哪儿去,像她和席军这样的是没有可能分在一起的。

她淡淡地一笑：想有什么用，国家的政策就是这样，我们俩又没什么门路。

班主任笑了：张家港市有个单位到咱们学校来要人了，咱们这个专业的就有好几个名额，你们俩如果愿意的话，我可以把你俩都报上去。

她的第一反应就是，不，我要回家，我不要去张家港。

她慢慢地说：我爸已经给我联系好一所学校，是我们那儿的重点，我想回去当老师。

她和席军在学校外的水田间坐着，星光灿烂，池塘里的水面波光粼粼，隐约可听见哇鸣声，此起彼伏地，好像在求偶。席军知道了张家港的事，他甚至去找班主任，班主任惋惜地看了他一眼，说已经没有名额了。席军很生气，为这件事絮叨了好几天，一会儿说，他俩不够公开，班主任都不知道他们的事，如果知道的话，也许他俩就可以去张家港了；一会儿又怪自己知道消息太晚，那对儿是怎么知道的，他们有什么关系，事先是不是和班主任沟通过？席军想不通的是，那一对儿平时分分合合的，谁也不看好，但居然能分在了一起，老天真是不公！

她内心里充满了深深的歉意，歉意之后还有一种浅浅的解脱，终于，这一切都要结束了，就当是一段经历吧。她对不起席军，希望以后他能找一个好的，过上幸福的生活，就像童话中的王子和公主，最后的结局不总是这样，但，她不是公主，她无法进入童话世界。

以后会怎么样，她一点也不懂憬，林宇已经转身走开，可她还是像飞蛾扑火一样，不管不顾地要回去，也许这就是宿命。回去的路漫长而又悲壮，但是她又如此坚定。

她的头轻轻靠在席军的肩上，席军搂住了她，说：怎么办？要不，我跟着你去滨州，去你们学校也当老师。她没有说话，那种可能性微乎其微，父亲没有那么大的门路，一连介绍两个人进去，那可是省重点，多少比她优秀的人都进不去。而且，她的内心一点也不愿意席军同去，就这样分开吧，挺好，就当以前的事已经过去了，永远地翻篇了，也许，他们今生都不可能再见了。她感谢席军这几年对她的照顾和感情，陪她走过了一段算得上完整的大学生活。

席军不愿意放弃：要不，你去我们哈尔滨，去银行，当个会计怎么样？他的父母给他联系到了银行信贷部，单位效益相当好。可她去了能不能进银行，席军的心里其实一点把握都没有，能不能找到一家正规单位都是个问题。分配历来就是这么冷酷无情，张家港曾经是他们唯一的机会。

她说：算了吧，既然大家都已经有单位了，还是好好回去上班吧，以后的事以后再说吧。再说了，我父亲费那么大劲，结果我还不去，我以后还怎么面对父亲，父亲还怎么在朋友面前做人，算了，就这样吧。

那层薄薄的窗户纸终于被捅了个洞，席军看见了那丝光亮，其实，他早就看见了，本来，他以为经过努力能把洞补好，但毕业分配将洞口彻底撕开了，而且亮得如此理直气壮，让席军放弃了最后一分挣扎。

她回到了家乡，真的去了那所重点学校，学校离家比较远，学校给她分了一间宿舍，她叫林宇去趟宿舍，帮她收拾一下。他来了，领着一个男生，他介绍说：这是魏延平，是我大学同学。那个男生瘦小精干，一双眼睛像放大镜一样，让人在他面前无所遁形。她笑了：真不愧是做公安的，眼睛都这么厉害。魏延平笑了，眼底的光亮变得深情款款，让人心动莫名，她有了种很奇怪的感觉。他们两个人帮她刷墙、糊顶棚、搬东西，整整忙了一天，终于有个房子样了。他们一起去吃饭、喝酒，她从来没有发现自己原来还真的有几分酒量，小小的二锅头瓶子三三两两地站在饭桌上，他们三个勾肩搭背地走在大街上，又唱又笑又骂街，像是三个疯子。他们回到她的宿舍里，没有床，她把铺盖卷铺在地上，三个人挤了一宿，早上起来，她一个人滚到了墙边，直接睡在了地上，而那两个大男人却紧紧地搂在一起，面对面，像一对情侣，她的心里咯噔一下，酒彻底醒了。

魏延平站在一片牛仔裤的后面，腰上缠着一个棕红色的皮钱包，头上缠着一块花头巾，正在眉飞色舞地介绍一款牛仔裤，他的对面站着两个中学生，那两个学生掏出钱来，他手脚麻利地将两条裤子装进了纸袋里，递给他们，接过钱放进了棕色的皮钱包里。抬头看见了她，脸上绽出灿烂的笑来，向她一边招手，一边急忙跑出来，她走了过去。

林宇进了当地的市公安局，去了刑侦队，这是他从小的理想，当一名人民警察。魏延平被分配在一个偏远的小派出所，他不愿意去，就请了长假，租下这块地方，专门卖牛仔裤。他说生意很好，比当公安的林宇挣得多多了。

他让她挑一款自己喜欢的牛仔裤，他送给她。她有很长时间没有见到林宇了，大概有两个月了吧。有一次，林宇的母亲还站在院子里跟她说了会话，问她和林宇处得怎么样了，怎么最近老没见两个人在一起？这是两家老人的共识，总以为她和林宇之间有点什么。她不敢说破，好像说破就意味着将心事大白于天下，那是她最不愿意看到的一幕。她支吾着说可能是因为忙吧。林妈妈纳闷了，以前看你们俩挺好的，怎么大了反而生分了，怎么了，是不是你心里有别的人了？她不说是也不说不是，她顾左右而言他，急急忙忙地离开了林妈妈。回到家里，母亲也说起了同样的话，原来，大人们都已经沟通过了，他们已经认定他们俩是一对儿，从那个栏杆被扭断的秘密被揭开的那一天起，大人们就开始喜悦地等待他们长大。

她问魏延平，林宇呢，一天到晚地忙什么呢，老也见不着人。魏延平说：刑侦队忙着呢，还老要出差，哪能跟我比，自由自在的，想几点起床就几点，听过那句话吗，"睡觉睡到自然醒，数钱数到手抽筋"，说的就是我啊。魏延平哈哈地笑起来。他长得太秀气了，即使大笑的时候也极度优雅，她甚至想，如果他是一个女人，应该长得挺好看的。接着，他说起了他的生意，说他怎么进货，卖得怎么怎么快，隔一天就要进趟货，又说他那些牛仔裤如何时尚。

她突然问了一句：你大学时和林宇是一个班吗？

魏延平怔了一下，嘻嘻地笑了：我比他大，我留了一级，刚好留到他们班。

为什么呀？

作风不好。

嗯？她惊讶地看着他，

他还是嘻嘻地笑着说：我帮一个女生，结果被她告到了系里，说我强奸她，于是，学校就要开除我，好说歹说就留了一级。

她恨恨地看着他：你倒是挺坦白呀。

他说：不做亏心事不怕鬼叫门，是那女生诬告我，我还冤呢，她毁了我的清白，我跳到黄浦江都洗不清了。

你活该！她一点也不同情他，那还是一个极其敏感的年代，尤其对强奸、流氓这样的词更是零容忍，犯了这样的罪比杀人还让人愤恨不齿。林宇说的那个自杀的男生居然是魏延平，居然还把他带回了滨州，林宇真是疯了！

她站在公共厕所门口等林宇，他穿着便服刚从外地回来，胡子拉碴的，天气有些热，外套搭在胳膊上，右肩上挎着一只小小的马桶包。他在她面前站住了，问她：回来了？

她说：看你这样子多久没回家了，是不是把家都不当回事了？

他哈哈地笑了：唉，我现在哪还有家啊，一天东奔西跑的，每天晚上能躺着睡觉就不错了。

这么忙啊？她有点失望还有点犹豫，不知该不该说出来。

他问她：你有事？

她点点头：我想去趟医院，你陪我。

他一怔：你怎么了？

他俩连夜去了邻省的一家地方医院，给她做人流手术，医生埋怨他：都七个多月了才想到做，早干吗去了，这病人得遭多大的罪，回去好好补补，要当正规月子坐。

他们就在邻省租了一间房，他请了一个月的假，专门照顾她。她有些后悔，也许应该把孩子生下来，反正这辈子也不想结婚了。

魏延平一直跟着她，好像怕她丢了。她转过身来问他不好好做生意，满大街地乱转什么？

魏延平审视着她，一双放大镜式的眼睛上下左右地扫描她几遍。她不耐烦了，声音提高了几度，重复了一遍刚才的话，有几个路人转过头来看她，还看魏延平。

魏延平倒是非常自然，他说：我不瞎转，怎么能遇见你呀？

她纳闷了：你找我？有事？

魏延平说：没事，就是想看看你。

你有病啊？

那倒没有，不知为什么，我总有种感觉，林宇就在你的背后藏着。

她蓦地转过身去，身后什么也没有，向周围扫一遍，目光再放远些，人群中并没有林宇的影子，她生气了，推了魏延平一把：你什么意思啊？

魏延平根本没有开玩笑的意思，非常认真地说：我的意思是说，你是林宇的邻居，你们俩关系那么好，看见了你就好像看见他一样。

什么东西蓦地一下打到了她，她愣愣地看着魏延平，感觉他一语中的，她为什么来这条街，不就是为了遇见魏延平，和他聊起林宇吗？他俩有关于林宇的很多话题，她有他的高中以前的阶段，而魏延平掌握了他大学里的一切，这就是他们每次相遇的真正意义。眼前的魏延平太厉害了，他几乎洞察了一切，他的那双眼睛，像放大镜一样，看清了她心思的每一个细节和纹路。她甚至觉得，她做完人流的那一个月，魏延平也早已经越过上几百里的路途看清了她和林宇的每个动作。她想起怀孕的那几个月，她来过这里，和魏延平聊过一次天，她的腹部看上去微微隆起，即使隔着厚厚的大衣也掩饰不住秘密，魏延平还开玩笑地说：你发福了呀。她脸红了，羞了，以为他洞察了她的秘密。看来是真的，这个魏延平什么都知道。

她越过魏延平的肩膀，望着市场背后的那道古色古香的院墙，那是市公安局的大院，林宇就在里面上班。魏延平就在他的眼皮底下卖牛仔裤，每天出出进进，他们都会相视一笑，或者互相拍着肩膀说几句话，甚至相约去哪里吃饭、喝酒，他俩的酒量都不大，但每次吃饭都要喝点，好像是为了多吃一点。这么说来，他和林宇之间有更多的共同点和话题，比她和林宇要亲密得多。

自从那次人流手术后，她再也没找过林宇，她从心底里已经埋葬了对林宇的所有奢望和情感，她想过这辈子都不要再打搅他。但还是忍不住，潜意识里，只要一放假就莫名其妙地走到这条街上来，先看到魏延平，再看到市公安局大院，她每次都会觉得林宇会突然从这两个地方冒出来，哪怕是没看见她，只是从她面前走过去，她也会觉得很开心。要命的是，她一次也没见到过林宇，倒是魏延平每次先看见了她，走过来和她说话，每次都会谈到林宇。魏延平对林宇小时候的事特别关心，尤其和她一起成长过的那些趣事，他每次听得都很专注。开始，她觉得这种话题很有意思，也很喜欢说，后来，她觉得什么地方不对头，说得越多，她的心里越空，好像林宇就这样被她说走了，再也找不回来。所以每次见完魏延平，每次说完，她都要后悔好几天，憎恨自己，更憎恨魏延平，觉得这个男人就像是一只蛀虫，正在一点点地咬噬着她的林宇，她快要完全地失去他了。她不能想象，自己的生命里缺失了林宇这两个字，她活着还有什么意义！

魏延平看她一直望着市公安局大院，就转过头去也望了望那儿，说：他不在里面，他整天东奔西跑地，哪有时间坐办公室。

林宇却从市公安局大院里出来了，跟两个刑警在一起说笑着，好像在商量去哪里吃饭。她怔怔地看着他，几个月没见，他好像有点黑了，瘦了，反而显得更高了。

林宇走过来了，一眼看见了她，惊奇地问道：筝儿，你怎么会在这儿，你没上班？

她瞪了他一眼：我放假了！

林宇拍了一下脑袋：你看我，把这都忘了，真是忙晕了。

两个刑警看着他们这么开心，说：要不，一起。

林宇伸出两只胳膊搂住了魏延平和她，说：走，走，走，一起去吃饭，庆祝一下。

林宇和两个刑警刚刚破了一个案子，局里要给他们开庆祝会、记功，他们先给自己小庆一下。找了一家涮羊肉的馆子，味道非常正宗。魏延平是个南方人，却非常爱好涮羊肉，每次和林宇在一起，都会点这个。他说这边的羊肉一点都不膻而且还非常细嫩，尤其这么一涮，羊肉的鲜味和嫩劲恰到好处，口感好极了。而且还说，南方的所有炒制方式搁在这儿都显多余。他这样说，可林宇却说还是喜欢吃南方菜，尤其魏延平拿手的那道粉蒸狮子头，太地道了。他这么一说，把两个刑警的馋瘾都勾出来，都嚷着要见识一下魏延平的手艺。魏延平说那有什么难的，待会儿就去我那儿，我给你们做。

魏延平住在一套三室一厅里，是当时属于局级干部才有的待遇。两个刑警惊讶地瞪大了眼睛：可以呀，魏哥，看来你做生意挣了不少钱吧？

魏延平得意地说：那当然，比你们干警察的强多了。

她和两个刑警在每个房子里都走了一圈，她甚至打开衣柜，看到里面五颜六色的衣服，也看到了林宇的那件红色运动衫。那年去她学校时穿的那件，她摸了摸衣服的质感，翻了翻领口，就是那件。衣服已经很旧了，她以为早就扔了，没想到居然挂在这里。她又认出了两件他以前的衣服，早已经过时了，她那时的旧衣服早就扔了，没想到他的还在，而且在魏延平这儿，夹在那些五颜六色的衣服里像是一种衬托。

魏延平煮了一大壶咖啡，她第一次喝这种东西，但很喜欢那种苦尽甘来的感觉，她一连喝了三杯。魏延平说她：筝儿，你可得少喝点，别晚上睡不着觉。她讨厌魏延平这样叫她，筝儿，这是林宇专属的称呼，魏延平凭什么也跟着叫？他应该像两个刑警一样叫她嫂子，她喜欢那样的称谓，还是第一次有人这样叫她，她和林宇都略感意外，但她很享受，即使不是真的，冒充一下也挺有意思的。

那个晚上，他们谁都没走，打了一个晚上的牌，就住在魏延平家了，刚好三间房，两个刑警去了次卧，林宇和魏延平在主卧，主卧旁边有一间书房。书房里没有书，只是有一张床和桌子，还有一把小提琴，是林宇的，琴把那儿有一点焦黄，还有一点凹陷，弓子手经常握的地方早已经磨白了。魏延平指着床说这是特意为你准备的，从来没有人睡过，看，这个床单和被子都是新的，自始至终都是你的。她觉得魏延平的话透着十分的可笑，他凭什么认为她会来这里住，她与他有什么关系，如果没有林宇，她这辈子也不愿意跟他来往。

她不习惯熬夜，熬得晚了反而睡不着觉，她辗转反侧，总是有点迷糊却又清醒了，她睁开眼睛看外面的天光和灯光想知道大概几点了，这楼在一个家属区里，离马路比较远，除了几点暗淡的灯光，什么也看不见，所有的窗户都黑漆漆的。

一阵窸窸窣窣的声音传来，像在隔壁又像是风在远处喘息。她侧耳倾听想分辨出这声音的源头又想断定这是什么声音，像海浪在冲击海岸，又像两股劲风在对抗咆哮，却又透出一种无法抑制的欢愉。

她想起了南方的潮热，她和席军不断地流出汗来，身体像水洗了一样，他们的声音也是这样低沉压抑，却又在身体深处发出欢叫。她听着隔壁那熟悉的声音，眼泪慢慢地流下来。刚刚五月，北方正是春暖花开、阳光灿烂的好时光，也是恋爱季，只是恋爱这两个字于她已经变得陌生、遥远，好像是上个世纪的事了。

　　几年过去了，她还是一个人，好几个同学的孩子都已经上小学了，他们经常打电话问她认不认识某所重点学校的人，还问她哪所学校好，哪个老师好。说完了总会瞎聊几句，比如她的终身大事，聊得多了，岁数大了，这个话题就越来越乏善可陈，连热心于做媒拉纤的人也没了热情。他们已经开始用第三种眼光看她，见了面就夸她的工作能力强，今年又获得了什么奖，当了什么优秀教师，她带的班里又有几个学生去了清华、北大，这已经成为她头上最亮的光环，也是唯一能够聊得起来的话题。

　　她现在回家的次数越来越少，有时，两三个月才能回去一趟。比她小两岁的弟弟也已经结婚了，孩子已经三岁了，每次见了她都要用英语叫她小姑。母亲的白发又增加了几根，每次见了她都会习惯性地看看她身边有没有跟着一个人，如果没有就会唉声叹气，好像天色将晚，农人看着筐里的萝卜一点点蔫了却无人问津。她觉得自己像一个多余的人，无法给家人带来欢乐或骄傲，只能让父母日益心生白发和叹息。

　　她在饭桌上像是在自说自话：我要去大连进修半年，下个月就要走。如她所料地，没有人为这个消息而振奋，小侄儿倒是问了一句：那里有大海吗？

　　她说：有的，那里很漂亮的，有机会姑姑带你看大海。

　　母亲用筷子狠狠地剁了一下桌子：大连有什么了不起，就是能到天上去了又能怎么样，还不是嫁不出去！

　　母亲说话一向直奔主题，从不拐弯抹角，更不会迂回曲折，甚至故意以恶狠狠的口气加上最恶毒的话，恨不能一句话说出去，就能让她顿开茅塞马上嫁给一个所谓的男人。

　　父亲在打圆场，说母亲：好了，好了，再别说了，吃饭。

　　她草草地扒了饭，洗了碗，将厨房擦洗干净，然后背起包向父母打了一声招呼：我走了。父亲嗯了一声，起身送她，母亲顾自看着电视嗑着瓜子，没有吭声，每次都这样，她已经习惯了。

在楼道里，她碰上了林宇，那片平房拆迁以后盖了两幢楼，他们两家分在了一个门洞里，她家三楼，林宇家四楼，两人一起走出来，像小时候那样。院子里的人见了他们只是点点头，打个招呼，不再有人开他们的玩笑，好像他们就是门前的那两根铁轨，已经这样摆了很多年了。他们自己也觉得，铁轨就是铁轨，不但不能彼此相交，与别的异性也失去了相遇的可能性，他们就要这样一辈子走下去了吗？

林宇叫她一起坐坐，好啊，她从来没有拒绝过他，以前没有，现在没有，将来也不会。她随着林宇来到一家咖啡厅，她现在很喜欢喝咖啡，每天早上和中午都要喝上一杯，周末的时候到北岛一坐就是一个下午，一个人静静地坐在那儿，一边看英语电影一边喝咖啡，累了望望窗外。北岛咖啡厅坐落在亚欧商厦的二十三楼，从窗户里就可以俯瞰整个城市，看熙熙攘攘的人群像画布上五颜六色的点无序地动来动去，车流也只是一些移动的色块罢了，白塔山上的那座白塔像是隐隐约约的远景，又像是一个大彻大悟的佛正在满怀悲悯地俯瞰着山下的一切。她有时会长久地望着那座塔，陷入无边无际的思绪里。

眼前的这个人就是那些思绪的主角，像是蒙太奇的慢镜头，有时是他的背影，有时是他的眼神，有时是他的笑意，更多的是他歉意的目光蒙上一层雾，遮在他们中间，仿佛隔了千山万水。他充斥了她的白天和黑夜，像是种在她心底里的一棵树，没有阳光、空气和水，树却一个劲地疯长，枝枝蔓蔓都沁进了她的血液里，她再也清除不掉，她只能眼睁睁地看着那些树蔓以更细微的叶脉继续向她的心灵深处挺进。

她说：如果我们俩结婚，我们会不会更正常一点？

这是一种渴望，更像是一种祈祷，还像是一种信念，而他们彼此都清楚地知道，这根本就是一段空气，横亘在他们中间，停留片刻，然后又飘向别处。

林宇看了她一眼，这个想法本来是一棵树，一直在他们俩之间自由自在地生长，但大学二年级那年，他碰上那个人的时候，树就夭折了。他把那个人从阳台上抱下来的那一瞬间，一种从来没有过的东西击中了他，他至今不知道那应该叫什么；那个人背井离乡跟着他来到了这座城市以后，心中的树就变成了胡杨林，孤零零地站在一片沙漠上，不知道何去何从。他想见她又怕她的眼神，结婚是她想要的，但真的两人在一起了，情况会不会更糟？

她说：我不在乎，只要我们结婚，我只要一个形式，你还是自由的。

他也不在乎，但有一个人在乎，除了他，那个人一无所有，他不能让那个人失望。

她在大连学习的时候碰到了席军。席军来这儿参加一个会议，一家餐厅里，他们俩面对面相遇了，席军叫了她的名字，她愣了一下似乎没认出眼前的男人是谁。几年不见，席军胖了，脸上有种虚浮的成熟和自信，那是在酒桌上长期浸淫出来的一种气质，在当今社会极其普遍，但凡手中有点权力和金钱的人都会被浸泡成这个样子。如果席军不叫她的名字，她肯定会把他错过去的。

但是席军叫她了，她想起来了，席军，这个久违了的名字，她的心里瞬间充溢了强烈的热情，她望着席军居然湿了眼睛，她的双臂拥抱住了席军，她的头伏在席军的怀里流下泪来。席军和一个同事在一起，那个同事惊诧地看着他们，席军向他摆了摆手，那个人知趣地走了，席军搂住她慢慢地向一个空着的餐桌走去。他俩坐下来时，她失控的情绪好像一下子被关住了，她清醒了，抬起眼睛看了看周围，有几双眼睛也正在看她，她不好意思地急忙低下了头，擦着眼泪，席军体贴地递过纸巾。

她抬起头笑了，开始说话，说进修的事，还说要去英国伯明翰。她憋得太久了，一直想找个人好好说一下这件事情，终于找到了一个对象，她一定要把它说出来，还有她的心情，她的得意和自豪，一定要有一个人分享。

她和席军住在了一起，席军的那个同事则另外登记了一间房子，席军住的地方很好，带套间的那种，有点像家里，沙发、电视、写字台一应俱全。他俩在一起疯狂地做爱，她好像换了一个人一样，变得激情四射。做爱的间隙里他俩断断续续地述说着这些年的事情，席军已经结婚了，有一个八岁的男孩，她笑起来，你这人容易生儿子。说完她心里一痛，好像失去了什么，对，是那个被流掉的孩子，林宇告诉她，也是个男孩子，长得很像她。她当时很痛，也很后悔，如果生下来多好。她一下子变得疲惫不堪，好像做得多了太累了，她把头靠在床的靠背上，拉着席军的手闭着眼睛好像睡着了。席军的抚动和亲吻已然激不起她的任何感觉，她仍然假寐然后就真的睡着了。

醒来后，席军正在穿衣服，说是今天有个会要开，他得去一下。她也坐起来穿衣服，说：刚好，我也该回去上课了，再不去，我就要被开除了。她回去听课，心里有一种决绝，再也不要见到席军了，即使他来找她，她也不见。但席军一直没来找她，临走时只是打了个电话，说是要赶回哈尔滨去，来不及见面了。她听见电话里自己空洞的声音，说：好的。他们谁都没说再见，也许不可能再见了。

她甚至有种耻辱的感觉，不停地洗澡，最多的一天里她洗了七次，她用搓澡巾使劲地擦身体，把皮肤擦得通红，有好几处都露出了血点。最后一遍，她终于绝望地坐倒在洗澡间的地板上大哭起来。

她的考核成绩异常优秀，把第二名甩出去好远，顺利地得到了去英国进修的名额。她回到滨州办理签证，出了签证大厅，她走进了那个古色古香的小院里，一个刑警认出了她叫她嫂子，她也认出来了，就是一起吃过饭的小顾。

小顾说林队长出去了，市里最近出了一个大案，他们都在忙，说不上什么时候能回来。

小顾问她有什么事，需不需要转达。

她摇摇头，没事，我要去英国进修，过来办签证，顺便看看林宇在不。

小顾高兴地说：好事啊，我今天一定告诉林哥，他一定高兴死了。

好像她真的是林宇的媳妇一样，她笑了。

她见到林宇已经是一个月以后了。林宇把护照给她送过来了，她打开门，林宇倚在门框上，晃着手里的护照，笑看着她。她也笑了，把他一把拉了进来，抢过他手里的护照，翻看着。林宇则自己走到暖瓶那儿倒了一杯水，在沙发上坐下来。她走过去靠在他身边，给他翻看护照上的名字和照片，解释那些英语单词。林宇刚开始还应和着她，后来就不出声了，身体却慢慢地向她倾过来，她感觉有些异样，转过头，林宇却是已经睡着了，头还在向她搭过来，她不动，看着那头终于落下来放在了她的肩头。

她把他慢慢地放倒在沙发上，给他盖上被子，他的脸偏向一边，嘴唇微微地张开。她把嘴巴缓缓地凑上去，触到了他的，温热的气息带着他特有的烟草味，突然就燃起了她不可抑制的激情，她深深地吻了进去，舌头探进他的嘴里，寻找着他的，在他的睡梦中两人的舌头纠缠在一起，他甚至伸出手搂住了她，身体慢慢地抬起来。她被这突然而至的激情所淹没，她整个人都融进了这期待已久的拥抱和亲吻中，一时间忘记所有。然后，他睁开眼睛看到了她，他突然醒了，一下子坐了起来。她像是他身上的一个赘疣突然被割离，跌落在地上，扑通一下，桌上的水杯应声而落，里面残剩的一点水洒在了她的身上脸上，她愣愣地望着他，不知发生了什么事情。

他也愣愣地看着她，然后一把把她拉了起来，用手抹掉她脸上的水珠，笑意慢慢爬上他的眼睛，他有点歉意地说：太累了，没想到一下子就睡着了。这笑意和话语鼓励了她，她心底的激情迅速复活，她微张着嘴巴想说些什么或做些什么。但他却站起身来，说要回家一趟，这么久没见爸妈了，他们肯定在骂我，最近耳朵根老是发烧。门被关上的那一瞬间又被打开一条缝，他的头探进来，说：晚上一起吃饭吧，老魏在金色摆了一桌，专门给你接风。金色是当地唯一的一家五星级酒店。

她点点头：好啊，把叔叔阿姨叫上，一起，还有我爸我妈。

他笑了笑，伸出两根手指头：就这么说定了。

屋里一下子变得十分安静，她坐在那里，整个人好像被融进了空气里，成为其中的一个分子，无所事事地游荡着，不再有思想或感情。

魏延平是个很讨老人喜欢的人，他不断地介绍那些菜式的做法以及其中所含的营养，哪一样对老人好，哪一样可以补什么什么的。那时，养生还是个新生事物，对于粗粝惯了的北方人来说更是十分新鲜。两家老人都觉得魏延平很博学，是个顾家会过日子的好男人，还问他找对象了没有，给他介绍一个吧，问他要什么样的。

魏延平则开玩笑地说：介绍什么呀，女孩子多的呀尽往身上扑，赶都赶不走，可我想啊，将来要找对象，一定要找筝儿这样的，又贤惠又有文化，像这样的女人现在越来越少了。

她的母亲眼睛一亮，仿佛发现了新大陆一样，却故作烦恼状：这死丫头，可不让我省心，这都三十多岁的人了，她的同学，小孩都上小学了，你看她还一副不急不慢的样子，还要去什么英国，这一晃，一年又过去了，越来越剩到锅底了。

魏延平还在哄她的母亲：阿姨，您放心，筝儿不管怎么样，都有我在这接着呢，您怕什么呀。

她看看林宇，林宇一直在低着头吃菜，他好像一个月都没吃过饭了，她恨得牙痒痒的，恨不得掐死魏延平，她一偏眼看到了林宇胯下的枪，她嗖地一下去抽枪，但没抽出来，被林宇按住了，林宇吃惊地看着她：你要干什么？

她没好气地说：我玩玩不行啊？

林宇看了一眼桌上的其他人，嘻嘻地笑着说：你看，人老魏刚说你贤惠，你怎么就想掏枪，这可不是贤惠女人干的事。

魏延平故作惊奇状：筝儿，你想玩枪？可以啊，改天我领你去，我知道有一个射击场，那儿全是真枪。

她也看了看一桌子的人，笑了，说：好啊。

回到家里，母亲说：魏延平这小伙子真不错，又开服装店又开网吧的，能挣钱，人长得也不错，又会说话，他是不是对你有意思啊？你和小宇是怎么回事呀，看着好好的，可一提到结婚你们俩就推三阻四的，你们到底怎么了嘛？你林妈还问我是不是你不愿意了，其实我比她还着急，她是儿子我是闺女，儿子大点没关系，你可耽误不起。

又来了，母亲的话像开了闸的黄河一路狂泻而下，她恨不得砌一堵高高的墙，把自己围起来谁也看不见她。

她买了一个飞镖盘，没事时就投掷，一投就是好几个小时，几天下来，她认为自己的水平已经大有长进，她想找个人练练，比如魏延平。

她站在练靶场，举起枪对着那个假人砰的一声，那个假人倒下去，工作人员冲过去想把假人扶起来，但却惊呼：哇，怎么是真人，他死了！她于是走过去看，果然死了，那人是魏延平。她举起手里的枪，对着魏延平的尸体连开了几枪，砰砰砰的，过瘾极了。

她咯咯咯地笑出了声，睁开眼睛却是在自己家里，手里还拿着一只没有投出去的镖，她就躺在那儿，有气无力地投向那只镖盘，镖在半空中落了下来，像是一只被击中的战斗机在茶几上搁浅了一下又落到了地上。

几个同学听说她要去英国，搞了一个小型聚会，哗啦啦一下子来了十几个人，林宇也去了。她旁边的一个男生，对她格外地热情和照顾，不停地给她夹菜，说一些高中时好玩的事，搞得她笑个不停，好几次眼泪都出来了，她就低着头一个劲擦眼睛。林宇坐在她这头，碰了碰她问她怎么了，还给她递上纸巾，好像她哭了一样。她看了一眼林宇，他的目光那样温和关切，好像她是他这个世界上最关心的人。可她知道，那根本就是假的，他最爱的人最关心的人都不是她，他总是在同学面前做出一副和她很亲密的样子，从上高中起，他就用这种动作和眼神让周围所有的人都以为她是属于他的。她曾经也一直是这样以为的，并对此充满了渴望和憧憬，但现在她知道，这根本就是一个掩人耳目的幌子，他就是一个杀人狂，他一直在用一把钝刀慢慢地割她，看着她流血而死。于是，她真的哭了。

他们一个个给她敬酒，敬酒词五花八门，反正是非喝不可，于是，她喝多了倒在沙发上，同学们来来去去地，唱歌声、说话声，她始终能分辨出林宇的声音，说话声或脚步声，她关注着它们，渴望其中有一两句会涉及她，或者那脚步声是向着她的，来看她关心她，问她要不要回家。他真的走过来了，问她，抱起了她，他的怀抱如此温暖有力，她轻轻地靠紧了他，想一辈子都这样，就这样被他抱着进入新房和婚姻的殿堂。这一刻多么美啊，像做梦一样。

真的只是一个梦，来来去去地，同学们该走了，叫醒了她，问她行不行，要不要送她。她装作睡眼蒙眬的样子，说：自己一个人能行，还能开车。

林宇真的走过来了，说：你这个样子，还是我送你吧。他扶住了她，搂着她的肩膀一同向停车场走去。他开车送她到学校，扶她下来，她醉得不省人事，一直倚在他的身上，他半抱半拽地把她弄到了楼上，从她的包里找钥匙，包里面乱七八糟的，他使劲地晃着包想听到钥匙的响声。她知道钥匙在哪儿，她的手准确地伸到那个位置拿出了钥匙，钥匙上带着一小包东西。她没有睁眼睛，只是摸索着去开门，那东西掉在了地上，林宇弯腰捡了起来，是包避孕套。

他没有马上离开，而是给她倒水煮姜汤，里面放了姜片、红糖和柠檬片，味道有点像甜滋滋的饮料，还有一点酸辣，喝完后嘴里有一种烧灼后的清凉感，一直沁到心里，她真的酒醒了。他给自己也倒了一杯姜茶，慢慢地喝着，手指在水杯上无意识地转动，那修长的手指宛如在拉琴，维瓦尔第的春天正从他的手指下缓缓地流淌。

她倚在他的身上，摸着他的头发、外套还有下巴，好像这一切都是属于她的，她想怎么样就怎么样，她什么都不管也无所谓了，反正他就是她的，从小他们就在一起，像夫妻那样过家家，他是她的夫，她是他的妻，既是游戏，也是甜蜜，已经玩了三十多年了，该有一次是真的了。她对梦想成真如此地痴迷，已经到了无法自拔的地步，濒临死亡的边缘。

死亡的意愿如此强烈，她和他的交融更像是世界末日，他们在世界毁灭的前一夜疯狂而剧烈地做着，明天将不复存在，所有的人和物都将消逝。那堵看不见的墙被他们用力地撞击着，墙摇摇欲坠，却在他们停下来的那一刻，又完好如初。

夜深了，林宇要走了，她拉住他的手说：留下吧。

林宇的手搭在她的手上说：你走的时候我去送你。

她站在窗户边上，看到林宇从门洞里走出来，街上没有行人，偶尔有一两辆车飞驰而过，车灯在林宇身上闪了一下又暗了下去，林宇还在往前走着。突然，几个黑影窜了出来，他们堵住了林宇的去路。她急忙打了110，等她再回到窗户边时，那几个黑影都不见了，林宇也不见了。警车呼啸而至时，她也冲了下去，林宇倒在血泊中，离他不远的地方，还有两具尸体。警方说，其中的一个是一名大毒枭，他们已经跟踪他三年多了，没想到会在这里出现。

全城的人都来送林宇，市长佩戴着白花站在她对面与她握手还拍了拍她肩膀，说：林宇是党的好儿子，是人民的好警察，人民会永远记住他的。林宇的骨灰被埋在了烈士陵园。

魏延平卖掉了网吧和时装店，回南方了，他说他家那片地方被政府占了，分了好多钱还有好几套房子，他要回去发展。

楼顶花园

一

李晨提着花园垃圾扔到垃圾箱里，然后向小店走去。

那个女人走进店里时并没有引起李晨的注意，她像所有的顾客一样，看东看西，把每个东西都摸一遍，还不时地询价，一副行家里手的模样。作为店老板，最烦这样的人了，不买东西却进来瞎转悠，地踩脏了，东西搞乱了，李晨隐忍着，他习惯了不发火不生气不对人怒目相向，无论那些顾客如何挑剔、尖锐，他都会保持一副浅浅的笑模样。因此，他坐在阴影里专心地喝着酸奶，目光始终追随着女人，却一声不吭。

女人大概忍不住了，转过头来看他，两人目光相遇的瞬间，女人脸红了一下，李晨一下子捕捉到了，这本来是他的专利，没想到一个女人也会这样，他马上感到一种前所未有的自信，他问女人：你要什么？

女人买了一箱牛奶和一筐鸡蛋，付钱的时候看到那箱新送来的杜果酸奶，她问那是什么，多少钱，还说她母亲最喜欢吃杜果了。于是，女人右手提着一箱牛奶和一箱酸奶，左手提着一筐鸡蛋，肩上还挎着一个特别大的皮包，李晨犹豫了一下，问她住在哪里，要不要送一下。女人眼睛一亮，说了楼号，在小卖店的后面，要拐好几个弯，走不少路。

女人说父母在这个院子里住，她每周都来，但第一次来李晨的小店，以前不知道这儿有店，她每次都从前面那条街买东西，提着走很远一段路，还说，李晨人真好，不然这么多东西就没办法拿回家。李晨走在前面，女人跟在后面，她看不见李晨的表情，也听不见李晨的回答，她只是一味地说着，转眼，到了楼下，李晨把东西放在地下转身走了。女人对着他的背影一连说了好几个谢谢，他没回头，只是摆了摆手。

李晨坐在店门口吃一碗泡面。阳光温暖，照在身上很舒服，人们都找有太阳的地方，对面的花园里有很多晒太阳的人，刚才的那个女人正和父母坐在长椅上聊天。女人回过头看到了他，似乎犹豫了几秒钟，便走了过来。他的那种紧张感又来了，他低着头吃泡面假装没有看见她。女人蹲下来，与他面对面，他不知道如何是好，面到嘴里再到胃里变成了一种与他无关的机械运动。

女人清脆的声音再次响起：刚才谢谢你了，那是我爸我妈，我告诉他们刚才你帮我，他们说你人特别好，总是帮助别人。

"人特别好"，这几个字强烈地刺激了他。他想起陈芬第一次看见他时，也是这样说：他们说你人特别好。那些"他们"是谁，他帮过"他们"什么，提东西还是抱小孩，那些下意识的行为几乎在他的记忆中没有留下任何痕迹，却成了院子里人们的共识，甚至成了一些陌生人和他搭讪的理由，那些陌生人有男有女有老有少有真诚的有戏谑的，他都不加辩驳，一味地笑着沉默着，偶尔会摇摇头，却不说一句话。

吃泡面的动作断电了，甚至筷子还停在半空中，面条慢慢地滑落进碗里，他的手还撑着筷子，仿佛在等着什么。他眼角的余光看到了她光洁的脸和皮肤，她比陈芬长得好，笑得也更加纯净。这种笑是毒药，总是蛊惑着他，让他身体的各个器官都偏离了原来的轨道，胡乱撞击，他有种强烈的撕裂感和疼痛感。他抬起头笑了，放下筷子，女人也笑了，踮起的脚放下去，用手扶住门框，他拉过一只凳子，她坐了下来。她看着远处，又说起了自己的父母，还提到自己有一个七岁的女儿，正在上小学二年级，喜欢画画，她每个星期天都要送女儿去一个画家那里学画。她说话毫无章法，东一句西一句地，好像急于结束什么或者开始什么，那些飞快的词语和声音不停地飞进他的耳朵里，与那些胡乱碰撞的器官共鸣轰响。

他说话了，声音缓慢迟重，仿佛是从别人嘴里发出来的，他问她：你吃泡面吗，我给你做一碗。

女人愣了，然后笑了，脸红了，有点不好意思地站起来，摆摆手说：我过去了，谢谢你啊。

她向她的父母走去，他长舒了一口气，继续吃泡面。他有一种感觉，那个女人还会出现，像陈芬那样，最后慢慢走进他的生活。他有种绝望，但心底的渴望又诱惑着他，使他不由自主地联想着，漫无边际。

二

那女人叫邓芸，在一家商场里卖衣服，有时卖得好有时卖得不好，有些顾客很难缠，挑三拣四的，最后还不买。她坐在李晨的店里絮絮叨叨的，好像和李晨是老熟人似的。李晨不大吭声，只是不停地给她的杯子里续水，在她问"你说是吧？""你说对不对？"时他会点头表示完全站在邓芸这一边。邓芸有时会问一点李晨的情况，比如，你在这个家属院里住吗，在哪幢楼，孩子多大了？李晨老老实实告诉她，自己还没结婚，处过一个女朋友，后来跟人跑了。邓芸为他可惜，你这么好的一个人，就是太老实了。

他的确是太老实了，陈芬也常这样说他，说完了拿手摸他哄他让他兴奋、高兴、呵呵地傻笑，然后把手心翻上来跟他要钱，这样那样的理由，甜言蜜语的，他总是毫不犹豫地把钱包里的钱全部拿给她。陈芬把钱装进小皮包里，换上漂亮的衣服，擦上脂抹上粉，扭摆着腰身出去了，说是去看地方，准备开个店，她不能老吃白饭，要为家里做点贡献。李晨从来没怀疑过那些钱的去处，也没有问过店的事。他不指望陈芬为家里挣钱，只要她高兴，比什么都强。

邓芸说最大的愿望就是有一个自己的小店，像李晨这样，从楼上到楼下，不用每天东奔西跑，也不用每天站七八个小时的柜台，说得口干舌燥，一个月才拿一千多块钱，女儿学画一次就得八十块钱，还要交房租水电费物业费，真的，要不是家里接济，她真不能想象日子怎么过下去。邓芸说话的频率极快，那些字词争先恐后地从她嘴里跑出来，却排着队，一点也不打磕巴，字与字之间的逻辑和条理十分清晰。李晨想像她卖衣服的时候一定是口若悬河，哪怕再不想买衣服的人也会把口袋里的钱掏干，带着她推荐的衣服心满意足地离去。她真的想开个店，她说话的频率眼角的炽热，都充满了对一个小店的憧憬，李晨想要是没有陈芬，而是先遇见了邓芸，两个人一起经营这片小店，日子过得该有多么红火。

那种红火的情景仿佛真的在他眼前晃动、凝固发出熠熠的光芒，耀化了他的眼，他的眼刺痒通红，沁出湿湿的泪来，他抹了一下眼睛，又一下，邓芸问他怎么了，他说眼里飞了一个小虫，痒得很。邓芸凑过来，让他别动，离他很近，仔细地看着他的眼睛，问他哪里，里面什么也没有呀，她说话的口气扑在他的眼睫毛上，他更加痒了，忍不住想用手去挠。邓芸紧紧地抓住了那只手，说你别动，别动啊。猛地一下，他感觉自己的眼睛好像被翻转了过来，他紧张害怕，紧紧地抓住邓芸的衣服，好像怕丢了一样。邓芸说，里面没有虫，也没有眼睫毛。说着，她的嘴凑上去，帮他吹了两下，痒痒的又软软的，十分舒服。

他说：你跟我在一起吧，我们一起经营这个小店。

有两片红晕在邓芸的脸颊上飞起来，她不好意思地说：我结过婚，还带着孩子呢。

他大着胆子抓住邓芸的手说：我喜欢孩子。

邓芸的脸伏在他的脸上面，他能清晰地看到她的每一个毛孔和细胞的呼吸，她匀致的皮肤和水一样的眼神，仿佛陈芬正在撩拨他，他的身体变成了一个气球，慢慢地充气变大升向空中，漫无边际地飘着。这时，他看见陈芬站在云彩上手叉着腰，嘲弄地看着他，嘴巴一张一合，手指头上上下下地剁着，好像他是一块烂肉，被她的手指头一下一下戳烂，碎成块、末儿，变成了空气，从高空中像雨一样滚落了下来，他用一只巨大的盆子接住了那些块、末儿和空气，架起了火，将它们熬成汤，一点点地喝进肚子里。它们又聚在了一起变成了原来的他，缩在他身体的某个角落里不停地颤抖、呻吟，绞动着他的肠胃。那里剧烈地痛着，他捂住肚子弯下身子去叫了起来：痛、痛。

邓芸给他服了两片诺氟沙星，他好多了，可不敢再看邓芸，也不敢想刚才说过的话，邓芸热切地说：我第一眼见你，就知道你是个好人，你不知道现在遇到一个好人有多难。

他知道遇到一个好女人有多难，他曾经以为陈芬就是那个他心目中的好女人，上帝终于将她派到了他的身边。来得那么突然又让人禁不住地狂喜，他的整个生命焕发出了前所未有的光彩，所有的流言蜚语都显得那么微不足道，他愿意为了陈芬付出生命中的一切。可陈芬视这一切如粪土，只有金钱才会让她两眼发光，身体变得柔软、润滑，手指显得灵活周到，声音甜得像蜜，他则被融化进她的身体里，被她随意地拿捏着把玩着然后扔在角落里，让他渐渐地熄灭、干瘪，等待再一次生命的充盈。亲人的劝告朋友的忠言都化作耳旁风，吹过刮过却不留任何痕迹。他从来不在意有关陈芬的任何传言，他只关注自己的意识和感觉，欲望压制住了所有的理智和判断力，哪怕是幻象，只要陈芬在，幻象就不会消失。

他紧紧地抓住了邓芸的手，又说了一遍：跟我一起过吧，去我家。

李晨伏在邓芸的身上，好像一下子被抽空了，身体和意识好像都不是他的了，一种对欲望的无限厌倦瞬间就击倒了他，他失去了重力一般从邓芸的身上掉下来，跌落在床下。地板的坚实和广大一下子拥裹了他，他伏在地上一动不动，仿佛正在感受大地的呼吸，他渴望融进地板的缝隙里，蛰伏在那里，不再面对女人。

楼顶花园里，邓芸坐在茶几旁边喝咖啡，李晨弓着身子捡拾花园里枯萎的花草和枝叶，大丽花和牡丹开出大朵大朵的花，缀满了枝头，五颜六色的，像是一种色彩的拼贴，给人一种眼花缭乱的感觉。一株高大的花椒树突兀地站在花丛里，纷披的枝条伏在那些艳丽的花朵上，仿佛一个国王，正带着他的王妃们出游。邓芸咯咯地笑了起来，李晨从花枝间探出头来问她笑什么，她笑着说出了自己的感觉。李晨认真地看着那些花和花椒树，摘了两片花椒叶递给邓芸，让她尝尝。一阵麻酥酥的味道沁进了齿根和舌底，她皱了一下眉却又欢悦地笑了起来：这种感觉太奇妙了。

李晨的头上落了几片花瓣和树叶，邓芸咯咯地笑了起来，摸着他的脸说：你像个花神，真好看。

李晨从来没觉得自己好看，相反，他非常自卑胆怯，尤其在异性面前。他不敢接近任何女孩子女人甚至是动物园的雌性猴子，他不敢看猴子那红红的屁股，那鲜艳的色彩和不合时宜的位置总是给他无限的联想，长这么大，他只去过一次动物园，只看见过一次猴子的背面，但那个画面给他印象深刻，在他浮想联翩的梦境里常常幻化成妩媚的眼神和柔软的腰肢，撩拨着他让他蠢蠢欲动。

他粗暴地打掉了她的手，恶狠狠地说：滚出去，你这个贱女人！邓芸惊愕地看着他，仿佛不相信刚才听见的话。他推了她一把，她打了个趔趄，腿碰在了那只树根雕成的茶几上，桌上的咖啡晃动了一下倒在她的裤子上，洒了一地。李晨又推了她一把，大声地骂她：臭女人，你不就是看上我的钱了吗？滚！这次，他没有再松开手，一直拽着邓芸的衣服把她拉到了门口，邓芸来不及穿上鞋，就被推出了门外，鞋和皮包随即被扔了出来，掉在地上。

三

一个多月后，邓芸的父母坐在花园的长椅上晒太阳，李晨慢慢地踅了过去，向他们打招呼点头问好。老人们认识他知道他，是小卖部的老板，还帮他们提过东西呢，对他很有好感。父亲往里挤了挤给他让出一个空位，他坐了下来。父亲和母亲争着夸他人好勤快，女儿邓芸老提起他呢。他们居然这么快这么主动地就提起邓芸，似乎早已看穿了李晨的心思，对他和邓芸之间的暧昧早就了解得一清二楚，那么，对邓芸被他扔出去的事也已经知道了吗？李晨试探着问了一下邓芸最近在干什么，怎么好久没有见过她。父亲噢了一声，她忙着照顾孩子也没时间来看我们，好像换了个工作，不卖衣服卖家具去了，说那挣得多，就是忙得很，要上全天，周末、节假日也不休息，都好长时间没来看他们了。没有等李晨再发问，他们主动地说了邓芸上班的地方。

李晨走进了那家家俱店，是广东的实木家具，颜色厚重，透着一种古色古香的味道。邓芸坐在一个书桌前专心地织毛衣，李晨的皮鞋踩在木地板上发出了咯吱吱的声音，邓芸回过头来看了一眼，马上站起来说：欢迎光临！等到人走近了，她认出了是李晨，愣了一下，李晨转过头去，看向一个大衣柜，她的头转向另一侧，看着桌上织了一半的毛衣。

另一个营业员走了过来，向李晨招呼道：你要买个大衣柜吗？说着，她介绍起了那个衣柜的价格和材质，并问李晨家是新房子还是旧房子。李晨一直站在衣柜前面，望着那厚重的暗红色，那里隐隐约约地透出他的身影来，他甚至能看清邓芸的背影，邓芸已经走开去，到里面的套间给另外一组客人介绍家具去了。

李晨站在那儿，一直看着柜子，对营业员的话充耳不闻，营业员介绍完了，问了他好几遍，都得不到回音，纳闷地嘟了两句，走开了。过了一会儿看李晨还站在那儿，就又走了过来，问他到底是干什么的，买不买家具，不买就别站在衣柜前面，我们还要做生意呢。就在这时，邓芸走了出来，李晨闷闷地说：多少钱？我买了。

营业员的脸上立即堆满了笑容，问他家在哪里，要多大号的，就要这种三开门的吗？就这种颜色吗？营业员一边说一边开起了票，李晨挡住了她，指了指邓芸说：我要在她这儿买。邓芸听他要买家具，眼睛亮了一下又暗了下去，她拉不下来脸让他在她这儿买，虽然她已经好几天没开张了。但他的这句话一点也没让她高兴起来，那个营业员莫名其妙地看了她一眼，又看着李晨讨好地说：行，行，在谁这儿买都一样的。

邓芸知道，如果今天她签了这张单，那个营业员会认为她在撬单，一定会在老板面前告她的状，所以，她不会要这张单的。于是，她也说了一句：在谁这儿买都一样的。

那个营业员热切地看着李晨，李晨却看着邓芸说：她是我老婆。

那个营业员啊了一声，嘴巴张开来怎么也合不拢，她转过头一个劲问邓芸：真的吗，真的吗？怎么从来没听你说起过？她开单的手终于停了下来，把发票推到了邓芸的面前：既然是你们家买，自然由你来填单了。邓芸没有推辞，她坐下来，问李晨要买哪一款什么颜色几开门的，李晨老老实实地说着，邓芸问送到哪儿，李晨就送到咱们卧室。

那个营业员没有走开，就站在不远处，饶有兴味地看着他们，脸上挂满了笑意。邓芸站起来，开始给发货部打电话，说了送货地址。放下电话，把票递给李晨，说：明天送货，可以吗？李晨点点头，问她晚上几点回家？邓芸看了看桌上的闹钟，说下班以后就回去。他俩说话的时候始终没有看对方，只是看着发票、地板、桌子和那只闹钟。

李晨蹲在家具店的门口看一群送货员在那里打牌。下班了，营业员们三三两两地从里面走了出来，李晨仔细地盯着那些人看，想找到邓芸，但是，人太多了，一晃眼的工夫，家具店就关门了，两个保安正把卷闸门拉下来，说说笑笑地向远处的车站走去。转过头来，牌局已经散了，那些送货员也四散开去，不知所踪。李晨呆呆地蹲在原地，望着远处的公交车，始终没有看到邓芸的身影。

　　大衣柜送来了，送货员给李晨打电话让他到门口接一下，李晨说让邓芸接电话，送货员不知道邓芸是谁，往公司打电话，说邓芸来不了，她只管卖货，又不会装家具。李晨闷闷地说了一句：那我不要了，你们拉回去吧。事情卡壳了，过了好一会儿，送货员又打来电话，这次有了邓芸的声音，说：我来了，你开一下门。

　　家具装好了，工人要走，邓芸要跟着一起走，李晨拉住了她的胳膊说不要走。当着工人的面，邓芸有点不好意思，更有点害怕，使劲挣脱了一下，情急之中抓住了工人的衣袖，说：小郑，别走。

　　小郑就抡圆了胳膊质问李晨什么意思，你想干什么？

　　李晨说你少管，她是我老婆。

　　小郑疑惑地看着邓芸，邓芸使劲地摇头，说：不是的，你别听他的，我要跟你走。

　　最后几个字激怒了李晨，他扇了邓芸一记耳光，骂了一句臭女人，当着我的面偷汉子。

　　小郑也生气了，他一把抓住了李晨的手，质问他：你怎么打人呢？你凭什么打人！

　　李晨挣了挣，怎么也挣不开，小郑手指头剁在他的脸上：我告诉你，别在我面前要横，胆小鬼！小郑鄙夷地说了一句，甩开了手。

　　李晨像是一团中弹的肥肉，一下子委软下去，瘫在地上。

　　小郑拉着邓芸：邓姐，我们走。

　　邓芸却甩开了他的胳膊，过去扶李晨：你怎么了，快起来。

　　李晨像一摊被割得七零八落的肉，无处着力，邓芸半扶半抱地把他往床上拉，并对愣在一旁的小郑说：快，搭把手。

　　李晨躺在床上，瞪大双眼望着天花板，小郑叫邓芸走，邓芸让他先走，自己再待会儿。小郑看看床上的李晨，又看看邓芸，有点担心地说：那你可得小心点。

　　邓芸点了点头。

　　门哐的一声关上了，小郑走了。李晨转过头来看着邓芸，伸出手拉住了她说：对不起，刚才不应该打你，对不起，我总是想起以前的那个女人，我害怕再次失去你，我害怕一样的情形再次上演。

想到以前的那个女人把他们全家人的钱都骗光，连八十岁老奶奶的棺材本十万块钱都不放过，然后跟着别的男人跑路，这种痛苦足以让一个男人失去对所有女人的信任，邓芸能走近他，两人在一起，已经像一个奇迹。他对邓芸的担心、紧张、害怕，邓芸能够理解也愿意理解，她轻轻地摇了摇头，说：我不怪你，我不是那样的女人，你放心，我只要跟你好，就会跟着你一辈子。

这话像是一个定心丸，李晨把她的手放在自己的胸口上，闭上了眼睛，邓芸把头伏在了自己的手上，听着他的心跳咚咚地震动着手指，对家的渴望慢慢地充溢了整个身心。

四

李晨突然坐起来，迅速地穿上鞋子上楼去了，邓芸也醒了，在黑暗中静静地看着李晨消失在楼梯的拐角处，她也慢慢地爬起来，向楼上走去。她听到楼上的花园里传来李晨的哭泣声，压抑、节制，像是被牢牢地困住了。她推开花园的门，吱扭一声，李晨惊惧地转过头来看她，她穿着白色的睡衣，披头散发，光着脚丫子，走路轻捷无声，在夜色中看起来像是在飘，她向他走去，越来越近，长长的手指触到了他的脸颊。李晨一动不动好像被施了魔法，脸上还挂着晶莹的泪珠，那手指抚去了泪珠在他的脸上慢慢地滑动着，抚摸着他的眼睛鼻子并把脸凑过来贴住了他的，两只手指都长长地伸过来搂住了他的脖子，李晨有一种透不过气来的窒息感。他想要挣扎、叫喊，可是，身体软绵绵的，没有一丝丝力气，连呼吸都仿佛停止了。

邓芸轻轻地叫了一声：李晨，你怎么了？

声音极轻极低，几近耳语，李晨正在四分八裂的意识一下子聚拢来，他的身体抖了一下，问道：你是谁？

邓芸笑了，松开手，把脸凑到李晨的面前：你说我是谁？

那模样极熟悉亲切，曾带给他无限的遐想和期望，他几乎以朝圣般的虔诚抚爱着这张脸享受着它带给他的所有欢娱。可此时此刻，借着月色，他分明看到了那背后隐藏的虚假和轻蔑。他一把推倒了邓芸，站了起来，指着她说：你是个骗子，你就是来骗我钱的，你跟别的男人早就串通好了，把我的钱一点点骗光，你是个贱女人，贱女人！你骗我钱，你骗我钱。

她担心的事终于发生了，李晨始终没有信任过她，那个女人的阴影总是挥之不去，像个鬼魂一样横亘在她和李晨之间。她想到了退却，想要一走了之，一个人领着孩子已经过了七年，再过完后半生又有什么关系呢，总比现在每天被人骂贱女人的好。

她转过身默默地下楼，倒在了床上，她想等到天亮就离开这里，再也不要回来。过了一会儿，李晨也回来了，上床躺在她身边，很快就打起了呼噜。邓芸转过头看到李晨真的睡着了，仰面朝天张着嘴，仿佛一直就这样睡着，根本没有醒过。她有点疑惑，刚才的那一幕是否发生过，是不是自己的幻觉。

她醒来时，李晨已经把早饭做好了，满面笑容地招呼她吃饭。她看了他一眼，他的脸上没有留下任何昨晚的痕迹。她试探地问他：你有没有梦游过？

李晨愣了一下，笑了：你是说我有病吗？

邓芸不好意思地笑了，说：那有什么，许多人都有梦游的。她讲了他们一个同事总是晚上起来到冰箱里找吃的，不管面包、肉啊、蔬菜啊都往嘴里塞，他妈妈说他从小就有梦游症，知道他没醒，但又不敢叫醒他，就每天晚上在冰箱里放点他爱吃的。说着，邓芸咯咯地笑了起来。

李晨也笑了，脸因为胖，那些笑容都隐在了肉里，无法舒展开来，反而给人一种敦厚感，邓芸想，就是这笑吸引了我，他的笑容让人多么踏实啊。

你把你的东西搬过来吧，就放在这个柜子里。李晨指着新买的大衣柜说。卧室里有打好的衣柜，买来的衣柜突兀地摆在窗边，像是一块赘疣，与整个房间的布局特别不搭。

邓芸问道：你家布置得这么漂亮，是谁弄的，请的专业设计师吗？

李晨摇摇头：我爸他们弄的，我也不太懂，可能是吧。

李晨对房间的装饰风格一点儿也不感兴趣，反而，房间的大而空阔给了他无限的厌倦和疲惫，如果可能，他经常想如果只有一间房，只搭一张床，开门进门直接上床，生活该有多么简单。

邓芸问：你一个人住，房子都这么大，你爸你哥他们的房子一定更大吧？

李晨奇怪地看了一眼邓芸，目光一下子变得凶狠，邓芸的心一颤，不知为什么，从昨天到今天，这种不安已经有过好几次了，她甚至有些害怕。以后的很多天里，邓芸和李晨缠绵至深的时候，这种不安就会在心底一闪一闪的，好像是一个警示灯在告诫邓芸。但邓芸想，世上没有十全十美的男人，哪个人没有点毛病没点脾气呢？以后的日子长着呢，慢慢就会适应的，她愿意为此多付出一点时间和耐心。

邓芸把女儿婷婷领进了李晨家，女儿怯怯地看着李晨，李晨也看着婷婷，目光游弋不定，婷婷往邓芸的身后缩了缩，好像害怕李晨。邓芸把她拉出来向她介绍李晨让她叫叔叔，她小声地叫着，李晨的脸上浮起了憨憨的笑。他对小孩子也很无措，家里什么好吃的都没有，他怨邓芸，你为什么不提前告诉我，我都没准备礼物。邓芸也很羞涩，她从来都很大方热情，女儿好像是她的一个短处：她没法再像以前那样无所顾忌地与李晨聊天、做事，她的目光和心思总是在女儿的这边，女儿的一举一动一言一行时刻牵动着她的心，李晨说什么做什么她都有些心不在焉。

洗澡时，女儿趴在邓芸的耳边说：妈妈，我不喜欢这个叔叔，我们走吧，到我们以前的家去。邓芸说叔叔是个好人，你处时间长了就知道，他是世界上最好的人。女儿坚决地说：不是，他不是，他是大坏蛋！女儿说坏蛋两个字的时候恶狠狠地，还说：我不住这儿，我要回去，我要去外爷家。女儿那么坚决，让邓芸对李晨十分歉意，她说小孩子没办法。李晨笑了笑表示理解。

邓芸的父亲说：你这样住在李晨家里算怎么回事，你一个女人家家的，传出去让人笑话，还是找个时间，两家大人见个面，把事定下来吧。

邓芸把父亲的话告诉了李晨。她有些难为情，好像在逼婚似的，可是，这也是她心底的愿望，不管这样那样的不快，总的来说，对李晨她还是比较满意的，乐于助人，在这个院子里有口皆碑。他家的经济条件又好，有那么大的房子，这对邓芸来说更有吸引力，她东奔西跑惯了，一直奢望有这么一套房子，能够安心地住下来，不用担心第二天租金会涨，更不用担心房东告诉她要收回房子。

李晨沉默了几秒钟，虽然很短，但在邓芸感觉已经像几个世纪那么漫长，这件事情本来应该由李晨先提出来，邓芸提出来的话，李晨应该表现得欢呼雀跃才对。

李晨说：我配不上你。

这是明目张胆的拒绝，邓芸不明白了：那你让我和女儿住到你家来？

李晨老老实实地说：我只是想和你在一起。

就这样不明不白地在一起？邓芸有些不甘心，她还真没想过和一个男人同居，她以为这只是结婚的前奏，可以更深入地互相了解一下。

李晨很认真地说：就这样在一起，我觉得挺好的，这样你可以随时离开，你离开的时候没有任何责任，我决不怪你。

邓芸笑了：难道你不想和我永远在一起吗？我们像一家人那样生活，我给你再生个孩子。

孩子，像是一道闪电瞬间照亮了李晨有些黑黄的脸，他的眼睛亮闪闪的，看着邓芸，流出了眼泪，那光渐渐地隐没了，像是从白天到了黑夜。

邓芸热切地说：你没有结过婚，我们可以再生一个。

李晨用力地摇了摇头，说：我不配有孩子。说完，他去了楼上的花园。

五

邓芸在一个下午走进花园，园子里寂静无声，树枝和花叶都一动不动，它们仿佛在举行一个隆重的仪式，邓芸像一个突兀的闯入者，每往前走一步都是对仪式的践踏。邓芸觉得周围有无数的眼睛在瞪着她，要赶她走，但她不怕，这里是李晨的领地，这些树枝花叶都是他的，她是他的分子，他是她的男人，她有权分享他的秘密和欢乐。她摇动那些花枝，纷繁的花叶无声地落了下来，有的打在她的脚面上一动不动，好像一种沉默的对抗，她弯下腰去拾起那朵花，娇艳且散发出浓郁的芬芳，她放在鼻子跟前深深地嗅了一下，哎，一声长长的叹息仿佛从某个深处探了出来。

她吓了一跳，往四周看看，墙上有一幅巨大的敦煌壁画，飞天神女们正在自由地弹琴、飞舞，温暖祥和，根雕茶几上摆放着洁净高雅的茶具和咖啡具。她煮了一壶咖啡，咖啡滚动的声音打破了园子里的寂静，所有的犹疑和不安都被驱散了。

她拿起笤帚和簸箕开始扫地上的落叶和花朵，那些还青绿的叶子还娇嫩的花朵被拢在一起，她在花椒树下挖了一个坑把它们埋了进去，来年，这棵花椒树会长得更加繁盛，结的花椒更多。

她坐在茶几旁织着毛衣喝着咖啡，阳光暖暖地从天顶上流泄下来照在身上。她有种幸福的感觉，如果以后真的嫁给李晨，就不用去家具店上班了，每天待在家里做做饭，打扫打扫家务，坐在这里像这样织毛衣、喝咖啡、晒太阳，日子该有多么安逸。

李晨看到邓芸的一刹那间惊住了：你怎么来了？

天快黑了，李晨站在阴影里，看不清五官和身形，只是一个晃动的鬼魅般的暗影。如果李晨没说话，邓芸肯定以为自己在做梦呢，那个黑影只是梦中的一个鬼影，或者一个贼。她没有想到，喝了一杯咖啡她居然睡着了，一个下午居然就这样过去了，她的内心充满了歉意和愧疚。她急忙站了起来：我今天休了半天假，过来收拾了一下花园，没想到睡着了，真对不起呀，我没做饭，你饿不饿，我现在去做。

她说着急忙往外走，李晨伸手拦住了她，质问她：谁让你收拾花园的？这是我家！

邓芸愣住了，喃喃地说了一句：当然，这是你家。这话没有一点逻辑上的错误，现实也的确是这么回事，只是像根刺一样扎得邓芸浑身疼，哪儿哪儿都不舒服。她不知道该怎么办，她像是一个寄宿者，总有一种被驱赶的担心和恐惧，现在，它又来了，以如此坚决而冰冷的语气。

她不想待在花园也不想看见这个男人了，她要回家，接女儿，晚上搂着女儿一起睡，那才是她真正的生活。才一天没见女儿，她感觉像过了一个世纪，她从来没有像现在这样迫切地想要见到女儿。

但李晨的手已经牢牢地拑住了她，她无法挣脱，李晨甚至拖着她往前走了几步，到了那棵花椒树前，花椒散发出诱人的香味，麻酥酥的直沁进人的心里皮肤里，她的嘴里甚至沁出了口水，她满满地咽了一口，说：这花椒长得真好呀！

她下午刚刚埋了一些落叶和落花在花椒树下，那里的土被翻动过的痕迹一目了然，李晨转眼看到了立在墙边的铁锹和上面的新土，他再一次质问她：你在干什么？你在挖什么？

即使在昏暗中，她也能分辨出李晨目光狰狞，像换了个人一样，曾经的腼腆、温厚、憨笑甚至冷淡都不存在了，仿佛那些从不曾属于他一样。他一把推倒了邓芸，她倒在刚刚培过的新土上，身体将那儿压了一个坑，似乎被浅浅地埋住了，她甚至有一种担心，身体下的土会一直陷下去，直到把她埋进去为止。

李晨拿过铁锹开始挖土了，沿着邓芸的身体一点点挖下去，每挖一下，邓芸都能感觉到身体的陷落，她的手扶着地，几次想要爬起来，李晨都用铁锹背把她拍了回去，李晨真的要把她埋了，埋在这棵花椒树下，让她跟刚才埋进去的花朵一起给花椒树当花肥。

邓芸开始喊叫咒骂，她不知道有没有人能听到她的声音，楼下的邻居是谁，她从来没有见过，或者见了也不认识。她后悔了，不该认识李晨，不应该来他家里，不应该贪慕他的这套复式楼，他在第一次向她发火的时候，她就应该离开他，在他动手打她一记耳光时，她不应该心生怜悯，留下来照顾他，在他不同意和她结婚时，她不应该还心存幻想。小郑说得对，他有病，心理不健康，不仅是猥琐还残忍，他居然因为她独自上了花园就要杀死她。她要死了，她的女儿幸好没有来这里。女儿说得对，李晨是个大坏蛋不值得信任，她瞎了眼，居然不如一个小孩子看得透。

她终于抓住了花椒树的树干，那上面有刺，但现在她顾不得疼了，这树干让她有了支撑，她暗暗地用力，在铁锹再一次拍下来的时候她翻了个身，一下子就躲开了。她拽了一下树枝，虽然很轻，但只需要这一点点力，她就站了起来，那些花椒树枝被她挤在身后，扎得她很疼，甚至脸上也沾满了花椒刺。但现在，李晨拍不着她了，树枝挡住了那把铁锹，他们俩面对面但隔着一棵花椒树。李晨愣住了，手里的铁锹抡了几下都落了空，他有些不相信地看着铁锹，再看一眼花椒树后面的邓芸。

邓芸在求他：李晨，别这样好不好，你冷静点，有什么事咱们坐下来说好吗？我向你保证，我以后再也不单独上这里了，我保证，我说到做到。她想我是不会再来了，别说这个花园，这个房子，眼前的这个人，我再也不想见到了。但眼下最重要的是要让李晨平静下来，他的心智、思想都完全失控了，陷进了疯狂、恼怒的情绪，他无法控制自己。邓芸不知道他回复平常的点在哪里，温和、敦厚时的李晨是怎么样的，他为什么会那样，现在为什么又会这样，这两者之间的触发点在哪里，平息点又是什么，她拼命地想不停地说，她希望那些胡言乱语能够无意中碰到那个点的撞针，让这一切都扭转过来。

咱们去吃饭吧，你饿了吧，我去给你烙饼，你不是最爱吃烫面饼吗，我现在就去做，我今天给你放芝麻，你不是最爱吃芝麻吗？

李晨喃喃地说了一句：我要抹蜂蜜。

对，抹蜂蜜。他终于像平常那样说话了，邓芸的心微微地战栗，她终于触到那个点了，她试探地说：那咱们现在下楼，去做饼，你来炒菜。

李晨嗯了一声：我要做番茄牛肉。对，这是他最爱吃的菜，他喜欢烤牛排，配西红柿蘸糖，味道很特别。他手里还拿着铁锹丝毫没有放下来的意思，邓芸站在花椒树后面，不敢走过来，怕他再次发疯，她只好继续说话：那你先去冰箱里取牛肉，我去洗手。

她举起双手比画了一下，李晨好奇地看着她，脸上浮起一抹狡黠的笑意。她从来没见过他那样笑，她打了个冷战，某种不祥的感觉从脊梁骨后面一点点爬上来钻进了后脖根里。她的手还牢牢地抓着花椒树干，她此时希望这枝叶能够长得更大一些，把她整个遮蔽起来，谁也看不见她。

李晨说：我要跟着你，不然你就跑了，你要去见那个男人怎么办？

哪个男人？邓芸有些迷惑了，李晨为什么发火，他到底在想什么？你在说什么？我怎么听不懂。

李晨脸上还浮着那抹狡黠的笑，他把铁锹扔在了地上，向花椒树走近一步，离邓芸更近了，能闻到他嘴里发出的一股方便面味，脸色在树枝的掩映下显得更加斑驳迷离，像一团一团被分割开来的暗影，一会儿重叠一会儿分离，透着某种捉摸不定的游离感，让邓芸感到虚浮、害怕。

李晨的声音透过树枝传过来：我看见你们俩搂在一起了，他亲你摸你，你咯咯地笑个不停，像只老母鸡。你们俩从咖啡厅里出来，你跟着他上了一辆出租车，你说你要跟着他去过好日子了，你再也不想见到我了。你怎么又回来了，你还回来干什么？你是不是又想我的钱了，那个男人是不是没钱了，是不是让你回来找我要钱。你来跟我要啊，我有钱，我有的是钱！

他说着从口袋里取出一大把钱撒向空中，那些钱纷纷扬扬地飘落下来。他俩仰起头来看着那些钞票，有几张落在树叶上，邓芸触手可及，但她没有动。李晨还没有从失疯症中清醒过来，他还是个病人，她不能轻举妄动。李晨却从树枝上拈起一张钞票，在邓芸面前晃动着：看到了吗，我有很多钱，我一点都不在乎，钱是个屁！说着他把那张钱撕碎了，又抛向了空中，那些碎屑像雪一样再次落下来。他拈起另外一张撕碎扔向空中，接下来，他一直重复着这个动作，枝叶上的钱很快就被他捡光了，他蹲下身子，捡地上的，仔细地撕碎抛向空中出神地看着它们落下来，再去捡另外一张，他完全沉浸在这种撕钞票的游戏里忘记了周围的一切，也忘记了邓芸。

邓芸悄悄地从花椒树后面走出来，绕过案几，看李晨正蹲在墙角那儿仔细地搜寻地上的每一张钱，邓芸拉开门冲下了花园，拿起鞋和包飞快地窜出了李晨家。

六

天色越来越暗，满地的碎屑像是花瓣，李晨踩上去却听不到花叫声，那些纸页只是发出老鼠般吱吱的叫声，鞋底因此有些打滑，好几次，李晨差点滑倒，他转头四顾，偌大的花园里摆满了各种各样的物件，那个根雕做成的茶几、那幅敦煌壁画是花园里最醒目的两样东西。在李晨看来，它们一直是那么怪异，有一种说不出的美和沉静，却又有某种对一切都不放在眼里的傲慢，它们和这套复式楼一样，一直高高在上，俯视着他这个没有女人喜欢的男人，所有走近他的女人，都是为了这套房子，走上花园，她们欣赏的也是这块巨大的根雕和一幅既不能吃也不能用的壁画，还有那些精致的杯盏碗碟，它们看上去总是比他更加实惠。

他想变成一棵树，花椒树。他想象那树叶有一种麻麻的味道，瞬间就迷惑了他，他产生一种幻觉，陈芬第一次出现在他面前时大方热情地笑着，伸出手要跟他握手，他迟疑惊慌局促不安地伸出手去，触到陈芬手的瞬间，他的手抖动了一下，仿佛烫着了。他来不及看刨面就被紧紧地握在了那只小小的女人的手里，那女人甚至用小手指轻轻地在他手心里勾了一下，他更加慌乱了，抬起头看她。她却快活地笑了，笑声像一缕轻风，一下子就吹开了他心灵上的那层白翳，他也笑了，嘴咧开来，又赶紧闭上又咧开来，不知如何是好。

他滑倒了，那些小小的碎屑凝聚成一股巨大的力量向前推动着他，他甚至滚了两下，离花椒树很近。他看到了那个坑，一把匕首从花椒树根的一侧露出来，他用手探了一下那刀，土质很松软，刀一下子就被撬了出来。他掸掉了上面的土，用袖子仔细地擦拭干净，它一下子就露出了特有的锋芒，在窗外路灯的映照下寒光闪闪。他清楚地知道这是一把好刀，它锋利无比，削铁如泥，吹毛立断。他刚拥有它的时候曾欣喜无比，不断地拿各种东西放在刀口下试，坚硬的柔软的，个个都身首异处。他曾经想拿它来做什么，做什么都有点可惜，他甚至想这刀子太锋利了，很容易伤人，他得找个地方把它藏起来。他把它放进了根雕茶几的抽屉里，很理想的一个地方，来客人时还可以用来切水果。但一次也没有切过。

只是那次陈芬走了一个多月又突然回来时，他内心暗喜，以为陈芬后悔了，他想装一下，质问她不是跟着那男人走了吗，干吗又回来，是不是被那男人甩了？他以为陈芬会向他服软，或请求他原谅，向他保证以后再也不出去跟别的男人鬼混了。但是，他想错了，陈芬只是回来拿件东西，是一只黄金手镯，四十六克，花了他将近两万块钱。她没有理会他的虚张声势，就冲着卧室的那个梳妆匣去了，拿着手镯出来时还对他晃了晃，说：就当你补偿我的，知道吗。跟着你这样窝囊的男人，我损失大了去了，拿什么都补不回来。现在，我那男朋友还笑我呢，居然跟你在一起，你那么窝囊，跟着你有什么出息。

陈芬还在往下说着，李晨的头嗡嗡地响了起来，好像有无数的苍蝇在他的头顶盘旋，他用手往外扑了一下，但没有用，嗡嗡声更大了。他看到陈芬的嘴一张一合，但听不到她说什么，只是看到她要往外走时，他忽然扑了上去，一下子就把陈芬扑倒了，他掐住了陈芬的脖子，叫嚣道：掐死你，掐死你。

　　不知过了多久，等他清醒过来时，陈芬已经不动了，他探了探她的鼻息，的确死了。他一点也不惊慌，甚至无限地踏实和满足，似乎这就是他要的一切，陈芬再也不会离开他了，再也不会跟别的男人去鬼混了，更不会再骂他窝囊了。他抱着她来到花园里，取出匕首，用手试了试它的刀口，皮肤立即开了一条口子，血渗出来，他舔了一口，满意地笑了。他开始肢解陈芬的尸体，这是一个巨大的工程，需要力气、耐心，还要沉稳淡定。而这些，李晨全都具备，他似乎早就知道这件事该怎么做，每一个步骤每一个动作似乎早已成竹在胸，他甚至有种前所未有的成就感，好像他长这么大以来，所做的一切都是为了这一刻。先是骨肉分离，然后是骨节断开，颅骨、肱骨、髋骨、股骨被一一砍断砸碎，然后将每一根骨头每一块肉和脂肪仔细地剁成碎末，把它们分装进一个个袋子里放进冰箱里。

　　从那天起，他喜欢上了清理花园，在花草垃圾里掺入一小袋陈芬的骨肉，每天提下楼扔进垃圾桶里，看垃圾车将它们运走。他开车跟着垃圾车来到城外，一次又一次看到垃圾被填埋、回炉，变成电能输向千家万户。

　　李晨将匕首放进衣服里面，下楼，开车去城外的垃圾场。离城几百公里远的地方已经变得非常荒僻，一望无际的盐碱地上寸草不生，却有一个巨大的填埋场和一幢二十层楼高的垃圾处理厂，那里灯火通明，各种机器在寂静的荒野上发出轰隆隆的叫声。他把车停在远处，把钥匙扔在车上，慢慢地向填埋场走去。臭气越来越浓，几乎让人窒息，他却张大鼻孔使劲地嗅息着，捕捉其中陈芬的气息，三年零两个月十一天了，她的身体早已化成了粉末，渗透在垃圾的缝隙里，随着垃圾车在城市里游荡，最终被填埋在这里，在阳光、空气、雨水的作用下，变成碳水化合物，在下一条生物链上逡巡。

　　但她经常光顾李晨的梦境，在每一个清晨或夜晚清晰地出现在他的脑海里，笑着闹着，漫不经心地抚摸他的身体，他战栗、激动又恐惧和绝望。看着她慢慢地在他身边倒下来，慢慢地，一遍又一遍，她侧着头对他笑着，长发从左肩头披下来，好像有风，发梢会被撩拨得飞扬起来，在他的身体上慢慢地拂动着，痒痒的。他用手抓，但什么也没抓到，那地方还是痒痒的，他挠了又挠，皮肤都被擦破了，还是止不住痒。他翻个身，陈芬从另一个方向向他侧过来，挠他，他仰面朝天，陈芬就会浮在空中，离他的身体只有几厘米，但并不倾下来，两只手也不触碰到他，只是那么悬着，嘴咧开来，似笑非笑地。他翻身坐起来，陈芬又在他的对面，好像没有下半身，只有上半身，与他面对面，离得那么近，他的脸都不敢往前伸，生怕触碰到她。他下床，往楼顶花园走去。

根雕茶几的抽屉里放着一摞又一摞的黄纸，他拿出一小卷，用打火机点燃，看轻烟袅袅娜娜地一直上升上升，他打开窗户，那些烟就窜了出去。他站在窗户边嗅吸烟气，拼命捕捉陈芬的气息，他真的闻到了陈芬头发上那特有的洗发香波的味道，还有衣服上薰衣草的味道，它们一如陈芬生前那样，诱惑着他，让他无法自制。他好几次真切地看到陈芬回来了，她坐在根雕茶几旁边，两只脚搭在茶几上，一边看手机一边嗑葵花子，嘴里时而哼哼着流行歌曲。他走过去，抚摸她的头发和脖子，她仰起头向他笑一下又低下头去，他低下身子吻她，她迎合着，他抱住她向她求欢，她敞开身子成一个大字。他掐住了她的脖子，使劲地摇她。她轻得像一片纸，毫无着力点，每一次摇动都变得虚无，与她毫无关系，她还坐在那里，还看着手机屏笑，把葵花子的壳从嘴里吐出来，溅在他脸上，他用手去摸，却什么也没有。

他用手去拉她，把她放在自己的身上，心脏上插着那把匕首，她的身体悬在匕首柄上，一点点挤压着匕首，那匕首慢慢插进他的身体里，血不断地涌出来。

有一种前所未有的痛感和快感瞬间席卷了他，他的双脚不由自主地往下踢蹬，双手也无意识地四处乱抓，那些垃圾顷刻间涌了下来，顿时，他被淹没了。他看到陈芬化成了无数分身，她们像天使那样，伸出手拉他，他飘了起来，跟在陈芬的后面慢慢地向远处飞去。

玉的隐秘世界

透过腾腾的水雾，玉看到那双印花的红色塑料拖鞋一直摆在墙角，好像被人遗忘了。她怀着一种侥幸慢慢地向那双鞋走过去，穿上，又软又舒服，那么好看，比公用的木板鞋漂亮多了。她往回走，鞋很大，像两只船，每走一步，鞋就要从脚丫上掉下去，她小心翼翼地拖着脚往母亲那边走，母亲正闭着眼睛仰着头让水龙头上的水沿着头发、脖子、胸慢慢地流过肚脐、大腿、脚面流到地上，她不搓也不打肥皂，只是用手一遍遍捋着头发，偶尔捋一下滞留在身体上的水珠。一睁眼，她看到玉穿着那双漂亮的红拖鞋慢慢走过来，惊奇地问：你哪来的拖鞋？玉把手指放在嘴唇上，脖子缩在一起，诡异地笑了，似乎这是一件很好玩的事情。母亲正在纳闷，一个长头发的女人已经冲了过来，指着玉的脚：我的鞋，你怎么穿我的鞋？还不脱下来！玉惊惧地看着那个女人，手指还放在嘴上，脖子越发缩了，身体也一下子矮了下去，好像要缩进地板里似的，但她的脚上还穿着那双鲜亮的拖鞋。那个女人忍耐不住，用双手扳住玉细瘦的肩膀，使劲地摇晃着，大声喊：你脱不脱？脱不脱？玉不说话，放在嘴巴上的手指剧烈地抖动着，身体也开始抖动，扑簌簌地，好像摇摇欲坠的树叶，一缕长长的泡沫状的涎水从嘴角流下来，两眼向上翻，黑眼珠渐渐没有了，全是眼白，女人手一丢，玉掉落在地上，地上全是水，纷沓的脚步声向玉聚过来，玉的眼睛还翻白着，好像对眼前的一切都不屑一顾。

区医院，年轻的文医生把手搭在玉的手腕上，温暖柔滑的感觉顺着血管慢慢流进玉的身体里，流向四经八脉，所到之处一点点地打开了，玉感到自己像朵花，文医生手触到的地方就是花蕊，正在微微地颤动着。

文医生问玉的母亲：第一次发病是在什么时候？玉记得很清楚，是她十岁那年，她在马路上和院子里的孩子一起疯跑，一辆摩托车横空出世。隐匿在身体深处的一些异变受到了激发，她会无缘无故地晕倒，口吐白沫，很短暂的一两分钟，没有任何意识。

玉说：我经常这样，都习惯了，你给我开点药吧，我吃吃就好了。文医生给玉七包辗好的中药粉末，用粉色草纸包着，仔细地叮嘱玉：一定要按时吃，这样才不会难受，记住了？玉嘻嘻地笑了。

在父亲生前睡过的房间里，玉打开床头的藤条箱子，取出一件红色外套，是她姐姐穿小了的，颜色已经有些发白，胳膊肘那儿有点磨薄了，穿在身上，柜子上的那面镜子里，只能看到半身，明显地小了，袖子短了，身子短了，但依然肥大，穿在身上空荡荡的。她很喜欢这种感觉，在床上走来走去，一边走一边甩着身子，那衣服就飘飘然起来，好像有风一样。她低着头看自己的光脚丫，白皙、修长，大拇指比别的指头长得多宽得多，特立独行地伸了出去，她动了动大拇指，大拇指向上张动着，好像动物的嘴，一开一合。那双红色的拖鞋与白脚丫很配，看上去艳丽极了，上面还渗着一些水珠，慢慢地滚动着，晶莹剔透。

唉，一声长长的叹息，吓了玉一跳，她向父亲的遗像看去，父亲隐隐地笑着，嘴巴紧紧地闭着，似乎并不会发出声音。玉踩在桌子上，摸着父亲的脸说：爸，你一个人待在这，肯定没意思，以后每天晚上我都过来陪你，好不好？父亲没有说话，还在笑。

母亲还坐在沙发上织毛衣，看见玉打了个哈欠，说：这个电视剧一点意思也没有。

玉说：妈，今晚，我想在隔壁房睡。

母亲睁大了眼睛：那怎么行，你一个人住那么大的房子？

玉说：没事的，我都十七岁了，也该一个人住了。

母亲大概想说：你要犯病了怎么办？可终究没有说出口，玉犯病是一种常态，但大家都绝口不提那两个字，似乎一说出来就会加速玉的病情，会让发病率瞬间呈几何级数增长。

母亲说：不行，你就是想睡，也得过几天，我把那房子收拾收拾，打扫一遍你再过去吧。

母亲在父亲的房里放了一只香炉，上面点着几支香，屋里就有了一种寺庙的味道，她把所有的被褥都拆洗了一遍，套上新的被套和床单，原来的那一套她卷起来送给了院子里李伯伯家的那个保姆。她买了一面巨大的桃木镜，可以照玉的全身，安在了进门右手的墙上。玉摸着那雕刻精致的木框非常喜欢，拉着母亲在镜子前照来照去，但母亲只在镜子里望了一眼，脸色蜡黄蜡黄的，就闪开了，她对着屋子的空中大声说：你要好好的，不许吓着孩子。玉静静地看着母亲，她常看到母亲这样，母亲从没说过在和谁说话，但她知道，一定是父亲，父亲虽然死了，但魂还在，那魂对母亲有一种压迫感。

玉刚躺下，母亲挑起门帘走进来：一个人行不行？

玉张开眼睛，门口只是有一个暗黑的轮廓，看不清男女，甚至分不清有没有生命。那影子渐渐地靠近，伸出手来替玉掖了掖被子，转过身要离去。

玉叫了一声：妈。

影子转过身来，黑暗中，玉能看见母亲亮晶晶的眼神：妈，你和我一起睡，我一个人害怕。

母亲站住了：你要害怕，回那屋和我一起睡。

玉自说自话：灯一拉，墙上到处都是鬼。

啊，母亲尖叫了一声，乱说什么，哪来的鬼。

一边说一边慢慢地往后退，动作很慢，但意志坚决，一边走一边说：你和我一起去睡吧。

话音没落，人已经走出了屋子，玉咯咯地笑了，她要的就是这个效果。

一只猫轻捷地从窗口跳进来，像一缕惊魂落在玉的被子上。玉感到轻轻地一震，心里一喜，父亲来了。原来，父亲的脚步声重，如今却这么轻，而且就落在脚边，一动不动。玉慢慢掀开被子，抬起身子，看到了一只猫坐在被子上，蓝莹莹的眼睛，在黑暗中一动不动地看着玉。玉愣住了，这是常来家的那只猫，它常常在家里没人的时候，从房顶跳落，卧在玉家的水池边，舔自己的毛，四肢伸得展展的，像一张皮躺在水池边睡觉。玉用手理它的毛，猫的眼睛只是慵懒地睁开一条缝，瞟一眼又闭上了。它好像是这里的常客，玉的存在与否，它并不在意。原来这个屋子并不是安静寂寞的，每天晚上都有一个访客，静静地守在这里，陪着父亲。玉重新躺下来，安静地睡着了。

父亲的身体非常消瘦，面色青灰，站在门口，似乎有些迟疑，他端着一只碗，碗里冒着热气，向玉飘来，到玉床前的时候，却委软了下去，身体渐渐地化成了一股浓烟，玉闻到了一股浓郁的药香，是文医生给她开的那种药味，她又一次闻到了。

早晨九点多钟，玉打开门走出院子，长长的巷子里空无一人。她慢慢地往前走，听到背后一阵脚步声，嗒嗒的，非常急促，她不敢回头，脚步变得非常迟滞。那个人追上来了，她立住了，不知道那个人要干什么，几乎只是一瞬，那个人就从她身边擦过去了，她略略地朝那人张望了一眼，那人也正回过头来看她，很瘦，脸色苍白，给人一种营养不良的感觉，只那么一下，那人便低着头匆匆地往前去了，很快拐出巷子不见了。

出了巷子，一排粗大的栏杆挡住了去路，三四米以下的地方是马路，不是上班的高峰期，路上的车很少，几乎看不到人。

把头住的高爷打开门端着一盆水出来了，他朝着栏杆哗地把水泼了出去，水沿着石壁流下去，一直流到下面的人行道上，大家都这样倒家里的脏水，冬天，地面上结着一层厚厚的冰，下面的人行道也会隆起一个小山包一样的冰堆。

高爷转身时看到了玉，非常热情地说：你好些了，走，去家里坐坐。玉犹豫了一下，还是跟着他进了他们家。

高爷家的院子里种满了各种花花草草，玉不认识那些花草。东面靠墙的地方搭了一串长长的葡萄架，架下摆着一只竹躺椅，躺椅旁边摆着一只小方桌，方桌上放着一杯茶和几本书，看上去跟别人家一点也不一样。屋子里摆得比别人家阔气多了，老式的木质沙发，茶几、床、圆桌，茶几上长年摆着珍贵的糖果和好吃的点心，还有一把精致的小剪子，小得只能用两只手指穿进剪柄里，样式也很特别，剪锋交接处绣了一朵精致的梅花，材质很好，上好的不锈钢，在阳光下闪着夺目的光芒，玉拿在手里把玩着。

玉坐在沙发上，看着那些点心，和花花绿绿的糖果，和她以前吃的好像不太一样，这一下子就引起了她内心的那隐秘的欲望。高爷家的桌上经常摆着这两样东西，但每次都不一样，颜色、形状总是变化不一，味道总是说不出来的好，好像里面种了蛊，对她有着无穷无尽的诱惑，无论她多么坚持，最终还是会倒在那些美食的诱惑下。

高爷放下窗帘，屋子里一下暗了。他走到茶几前的圆桌旁，那儿傲然地放着一台巨大的收音机，高爷在上面动了一下，一种舒缓柔婉的调子流淌出来。玉心底的欲望强烈起来，她不经高爷发话，手不由自主地伸向盛美食的盘子，抓了一颗糖，剥开糖纸喂进了嘴里，一股混合着奶香和芝麻的味道，瞬间溢满了她整个的口腔。

有只手扶上了她的背，一下一下很有节奏地摸索着，慢慢地移到她的前胸，揉搓片刻，解开她的衣扣，手按住她的裸胸，把她放倒在沙发上，急切地张着嘴巴舔吃她的身体，每一个部位都变得湿润起来。玉的身体有了起伏，她的嘴里还嚼动着奶糖，糖的甜味远远超越了身体的感觉，她含含糊糊地说：我要吃糖。高爷的手准确地从盘子里抓了一颗糖，连着糖纸送进了她的嘴里，她的舌头倒动着，将糖纸剥开褪去，噗地一口吐了出去，糖噙进了嘴里。

高爷气喘吁吁地趴在她身上，像死人一样不动了，她用力推开他，坐起来，穿好衣服裤子，把桌上剩下的糖果和点心都包进手绢装在衣兜里，摇摇晃晃地拉开大门，走了出来。

成从下面的楼梯走上来，玉看见他时竟然有些羞涩，成一直走到近前，才发觉是玉，他问了一句：干吗呢？

成是个大高个，背很厚实，脖子前倾，弓肩缩背，眼睛高度近视，看人时总是凑得很近，即使这样也看不清楚，那眼神里就有了一种不确定，总带着疑问。

玉的目光转向下面的马路，说：你下班了？

成站住了：厂里活少，让我们回家歇几天。他在父亲的厂里做临时工，玉经常看到他在上班时间溜回家。

成似乎不想离开，也不开口说话，只是用他的近视眼怀疑地盯着玉看，至

少，玉感觉那眼神是怀疑的，她只得讪讪地问他：你不上班干什么？

成说：回家睡觉，累死了。成的母亲经常对院子里的人说，成待在家里就会睡觉，除了吃饭就是睡觉。

玉说：我们家的枣可以摘了，你最近有没有时间？

成眼里的怀疑消失了，似乎有些兴奋：什么时候？

玉想了想说：这个月底吧，我姐可能要过来，到时我来叫你。

好。

成又站了一会儿，玉也站着，一只手摸着口袋里鼓鼓的点心和糖，有一点点想要拿出来与成一起分享的冲动，但终于还是忍住了。两人无言地对站了一会儿，成似乎有些失望：我走了。玉点点头，看着成渐渐走远。

玉坐在地上，从床底下拉出一只木箱，打开，从口袋里拿出一把精致的小剪子，小得只能用两只手指穿进剪柄里，样式也很特别，剪锋交接处绣了一朵精致的梅花，材质很好，上好的不锈钢，在阳光下闪着夺目的光芒，玉拿在手里把玩着。

唉，一声长长的叹息，把玉吓了一跳，她向发出叹息声的门口看去，那里什么人也没有，会有谁呢，母亲上班去了，院子里也没有人。玉把小剪子放进箱子里，仔细地锁好，将小钥匙压在床垫下边，从屋子里走出来。玉看到水池边卧着一只猫，浑身漆黑，眼睛是蓝色的，它的四肢伸得很展，看样子在院子里已经卧了很久，眼神慵懒地睁开一条缝，偷窥着玉。玉笑着走近去，用手捋着它的毛，猫很舒适地闭上了那条缝，显得十分安详。

厨房里烧了一壶又一壶的开水，全都倒进了洗衣盆里，玉端了一盆又一盆的凉水倒进盆里，一只手搅动着水。她脱光了，钻进盆里，慢慢地搓洗着身体，她仰起脖子，把水一下一下地往上撩着，水沿着脖子流下来，她顺着水流搓洗脖子、肩、乳房，在乳房上停留了几分钟，手握在上面的感觉很不一样，非常柔软，有一种微微的战栗。她低下头望着自己的乳房，丰盈、透明，像一只熟透了的柿子，似乎只要用手轻轻一压，会溢出甜蜜的果汁来，她用手一下一下地压动着，身体晃动了几下，看到乳房也跟着上下跳动，她哈哈地笑了。

玉穿上一件紫色的连衣裙，将四块点心和十块糖用粉色纸包好，粉色纸是文医生包中药用的，她每次喝完中药，都会把纸抚平压在玻璃下面，所有的纸都很平展，包点心和糖果非常合适。她拎着糖果包来到区医院，还没到上班时间，走廊里静悄悄的，文医生正在给一盆花剪枝。

玉把那包糖果打开堆在文医生的面前，文医生很意外：你怎么能买这么贵重的东西，这太花钱了。玉不说话，从中拈起一颗糖剥开糖纸，递到文医生的面前，文医生不好意思地接了过来，塞进嘴里，玉望着他蠕动的嘴巴，问他甜不甜，文医生点着头：嗯，甜，好吃。玉满足地说：我以后还带给你吃。

星期天早晨，家里来了一个男人，母亲指着他让玉叫赵叔，说赵叔是妈妈的朋友，来帮忙摘枣。

摘枣？玉惶惑了，不是每年都叫成过来帮忙的吗？她都和成说好了。

母亲满脸都是笑：不用叫他了，老叫人家多不好意思。

那有什么，成挺好说话的。

母亲摆摆手，还是笑着说：好了，赶紧去拿盛枣的东西吧。

赵叔笑眯眯地看着玉说：怎么，担心赵叔上不去树，看我的。

说着，三下两下就爬上了树。说实在的，他的身手比成敏捷多了，他的身体瘦长，四肢像接了一截似的，随手一伸，就能触到那么高的树枝，腿一伸直，就给人一种高不可及的感觉。母亲仰着头说：看，你赵叔爬得多高呀。玉不吭声，转身去厨房里取那只巨大的竹箩。

母亲把那些枣分成一袋一袋的，说这是给张姨家的，那是刘婶家的，那是高爷家的，还有徐伯伯家的。

玉说，也给成装一袋吧。

母亲说：行啊，他每年给咱们帮忙，一袋枣算什么。

玉欢喜地给成装了一袋。

成看到玉手里的那袋枣时惶惑极了：你怎么没叫我，你不是要叫我吗？

玉也有些不安：我妈妈请了个同事过来帮忙。

成非常失望，跺了一下脚，土地在脚底下微微地震颤着，玉也很难过，如果有一棵属于自己的枣树多好呀，她一定叫成来打枣。

早晨十点多钟，公共厕所前的那片空地上寂无人声，巨大的电线杆下面挂了根绳子，随着风轻轻晃动，这是一个简易的秋千，院子里的孩子没事的时候都喜欢坐在上面荡两下。玉也坐上去，使劲晃了两下，挺好玩的，暖暖的阳光照在脸上身上很舒服，偶尔有风吹过，但看不到一个人。每天晚上，这里是最热闹的地方，孩子们的闹腾，老人们的闲聊，还有那些妈妈婶婶们拿着小板凳和手工活三三两两地坐在一起，边干活边聊天。当然，那些都与她无关，她只是生活中的一个看客而已。

玉想象有人在推她，让她荡得更高，脚用力蹬了一下，但没有荡起来，只是脚拖在地上划行了几十厘米，胃里却闹腾开了，早上吃进的稀饭不断往上涌，不好，要犯病了。她急忙下来往回走，要赶紧走回家，能躺在床上就好了。快到家门口了，她恍惚看到对面来了个人，她伸了伸手，身体向前慢慢地倒了下去。她躺在地上，眼睛翻白着，那个人走过她身边时犹豫了几秒钟，蹲下身子晃了晃她，她的嘴角不断地溢出白沫来。

她醒来时，看到身边蹲着一个人，很瘦，脸色苍白，给人一种营养不良的感觉，那个人还在摇着她：喂，你醒醒。玉含糊地嗯了一声，伸出手去，她想要扶着男子站起来，那个人搭了一把手，几乎是把她抱了起来，玉站直了，与他的身体完全分开了，说了声：谢谢。那人问她住在哪儿，送她回家吧。玉指了指面前的门：这就是我家。那人看着门噢了一声，玉打开门，那人向门里张望着，玉有点尴尬，她是不是该请他进来坐坐呢，可是屋里就她一个人，对方是一个陌生人，玉只好又向他说了声谢谢，把门关上了。

一个瘦长的身影蹑手蹑脚地进了屋子，慢慢地蹎到玉的床边。玉睁开眼睛，看到一张异常苍白的脸，没有五官，只是戳了三个黑洞，正怀疑地看着她，玉甚至听到一种很粗很沉重的声音：我抓住你了，我抓住你了。玉的脖子好像被人掐住了，她要被掐死了，她想喊出来，可是，声音总是卡在嗓子里，舌头只是无意识地蠕动着，却发不出一点声音来。

玉醒了，发觉自己的右手正掐着自己的脖子，她慢慢地把手放下来，转过头望着黑暗的屋子，因为是平房，月光很难照进来，屋子里黑乎乎的，隐约可见一些家什，但没有人。玉坐起来，打开灯，真的什么都没有，可刚才的那种恐惧还在。她清晰地感觉到当时屋子里有人，是那个人把她的右手放在了她的脖子上，可是人呢，走了吗？从哪儿走的？她慢慢地下了床，走到门口，拉了拉门，门果然是开着的，一阵风吹进来，院子里的月光也是暗暗的，但能清晰地看到一切，什么都没有改变。她慢慢地向母亲的房门走去，推了推门，门锁着，母亲惊惧地问了一句：谁？玉没有吭声，转身回到了自己的屋子，锁上门，上床继续睡觉。

高爷死了，躺在正屋门口，地上流了一大摊血。警察说是被人一刀捅到了胸口上，可能是半夜进了贼，被高爷发现了，争执之间，贼把高爷杀了。玉探头向屋里看去，桌上还摆着两盘糖果，花花绿绿的糖纸，与她以前看到过的似曾相识，这一下子就勾起了她心底那隐秘的欲望。她慢慢地向屋里踅去，趁人不注意，快速地抓了几颗糖放进了衣服口袋里。

区医院，文医生的办公室里坐着一位老头。文医生呢？老头摇摇头，表示从未听说过这个人，护士告诉玉，文医生是西安人，他回老家了。他还回来吗？护士说，可能不回来了，那边有个医院接受了他，他要在那边工作了，以后都不会再来了。

母亲说：把房子退给厂里，咱娘俩住到你赵叔那儿去吧，他那儿是楼房，两室一厅呢，你可以一个人住一间。

玉说：行，把我爸的相片带上，我要挂到我房子里。

母亲有些为难：不太好吧，我要和你赵叔结婚了，带着你爸的照片让你赵叔怎么想？

玉说：那我就不去，你去吧，我一个人住在这里。

母亲说：那怎么行，你一个姑娘家，怎么能一个人住呢，再说了，你一个人住在这不害怕呀？

玉摇摇头：不怕，有我爸陪着我呢。

母亲打了个冷战，目光奇特地看着她。

俱乐部里开一年一度的审判大会，人非常多，连墙头上都骑满了人。玉和成去迟了，只好远远地坐在墙外的草地上，只听见里边的高音喇叭喊，喊了些什么，根本听不清楚，但人们没来由地兴奋，玉也很兴奋，这么多人，从来没见过这么多人。押罪犯的车出来了，一辆接着一辆，最外围的玉和成这时反而离得最近了，他们能清晰地看到一个个罪犯的脸。

看，那就是杀高爷的那个人，就是咱们那儿的那个贼。成兴奋地向玉指着，玉向那人看去，很瘦，脸色苍白，给人一种营养不良的感觉，她似乎从哪儿见过，可一时又想不起来了。

人群不断地往前拥着，争看那些被押解的罪犯，兴奋地指指画画。玉也很兴奋，她甚至有种轻飘飘的感觉。她伸出手去想要扶住点什么，可迅猛的人流拉着她一直往前涌，往前涌，她跌跌绊绊地往前走了几步，耳畔嗡嗡地响。她发现所有的人都不见了，眼前白茫茫的一片，真白呀，她问成，下雪了吗？

没有人回答，周围寂静无声，所有的人声退去了，尖锐的喇叭声、汽车声都没有了。她恍惚看到了父亲，端着一碗药，慢慢地向她走来，那药冒着热气，药香弥漫，有个声音在她耳旁轻轻地呢喃着：玉，该吃药了。

小官人

一

灯光下，孩子们都睡了，秦洪亮向妻子慢慢说出离婚的事情。他注意着她的表情，心想，如果她要哭的话，他该怎么办，要不要哄她；如果她大声地哭，吵醒了孩子们，孩子们会怎么样，会不会一致反对？想起儿子红卫跟着他和韩嫣一起去公园，玩得那么亲热，一口一个阿姨地叫着，应该不会吧？

妻始终低着头，一言不发，仿佛做错了事的孩子，直到他说要带走儿子时，她才急急地抬起了头，说：不行！

他吃惊了：你一个人带着两个孩子怎么行？红卫是男孩子，花钱的地方多，红英的生活费我会每个月寄给你的。

她连连摇头：不行，孩子们不能跟你走，你可以经常回来看他们。还有，咱们的事不要告诉他们，我不想让他们觉得自己被父亲抛弃了。

他的心强烈地震了一下，有一瞬间，他几乎要放弃离开家的打算，就这样和一对儿女过下去，看他们慢慢长大。但想起韩嫣的温热、娇嗔，那似乎是一个种在他身体里的蛊，只要想起来，就情不自禁，不顾一切，别的都不重要了。

他慢慢地说：那也行，我每个月把两个孩子的生活费寄给你。

她点点头，嗯了一声。

那咱们什么时候去把手续办了？

她慢慢地抬起头来，眼睛亮晶晶地看他，自始至终，她一滴眼泪都没有流，而且是那么冷静，仿佛这只是每天生活里的一部分，她早已司空见惯，何必大惊小怪呢。他略略地惊诧于她的反应，他甚至在瞬间闪过一个想法，也许，她也想离婚呢，难道，她在外面也有人了吗？不然不可能这么镇静。可是，她要了两个孩子，这无论如何不像是一个有外遇的女人的选择。

明天吧。

她说着起身从抽屉里拿出了身份证、户口本、结婚证，它们原本叠放在一起，好像早就等待着这一天了。

他提着行李出门，向儿女告别，说要出差一段时间，让他们跟着妈妈好好地，钱他会按时寄回来，要好好学习，天天向上，长大了做个对社会有用的人。

红卫欢呼雀跃，说了很多愿望，让父亲买这个买那个，还说要个冲锋枪。他一一地答应着，心头热热的，眼睛有些湿润，眼角瞥了一眼妻，她在屋里忙着什么，始终没有出来。女儿红英睁着一双大大的眼睛看着他，拉住了弟弟，对他说：你放心，我们一定会长得很好的。

红英今年已经十三岁了，长得越来越像她母亲，表情里有种超出她年龄的冷静和决绝。他伸出手去想摸摸红英的头，她却闪开了，拉着弟弟转身回屋，哐的一声关上了门。

他意识到了什么，凑近门去，想要敲门，却停住了手，他听到红英哭着叫了一声妈，她低低地叫了一声，像是从喉咙深处发出的一声嘶鸣，红卫不明所以地，大声叫着：妈，姐，你们怎么了。

三个月后秦洪亮鼓起勇气，再一次走近原来的家门。女儿开了门又紧紧关上，再怎么叫都不答应，他听到儿子和女儿的撕扯声，但最终却偃无声息，好像屋子里一个人也没有。他在电话里说想领儿女出去玩一玩，前妻沉默了几秒钟，说：你领红卫去吧，红英知道了我们的事，她说再也不想见到你。那个深夜，他和前妻的摊牌让起夜的红英听了个一清二楚，从此当他是路人和仇人。

红卫已经八岁了，长得胖墩墩的，喜欢吃红烧肉，专拣肥的，一边吃，一边抹嘴角的油，他帮他抹，红卫抓住了他的手问：爸爸，你为什么不回家？

他心里一酸，找了个理由说工作忙，老是去外地，要很长时间才能见到红卫。

红卫一本正经地说：可姐姐说你不要我们了。

他有种绝望，连连摇头：我从来没想过，不管我和你妈妈发生什么事，你永远都是我的好儿子。

红卫学着他的样子连连摇头：我以后再也不能跟你来了。

为什么？

姐姐不让我来，说我来了就跟我断绝姐弟关系，你知道她那个人说到做到，我怕她。红卫并没有吃完盘子里的肉，只干了三分之一，就抹了抹嘴说：肉真好吃，爸爸，我想回家了，我养了几个蚕宝宝，它们饿了。

他再也没能领红卫出来，红卫像个小男子汉一样，站在他面前恋恋不舍又坚定地摇摇头：我不去了，爸，我是这个家里的男子汉，我要守着妈妈和姐姐，给她们安全感。

二

韩嫣对这个结局很满意，她讨厌他跟前妻一家人接触，并指责他这是吃着碗里的看着锅里的，男人都一个样，恨不得三妻四妾，夜夜做新郎。他指天发誓，心里只有你一个。说心里话，和韩嫣相好以后，他还真没对别的女人动过心思，可韩嫣根本不信，她信的是红本本。他向她保证，等调到经贸局当了局长就去跟她领结婚证。

但秦洪亮并没有如愿升迁。他离婚第二年，厂子因为亏损严重被一个私人老板收购了，改做卡厅和旅馆，职工或买断或退休，只剩下十几个留守人员，专门收租、发报纸、打扫卫生等，由他管理。

他沦落成一个无所事事的糟老头，韩嫣渐渐地失去了娇媚和柔顺，说话的声音慢慢大了起来，有时还会使唤他拖地、浇花。以前，他从来没干过这些家务，现在更不愿意干，本来厂子变成这样，气就短，一干家务，就更感觉矮了，但不干又不行，禁不住韩嫣的成天唠叨，有时还骂骂咧咧的，她以前根本不是这样的。

他心里烦，不禁想起前妻的好来。他们俩刚结婚的时候，他刚进印刷厂，只是个普通的印刷工人，但前妻从来没让他干过家务，做饭、洗碗、带孩子都是妻子一个人干的，家总是收拾得干干净净的，回家以后，饭总是放在桌上，热气腾腾的。

　　秦洪亮站在学校门口，红卫背着书包从校门口走出来，和一个戴眼镜的男生，两人激烈地说着什么，一边说一边还动起了手，你推我一下下，我推你一下，然后红卫就跑了起来，眼镜追过去，到跟前时，又抱在了一起。他俩同时被地摊上的一种小纸片吸引，蹲在地上和摊主讨价还价。两人翻遍口袋掏钱，却差着几毛钱，摊主就不愿意卖给他们，挥手让他们走。红卫和眼镜恋恋不舍的。他走过去，把钱递给摊主，摊主递给他那一小盒纸片。

　　他转身要给红卫，两人却早已跑开了，速度比刚才快得多，好像他是急风暴雨，他们急于寻找一个躲雨的地方。他想追过去，却只是抬了抬脚，丧气地把小盒子还给摊主，摊主不要，还说买了不能退。他迈开步向红卫的方向走去，摊主在后面哎了两声，他走着走着，就又转了回来，从摊主手里一把抢过那小盒子走了，摊主吓了一跳，傻傻地待在那里。

　　他站在前妻等车的站上等她，把小盒子递给他，说是红卫喜欢，昨天看见他想买来着，钱不够。前妻打开盒子看了看就还给了他：这都是些打游戏用的，我不让他玩的，你怎么还能给他买这些呢，这不是害孩子吗？前妻即使生气，样子也是笑笑的，口气也十分温和，说完也没有走开的意思。

　　莫名的温情从心底升起又滑落，他已经没有资格想这些，他抱着盒子连说了两声：对不起，对不起啊，我不太懂这些，还以为红卫很喜欢，你也不要把孩子管得太紧了，容易逆反。前妻更笑了：没有的，红卫很听话的，成绩也好的，我很省心呢。

　　他想起昨天红卫和眼镜对小纸片的那种痴迷，很怀疑前妻话的真实性，是她不知道呢还是护犊子呢？

　　他把盒子放进了办公室的柜子里，想红卫了就打开看看。那些纸片上画着不同的卡通人物，却署着关公、岳飞等人的名字，他搞不明白这是什么东西。

三

他喜欢上了打牌，上了瘾，有时会打到晚上十点多钟才回家，比以前当大厂长时还忙。

一天，他和助理老雷、厨子小李、司机小王四个人正打得热火朝天，"秦洪亮！"一声大叫把四个人都吓了一跳，厂里谁敢直呼这三个字，是韩嫣！站在办公室门口，正在辨别哪个是他。他站了起来，慢慢迎过去，厉声地责问韩嫣：跑到这里来做什么！

韩嫣却没有理会他，反而对着牌桌走了过去，很自然地就坐在了他的位置上，接着他的牌局毫不客气地打了起来。

他愣了一会儿，几个人打得专注热闹，没有人理会他心中的五味杂陈。他坐在大办公桌的后面，椅子向左向右转来转去，看到了天花板上那简易的预制板有些翘起变形，甚至有一块摇摇欲坠。他下意识地看了一眼对应的地下是一个小文件柜，估算那个文件柜与他的距离，预制板掉到文件柜上从那里滑落，冲击波距他座椅的长度。这是一个耗时耗力的思索。关键是他无法集中精神，韩嫣他们的麻将声、欢呼声、沮丧声不停地扰乱着他，相比较而言，那边的声音更吸引他，他无暇细顾这块预制板，回头让老雷找人换一块就是了。

可是，一想到与韩嫣在厂里的办公室里和下属坐在一起打麻将，不知为什么，他总感觉些许羞耻。他拿起一张报纸假装专注地看起来，期间，小李识趣地问他要不要继续打，他摆摆手，一副正襟危坐的样子，努力打造一个厂长的形象。麻将声越加刺耳，让他坐立不安，他看了看韩嫣，后者正背对着他，极其投入地打牌，几个下属一口一个嫂子地叫她，大概还一如既往地在喂牌，韩嫣的情绪从来没那么高涨过。以前见她在院子里和几个老头老太太坐在一起叫牌，他嘲笑过她低级趣味，今天他也这样了，想再说什么都底气不足。

啪，忽然间，他不自觉地狠狠拍了一下桌子，把他吓了一跳，那几个人也抬起头来看他，小李立马站起来，殷勤地问他需要什么，他看着小李，脑子里飞快地转了几圈，蓦地像发现新大陆一样问韩嫣：你来这儿干什么？

韩嫣脱口而出：打麻将啊。那三个人忍俊不禁，他恼羞成怒，韩嫣这才意识到什么，也笑了，站起来说：噢，我找你是有点事。

他看她，又看那些下属，下属们也正在看着他们，准备识趣地退出，但韩嫣并没有回避他们的意思，直截了当地说：快过年了，家里的窗户、油烟机都没人擦，你倒好，一天到晚地坐这打麻将。

居然是这种事，居然找到办公室来！他说：你打个电话不就完了吗，家政公司那么多。

韩嫣一摆手：不行，我看不上他们干的活，光知道要钱，弄得一点都不干净。我想……

她转过头看着那几个下属，笑眯眯的，老雷马上明白了什么似的，忙说：嫂子，干脆您也别费劲找什么家政公司了，我这就打发两个人过去，保证给您收拾得干干净净，利利落落地。说完，他马上吩咐小李去叫小赵和常燕来，马上跟着韩嫣到家里去搞卫生。

韩嫣带着两个女工回家里去了，老雷、小李、小王还站在办公室里，麻将桌上的麻将块儿七零八落的，老雷看看表还早，小心翼翼地问他：要不要再来两圈？

他看着老雷，瘦高的个子，跟人说话时老是弓着身子，像个大虾米似的，此时又是那样，身子快弓成 90 度了，脸上挂着殷勤的笑，他指了指天花板，恶狠狠地说：这怎么回事！没长眼睛吗？你想谋杀我啊？

老雷哎呀了一声，忙说：以前真没看见，我这就去找人。说完，使了个眼色，于是，麻将块儿被收拾到了盒子里放进抽屉里，几个人很快地散去了。

他独自坐在偌大的办公室里，想像以前车间忙碌的样子，区上的领导们轮番来厂里视察，拍着他的肩膀说：小秦，干得不错，真不错。在觥筹交错之间，他恍惚觉得前面金光大道，晃得他做梦都在笑。

哼，他冷笑一声，看看周围，那块快要掉下来的预制板，那就是他自己，已经毫无前途，只能等待退休的一个废人。留守的十几个工人收发报纸、看车场、搞卫生，毫无技术可言，更无尊严可谈，他们已经沦落为这个社会的最底层，被前来卡厅消费的三教九流们颐指气使。他们已经没有别的追求，跟他一样，只是想着有一天能正式退休，保留所谓的工龄什么的。其实，去他们家搞卫生，也不算委屈，毕竟，以前他当权时，想要去他们家义务劳动的人都排着队呢。

晚上，韩嫣搂着他满足地说：那俩女的干得还真不错，你看，咱家马桶擦得多干净啊。

他想起来，那个常燕的印刷技术还很不错呢，以前在车间时特别能吃苦，加班十几个小时从来不带喊累的，每次工资都拿得最高。

韩嫣还在说：老雷说了，以后每周安排一次女工来咱家搞卫生，还说让小李到家里来做饭呢。

小李本来在厂里的小旅馆给他和几个打麻将的人做饭，怎么跑到家来做？时间上有冲突。

他说：就你和儿子两个人，你随便一弄不就成了，还非要叫厂里的人。

韩嫣说：你们小李的饭做得挺好吃的，再说，她也愿意来，

那也不行，他说，你和儿子中午到厂里来吃不就完了。

韩嫣想想也行，还挺高兴地说：到厂里去也挺好，还可以跟你们打会儿麻将，老雷的技术精着呢。

是吗？可在牌桌上，老雷总是输，他不明白，韩嫣从哪看出来老雷麻将打得好。

四

早晨，他像往常一样晃悠到了单位，还想着今天怎么打麻将怎么赢，一打起麻将来什么烦恼都没有了，整个人都处于亢奋中，半夜醒来眼前晃的都是东西南北风。

从厂门口到办公室都静悄悄的，一个人也没有，停车场上的车大部分都开走了，孤零零得只剩下那一辆大皮卡，已经一个多星期了，也不见它的主人。洗车的那两个女工也不见踪影。办公室里的茶刚沏上，还冒着热气，但没有人，他在

老板椅上坐下来，喝了一口茶，温度正合适，别说，那个做饭的小李分寸总是拿捏得这么好，要在过去，他早就把她提拔成秘书了，只可惜，往事不可追忆。

小李推门进来了，手里拿着一个红包放在了他的桌上，说：厂长，祝您生日快乐！

嗯？他以为自己听错了，这与东西南北风、报纸、租金、打扫毫无关联，他问了一句：你说什么？

小李又说了一遍，还说：今天晚上大家凑份子给您庆祝一下。

他明白了，哈哈地笑了：原来是这么回事儿，人都老了，还过什么生日，再说了，大家都不富余，凑什么份子。别凑了，别凑了，晚上我请客，让大家都来，我们大吃一顿。

有两个人没有来也没有凑钱，老雷硬性地扣了她们每人两百块钱。那两个人来找他，一个有点耳背，叫魏美美，说话声音很大，像吵架。他打开桌上的麦克风，他办公室里有一套音响设备，原来是会议室的，改组后就搬到了他这儿，有时，他们几个人会在办公室里唱卡拉OK。他对着麦克风喝了一声：信不信我开除你。

魏美美四十多岁了，单身带着女儿，想着再熬上几年，正式退休，眼看着这么多年都过来了，总不能临了再落个开除吧。她愣在那里，不知所措。另外一个就是常燕，岁数比魏美美小几岁，身体健康，但老公早早地就落了个椎间盘突出，不能干重活，在一个私人小企业看大门，一个月工资少得可怜，家里还有一个上大学的孩子。常燕长得瘦弱白皙，平日胆小，看见他老低着头，不敢跟他说话，一开口就声音发颤，到他们家干过那么多次活，从来没跟他说过话。这会儿看他生气了，拽了拽魏美美，转身就出去了，魏美美站在那儿停了几秒钟，张了张嘴，但什么也没说，也转身出去了。

他从鼻子里发出了一声冷笑：就你们这样的，搁在以前，哪有资格跟我说话，也就是现在了，还敢进来找我！哼哼。

他很生气，把老雷大骂了一顿，为什么随便扣职工的钱，职工挣那点工资多不容易，还给她们！钱已经给了韩嫣，韩嫣对这件事却始终没有提过，他很生气，但对着韩嫣又发不出来，不知为什么，面对韩嫣，他总是气短心虚，好像被抓住了见不得人的把柄。仔细想想，什么都没有，他俩还是好好地过着日子，他的工资卡还是在韩嫣的手里，工资比以前还涨了一千多呢。他也从不向韩嫣额外伸手要钱，每个月的停车费就是他的零花钱，根本不用上交，私人老板认为那没有多少钱，完全不放在眼里。那笔钱就成了他的小金库，只有老雷和他，还有那两个收费的女工知道这笔进项的具体数目，他会大度地分给他们一点，有点像封口费，四个人对此事守口如瓶，其他人对此事根本一无所知，还以为上交私人老板了呢。韩嫣也不知道，心虚气短难道因此而来？他摇摇头，感觉不像。

扣的钱最终不了了之，老雷以前一直干保管，现在当他的助手，多年来，深谙他们当领导的心思，只是雷声大雨点小，下过也就过了，谁也不会把这事当真。第二年过生日的时候，魏美美和常燕很主动地就掏了钱，吃饭时她们也在，看上去高高兴兴的。

五

韩嫣有一个爱好，每周五的早晨，司机小王拉着她和小李去郊县的一个批发市场批菜，说是那儿的菜新鲜、绿色、没打过农药，是当地农民在自留地里种的，自己也吃。还说要在乡下租片地种呢。他睥睨她：就你这细皮嫩肉的还种菜呢，别让菜把你种了，菜没种出来，先把你给弄成满脸菜色了。

韩嫣撇撇嘴：又不是我种，你厂里那么多女工，闲着也是闲着，每周末拉她们去乡下种地多好，我们也领着儿子去乡下度度假，那儿的空气可好了，天蓝蓝的，云白得像棉花一样，哪像这，你看看，这乌七八糟的，就没亮堂过。

没那么夸张吧，他抬头看看天，挺晴朗的，干净凉爽，比南方那湿热的气候强多了。

但韩嫣真的在近郊的乡下租了一片地，老雷租了一辆面包车拉着十几个女工每个周末去那里种菜。他有时也会跟着去，要坐近两小时的车，有一段山路很崎岖，很窄，一边是大山一边却是十几米深的山沟，那司机老陈的开车技术一流，每次都稳稳当当的。他开玩笑：我们十几口子人呢，命可都掌握在你手里。老陈不爱说话，只是笑笑。

种菜的地方却平坦、开阔，大片大片的土地，大都荒芜着，地头上星星点点地散落着几个农人，倒是韩嫣他们租的两亩地里，十几个女工戴着头巾、斗笠，脚穿胶鞋，在地里弓着身子忙碌着，远远看上去真的很像农民，他有一种回归的感觉。

他从小在农村长大，七岁就下地干活，十三岁当生产队长，后来，因为有长跑天分，被市田径队招去，参加过全省、全国的不少比赛，获得过一些奖励，因此留到城市，转眼已经过去三十多年了。

第一次来，他有些兴奋，也戴上斗笠、穿上胶鞋，弓下身子与大地亲近。三十多年不干农活，但一旦干起来还是熟门熟路地，很快就当起了那些人的老师，指点他们要这样那样，一个早晨干下来，居然一点都不觉得累，还精神得很，比在办公室打麻将舒服得多。

他不禁发感慨：人啊，还得多活动，俗话说得好，生命不息运动不止。旁边的老雷和小李急忙附和他，他有点不满意，转过头大声地问那些职工：是不是到这来锻炼以后，身体比以前强多了？

有些人抬起头看他，几个月下来，职工们明显地黑了瘦了，尤其是女工们，尽管干活时还戴着面巾，但依然遮不住强烈的日晒，黑得很明显，甚至两颊上出现了红斑。如果一直干下去的活，他们就和当地的农民长得一个样了，再也不会有什么城市的优越感了。

他不禁笑了，老雷们也笑了，女工们低下头去继续干活。

这片地成了他的一个基地，周末或天气好的时候，他会带着几个朋友过来度假，山上有凉棚和草屋，用汽枪打猎，野兔、野鸡、斑鸠随处可见，配上地里刚摘的新鲜蔬菜，美味异常，玩累了，就住在山上，一时逍遥得忘了尘世生活。他想，神仙的日子大概就是这样的吧。以前争权夺利的血腥和惨烈都渐渐远去，人渐渐老了，还有五六年就该退休了。

他看见弓着身子擦地板的两个女工，以前为她们悲哀，为了一个莫名的工龄，忍辱负重，擦车、洗车、搞卫生、擦地板、洗马桶，什么脏活苦活都得干，什么鄙视、责骂都得忍，还不能还嘴。现在，他觉得自己和她们本质上有相同之处，他也是为了退休在这里混日子。是的，不同之处就在于，他在混，她们在熬。

下了场雨，地面早都干了，但谁也没想到，那段崎岖的山路上有一个拐弯处被雨水泡开了。载有十几个人的轿子车经过时，山体塌方，车子直接冲到了旁边十几米深的沟里，常燕当场死亡，另一个女工重伤，他的右腿严重骨折。

他在医院里昏迷了三天，醒来后，一群记者围在他的周围拿着麦克风，让他讲讲那天的事情。他避重就轻，说是领着厂里的职工到山上玩，放松一下，没想到会出这样的事。一边说一边习惯性地拍着脑门一副懊悔不迭的样子，他不知道的是，报纸和电视早已经登了真相，几个女工说得声泪俱下、泣不成声，魏美美的声音尖厉，情绪激动，不但说是因为上山种菜才导致这次车祸的，还说了他过生日时让工人们凑份子的事。他还在习惯性地说着流畅的瞎话，这些瞎话原封不动地出现在电视、报纸上，还有他的表情，加上了编者的话外音，显得特别可恨，在百姓中造成了极坏的影响。

他出院那天，私人老板让他在家里好好养伤，不要急着上班，还说让他好好考虑一下内退的事，这一年，他刚刚五十五岁。

他彻底回家了，一个月只有一千块钱的内退工资，还带着右腿里的三根钢针。韩嫣那天没受伤，一直在医院伺候他来着，开始还有人来看他，司机小王、做饭的小李，后来，听说他内退了，门庭就冷落下来了。

六

在他腿伤三个月以后，韩嫣开始像以前那样出去跳舞、打麻将，没有固定的地方，哪里热闹去哪里，有时去得很远，郊外的农家山庄里，租车、吃饭、打牌、跳舞都是 AA 制。人也经常不定，每次都有新的成员加入，又有旧的退出。韩嫣似乎很热衷于这种毫无意义而又陌生的聚会，而且越加注重自己的外表，每次出门前都要在镜子前坐很久，妆化了又化，衣服换了又换，像是要去约会一样，还问他好不好看。

他闭上眼睛不看也不吭声，韩嫣属于鸟类，具有金丝雀的美貌、八哥的语言天赋、麻雀的野性，至于什么时候属于哪一类，要看男人的权力或金钱的程度。以前刚认识他的时候，绝对是金丝雀的，后来，就越发暴露出了其麻雀的天性，现在，就是一只自由的飞鹰，想飞多高飞多远他都管不着了。他只是一个看客，愤怒、气恼都是一种毫无意义的表演，有时，韩嫣还会因为他的表演而笑，笑得毫无节制。

韩嫣还去了趟医院，做了全套美容，去皱、吸脂、割欧式眼皮，术后眼睛和脸皮肿得像是发酵的面包，在家里捂了一个星期，那些肿渐渐消了下去，美容的效果显了出来，她真的显得比以前年轻、漂亮了，曾经有过的那些老态被手术刀抹得干干净净。他惊叹于现代美容业的发达，又悲哀于男人对女色的迷惑，其实多么虚假，假胸、假屁股，甚至脸都是假的，皮肤都是漂白的。可尽管如此，他的心还是如有万千蚂蚁在咬噬般难受，他老了、病了、残了，无权无势了，也没钱了，可韩嫣还年轻、漂亮，还有无穷的魅力，她这么拼命地打扮自己，一定是外面有人了。

他想起了那个红本本，他一直没有给韩嫣任何承诺，那些工资卡和奖金都不及一个红本本来得踏实。以前，是韩嫣这样的忐忑，而现在，是他。躺在床上的他，第一次感到了一个老男人的末路。

他拄着拐棍，顺着马路慢慢地往前走，一边走一边注意地看着电线杆上的小广告，用心地记上面的电话号码，一只大胖手嚓地一下把那张小广告撕去了，他哎了一声，转过头去，那只胖手正换了一只大板刷用水刷洗贴广告的地方。

魏美美！他失口叫了一声，那人转过脸来看他，果然是那个耳背女工：哟，秦厂长呀。她耳背，老以为别人听不见，说话声音极大。

他下意识地捂了一下耳朵。魏美美又说话了：您腿好了？

他还拄着拐棍，叹了一口气，说：好不了了。

魏美美哈哈地笑了起来，笑着笑着捂起了嘴，笑声被抑制住了，她换上一副愁眉苦脸的样子，说：也是，常燕死了吧，还好歹赔了点钱，您这腿受伤了，还得自己往里贴钱，唉，人同命不同啊。常燕就是上次车祸中丧生的女工。

他从来没想过会跟一个女工这样对话，这娘们儿的胆子真是肥了。他本想转身离开，不值得跟一个小小的女工计较，可不知为什么，也许在家待久了吧，好久没见到韩嫣以外的人了，他竟然对魏美美产生了一种亲切感，想把对话继续下去，管她说什么呢，只要有人说说话就行，说什么都无所谓。

他问她：你怎么干上这个了？

魏美美听不清，大声地问他说什么，他只好也大声地喊了一句，以前这样大声地说话都是居高临下地训人，今天却是对着一个女工的耳朵，他把嘴凑上去的时候内心极为矛盾。

魏美美听到了，喜滋滋地说：那场车祸好呀，那私人老板给我们几个全办了内退，一个月发五百块钱，让我们回家了。刷广告的活儿是社区安排的，每天只干三五个小时，发八百块钱，比在厂里时强多了。

他的脸暗暗地有些红了，幸亏皮肤黑，不明显。在厂里时，这些女工加班加点也就拿着七八百块钱，还经常被他和韩嫣以各种名义扣除一两百的。有一次，有个女工看管的车场丢了一辆自行车，还赔了三百呢。魏美美的每一句话都像刀子一样捅呢，他要么走，要想和她说下去，就得一刀一刀地接着。

魏美美的话匣子打开了，却一时收不住，问他：秦厂长，您看小广告做什么，找工作吗，我给您介绍一个吧。他愣了一下，魏美美转过身指着马路中间擦栏杆的一个男子说：那活也是社区安排的，一个月一千呢，但只招男的，不招女的。看上去，她很羡慕那个人。

对话无论如何都不能进行下去了，他只得矜持地向魏美美点了点头，转过身离开了。他听到魏美美向地上啐了一口，他的心震了一下，但没敢回头。

七

他打通了小广告上的电话，一个瘦长的小伙子出现了。他递过去他和韩嫣的合照，那是从一张全身照上剪下来的，两人笑盈盈的，很喜庆，那还是十多年前的照片，他还当着国企厂长的时候，主宰、掌握着全厂两百多人的命运，一般的工人根本没有机会跟他说话，连抬头与他正视的勇气都没有，像魏美美那样的人不可能与他像刚才面对面地说话。想到魏美美一定会把刚才的碰面、对话一五一十地传播出去，并告诉每一个上过班的人，他的心情就无比沮丧，那些知道他现况的人还不定怎么捂着嘴笑他呢。

别看是小广告，但很有信用，说三天就是三天，做工很不错，跟真的没什么区别，连民政局的那个章子看上去都有模有样的。他拿着两张假证回家放到枕头底下，想着如果有一天，韩嫣看到这个红本本是高兴呢还是生气呢，还是根本不在意？想到最后一种结果，他极为丧气，极力地摇头，认为不可能出现第三种情况。

他一整天待在家里，眼巴巴地等着门响，等着等着却睡着了，炒菜声音吵醒了他，他叫了好几声韩嫣，都没人搭理他。他拄着拐棍下地，走到厨房里才看到韩嫣，他叫了一声她的名字，韩嫣正在洗碗，连头都没回，只是嗯了一声。

他抬头看了看墙上的表，已经十点多了，养儿子房间的灯亮着，大概在写作业吧，这么说，他们又吃过饭了？他有点讪讪的，想要问又张不开口，肚子却不合时宜地咕咕地叫了起来。虽然腿伤着，但肠胃健康得很，一到点就会发出抗议。他看了看，桌上放着一碗米饭，菜压在上面，他坐在桌前，喊了一声：我要吃饭。

韩嫣从厨房走出来，把桌上的饭菜拿到微波炉里热了一下，端到他面前，一句话也没说又去了厨房。

韩嫣的电话响了，她走进书房听电话，还关着门。

他伸出手去，偌大的床上只有他的一床被子，旁边只放着一个胖胖的枕头，他摸了一下，很软，还很舒服，不由自主地把枕头抱在了怀里，过了一会儿，又觉得羞愧，慢慢地把枕头放回原地。他平躺下来，翻个身子睡着了，早上醒来，怀里还搂着那个大大的枕头，一条长长的涎水在枕头上留下了一大摊湿迹。

高考结束后，韩嫣陪儿子去了云南，家里就剩下他一个人了。他拄着拐下楼，坐在牛肉馆里，慢慢地吃饭，看着窗外的风景，刚好是一个车站，常常有等车的人，男的女的老的少的，红的绿的灰的黑的，五颜六色的，表情各异，年轻女人身材拔得很直，老头却佝偻着，头缩进脖子里，像婴儿缩在子宫里，人就这样一步步走回了原点。

他看着手中的拐，在床上躺了一年多了，从双拐到单拐，他慢慢地好起来了，但心情却越来越灰。韩嫣离他远了，她不是回老家，一定是去了某个男人的家，那个男人年轻还是年老，反正都比他有魅力，有钱或有权。

他的那个红本本没有任何意义，只是放在枕头下的一个安慰。有时，他在梦里拿着红本子向韩嫣展示，韩嫣开心得跳起来，围在他身边不停地跳着，想要把红本子抓在手里，他高高地举起，每次都在韩嫣快要抓住它的时候，他又拔高了身体，韩嫣跳啊跳啊，他就醒了，得意地醒了，眼角却流出了眼泪，他一遍遍地抹着，越抹越多，他把脸蒙进了被子里。

他坐在饭馆里，面慢慢地泡粗了，汤渐渐少了，他却没有任何胃口，他等待着什么。那个服务员过来叫了一声：老爷子，吃不吃了？老爷子？他有这么老吗？他看着镜子里的自己，头发有一半都花白了，家族遗传、空气污染、水土不好、生活挫败，全都让他赶上了。他坐在客厅里的沙发上，像坐在孤岛上，家具隔着空气，虎视眈眈地看着他。这都是用他的钱买的，但上面都没有署他的名字，他就是这个屋子的一个房客，主人不耐烦了，他就要卷铺盖走人了。

八

他坐在广场的凳子上，看人来人往，这里离前妻家很近，旁边有个车站，以前，常看到前妻站在那个车站等车。他的车有时会路过那里，有时离得很近，他能清晰地看到她额上的皱纹和头顶的白发。她比他小两岁，却比他衰老得更快。她本来还算清秀、白净，但一直不怎么收拾，岁月很快就侵蚀了她的容颜，她一心扑在孩子身上，几乎没什么风情，这么多年，她一直没有再嫁。

有一次，他从车上走下来，站在了她的面前，她定定地看着他，像是看着一个奇迹。他问她好吗，问儿子和女儿好吗，问打的钱够不够用，不够的话他再加一点。

前妻笑了，阳光、灿烂，那些皱纹似乎一下子都舒展了，嘴唇也在瞬间变得红润、清透，皮肤显得净白、透亮。他惊异于这种变化，愣愣地看着她。

前妻笑着说：红英上班了，还谈了个对象，做水产生意的，等结婚时我给你打电话；红卫学习挺好的，在班里排前几名呢，老师说很有希望考上大学，让我好好培养他。

他哦了一声，上下打量着她说：你也别紧着自己，多买几身衣服，打扮打扮，你看你，还挺年轻的，有好的就嫁了吧。

前妻哈哈地笑了起来，似乎他说了一个很好玩的笑话。车来了，她向他招了招手，跑了几步，挤在人群里上车去了。

他回到了车里，司机小王发动了车子。小王说：大姐看见你挺高兴的，我从来没见她那么笑过，看起来一下子年轻了不少呢。他也有这种感觉，前妻大概也有这种感觉吧，有一丝微妙的莫名的温暖的东西从心上滑过去了，他摸了摸胸口，似乎想要抓住那一瞬的感觉。

红英结婚那天，他到婚礼现场了，但并没有现身，前妻说红英不愿意见他，让他别去了。他坐在一个包厢里，门开着一条缝，他从缝隙里看见女儿打扮得很漂亮，那个新郎却有些年纪了，前妻说比红英大十五岁，这正好是他和韩嫣之间的差距。女儿是不是在报复他，心痛就是从那一刻慢慢开始的，会在不经意间一阵阵地揪着痛，仿佛烧红的烙铁一遍遍烙了上去。

广场上人来人往，音乐响起来了，舞家子们三三两两地上场。韩嫣也来了，和一个看上去比她还年轻的男人，那男人儒雅知性，风度翩翩，手搂着韩嫣的腰，韩嫣搭着他的肩，隐没在人群中和昏暗的光线里，似乎想要隐藏起来。他的目光一直追随着他们，韩嫣也看到了，手脚慢慢地停了下来，松开了那男人，向他走来，在他身边的椅子上坐下来。那男人也走过来，向他笑着问好。

他没有吭声，目光望着别处，男人站在他的对面，从口袋里掏出打火机和烟，问他要不要，他想了想，接过来一支，男人给他点上了。两人喷出的烟圈在韩嫣的周围形成了一个厚厚的包围圈，韩嫣呛得咳了两下，但谁都没有看她。

男人说：我听说你的事了，你恢复得挺快的，气色挺不错的。

他想起自己刚认识韩嫣时的意气风发，面前的男人顶多算个文化人，谈不上什么男人的血性，如果两个人打架的话，男人一定不是他的对手。

他转过身对韩嫣说：我想回去了。说着，站起身来，拄着拐，韩嫣也站起来，搀住了他，他没有抗拒，他们谁都没有说话，只是慢慢向车站走去。

九

他从枕下拿出红本本递给韩嫣，韩嫣惊奇地看着上面的照片和名字，说：你是怎么弄的，什么时候弄的，我怎么不知道。

他仔细地分辨着她的表情，犹豫着要不要说出真相，韩嫣看着上面的日期，很惊喜，说：你怎么一直没有告诉我，你是不是找人弄的？

他嗯了一声，韩嫣说连这事都走后门，真有你的。韩嫣居然信以为真了，早知道他早就这么干了。

多久没见过这东西了。韩嫣说着抹了一下眼睛，他不相信她哭了。韩嫣抹完眼睛站起来翻开抽屉，从里面拿出和前夫的红本子，仔细地对照着，他心里一阵阵地紧张。

韩嫣对着红本本说：那时，我多年轻啊，转眼就老了，一辈子就这么过去了，人真假啊。这东西对我还有什么用啊。

她转过身来质问他：你为什么不早拿出来？你是成心的，是吧？

他也醋意大发地质问她刚才那男人是谁？

韩嫣假装不在意地说：就是跳舞认识的，你在意他干什么！

她站起来，把几个红本子都放进抽屉里，转身出去洗漱了。他看着那只抽屉，仿佛那里埋了炸弹，正从里面慢慢冒出烟来。

这晚，韩嫣主动地来到了他房里与他温存，自从他受伤后，这是第一次，韩嫣已经好久没和他同房了，从医院回到家里以后，韩嫣就以他房间的药味太重为理由，一直睡在书房里。

他一直怀疑自己和那个文化人在同时分享韩嫣，但一直找不到证据。他去了几次广场，也没有见到韩嫣和那个男人，他们一定换了场地，或者窝在家里不再出来。这种疑心让他心事重重，面对韩嫣时还要强作笑颜，做爱时努力让自己显得强壮、有力，越这样，却越发觉自己力不从心，从一个星期到两个星期，两个星期到一个月，韩嫣几乎不大到他的屋子里了。

腿完全康复以后，他到一个朋友的印刷厂里去坐了坐。那朋友以前是他厂里的，后来出去单干，他帮他介绍了不少活儿，当然，也拿了不少回扣。

厂里新买了一台双面多色印刷机，工人们不太会用，又怕把机子弄坏，谁都不敢动。他本身就是一个印刷工出身，对新机子一直有着强烈的爱好，原来厂里进新设备他要亲自过目、调试、敲定。在他的指点下，机子终于动了，印出的墨色非常均匀，色彩层次分明，工人们都啧啧称赞。朋友问他愿不愿意到厂里来，当个顾问什么的？

顾问，说白了就是个印刷工，生活回到了起点。但他同意了，一方面是找到事做，另一方面，朋友开出的工资也不错。有点是点吧，他都奔六十的人了，哪个单位还要这么大岁数的人啊，也就是朋友比较讲义气。

他工作挺勤恳的，工人们有什么不懂的也很愿意指点，朋友有时请他喝酒什么的，他也去，一大帮子人，有些是客户，有些是朋友的朋友，四面八方他都得应付着点，还得帮朋友倒酒挡酒，临了送朋友回家，扶着比他小几岁的朋友上楼。朋友的妻子开门看见是他，意外、惊诧、谦卑、倨傲、冷漠，从他手里接过朋友，向他挥了挥手，像打发一只苍蝇。

他站在门外头，想起以前这个女人和丈夫一起到他家里时的模样，老是谦恭地笑着，似乎还有些不安，说话声音小小的。他苦笑了一下。

朋友到车间来视察，他和工人们站在一起，低眉垂手，不再接朋友的目光，他觉得自己已经没有那个资格。月底发工资，他最后一个进去，朋友把1800块钱摆在桌上，他数也没数，转过身走了。他蹲在墙角里吃着粗糙的米饭和洋芋、白菜，食堂里几乎天天都是这几样菜和饭。他从小吃惯面条，前妻做得一手柔韧细滑的膜子面，韩嫣做得一锅薄亮清透的西红柿面片，每次都让他吃得满头大汗。现在，他吃着米饭、洋芋，想小时候的苞谷面馍馍、咸菜，过年杀一只猪，可以吃到五六月份，干、筋但依然满嘴留香，浓浓的肉味常常让他梦醒，呷巴着嘴。工人们对饭菜的挑剔他从不参与，有人问他：你天天吃这饭不烦？他笑一笑也不言语，提着碗筷去水池边洗刷。

朋友的妻子到厂里来了，穿了件裘皮大衣，貂子毛领，像个冒牌的阔太太一样，女人就是这样，有的能把名牌穿得像假冒伪劣，像韩嫣那样的女人却能把地摊货穿出一种名媛的味道来。他第一次见到那妻子的真面目，以前总觉得她不爱说话，爱脸红，爱紧张，可在一帮工人面前，她活泼得很，话多声音也大，还跟工人开玩笑，看见他了，矜持了一瞬就释然了，问他干得怎么样，还说委屈他了，并说朋友有什么怠慢他的地方，就告诉她，她为他做主，说着，她咯咯地笑了起来，像是偷到了什么好东西一样。他看了一眼朋友，朋友也笑了，没有接他的目光，转身走出了车间，那妻子忙亦步亦趋地跟了出去。

朋友把大家召集在一起开会，对近日的一批印刷制品大发雷霆。他的手机响了一声，是一条短信，他低下头去看，某房产公司有限价房出售，还美其名曰送精装修。

啪的一声，桌子抖了一下，他的身体也抖了一下。他抬起头来，朋友正怒视着他，说了一句脏话，还说能干干，不能干滚回家去。

十

他走在回家的路上，想起那条短信。他坐了一辆公交车去了那里，很偏僻的一个地方，孤零零地挺立着几幢高楼，大部分地荒芜着，但面朝黄河，背靠大山，古代人不就讲究个背靠大山、开门见水吗？正值春天，远处的山上绿茵茵的，山顶上有一座庙，他去过那里，还在那里住过一晚，跟那里的住持聊过天。那时，正值提拔之时，对经贸局局长一职他日思夜想，什么办法都用尽了，但区长就是不放话。那主持明了他的心思，临了只说了一句任其自然吧。

他上了一趟山，庙还在，主持已经去了，新来的那个和尚年轻得很，正盘坐在一个高台子上，讲金刚经，围坐成一圈的是经常来庙里的善男信女们，他在外围站了一会儿，和尚不疾不徐、温和平缓，面带微笑，那声音像有一种魔力，心底的那份躁动渐渐地清凉、安静。

他拿了钱，指着那片荒地说，买二期吧。

前妻打开门，看到是他，吃了一惊，只是愣愣地看着他，并没说让他进门。他推开门走进去，门在背后关上。女儿嫁人了，儿子上大学走了，家里只有前妻一个人，他径直坐在沙发上，让前妻倒杯水。水端过来了，他喝了一口，略略有点烫，他放下杯子，从怀里拿出购房合同，递给前妻：这是我给儿子买的房子，等结婚时用。

儿子今年就毕业了，单位已经签好了，要留在杭州，这边的房子用不上。前妻轻声慢语地说着，坐在了沙发对面的一只小板凳上。屋子还是以前的屋子，红英结婚的时候简单装修了一下，墙刷白了，换了套沙发，买了只大的液晶电视。前妻的白发似乎比以前更多了，皮肤上沾了很多斑点和痣，但神色宁静，有一种被岁月打磨后的平和淡然。

噢，真的吗，什么单位，那挺好的。他的兴奋点一下子被点中了，整个人都轻松起来，甚至喜悦，还有一种幸福的满足感，朋友的翻脸，韩嫣的背叛似乎在一瞬间都远去了。

女朋友也在杭州，两人处得挺好的，过年儿子要领着女朋友一块儿回来呢。前妻说话一直轻声细语地，整个人都被一种安静和满足浓浓地拥裹着，那是一双儿女给她的。

红英过得挺好，女婿比她大得多，知道疼人，生意也不错呢。

他在街上远远地见过一次红英，比以前更加漂亮了，穿得比以前好了，一个人拎着一只小包、提着一些熟食去看母亲。

女婿忙得很，红英经常回来看我，还给我买好吃的，我身上这件真丝衬衫就是她买的。前妻比画着身上的衣服，浅蓝色碎花纹的，他一见门就注意到了，蓝色很衬她的皮肤，人精神了不少呢。

前妻一直说着话，有关儿子和女儿的事情，越说越多，并到儿子的房里取他女朋友的照片。就在这么几分钟的时间，他有些困，打了个哈欠，闭上眼睛，躺在沙发上睡着了。饭香吵醒了他，茶几上摆了一碗臊子面，肉、胡萝卜、菠菜叶、豆腐、洋芋、黄花菜、木耳都被切得碎细，撒在面条上，像野地里的花静静地点缀着每一个季节，旁边还有一小碗醋和辣子。他的口水马上就沁出来了，有多少年没吃过这东西了。他贪婪地看着碗里的面，一遍一遍地嗅着香气，连声说：真好呀，真香呀。前妻让他快吃，凉了就不好吃了，他嗯着，但就是舍不得吃一口，嘴里的口水涌上来，咽回去，又涌了上来，他暗暗坐正身子，拿起筷子，挑了一筷子面，喂进嘴里，细细地咂巴着。

前妻奇怪地看着他，说了一句：臊子汤还多呢，你随便吃。

像是得到了一句特赦令，那面倏地一下就滑进了胃里，裹挟着菜丁和肉粒，整个人一下子就暖起来了。他又说了一句：真好呀。但眼泪也在瞬间盈满了眼眶，他急忙低下头去吃面，什么东西堵在嗓子眼上，那面怎么也咽不下去，眼泪却掉进了碗里，扑的一声，前妻站起来说去看看锅。

他把那口面咽了下去，又挑了一筷子填进嘴里，人就站了起来，走到门口，头也没回，拉开门走了出去。

购房合同静静地摆在电视柜上，前妻走过去拿起来，慢慢地看着。

十一

天热，公园里到处是茶摊和烧烤摊，还有唱戏的，热闹非凡。他沿着小桥、流水慢慢地往前走，池塘里的水懒洋洋的。一群孩子围在那里，争着往水里撒鱼食，偶尔有一两条鱼游过来，叼一口走了，别的鱼远远地看着，并不争抢。几个钓鱼的人散落在水边，像姜太公一样，静等鱼儿上钩。

他站在水边，看着一位钓鱼人钩上了一条小小的鲤鱼，网子里还有一些蹦来蹦去的小鱼仔，他帮着把鱼儿放进桶里，把那些小鱼仔又撒进了水里，鱼竿也回到了原地，水波平静下来，他和钓鱼人说起了天气、鱼、水还有远处的几个钓鱼人，每个钓鱼人旁边都站着两三个游人，散了，又来了，只有他们始终坐在那里等着鱼儿上钩。

水面上有好几只船，有的划桨，有的脚踩，船上的大人、孩子们忙得不亦乐乎。一对红男绿女正脚踏着船缓缓驶近，文化人穿着一件火红的短袖衬衫，正握着一个女人的手，两人嬉笑着，船越来越近，那女人啊了一声，鱼忽地一下散了，潜入水底不见了。女人并没有掉进水里，文化人及时拉住了她，一把抱进了怀里，那么紧，在众目睽睽之下像是一种表演。

他回到家里，韩嫣正在做美容，脸上盖了张面膜，只露出眼睛和嘴巴，有点像电影里的长发女鬼，但穿着一套玫瑰红的丝质睡衣，浅浅地露出一抹酥胸，看上去有几分妖艳和性感。他慢慢伸出手去，抱住了她。

韩嫣却使劲推开了他，转身进屋，拿出那两本假结婚证摔给他，骂他是骗子，伪君子，居然拿假结婚证敷衍自己，说谁也没强逼着你结婚呀，好了，你走吧，以后再也不用来了，滚，滚！

他想解释什么，却一切无从说起，一只行李箱已经收拾好了，放在门口。他说：我看见那个男人了，他抱着另外一个女人。他说了文化人的名字，韩嫣愣了一下，他说：就在公园里，他和那女人在划船，两人有说有笑的，动不动还搂在一起。

韩嫣的腿一软，差点跌倒，他急忙扶她，韩嫣站住了，甩开了他，还在说：你走啊，走啊！说着使劲推了他一把，差点把他推倒。

他站稳了，接着说：他这会儿应该还在公园里，如果你想去找他，我陪你。

韩嫣慢慢转过脸来，怒视着他：你神经病啊，你脑子被驴踢了？你没听见我说的话，我让你滚哪！

他在沙发上坐下来，点了一支烟，打开了电视，韩嫣怒视了他一会儿，什么也不说，回里屋了，过了一会儿，又出来了，穿戴整齐，拉开门冲了出去。

他把头后仰在沙发背上，闭上眼睛，心想，我哪儿也不去，这就是我的家，我经营了快二十年了，我不能让它毁掉。他要等韩嫣回来，和她一起去民政局，领结婚证。

他把行李箱打开，他的衣物一股脑地塞在一起，都压皱了，他取出来一件件抚平放回去。他扫地擦桌子，擦玻璃，擦油烟机，那些厚厚的烟垢和尘垢一点点消融，玻璃和油烟机露出了本来的透明和洁净的材质。他以前从来没有干过这些活儿，男人的事业总是在家以外的地方，只有女人才把这里当作她们的职场，今天才发现，这个职场更累人，它消耗的是体力。对于一个六十岁的人来说，这种体力活的强度大了点，他不知道他受伤住院以来，韩嫣是怎么一个人完成这些工作的。韩嫣的虚荣和风情总是让人很难与这些烟渍和尘垢连接起来，似乎她那样美丽的女人天生就是享受的、干净的、不沾尘俗的，只有那些良家妇女才会苦苦经营一块玻璃的洁净或一台烟机的通畅，有时，事实恰恰相反。

他累了，坐在沙发上抽一支烟，他抛妻弃子，只为了这一个女人，这么多年来，却没为她做过什么，连一张结婚证都没有给她。

韩嫣那晚没有回来，第二天早上，他到店里买了一副钓鱼具和一件冲锋衣，去了黄河边。那里有很多钓鱼的人，他们一眼就认出他是新来的，给他找了块地方，帮他把鱼饵装好，鱼竿撑起来，坐在他旁边，慢慢地告诉他如何观察鱼上没上钩，还说钓鱼关键在于耐心，世上无难事，只要有恒心嘛。那个叫老王的钓者呵呵地笑了起来，眼角堆了重重叠叠的皱纹，但声气充沛，身体板直，看不出他实际的年龄。老王很善谈，说起了这些年的钓鱼经以及去过的地方，哪里风景好，哪里鱼多，哪里有大鱼，哪里的鱼肉质嫩好吃，鱼肉怎么做，什么时候放盐，放不放蒜醋，说到吃，老王会时不时地咽一下口水，看得出，他一定是个美食家。果然，老王说喜欢做菜，尤其做大菜，家里有个什么大事，都是他操刀上阵，十七岁他就开始学厨子，一直在餐厅里当厨师来着，并说起那些大酒店的名字。大部分他都去过，他想，两人年龄差不多，说不定他就吃过老王做的菜呢。

鱼上钩了，是一条大黑鱼。老王惊讶之极，连连说，这么多年来他也没钩过这么大的鱼，说你的运气真是好呀，一来就这么大一条鱼，还是条黑鱼，黄河里以前黑鱼多，现在可少见啊，黑鱼的肉质特别鲜美，那个味道呀，老王咂了咂嘴，问他吃过黑鱼没有，并马上说起了怎么怎么做。

他笑着把鱼倒进了老王的水桶里，说：给你吧，我不会做，别把东西糟蹋了。

老王连连说：这怎么行，这怎么行，要不，这么着，今儿上我家去，我做了鱼，咱们一起吃。

他说不了，以后有的是机会，他刚开始学钓鱼，请教老王的地方多着呢，希望老王以后能够多指点他一二。

老王满口答应，说，过几天，钓鱼俱乐部有个活动，有几个人要去刘家峡水库，那地方大，鱼的种类特别多，虹鳟鱼、鲶鱼多得很，风景也好，顺便在那边住几天，问他能不能去，老婆子放不放他？老王哈哈地笑起来。

他也笑起来，说：行呢，老两口在家，大眼瞪小眼，一句不对路就吵起来了，出去正好清静两天。

老王一拍大腿：这就对了，钓鱼就有这好处，耳根子清静。

刘家峡水库确实很大，钓点很多，老王他们来过多次了，下钓的时间、地点、季节都掌握得恰到好处，每天跟着他们学了不少东西，也钓上过几回，虹鳟、鲑、鲶等，北方少见的鱼种，在这边都有，还有人工投放的很多鱼种，让他大开眼界。

远处的炳灵寺石窟游人如织，快艇像是一条条大鱼，不停地在渡口和炳灵寺之间来回穿梭，激起一层层水浪，惊扰了水下的鱼群，钓浮在水下轻轻地晃动着，一收一提之间，一条又一条肥大的鱼在渔网里跳腾着，令人欣喜异常。

他会想起韩嫣，想到她这两天回家了没有，和那个文化人断了没有。似乎只是瞬间，一闪即逝，当然，还会再来。

十二

他在刘家峡水库待了半个月，回到家里，韩嫣还没有回来。家里还是他走以前的样子，连他吃完方便面的碗还放在桌上，里面的汤已经干结在一起，裂成了七八瓣。地上有一层厚厚的灰，灰上留下了他乱七八糟的脚印。

他瘸着一条腿去文化人住的地方找韩嫣，他跟踪过韩嫣，也知道文化人的楼层、房间，文化人打开门，看见是他，哈哈地笑了，撑开两只手，说：我们又见面了。表情、动作显得夸张、做作，他想：这个男人真贱。他推开文化人，径直走了进去，文化人笑眯眯地，请他坐，他没坐，很不礼貌地每个屋子转了一圈，甚至连阳台、厨房、卫生间、大衣柜，这样可能藏住一个人的地方，他都不客气地检查了一遍。文化人满面的笑容略略露出一丝惊讶，可在他看来也透着虚假，文化人问他找谁。他在沙发上坐下来点了一支烟深深地吸了一口，说：韩嫣不见了，已经二十八天了。

文化人的笑容僵住了，惊讶、疑问渐渐爬满了脸颊，张大的嘴迟迟合不拢来，愣了半天才问道：那她去哪儿了，是不是去哪儿玩了？让我想想，前一阵她说要参加港澳游来着，你没打个电话问问，她是不是去那儿了？我来打。文化人说完开始拨电话，对方的电话无法接通，对了，香港、澳门那边手机不能用，要不，你再等等，说不定过两天她就回来了，她要到我这儿，我就告诉她你来过了，让她赶紧回家。文化人说完偷眼看了他一眼，然后笑了，也在沙发上坐下来，离他很近，他本能地往旁边一躲，文化人却给他倒了一杯白水，放到他面前说：大哥，凡事不能着急的，来，先喝点水，压压火，女人啊，就像衣服，千万不能太当真，否则男人很吃亏的。

许多年前当厂长时，有几个女下属看见他时总是媚眼乱抛，他也曾经有过"女人如衣服，旧的不去新的不来"等类似理论，事过境迁，文化人的话听上去像是对他人生的一种讽刺。

文化人还在说：你和她没领证，听说还搞了个假证。你说，这又何苦呢，不结就不结，她不能把你怎么样的，相反，还会粘着你缠着你，对你千依百顺，一旦结了婚，这女人就变得不得了，要风要雨，好像男人就是她手里的一根葱，她想怎么剥就怎么剥，要怎么揪就怎么揪，完了还用你炝锅。茶几上刚好放着一根没剥好的葱，文化人说着话，那根葱就剥得光秃秃的了，文化人使劲一掰，再掰，再掰，葱变成了小长条，凑成了一小撮，文化人站起身来，说：大哥，别走了，就在我这儿吃饭，我今儿做的拉条子，好吃着呢。文化人径直去了厨房，炒菜，菜香味从厨房门缝里窜了出来，沁进鼻子里，他抗拒了但还是吸了一口，真香，他已经有多少天没吃过家里的饭了，数不清了。

他到印刷厂打工的几个月里，在家里只吃过几顿饭，而且都是在微波炉里热了一下的剩饭，只有一次回家时，韩嫣正给儿子做了一锅米饭，炒了几个菜，当时，那种情形有几分尴尬。他笑着说难得儿子从学校回来，大家才能吃一顿团圆饭，韩嫣也对儿子说：你不在家，你爸在厂里吃食堂，家里就我一个人，吃饭没意思，我都很少做饭呢。养儿子那天情绪很好，没有抵抗"爸"这个词，懂事以后就再没叫过他爸了，见面总是白搭话，要钱时会喊一声喂，他早已经习惯了。养儿子还热情地招呼他了一句：赶紧吃饭，就等你呢。说着把身边的椅子往他这边送了送，那一刻，他甚至有些感动，在椅子上坐下来，慢慢地说了一句：你长大了。养儿子向他笑了笑，韩嫣也满脸是笑，说：儿子谈了个对象，说要领到家里来呢。好啊，儿子真的长大了。他打从心眼里觉得好，人老了，唯一的念想就是这样一家人团团圆圆地坐在一起吃一顿饭，什么权力、钱、女人，去他妈的。

　　一支烟的功夫，文化人的两碗拉条子就上了桌，红烧肉炖土豆，酸辣白菜，还有酱油、醋、蒜、油泼辣子、芥末，香味令人无法抗拒。他端起碗拌上调料就呼噜呼噜地吃了起来，那些肉、面、各种调料混合在一起的香味大大地刺激着他的味蕾和肠胃，一时变得无比迫切，几乎只用了一分钟，那碗面就见底了，文化人把另一碗也倒给了他，他略略问了一句：你不吃吗？文化人说：我再去拉，面还多着呢，你好好吃。说着又去了厨房。

　　两碗面下肚，人就舒坦多了，刚进门时的那种紧张、焦虑、愤怒都消解了不少，他甚至有些歉意。文化人也许真的没见过韩嫣，韩嫣到底去了哪里呢，如果是要躲避他的话，没必要用这种方式，那房子是她的，儿子是她的，家也是她的，走的人应该是他。一想到走，一阵一阵的痛就开始绞动他的心脏，难以忍耐，他揪了揪自己的胸膛。文化人注意到了，转过头看他，问他怎么了，是不是不舒服，要不要吃药。他摇摇头，但是，心脏真的很难受，很闷。他伸出手去想要抓住文化人，两人只有三十公分的距离，但他就是够不到，他慢慢地向沙发后背上倒去，恍惚中，他看到文化人站了起来，拿起电话向外屋走去。

十三

　　他睁开眼睛，发觉自己躺在地上，身上盖着一床破旧的毯子，身子下面是一床破棉被，到处都是破洞，洞里面是黑心棉，他恶心地推开毯子，站了起来。这是一个陌生的地方，一间空大的房子，毛地，水泥墙，各种管线外露，冰冷而狰狞。阳光照射着窗棂，格外地明朗、纯净，天空很蓝，极尽高远，他感觉像是在天上。

屋子里有好几个门，他一个个推开走进去，厨房、卫生间，管线更加繁密，好像庞大的爬行类动物结的网，上面敷了一层厚厚的灰。他推开卧室的门，里面却有一张床，床上躺着一个女人，他吓了一跳，又迅疾地把门关上，好久，里面并没有什么动静，他有点怀疑，那个女人睡着了，或是他看错了？他又一次推开，真切地看到了那个女人——韩嫣，正安静地仰卧着，仿佛睡着了。他一下子奔了进去，叫了声韩嫣，韩嫣一动不动，脸色红润，嘴唇微启，似乎正做着一个好梦。他摇了摇她，韩嫣的身体随之左右晃动，并不醒转。他抱起了她，韩嫣伏在他的怀里，身体柔软温暖，但就是不醒。

他闻到一股淡淡的异香，不是来自韩嫣，而是墙边，墙上贴了一张大大的黑白照片，是一个女人，微微地笑着，墙前放了几块水泥板，摆成供桌的样子，上面放着一些果品和点心，还有香、烛，蜡烛快烧完了，蜡油凝成了一朵莲花形，香也不多了，还冒着烟气，香味正是从那里飘来的。他慢慢走过去，仔细看着照片上的女人，有一种似曾相识的感觉，那笑容和嘴角似乎在哪里见过，很熟，却怎么也想不起来。

他敲着脑袋在屋子里走来走去，打开别的门，其余房子里都空无一物，他拉了拉大门，门是开着的，他走出去，楼道里杂物堆积，管线林立，电梯井深不见底。从窗户里望出去，不远处就是山坡，山坡上有草和大小不一的树，倒是葱翠有致，山跟前有被挖土机挖过的痕迹，有几个人影在那里忙碌着，从上面望下去，分不清男女，只能看到一个小红点一闪一闪的，也许是某个人的头巾吧。他想不起来市里哪里有这么高的楼，这一定是个新开发的楼盘，离山这么近，也许在郊外。

他回到屋里，韩嫣还是沉睡着，她一定被人灌了什么药，现在必须马上送她去医院。他背起了韩嫣向楼下走去，楼里面空荡荡的，还十分阴冷，但由于负重他很快就出汗了，很累，他停下来，寒气侵袭过来，他站起来背着韩嫣继续走。不知道走了多久，从楼梯间出来时，他整个人都快要虚脱了，他坐在一块板子上，大口大口地喘气，有人喂了他一声，他抬起头才发现，这是一个巨大的工地，现场有很多民工，男的女的，干活的、闲聊的、抽烟的，还有人什么也不干，只是呆呆地看着他。

那人走过来问他是干什么的，这是工地，闲杂人不让进的。他张了张嘴，却什么也没说，想了想，只好站起来，说：好，好，我马上走。去背韩嫣，却怎么也背不起来，刚才下楼梯，所有的力气都被用光了。他抬起头，看刚才那楼高耸入云的样子，一时有些眩晕，脚下站立不住晃了几下，差点跌倒，那人扶住了他，问他怎么了？他指着韩嫣说：她病了，能不能帮忙送她去医院？

医生为韩嫣做了全面检查，各项身体指标都很正常，应该马上就会醒过来。他放心了，坐在旁边的凳子上，抚弄着韩嫣的头发和脸，她干干净净的，面容也很平静，像平常睡着了一样，睡得很沉。她是个嗜睡的女人，睡觉的确很沉，但这次的睡相看上去还是有些异样，刚才他一路上背着她几次放下背起，民工用一辆破旧的运货车将她送到医院，一路颠簸，她始终保持这副模样。他叹了一口气，都怪自己，要是早点去找她就好了。

第二天中午，韩嫣才醒过来，看见他第一句话说：我看见常燕了。他愣了一下，一时不知道她说的是谁，韩嫣又说：常燕叫我跟她一起走，你说，这是不是说我快死了。她拉着他的胳膊，很紧迫还很害怕的样子。他终于想起来了，那个空房子里照片上的女人叫常燕，就是那次车祸中去世的那个女人，上次魏美美提过她，公司给她赔了二十万。韩嫣还在说：在一个很大的房子里，我们大家在给她开追悼会，她从黑白照片上走下来了，拉住我，说她的腿疼，让我给她揉揉，我不理她，她就变得很凶，揪住我的头发，把我的头使劲往墙上撞，撞啊撞啊，开追悼会的人都看着，还哈哈笑着，没有人帮我。韩嫣说着嘤嘤地哭了起来。他还想起来，常燕当时在门卫上收发报纸，有一次送错了报纸，韩嫣骂了她，还把报纸摔在了她的脸上，扬言要开除她，他清楚地记起了当时常燕一言不发、低着头倔强的样子。他拍了拍韩嫣，说：没事的，没事的，那只是一张照片而已。他忽然有些后悔，先前在空房子里时，怎么没有想起给常燕上一炷香呢。

十四

他在街上溜达，注意看那些刷广告的女人。她们提着一只桶一把刷子、铲子，戴着帽子口罩，分不清谁是谁，只能从身形上看出些微的差别。他向她们打听一个叫魏美美的人，有一个女人摘下口罩，叫了他一声秦厂长，问他有什么事。几年不见，她老了很多，额前的几缕白发晃来晃去，猛一眼看去，像是一个老妪。他说想请她吃饭，魏美美简直不能相信自己的耳朵，大声地问他为什么呀，到底出什么事了。他坚持要请她吃饭，有很多事情，只有吃饭才能解决。天气有些阴冷，还有些风，刮起的尘土和树叶在空气中打着卷乱舞，嘴里就有些呛，他咳了几下，魏美美看了看四周，说那不行，我还得上班呢，提前走扣钱，半个月工资就没了。他问她还有多长时间，他等她。

他站在路边抽烟，来来往往的车辆也刮起了土，和汽油味混合在一起，整个人像是在尘土里。他转过身看了看魏美美，她们散落在各处，奋力地刷着墙上、电线杆上、树上的乱七八糟的广告和贴纸。他走到魏美美身边，接过她手里的铲子，替她铲那些用胶和纸粘合成的垃圾。他干得很快，也很有力，迅速地把别的女工落在了后面，魏美美乐了，一边跟在他后面用刷子沾水洗刷刮过的地方，一边不停地说话，大意是问他到底有什么事，还说真没想到您一个厂长还能干这个，她竖起大拇指，一个劲夸他牛，一半真心一半揶揄，他就当没听见。刷完乱七八糟的广告，又开始扫拾地上的烟头、树叶，他们每个人承包了一片地方，每周过来打扫一次。魏美美指着那片地方说：刚开始干的时候，我浑身是劲，可这几年不行了，老了，干一会儿就腰疼、脖子疼。他问她什么时候可以正式退休，她说快了，明年六月底，但是，她说女儿今年刚上大学，这活还得继续干，不然供不起学费。说起女儿，她骄傲了，说女儿考到深圳去了，那个城市可漂亮了，她问他去没去过深圳，他想想，应该去过吧，去过的城市太多了，有时就混在了一起，但深圳还是有印象的，特区嘛，和内地有很大的差别。说完，她马上噢了一句，您以前是厂长，去过的地方多了，肯定去过，对吧？他无奈，只好点了点头，现在，不论她说什么，如何嘲讽他，他都得接着。

在当地一家著名的酒店，魏美美进去时有些局促，不敢抬头看周围的人，但又忍不住抬起头来，服务员非常有礼貌，对魏美美十分热情，眼神透着十分的真诚，这给了魏美美十分的勇气。菜很精致，摆成各种造型，色彩搭配有致，看上去像一道道精美的艺术品，魏美美哇了一声，说：太漂亮了，这哪是饭哪，这是人吃的吗？她习惯了大嗓门说话，刚进酒店时还很收敛，可这会儿，她又忍不住了。其时，他们在一个很小的角落里，而且才十一点多钟，餐厅里人很少，但那些很少的人还是略略地往这边望了一眼，魏美美这会儿好像完全不在意了，她拿起筷子，略略地让了他一下，他说：你吃吧。

魏美美马上不客气地吃了起来，吃了一会儿，才抬起头来，擦了擦嘴角的油，问他：这顿饭值不少钱吧？

他在一张纸条上写道：没关系的，你不用管钱的事。在餐厅里，人这么多，他觉得这种交流方式比较适宜。

魏美美连连摇着头说：不行，您是厂长，我不能花您的钱。

他有点不明所以。魏美美接着问：这值不值一千块？

他笑了，到底是个小工人，对这种酒店的价格也太陌生了，就这么两个小菜，哪能值那么多钱？他摇了摇头：没那么多，别担心。

魏美美马上乐了：那就好了，那我可以放心吃了。说着又埋头苦干起来，她吃得很仔细，动作从容镇定，好像知道这一切都将进入她的肠胃，不用着急。

这种人以前从来不入他的眼，他也从来没想过会有一天请这样的人吃饭。他本来以为，像这样的人能跟他坐在一起，该是多么受宠若惊，可现在看来，魏美美一直处于上风，她根本没有把这当回事，就像在自己家，想怎么样还是怎么样，倒是他，有了一种不确定和挫败感。想当年，那个厂长的威风早已不再，如果他还想勉强维持的话，得到的只有嘲讽和尴尬了。但是为了韩嫣，他决定豁出去了。

饭吃完了，他付钱，服务员拿发票给他，他对魏美美说：咱们走吧。

魏美美摆开两手说：我先申明，这顿饭不是你请我的，是花我自己的钱。

他一时不明白，以为魏美美要还他饭钱，但魏美美丝毫没有掏钱包的意思，反而接着说道：你当厂长时过了那么多次生日，开始扣一百，后来扣两百，怎么着也有一千多块了吧，是，你每次都请我们吃饭，可请的是什么，全是青菜，就是青菜，也只够每个人尝一口，剩下的钱你全昧了吧？那些钱足够这顿饭了吧？魏美美两手张开，挑衅地看着他。

他的脸立时像发高烧一样涨了起来，一定很红，只是他自己看不见，他下意识地说了一句：够了，够了。说完，才觉得，这两个字显得极其荒谬，无形中等于是承认了他过生日时强迫职工凑份子的事，他清楚地记起了当时在办公室里，眼前的这个魏美美和那个常燕来找他问扣工资的事，他没有给她们丝毫解释，还无比傲慢地说：信不信我开除你们！

当时，魏美美和常燕是紧张不安的，甚至一句话都没说就退了出去，第二年过生日的时候，她们和别人一样，主动地掏了一百块钱，为他庆生。这种小事情在他当厂长的岁月里根本不值一提，比这严重得多恶劣得多的事，他都很少想起来，他从来都认为，在其位谋其政，大家都这么干，他只是随大流而已，根本就不算什么。

但此时此刻，魏美美坐在他的对面，挑衅的目光，摆开的双手，鄙视的眼神，受伤以后韩嫣的背叛、朋友的唾弃、朋友妻子的傲慢等等，似乎在一瞬间全都涌了上来。他忽然明白了人处于劣势的时候，是多么无力无助无能为力啊。要在过去，这个女人在他面前从不敢这样大声说话，他也根本就不需要低声下气地附在她耳朵上一遍一遍重复所说过的话，他只要一个手势一个眼神，这样的女工早就心领神会，该干什么干什么去了。

可现在，他需要她的帮助，所有的不快他都得咽下去还得消化完了装出一副笑脸做出请的姿势，跟前跟后，为她挡门，附在她的耳朵上继续重复说过的话。

十五

他们站在路边，准备打车，魏美美问他去哪儿，他说去城外，有一点事情需要她确认一下，魏美美问他是什么事情，他提了常燕的名字。魏美美好奇地问常燕什么事，他摇摇头，我也不知道，所以需要你确认一下。魏美美想了想说：好吧，看在这顿饭的分儿上。

他们来到了工地上，这里与几个月前大不一样了，原来坑坑洼洼的地方全都变成了平直的柏油路，路两边种着小杨柳，安上了路灯，楼群与楼群之间安好了大门，但还是闲人免进，从门外可以看到，里面的民工已经不多了，零星地散落在各幢楼前，做着缝缝补补的活儿。

魏美美哇了一声，说：这儿变这么漂亮了，小区环境还挺不错的嘛，看，种这么多树，还有小桥流水，水里还有鱼。

他看了一眼，那不能叫鱼，只能算是鱼苗，他们在刘家峡水库钓的二尺来长的鲶鱼，在这儿可就是鱼祖宗了。他又看了看四周，寻找可以进去的门，他纳闷了，那个文化人当时是怎么避开重重的民工，把一百二十斤的他拖上三十多层的高楼的？

魏美美问他带她到这来干吗，他在这儿买房子了吗？

他问她以前来过这儿吗？

魏美美说来过，常燕在这儿买了套房子，以前来看过。那时候，这儿什么都没有呢，我说这儿太偏，她说人住进来就热闹了，可没想到，真让她说着了，这么多楼，得住多少人啊。

五十多幢楼，每幢两百户人，就是一万户，至少三万多人吧，而且离滨河路又近，空气好，交通又方便，将来一定会比现在还好。

他说：没想到，常燕平时不吭不哈的，还挺有眼光的。

魏美美哈哈地笑了：她有什么眼光，还不是听她弟弟说的，常健在这儿上班。

他问：在哪儿？谁是常健？

魏美美说：常燕的弟弟啊，我们两家邻居，从小在一起长大，熟得很。

她看看四面八方，有点分不清东南西北，指着远处说：我很早以前来的，那儿有很多工房，他就在那儿上班，搞财务，也不常来，一个月就来那么一两次，他给好多单位干财务呢，挣好多钱。在魏美美的眼里，常燕的弟弟应该算是个有钱人。

他们一直朝楼群的最后面走，他想看到那幢楼，有人叫住了魏美美，他转过头去，文化人站在那儿，穿着一件红色的冲锋服，一个高挑、漂亮的女孩站在他旁边，挽着他的胳膊。魏美美走过去拉住了那女孩的手，那女孩叫她阿姨，他们显得很亲热，文化人走过来，给他递了支烟，问他怎么会有空到这儿来。

他接过了那支烟，文化人给他点上，两人就站在路边抽了起来，他说：这里变化真大呀，三个月前，还乱七八糟的。

文化人掸了一下烟灰，说：是啊，工期拖得太长了，都七年了，交的房钱光利息都有好几万了。

他笑了：真不愧是干财务的。

文化人也笑了，他们俩不再说话，只是默默地抽烟，望着对面的楼群。

魏美美和那个女孩手拉着手走过来，邀他们一起上楼去看看，魏美美向他介绍：这是常燕的女儿，静静。那女孩甜甜地叫了一声叔叔好，他答应着，心里叹息，没想到常燕那么不起眼的女工竟然有这么漂亮的一个女儿。又指着文化人说：这就是她弟弟常健。

他看了常健一眼，后者向他点点头，笑着说：我们都是老熟人了。

魏美美惊奇地大叫：你们怎么会认识？两人都笑而不答。

十六

常健跟物业显然很熟，帮他们打开了门，屋子里空无一物，破棉被、椅子、大床还有常燕的照片、香烛都不见了，甚至连那堆当作供桌的砖都被人清理得干干净净。只有阳光依然明媚，天空依然高远，他仿佛又看见了三个月前在这里见到昏迷中的韩嫣和照片上的常燕的情形，仿佛是做了一场荒诞的梦，梦醒之后，荒诞的结果还在持续。

韩嫣醒来后一段时间里，总爱说梦，大部分都是别人怎么打她、骂她、欺负她的事情，她的情绪很不好，忧伤、惊惧，整个人变得软弱可怜，以前的精神气一点都没有了。问她离开家以后去了哪里，见到文化人了吗，她却只是摇头、哭，然后就把头蒙在被子里，身体缩成一团，瑟瑟发抖。出院后，她像变了一个人一样，做什么都没有精神，再也不收拾自己，头发总是乱蓬蓬的，穿着一件家居服，出门也不知道换的，他提醒她，她换上了，把头发盘起来，但脸色还是暗暗的，眼神低垂着，一副没精打采的样子。做饭时丢三落四的，不是忘了放盐，就是多放了好几把盐，有时就呆呆地站在锅边，菜发出了焦煳味，她还是一味地发呆。

他愤怒之下去找过常健，可走到楼底下又没有勇气，常燕的黑白照片总是在他眼前晃动，如果不是因为他的那个上山种菜的馊主意，也许，一切都不会发生。他坐在常健家的院子里，抽了几支烟，然后一声不响地又回来了。他承担起了做饭的任务，开始他连面条都不会煮，现在，他连水煮牛肉都做得有滋有味，上次，养儿子领着儿媳妇回来说好吃得很。

常健、魏美美、常燕的女儿，他们三个人一起规划着屋子的未来格局和摆设，他像个局外人，被漠视、忽略、忘掉了，他摁灭烟头，悄悄地拉开门走了出来。

天渐渐冷了，一阵风过，伤腿感到了一丝寒意，受过伤的地方像一个风口，吸纳着所有风的痕迹，腿疼又开始了，他知道，冬至了，该加棉裤了。

红尘往事

上

电影院门口，男子拿着票走过来问英子是不是某某某，她不认识，摇头。他失望地走开了，站在那头，她在这头。她在等一个相亲的人，约好在电影院门口见的，但对方没有来，大概是远远地看到她失望，悄悄溜走了。她在影院门口等了好久，一直能看到他在那边走来走去，两人目光相遇时还会尴尬地笑笑。后来，电影马上开始了，影院的工作人员问他们进不进，再不进就关门了。于是，他们一同走进了电影院，两人的座位离得很近，中间只空着一个座位，直到电影散场，那里也一直空着。偶尔，他们会隔着座位说一两句话，一起笑，从电影院一同出来，他问她要不要一起走走，反正还早。她同意了，一起沿着中山桥，从南边走到北边，还爬了白塔山。

然后送她到宿舍，同宿舍的小李不在，回家了，屋子里有些黑，她拉开了灯，请他坐，给他倒水，拿自己平常喜欢看的《读者文摘》给他，还给他看她上大专时的相册。她坐在他旁边，指点说照相的时间和地点，他也用手指着，时而两人的手会碰在一起，停顿零点零几秒钟，又很自然地分开。两人的身体也时而擦碰，有意无意，能够感受到彼此的体温，有一些湿意，他就抓着了她的手，搂住了她，吻她的耳垂，热腾腾地，然后是脸和嘴巴，舌头抵进她的嘴里，湿漉漉地，像一头误打误撞的小鹿，牙齿、舌头、上下腭都一下子活了，有力地撞击她的神经末梢，身体就打开了，不顾一切地接纳了这个她还不知道名字的男人。

后来就有了第二次第三次，最后一次离开很晚，到宿舍楼下时，院子里的一只野狗追着他跑。她叫狗的名字：毛毛。院子里的人都这么叫它，给它吃的喝的，它很听话，每次一叫它就会停下来，摇着尾巴，很温顺的样子。但那天，狗一直把他撵出了院子，然后跑回来向她请功。她又气又恼，踢了毛毛两脚，什么也没有给它，手里本来有一块吃剩下的白面馒头，她恶狠狠地扔到了垃圾箱里，毛毛翻开垃圾箱，寻找馒头。她当时想这狗真是讨厌，什么时候找几个老乡把它杀了吃狗肉。

他再没有来，她有点担心，会不会狗把他咬了，他受伤了，他倒在地上，流着血，天那么黑，路上人很少，他躺很久，大概也不会有人知道，最后。没有最后，她开始坐卧不安，再看见毛毛时，心里就很疑惑，蹲下身子抚它的毛，狗很舒服，闭上眼睛，很享受的样子，她啪地给了它一巴掌，狗惊惧地跳开，远远地看着她，身子绷得紧紧，四蹄撑开，似乎马上就要扑下来的样子。她恨恨地说：都怪你，你那天咬他了，你把他赶哪儿了，他是不是死了，如果他真死了，我告诉你，我饶不了你，我要杀了你，炖狗肉汤，给全院的人喝。狗好像听懂了她的话，哀哀地叫了一声，跑开了。

她打他单位的电话，那边说没这个人，她这才想起，除了这个电话，她对他一无所知。本来，他说是单位的采购员，经常天南海北地出差，腰里常常别着好几万的现款，转眼就变成了一车皮的货物，发到西安来，送到各大商场，就是几倍的利润。还说，他和几个朋友也入了点钱，掺杂在公家的货里，悄悄赚钱，已经攒了不少了。英子第一次近距离地听说这种事情，很新鲜，还好奇，还问：那我也能投钱吗？当时，她只是随口一问，没真想着参与，她只是个女孩子，有一份稳定的工作，想着再找一个踏实的老公，把自己嫁了就完了。但他说：当然，当然可以了，这么好的机会干吗不投。

想想也是，她把自己存的一千块钱交给了他，一个月后，他给了她一千五，她不敢要，说：这真的是给我的吗？这么多，我上班十年才攒了一千，你这才一个月就五百？他搂着她吻她，笑她傻，这怎么能跟上班比呢，没有可比性，就是没钱，要是有钱，一次投上几万块，你就成小富翁了。

万元户，她想起这三个字，当时最流行最高大上的富裕阶层，随即又笑了，居然会做这样的梦。她在单位搞财务，手头经常有一些数量可观的流动资金，躺在账上无人问津，到年底查账时也只是对一些数字而已，何不拿来赚点钱，很快，就可以放回去了。十万，这是她可以挪用的数字，悄悄地动一下，很快地还回来，没有人知道。她有一种冒险的兴奋和刺激感，对十万块钱可能换来的万元户有了非常具体的想象。

他从此再也没出现，她开始惶恐不安，每夜从噩梦中惊醒，小李问她怎么了，干吗老说梦话老是尖叫。她摇摇头，说：我快要死了。她真的寻死觅活过，站在黄河边，看着河中上游流下来的树枝、塑料和杂草，缠结成一团，像是一个隐约的人体，缓缓向下游流去，她慢慢走进河里，水很凉，还很急，她很快就被水冲走了，一直冲到了小西湖，被人捞起来了。连医生都觉得，在黄河里漂了一个多小时，她居然好好的，一点事都没有，可能是因为她胖吧。她一直憎恨、嫌恶自己的胖，居然不合时宜地让她没死成，她更加憎恶了，揪扯着肚皮和大腿上的肥肉，与其东窗事发，丢人现眼，还不如早早了结。她去了厂医院，说自己睡眠不好，攒了足够量的安眠药，在小李和男朋友约会的晚上，她喝了药，躺在床上，静静地等待死亡的来临。但是胃强烈地不安，她很快爬起来将所有的药都吐了，还喝了好多清水，像是演了一场独幕哑剧。

一切都没有发生，他永远地消失，她死不了，只有等待末日的宣判。还没有等来，医院忽然通知她怀孕了，而且五个月了，人们都用怪异的目光看她。她低下头，贪污、通奸，世界上最脏的两个词同时汇聚在她的身上，她不仅是阶下囚，还被钉在道德法庭的耻辱柱上。鄙夷、唾弃瞬间就淹没了她的人生，她成了世界上最低贱的女人。法庭判了，十年刑期。鉴于她的特殊情况，她可以先回家把孩子生下来再服刑期。她实在没脸回家，父母更丢不起这个人，打掉吧，她宁愿现在就进牢里，那里没有人认识她，而且都是和她一样做了丢人的事，谁也不会嫌弃谁。但医生说，她身体胖，有高血压，孩子又大，打胎会有生命危险，让她再考虑考虑。那她也不回家，就要坐牢，即使生孩子也要生在牢里。孩子没有生在牢里，入狱前的一个月就出生了，远在北城的母亲抱走了儿子，安慰她，让她好好地改造，不要再寻死觅活的，要为孩子着想。她觉得可笑，凭什么，这是那个人的孩子，他害了她，她还要替他养孩子，她应该掐死那个婴儿，让他断子绝孙。虽然她下不了手，但一点也不爱那婴儿，那只是她身上的一块肉，除此之外，不再有任何联系。

在牢里，她很安心，几乎想不起来孩子这回事，只想着把牢底坐穿，不要再见任何狱外的那些熟人，那个曾经熟悉的环境，那些同事、朋友异样的目光。出狱后，她回了北城，第一次见到儿子，他已经是个八岁的小男孩，活泼、健康，对她没有一点点的生分感，自然地叫她妈妈，往她怀里钻，还要她抱，她抱了他，八岁的孩子，已经很长了，也很重，但她轻而易举地就抱了起来，还在屋子里转了一圈。父亲坐在楼下的梨树那儿，对着石桌上的棋盘深思着，好像在苦思冥想一场胜利在握的棋局。母亲一边摘菜，一边说话，父亲给她联系了一个单位，环卫局，事业单位，只是不太好听，说白了，就是扫大街的，你别嫌丢人，就这，好多人还进不去呢，你爸托了好多的关系。

扫就扫吧，在牢里不也扫院子？像她这样的人，能有份活干，有份工资拿已经很不错了，难道还要进局里当领导不成？那个吴主任是他父亲原来单位的手下，对她知根知底，对她很照顾，还对她说：别把过去放在心上，过去就过去了，你已经受到惩罚了，从此以后就当什么事都没发生，重新开始，以后，日子会越来越好。

她没那么多奢望，只要安心地待着、活着，日子一天天过着就满足了。她无所谓好坏，也没有了任何欲望，只是像一台机器，上班，听人指派活，干这干那，干得不好，重来，好在扫街这活儿都是各干各的，开始还有人对她指手画脚，后来，发觉她学得很快，手底下利索，眼里有活儿，又不说是非，挺不错的一个人。她跟同伴们关系反而处得挺好，吴主任挺高兴，特意跑到家里来，在父亲前夸她，本来是好意。父亲却不置可否，似乎无所谓，内心里却羞愧至极，晚上，对母亲说：这辈子的老脸全都没有了。她正好上厕所，听见了门开着的那条缝里飘过来的每一个字，她在厕所里站了几秒钟。

这句话早在她上法庭之前就已经体会过了，现在也波及了父亲，母亲心里大概也是同感吧，他们没有说出来，只是因为顾及她。她住在这里，好像是侍奉父母，其实是给他们添乱，更甚的是丢脸，这是笔怎么也抹不掉的灰色。于是，她提着行李箱，在深夜里离开家，搭上长途公交车，去了一个没有人认识她的小城——天水。在那里，她在一个小餐馆里做服务员。她以为她走了好，父母看不见她，会省心，安度晚年。她完全错了，她居然想孩子，那么想，撕心扯肺，她实在忍不住，给家里打电话，母亲泣不成声，父亲脑溢血住院了，生命垂危。她加速度赶回了家，只来得及在父亲床前听到一句：好好地上班。

父亲对她失望也好，绝望也罢，作为一家之主，该做的他都做了。是她给他丢了人，履历表里那一行镇定自若的文字比千钧重，她走哪儿背哪儿，家人也要跟着低头，父亲一向骄傲的自尊自此抹上了一笔重重的灰色，他有点想法是非常正常的，错的是她，但现在，说什么都已经没有意义了。她再一次铸错，是亲人的失去。

家里，只有母亲和孩子在说笑，好像要激起些什么，但总没有，他们的声音单调、凄清。寡然无趣。八岁的孩子似乎早就知道自己不光彩的来历，总是极力地讨好着每个人，甚至连她这个最亲的人。她抱他跟他说话，说着说着就断了，不知道该说什么，总是想起他来，眼前的儿子眉眼跟他太像了，剑眉深目、红唇齿白，一定是他小时候的样子。她得慢慢地看着他长大，成为另一个一模一样的他，去骗另一个女人，或者无数女人，掏取她们的钱袋，满足自己的物质欲望，可耻又可恨。她推开他，又抱紧他，爱他又恨他，分不清到底是儿子还是那个害她坐了八年牢的他？他毁了她，而他却要在她的怀抱里渐渐强大，她还要无怨无悔，因为确确实实，她是这么深地爱着孩子，否则，她不会知道父亲的死讯，连最后一面都会变成悔恨。

她一边爱他一边折磨他。小小年纪的儿子站在小板凳上像模像样地切菜、和面、做米饭，甚至第一次炒鸡蛋时，儿子只有八岁，兴奋的小脸又激动又不安，紧张地看着她的嘴巴、眼睛，问她好不好吃，没问出来的话是对他满不满意。她始终不说让他高兴的话，表现总是淡淡的，还挑一些连大人也避免不了的毛病，比如，炒老了，盐放多了，油没熟，等等。儿子的兴奋渐渐退去，失望渐涌，站在她母亲面前，嘴唇哆嗦、身体颤抖，看得出他在使劲憋着不哭出来，母亲想抱他，他躲过去了，自己跑回了屋，一直没有出来。母亲怨他，对孩子太苛刻了，他还这么小。

可他就会骗人了。她恨恨地说，又觉得言不由衷，歉意、愧疚一时翻涌。

母亲很生气：你别把对大人的气老撒在孩子身上，你看新儿多懂事啊，这么小的孩子就要炒鸡蛋，你看看，谁家的孩子会干这些活。的确没有，是她错了，她不该让新新干活，炒鸡蛋，油溅到了他的脸上，他也没哭，鸡蛋其实炒得挺好吃的，酥酥的，脆脆的。母亲说，父亲生前最爱吃这种老一点的鸡蛋了。她也爱吃，只是说话言不由衷，就是想骂人，不想让儿子兴奋下去。她去敲门，表示歉意，说他炒的鸡蛋好吃。说了三遍，儿子开门出来了，眼睛红红的，扑进了她怀里，紧紧地抱住她，头埋进她的怀里一直拱一直拱，好像在找一个合适的地方再钻进肚子里，永远地跟她在一起。

一次又一次，从炒鸡蛋到洋芋丝，还有红烧肉，熬糖汁的时候，油噼里啪啦地，儿子拿大毛巾裹住了整个的脸只露出一双眼睛，哎呀哎呀地叫着。她坐在沙发上百无聊赖地看电视，就是不进去帮儿子，母亲要进去她不让，母亲和她争执着，母亲哭了：你这哪是带孩子呀，存心折磨他，不让他好过，你把儿子完全当成了那个人。

她不为所动，冷冷地说：他本来就是他的种，就是他的复制品，基因一模一样，品性也一样，如果现在不教育他，等着他长大变成和他一样的人吗？

这算什么教育，做饭就能变成好人吗？母亲愤愤地。

她说：至少让他懂得自食其力，天下没有免费的午餐。

母亲指着她，气得手指头发抖：你小的时候，我们可从来没让你干过这些家务活，你到现在，连一顿像样的饭都做不出来，你有什么资格指责孩子！真是作孽呀。

是，她是不会干，从小她学习好，家里人都指望她考上大学有个好工作，她考上了，是大专，真的分在了省城，还是一家国企，家里人都为她骄傲，连父亲都觉得她为他们老刘家挣了脸面。那时，没有人在乎她会不会做饭，每次回家都有嫂子、哥哥他们，她给他们每人买礼物，他们每个人都给她做好吃的，排着队争着请她到家里去吃饭，那时的她多荣耀啊。

她沦为了阶下囚，家里人都不愿意别人提到她的名字，那就等于是打脸。现在，她是一个早出晚归的清洁工，每天裸露在大街上，一举一动都有人看着，所有走过路过的人都有权利呵斥她，指责她，甚至勒令她把地上的废纸或塑料袋扔进垃圾筒里，或者她张开垃圾袋，等他们把最后一滴饮料喝完扔进来。所有的人都忽略她，无视她，哥哥嫂嫂们再也没叫过她去家里，甚至在父母家里都避免和她碰面，主要是尴尬，不知道该说什么。她知道，所以也躲着他们，每次过节，他们回来，她就借口上班，拿着扫帚在大街上盲目地扫来扫去，低着头弯着腰，看着每一个人的脚或车轱辘，它们没有生命，但运动得极快，连着被风吹动的树枝和落叶，一起来了去了，又来了，没有尽头。

多余的儿子更是不被人待见，哥哥们的孩子对他总是不冷不热的，还有几分蔑视，说他是小骗子，就像童话中狡猾的狐狸，可会骗人了，而且专骗小孩子。他们的东西丢了，总会第一个怀疑儿子，毫无顾忌地脱他的衣服，翻他的书包；他们抢走他的玩具车，用脚踩扁，丢进臭水沟里。她愤怒了，抬手打了二哥的孩子一巴掌，又响又脆，那孩子当时就被吓哭了，他比新新只大两岁，一边哭一边跑到嫂子那里。嫂子抱住了自己的孩子，急急地跑过来想要和她理论，但对接到她的目光时却有几分胆怯，纠结了几秒钟，还是大声地叫道：你干什么，干什么，还以为你还是国家干部呢，你凭什么打我孩子？凭什么？

她不是国家干部，但还是从前的那个小妹，虽然以前坐牢，现在扫街，但依然目光凛然，令两个嫂子敢怒不敢言，二嫂横了她几眼，终于再没说什么，转身要走，她却拦住她，警告她：把自己的孩子教育好，别小小年纪就跟个老娘们儿一样扯是非，恃强凌弱，以后再敢欺负我儿子试试，我见一次打一次。嫂子张了张嘴，却没说出话来，憋了一肚子火，无处撒去，随手把儿子推开，说：去去去，滚一边去。

她的这一声大喝终于奠定了儿子在家的地位，从此以后，哥嫂们再也不敢小觑她，虽然不巴结她，但也绝不招惹她；他们的孩子也不招惹她的儿子，至少在她面前都是和和气气的，还会主动地叫她的儿子一起到院子里去玩。

儿子对她的感情日益亲密，主动做饭，干家务，替她打洗脚水，洗她的袜子。她像个皇太后，心安理得地被儿子伺候。母亲非常生气，见不得她这个样，说这比打骂孩子还要恶劣呢。她不这样认为，儿子既然是那个人的化身，他就应该做那个人没做到的事情，这点活儿算什么，比起十万元来，差得远呢。

儿子对母亲说：奶奶，我愿意给妈妈洗袜子，我给您也洗袜子。母亲不让，她说自己有手有脚，不虐待小孩子，也不做寄生虫，语气恶狠狠地冲着她。她装作没听见，母亲洗脚时，让她打水，她去打了，母亲洗完脚，把袜子扔在地上，让她洗了，说完，定定地看着她。她从来没有给母亲干过什么，她是家里的老小，又是唯一的女孩，父亲最喜欢她，家里有什么好东西都先让着她，大小家务活儿从不让她动手，小的时候有母亲，大了有哥嫂，后来，她去了外地就更干不着了。

她扑哧一声笑了，捞起袜子扔进水里，一边用力搓，一边说：儿子给我洗，我给老妈洗，多好。还叫儿子：看，我给奶奶洗得干不干净？说实话，还真没儿子洗得干净，儿子教她怎么打肥皂，如何用力，像个小大人一样，母亲手指头指着她：看看，多好的孩子，怎么是你生出来的呀，真是糟蹋了。

哎，就是我生的，我就这能耐。她得意地搂住儿子，还亲了一口，儿子马上也回亲了她一下，她稍稍地愣了一下，儿子长这么大，他们还是第一次这么亲密，她有点不大适应，儿子似乎也有点不好意思，低下头从她手里接过袜子说：我给奶奶洗。她不让，把袜子抢回来，呵斥道：写作业去。脸色阴沉，儿子吓住了，站起来一言不发地进小屋去了，一边走一边抹着眼睛，一定哭了。母亲狠狠地给了她一巴掌：你到底是不是孩子的亲妈，你怎么这么对孩子？太过分了，太过分了。母亲气不过，就抹起了眼泪。

她心里也酸酸的，儿子出生一个月就被母亲带着，当时，所有的人都劝她把孩子送人，一方面她未婚，另一方面又是仇人的儿子，她恨不得把他掐死，可一想到送人，心里又觉得空落落的。母亲劝不住她，但也不让她在牢里带孩子，主动提出帮她带，还说一定把他培养成一个正派人。她没有说话，默许了，孩子从她的怀里到母亲的怀里的那一瞬间，她有一丝不舍。过后，自己也感到奇怪，想想，大概总归是身上掉下来的一块肉吧。母亲一直顶着哥嫂们的强烈反对，父亲的沉默，把孩子渐渐养大，在孩子眼里，她出狱之前，这个外奶奶是世上最亲的人。她在母亲面前呵斥孩子，当然让母亲伤心，也伤了孩子的自尊心。

可她就是控制不了自己，她常常恍惚，到底是儿子还是他，两者的重叠性太大，眼神、动作、语气，总透着时光的味道，想抹掉是根本不可能的事情，她觉得是上帝是借孩子来折磨她，让她良心不安，受罪一辈子。可跟孩子时间长了，母子之情渐浓，她甚至觉得下半辈子如果没有这个孩子，她的人生如何能坚持下去。

她时而维护孩子，时而对孩子又冷又硬，孩子怕她又恋她，时刻注意着她的眼神、动作和语气，像是一个小人，她心里就产生厌恶，更加呵斥：背挺起来，眼神抬起来，看着我，想说什么就说，吞吞吐吐干什么！儿子比任何一个同龄孩子都显得冷漠、成熟而圆滑，他用嬉笑和活泼掩饰了一切，表面上，他跟谁都很亲近，不在乎谁的轻蔑或冷眼，但实际上，她知道，谁远谁近，谁亲谁疏，他有着自己的看法和想法，但他从不说出来。

母亲是忽然去世的，和院子里的人一起到附近山上的农家乐里摘桃子，忽然就晕倒了，一直昏迷不醒，她知道时，母亲已经被抬到了医院里，紧闭着双眼，呼吸渐弱，儿子很害怕，依在她的身旁，慌乱无措，眼泪一直在眼圈里打转，就是不肯掉下来，背着她擦了一遍又一遍。她心疼他：你要哭就哭吧，只是别在这儿，奶奶会听见的，她会伤心的。儿子猛摇头：我不哭，我要等奶奶醒来，给我讲故事。母亲总会讲一些以前的特工故事，神秘、诡异而又正义，她也喜欢听，儿子非常喜欢福尔摩斯探案集，二战时期的间谍故事，与此有莫大的原因。

母亲真的醒来了，但说不了话，只是摸着儿子的头拉着她的手，用尽最后的力气摇了几下，她明白，一个劲说着：妈，你放心，他是我儿子，我一定会对他好的，我一定把他培养成一个正派人。母亲去了，带着些许遗憾。她的整个人都好像被掏空了，父亲母亲在短短的七个月时间里，先后走了，都怪她，如果没有她，没有她犯的那个致命错误，父母一定还可以多活几年。父母是代她而去的，她要好好地活下去，替父母延续他们的生命。还有眼前的儿子，现在，他们彼此相依，成为世界上最亲密的人，没有什么能够把他们分割开来了。

下

傍晚，九点多钟，天完全黑了，有些冷，刮着阴风，人们都缩在屋里看电视，路上很少见到人。英子还在路上忙着，扫到街心花园的厕所那儿时，传来了一阵奇怪的声音，像是婴儿在哼叫，又像病人在痛苦地呻吟，旷远、隐约，很不确定。

她犹豫着向那个方向走过去，走近了，看到一个蠕动的人体，好像受了伤，身边有一摊黑色的流动物。她俯下身去，问道：你还好吧？

那人勉强睁开眼睛，说：救救我，送我上医院。

英子从垃圾堆里找了一张报纸，垫在垃圾车里，把他小心地铲进去，像平常那样，慢慢地向远处推去。附近有一个垃圾站，平常的垃圾都是送往那里的，然后由大车统一运到郊外的垃圾焚烧场，那儿，隔着很远，就能闻到焦味和臭味，各种各样的垃圾混搭在一起，分不清是是非非。今晚刚好有一班去往郊外的车，如果把他直接倒进大卡车，混合到臭不可闻的垃圾堆里，一路颠簸，然后焚烧。英子似乎看到漫天的火光，他在火中挣扎，她在牢里的车间做劳保服，他俩的动作一致，速度不断加快，他变成灰，她从牢里出来，刺眼的目光照过来，她遮住了眼睛。

那家诊所的牌子给漆黑的街道增添了一抹温暖的红色，像是方向又像是家，让怕黑的人有了一种期望和归属感，也让这个濒临死亡的人有了一丝生气。他甚至在缝合伤口前有力地睁开了眼睛，看了一眼英子，说：我好像在哪见过你，你给我一种亲切的感觉。他的气力不足，每说一个字都像是遗言，但是，他与生俱来的那种优雅给他的每个字都增添了魅力，像回光返照。英子的心莫名地悸动了一下，她下意识地伸出手去替他掖了掖被单，心底生出几丝惋惜，几丝怜爱，甚至，在那一刻，她希望他能快点好起来，像当初一样。

他真的好了起来，三个月以后的一天，他来了，拿着一大束紫色的郁金香，说是来感谢她，那天晚上救了他，如果没有她，他早就变成鬼了。他的脸上留下了一条很长的伤疤，从左眼角一直开到了下颌那儿，看上去有几分狰狞，几分邪恶，给他灿烂的笑容平添了一份混合的野性气息，英子不易察觉地咧了咧嘴角。他还请她晚上吃饭，以示感谢。

那是一间西餐厅，低缓的《waiting for you》听上去几分忧伤，几分期待，他很热情地向她介绍这里的咖啡很好喝，牛排也很嫩滑，告诉她刀叉怎么使用。他一个劲地说着感谢的话，说起那天晚上的事现在还心有余悸，幸亏老天送来了她，让她及时发现了他，不然他早就流血而死了。是，腹部的那一刀，刀口很深，几乎伤到了脾脏，就差那么一点点，否则他根本就挨不到她来。他和朋友开公司，赚了一点钱，结果因为分钱的问题，朋友跟他翻脸了，还找了人打他，也许是想教训他一下，但那两个人太狠了，出手就见血，他身上挨了那么多刀没死成，真是命大。他再次说感谢的话：老天让我遇见我，说明我们有缘分。

是的，很有缘分。她啜了一口咖啡，奶精加得太多，有点发腻，她抹了一下嘴巴，又压了一下胸口，心脏怦怦地跳，让她没来由地发慌。她问他的公司是做什么的，赚钱吗？开了几年了，公司在哪？他指着窗外公交车下的站牌说，看到了吗，那牌子上的广告。她看了一眼，是一种洗发水，一个很有名的女演员亮出最迷人的微笑，用手梳理头发，那一头像缎子一样的黑发倾泻下来，美极了。

他说：那就是我们公司做的，专门承接各种公交车站牌、墙面、车身等各种公共场所的广告，很挣钱的，找我们的可多了。

她不太相信，这么大牌的洗发水，电视上也有，干吗还要贴在这种地方。他切了一块牛排放进嘴里，轻轻地嚼动，样子十分优雅，对女人有致命的杀伤力，她也不能幸免。

他给她讲这种小广告的意义和作用，更亲近，更熟知，人们等车等人的时候，时不时地撩上两眼，一天一次，你想，不认识的人天天见，是不是都熟了，何况，一天见好几遍呢。他笑了，她也笑了，道理说开了，简单得跟一一样，当初谁能想得到呢。

从餐厅出来，他说要送她回家，她说不用了，她要去扫街。天完全黑了，街灯亮了，她的身子和扫帚在灯光下投出一个个巨大的影子，像鬼魅，她刚开始干这一行时，总是被自己的影子吓到。有时专注地扫过一段街，转过身要去别的地方时，那个黑色的巨大的影子突兀地包围着她，让她总是惊慌地尖叫。后来，慢慢适应了，反而觉得挺有意思，她走到哪儿影子跟到哪儿，灯光下的影子总是比她本人大，她无论走到哪里，如何转换方向，她都好像包围在自己的影子里，渐渐地就有一种温暖踏实的味道，还有某种依赖。有时，扫着扫着，她就会下意识地看一下影子的大小、方向和形状，不用看表，她就知道扫到哪儿了，还有多久就可以下班了。

他坐在路边商店的橱窗的窗台上，百无聊赖地吹着口哨，一曲接着一曲，什么《义勇军进行曲》《我爱北京天安门》《世上只有妈妈好》等等，欢快、清亮、抒情，声音时大时小，她走近的时候，声音就大了，是"我们来到了太阳岛上，那里阳光明媚杉树高大道路宽阔"。她低着头假装没有注意到他，也没有听到口哨声，继续扫地、撮垃圾，推着垃圾车渐渐远去。身后嗒嗒的脚步声和说话声：我帮你吧。说着，他走到她身边，帮她推着垃圾车，一同往垃圾站走去，他甚至主动地提起垃圾桶倒进了垃圾站的大桶里，一股刺鼻的味道在他俩之间弥漫，她没有动，只是定定地看着他，他没有捂鼻子，把垃圾桶放回垃圾车，表情轻松地问她：今天晚上是不是结束了？现在可以回家了吗？

她轻轻地嗯了一声，说：你不用管我，你赶紧回去吧。

他拍了拍手上的灰尘，随意地说：没事，反正现在还早，我陪你走会儿，把你送到家就走。

英子看到影子旁边陪着另外一个影子，顺着同一个方向同一个步调，同时晃动同时停止，离得很近，却很难相交，只有她故意落后，跟在他的影子里亦步亦趋，她小小的，整个影子都重合在他的里面了，他们像是一个人。

她转过头看他，他其实长得挺好看的，眼睛大大的深深的，眼神总是有几分惊惧，但与她对视时，又总是欢愉地笑了，仿佛一切都烟消云散。

他们坐在滨河路的长椅上，静静地，也不说什么，只是感受夜的安静，树叶散发着淡淡的清香，路人已经很少了，偶尔会见到一两个谈情说爱的年轻人，相互搂着，仿佛一个誓言，永远都不分开。

她说：你回去吧，太晚了。

他说：你先走吧。我在这看着你上楼，你住几楼，哪个窗户？

她抬起头来，指着其中一个黑着的窗户说：就是那个，最破的。说完她笑了。

他说：你笑起来挺好看的，你应该多笑一笑。

她嗯了一声，向楼上走去，没再回头。

小院的小破门摇摇欲坠，榫掉了两个，用粗铁丝代替，聊胜于无，更多的是一种象征而已，这是一个老家属院，三十多年了，里面住着几十户人家。楼梯砖有的地方已经破损，楼道里到处是人们不经意扔的纸团、烟头什么的，还有黏黏的泡泡糖。白色的墙壁上黑一道白一道的，广告纸重重叠叠地附着其上，年深日久，已经刮不下来了，闭路线、电话线、网线、改造线路等等，如蜘蛛网般爬满墙头、门头还有走廊墙壁，接线盒子已经支离破碎，里面的线路板裸露着，仿佛一触即发。

她住在四楼，在三楼的楼梯间她往下看，他正仰着头往上看，看见她了，向她招了招手，她没有做任何手势，慢慢地向楼上走去。

打开门，儿子新新正盘腿坐在地上玩一种很大的积木，可以组合成长长的火车，盘满整个客厅。他像个指挥，嘴里模仿着火车的叫声：拿着积木咔嘟咔嘟地往前走，玩得不亦乐乎。她蹲下来，看着那车和儿子，有了观众，儿子玩得更欢了，叫声大了，动作也比刚才更加有力、连贯。

她摸了摸儿子的头，很用力，想要切切实实地触到儿子，感受他是真实的、温暖的、一直陪伴着她的，刚才遇到的人和事都是虚幻，是泡沫，经不起时光推敲的。

她搂住了他，以前很少有这样的举动，儿子被吓住了，乖巧地伏在她怀里，一动不动，听她的心跳声，还听到她的肚子不合时宜地叫了一声，儿子轻声说：妈妈，你饿了，我给你热饭去。

儿子走向厨房，在门口时回过头来看了她一眼，疑惑、不安，仿佛看透了她的心思，她羞愧地低下了头，想：他是张余，他又回来了，我应该去报警，让警察抓他，把那十万要回来，我不能就这么白白地坐了八年的牢。

物是人非，从前的院子里已经起了很多高楼，那栋很旧的宿舍楼也早已不复存在，英子走在熟悉而又不熟悉的小院里，捕捉曾经有过的气息，一条林荫小道，那棵长了上百年的老梨树，那些卖菜和廉价日用品的小店则是新生事物，却沸腾四溢。几乎没有人认识她，一方面她变化太大，从胖到瘦，几乎没有了从前的模样，他不是也对她没有丝毫感觉吗？另一方面，当年他们是学生，很少和院子里的人接触，人们根本分不清他们和附近大学里的学生。她从院子里一直走出来，穿过马路，走到了对面的厂门口，看着已经小得不能再小了的大门，仅够一辆大卡车的进入，里面的好几个车间都已经停产了，租给了娱乐城和卡拉 OK 厅。此时是早晨，那些热闹的地方正在沉睡，院子里很安静，看大门的是两个跟她差不多大的女人，穿着保安服，眼神空洞地看着她，漠然问道：你找谁？

她转身走开，进了隔壁的派出所，径直去找刑侦队的文队长。文队长当年抓她的时候还只是一个小警察，他已经完全不记得她了，她也没有做自我介绍，只是想问一下，一个十多年前的诈骗犯，现在还能不能抓他。文队长说：当然能，诈骗了多少钱，人在哪里？

十万。她说出了这个数字后，忽然觉得有点轻飘飘的。是的，当年，足以让几个家庭倾家荡产的数字，在今天看来却那么微不足道，当地大企业的一个普通工人家庭，大概也有这么多的存款。

文队长仔细地看了她一眼，叫出了她的名字：你是陈兰？瘦了。声音里还透着几分惊喜，这么多年了，你找着那人了？快说说，他在哪儿？

她有点慌，还有点害怕他真被抓了怎么办？她开始支吾了：我也不知道是不是，感觉有点像，那天在大街上看见的，一晃就过去了，再也没见到。

哦，文队长就有点失望，不过还是不气馁，仔细问她是哪条街道，什么时间，穿着打扮，问得十分详细，她说了街道的名称和时间，但张余的样子却十分模糊，更多的是臆想、幻觉。文队长仔细看着她，很肯定地说：你对他还有感情，如果你再次见到他，一定要打电话告诉我。他快速地把电话写在一张纸上，交给了她，说只要拨打这个电话，警察最多十分钟就可以赶到所在地。她郑重地将纸条放进包里，内心却充满歉意。

文队长叮嘱她：记住，骗子永远是骗子，他不可能变成好人。

我当然知道。她不想让文队长认为她是个傻瓜，吃一堑还那么笨。她还保证：如果再次见到他，我一定给您打电话。

晚上七点多，她刚上班，张余来了，穿着一件杏色夹克衫，看上去很休闲，也很雅致。他接过她手里的簸箕，接在那儿等着，她心里一惊，随即是满心的喜悦，后来又自责，但还是欢喜，还有点担心、害怕，那个文队长会不会就在周围，会不会发现他就是那个骗子。没有，一切都很正常，散步的人，过往的车辆，没有人特别注意到他们。她往簸箕里扫垃圾，慢慢往前走，他亦步亦趋。她轻声问一句：你怎么来了？

　　他说吃完饭没事过来看看她，还说这工作挺辛苦的，半夜三更的，也挺危险，晚上有没有人接送她。她下意识地说有。儿子有时会来，十二岁的小伙子了，身高1米68，看上去很唬人的，虽然嘴角、眼神还过于稚嫩。

　　他没问是谁，只说那就好，一个女人家家的，走夜路还是小心点的好。

　　无端端地，她想起了和他的第一次，激烈的情绪，大汗淋漓的彼此，人生不过如此吧。想起那只野狗毛毛，那次被她追打了以后，再也没回到家属院里，好像随他而去了。现在，他回来了，可狗呢，不会死在半途了吧，或许他和它压根就没碰上。她却拼命地思念起了那只狗的模样，甚至随手丢给它一块肥肉的样子，跳着叫着摇着尾巴，又紧紧地护住那块肉，左右看着，提防着她再要回去。她当然不会，但会逗它，作势要抢回去，狗果然躁了，伸出前爪，嘴里发出粗重的声音，恐吓她震慑她，却又可怜地摇着尾巴，终究是叼着那块肉忙不迭地跑了。

　　她问他喜不喜欢狗，他愣了一下，什么？话题跳跃得太快，他一时没有跟上，她重复了一遍，他顿了顿，摇头，不喜欢，毛茸茸的，我不喜欢一切毛茸茸的东西，一想起来就痒。说着，他抖了一下身子，好像已经痒了。说完又不好意思地笑了。她仔细地看着他，第一次发觉他不好意思，似乎跟以前的张余不大一样。以前的张余年轻、自信，甚至有点张狂，他一点都不怕毛毛，甚至还跟她一起逗它，那毛毛对他一度也很迷恋，在他们俩之间跑来跑去，似乎十分纠结，终究跟着谁好。那天晚上，它一定是跟着他去了，但后来呢，就再也没回来，跟他一样，在这个世界上无声无息地消失了。

　　如果有可能的话，她倒希望，那天晚上救的是一只狗，现在匍匐在她的脚下，无毒无害，也没有未来。

　　巡逻警车从远处呼啸而来，她定定地看着那车的样子、声音，还有车上的警察，又担心又害怕，那车上会有文队长，会在他们面前停留。转过头，他却满不在乎，指着警车猜测哪儿又出了事，不会是杀了人吧，那天晚上他被人砍的时候，怎么没一个警察过来？他当时躺的地方是街心花园的厕所旁，那么晚，游人都回家了，哪里有人会注意到他，更不会有警车开到那种地方去。

　　她转过头问他：你怕不怕警察？

　　他的目光很无辜：干吗要怕，我又没干坏事。

噢，她说：我怕。只要看见警服上的国徽，我就腿软，我老做梦看到国徽，就悬浮在空中，好像有眼睛，逼视着我，我有时会被吓醒。

张余笑起来，不可抑制，笑够了，抹着眼泪说：你是不是做什么坏事了，否则不会这么害怕？

她定定地看着他：我坐过八年牢，管我们的那个女警察从来不笑，每次到我们监室，总会习惯性地摸一下帽子上的国徽。后来，我也有了那种强迫症，有事没事地摸一下自己的头顶上空，好像那儿戴着一顶帽子，帽子上有一个国徽，摸一下，我心里就踏实了。说着，她的右手慢慢上举，在头顶上空两三厘米的地方停留了几秒钟，似乎那儿真的有个国徽，她还用手摸了摸它的五角，十分具体。

他不笑了，仔细地看她，慢慢地，也举起了右手，放在了头顶上空两三厘米的地方，摸了摸，似乎那儿有个什么东西，然后放下手笑了，说：其实什么也没有。

他忽地搂住了她，在她耳边轻声说：一切都过去了，现在有我呢，我会一直在你身边，帮你。他说得很动情，搂抱也很温暖厚实，好像真的要给她些什么。她的心脏开始不规则地跳动起来，快而猛，然后又悄无声息，过了一会儿，又跳了起来，还是那么快，她压了压心脏，手触到了他的，他握住了她的手，说：我要走了。

他真的丢开她转过身走了，脚步有些凌乱，像喝了酒，倒了好几次脚，然后才正常起来。

她想，他不会再来了，他一定觉察到了什么。

期待却开始慢慢生长，她希望他来，突然出现在某个拐角，从她手里接过簸箕，温情地笑，温暖地抱她。只是那么短短的几秒钟，但那种温暖厚实却一遍又一遍在心头回荡，附着在了她的身体里、骨缝里。每每想起，她的心脏都会不自然地战栗，没上次那么猛，但还是揪着，总好像要发生些什么似的。一阵风过，天气渐渐冷了，她打了个冷战，松开了手，扫帚倒在了地上，打在了脚上，有几丝痛，还有一点金属的硬和冰冷。

她梦着他了，拿着一束新鲜的红玫瑰，上面还滚动着露水，说是他自己种的，专门为她种的。然后她的手被玫瑰扎到了，流出了血，她吮了一口，有血腥味，还有点疼。后来，疼越来越剧烈，她终于醒了，发觉自己把右手食指咬伤了，她一直在吮自己手指的血。

儿子拿了一块创可贴，仔细地洒上三七粉，教训她：这么不小心，都多大的人了，总让人这么不省心。

她看着儿子，感到陌生，甚至怀疑，儿子真是他的影子吗，身上流着他的血，遗传他的基因，儿子会慢慢长成他的，终有一天，会让一个女人像她这样为儿子牵肠挂肚。一个女人，她坐在椅子上，仔细地想这个数字，她曾经是一个会计，对数字有着天生的敏感和后天的理性，但现在，她对简单的加减法感到了怀疑，甚至对于这个最初的数字也有了疑惑。她不是一，而是无数分之一，儿子会长大，与他合二为一，沿着他的脚印继续前行，无数分之一慢慢地浮出水面，每次都从一开始，然后从一结束。儿子有没有他这样幸运，十万让她为他坐八年的牢，在十二年后再次相遇，她竟然没有报警，还和他卿卿我我，最后四个字像报时的钟，咚，强有力地敲了她一下，她没有醒，只是有痛感，还有种麻木和醉感。

她拿起桌上的水果刀，狠狠地在手心里划了一下，猝不及防，血哗地一下涌出来了，正在包扎伤口的儿子吓了一跳，急忙用手去捂，捂新流出的伤口，她一把甩开了儿子和血，走向卫生间，打开水笼头，看池子里一片血红，伤口被凉水浸透，发出死一样的青白色。转过头，儿子站在门口，怀疑地看她，就那么看着，她没有解释也没有理他，没有推他，只是从他身边走过，他们彼此没有碰撞，但那狭小的门不可能容得下两个躯体，那一瞬间，他们一定都缩小了，不由自主地。

她疲惫地坐在餐桌前，一只手揿住伤口等待愈合，儿子站在她对面，好像没有动，还在卫生间门口，但又离餐桌很近，她第一次发觉餐桌离卫生间太近了，应该挪一下。于是，她站了起来，却又茫然，还是去抬桌子，实木桌椅，很沉，像河里的石头，纹丝不动。儿子还是站着，没有过来帮忙，只是慢慢地问道：发生什么事了？

她摇摇头：没有，你去早点睡吧。

　　局里开年终总结会，各个路段的人都来了，有些人还从来都没见过，彼此打着招呼，坐在一起，看着台上的领导们，猜测今年的先进有几个，会评上谁。一线的清洁工们总是占大多数，其次才是管理层，这个奖似乎专门是为他们设立的，有上千块钱的奖金，这才是最大的诱惑。英子从来没奢望麦克风里会喊到她的名字，她是个有污点的人，几乎所有的人都知道，她这辈子都要佝偻着背，将头低到地上，勤谨地工作，沉默无语，像个影子一样黯然地跟在别人的后面亦步亦趋。

　　人们屏住呼吸，等待熟悉的名字次第响起，然后站起，从座位上走到讲台，站在万人注目的主席台上，从领导的手里拿过那本红艳艳的奖状。星期一上班后去财务室领那笔可观的奖金，采购年货，过个欢欢喜喜的大年。

　　英子的名字从麦克风里传出来时，她有些心猿意马，竟然想到张余去哪里了，天这么冷，他为什么一直没有出现，难道去外地了吗，出差了吗，他现在在干什么，真的在开公司吗？还是干着老本行，骗另一个无知的女人或少女？想到这一点，她的心竟然有些痛，想到生活在重复，她再一次成为他的猎物，而她，竟然在思念、渴望，一遍又一遍地梦见他。她几乎要潸然泪下了，她低下头，擦了擦眼睛，旁边的同事张姐推了推她，指了指台上：叫你呢，快，到你了。她抬起头，眼圈有些红，张姐惊讶了：你哭了，干吗，怎么了？她不知道发生了什么事，同事说了些什么，她也有些模糊，所以，她擦了擦眼睛，不好意思地说：我眼睛有些痒。

　　张姐好像明白了什么，从进单位起，她们俩就一直在一起工作，张姐了解她的所有，同情她，关心她，算是一个真心为她着想的大姐。几乎每个一线工人都得这个奖那个奖，而英子得到的只有领导的口头表扬，那些实惠的物质奖励从来没有她的份儿。今年是第一次，她激动得哭了，这很正常。张姐拿出手绢递给她，催促她：赶快上去，都在等你呢。此时此刻，她还不相信，先进会有她，怀疑地问张姐：你没听错吧？

　　没有，快去。张姐推了推她，她只好上去了，她在第十排，到主席台上几十步的距离于她感觉格外漫长，每一小步都会聚焦无数的目光还有窃窃私语。她能

S H I S H O U

清晰地听到那些惊讶和愤愤不平，是啊，一个坐过牢的人怎么配当先进？她从来没在这方面奢望过，现在，她意外地得到了，没有惊喜，反而是无穷无尽地自责和愧疚。她甚至想，别给我，给别人吧，给别人吧，我不配。但是，她上去了，站在一群先进里面，显得格外扎眼。

主持人格外强调了一下她的名字，说了一下她光荣的历史，这份荣誉于她的巨大意义。她脑子里轰然作响，无数惊雷持续不断地向她袭来，时光像是回到了十多年前，她站在法庭上接受审判，观众席上如潮水般的质问和议论，惊堂木一次次拍响，她像死了一样，对一切都麻木无感。现在，她却感受到了，每一个嘘声和尖叫都像拳头在击打她，脸上、身上和心上，她看到了满目疮痍，伤疤再次被撕裂流出一地鲜血。她慢慢地抬起头来看着观众席，脸上露出一丝微笑，像是一种宽容或满不在乎。

楼下，她听到了口哨声，"明天你是否依然爱我"，嗓音清澈、深情，还带着几分忧伤。她转过头，看到了他，先是眼神，然后是那条长长的疤，还有他一脸的笑，噘起的嘴唇。她的心立即就加速了，像要从嗓子眼跳出来扑向他，把他压倒，质问他，这些日子去哪儿了，为什么一直不来看她，他不是说要一直陪着她，要帮她吗？

他说回了一趟老家，叫了几个人，准备做装修，城里新建了一个小区，他们在那儿接了个活。

她走过去，紧紧地抱住了他，仿佛失踪已久的亲人，还略略地抽泣，身体不由自主地颤抖着。他也抱住了她，迟疑地，不安地，问她怎么了？捋着她的发，慢慢地，一遍又一遍。她使劲地摇头，什么话都说不出来，整个身体像散了架一样，虚空、无力、瘫软，没有了灵魂，只剩下这无助的躯壳，出卖她，榨取她。

她带他回家，儿子定定地看着他，他友好地摸了摸儿子的头，问：你好啊，小朋友，叫什么名字？

儿子有力地甩开了头，恨恨地说了一句：别碰我！

说着，站在她身旁，搂住她的肩膀，看着他，他拿出一件很大的遥控飞机，晃了晃，问儿子：喜欢吗，给你买的。

儿子只是看着，并没有露出半点的好奇或羡慕，他指着上面的说明说：可以飞得很高的，比这幢楼高，你可以拿到楼下去试试。他把飞机往儿子手里送，儿子没有接，往后退了一步，把她也拉后了一步，转过头说：妈妈，他不是好人，我不想看见他。

他是坏人，但她想看见他，想要跟他在一起，这种愿望如此强烈，让她不顾一切，感情上曾经受过的伤害，物质上曾经蒙受巨大的损失，此时此刻都风轻云淡，她只想抓住现在，过去、以后都无所谓了。她说：新新，别这么没礼貌，叫叔叔，问叔叔好。

儿子不叫，只是搂紧了她，对他说：你出去，我们家不欢迎你，以后也不要来。

他并不以为意，还炫耀手里的飞机，说起了卖飞机的营业员不知道怎么组装，被经理骂了一通，他很不好意思。他像是在给儿子解释，又像在为自己开脱。她也在解释，说孩子小不懂事，他的话你别放心上等等，他再说回来，他们俩一来一回，说着笑着，像失散多年的亲人，说不完的思念，述不清的深情，完全忽略了身边的儿子。

儿子的手从她肩膀上滑开了，转身拉开门出去了，哐的一声，他们的对话被打断了，转过头去，看着兀自还在颤动的门框，他说：儿子出去了？

她笑笑，不以为意：没事，出去转转，也好，你坐，我给你倒水。

他说不用，伸出去的手碰到了她的胳膊，她转过头笑了一下，他的手拉住了她，拥入了怀中，她没有动，抬起头来看他，好像在等待，他吻她，她回应他，热烈而又绝望，好像在干一件非常愚蠢的事，但是又充满飞一样的快乐，也许快乐本身就透着傻，傻本身就是一件快乐的事。

他在每个房子里都转了一圈，不住地点头，这房子挺不错的，别看小，位置好，上学上班都方便。

好有什么用，破得跟什么似的，又没钱装修。

他刮了一下她的鼻子，说：你真傻，捧着金饭碗哭穷，光这么一套房子，至少三十万呢，在新开发的小区里至少可以买两套，而且也这么大。

新开发的小区在哪儿，怎么那么便宜？她有一搭没一搭地问道，她开始担心儿子，去哪儿了，天都黑了，怎么还不回来，她要去上班了。他还在说房子，怎么怎么好，新楼盘是由全国连锁的开发商做的，小区环境比这好，像花园一样，他们在那干装修，什么时候带她去看看，可漂亮了。

他善于化腐朽为神奇，把一件普通人看来根本不可能的事却说得轻而易举，让人心生向往。她的思绪不由自主地就飘到了新楼盘的样子，崭新的外观、楼梯，里面装饰一新，新床、新沙发，但要很多钱。一想到钱，那些想象就像肥皂泡一样，扑地一下就破了。她重又想起儿子，她该去上班了。

他们一起出来，儿子不在院子，也不在周围的街上，一眼望去，儿子仿佛在跟他们捉迷藏，故意躲在一个隐蔽的地方，在暗中观察着他俩的一举一动。她想叫一声，但大街上人来人往，车流滚滚，再大的声音也只是像空气的轻微颤动，儿子即使听见了，也不会理她。

悔意滚滚而来，他的出现像是一把锐利的剪刀，一点点撕裂她和儿子之间的亲密，和她目前看起来已经平静了的生活。今天的行为像是对自己的惩罚，更像是狠狠的报复，快乐像肥皂泡一样，只是她虚幻的想象，她再一次踏上自己的过去。

她低头看着脚下，还是习惯的街道，笤帚、簸箕、垃圾车，她固定的生活资料，固定的线路，还有固定的姿势和动作，此时此刻，它们于她如此亲切，像亲人一样，她产生了拥抱它们的冲动，好像是最后一面。她不相信它们是真的，用笤帚的竹尖故意戳手指，一下又一下，手指上好几个洞，渗出细细的血，她吸吮着，感受到一丝丝甜和踏实。

他问她：你怎么了？要帮她包扎伤口。

你别管！她恶狠狠的，全然没有了床上的温存和体贴，他愣了，像个做错事的孩子，可她知道，他装的，全是装的，他总是装出一副无辜的样子动摇她。她恨不得杀了他，用那只铁锹把。

他怯了，往后退了几步，说：你怎么了，你是不是担心儿子，要不，我去找他。

　　她想：你不配！但她已经不想和他说任何话了，只想安安静静地把这段扫完，回家，看儿子回来了没有。

　　路的尽头处，她看到了自己的自行车，儿子正骑在车上，向她招手，自信满满地说：妈，你上来，我带你。

　　那一刻，她的心立即轻快地飞起来了，真的，整个身体都轻盈了，仿佛充了气的气球，冉冉地升上天空。坐在车子的后座上，她不安地问：你力气小，要不，我来带你吧？

　　儿子不理她，带着她横冲直撞，夜晚的街道上车很少，人也很少，儿子一边乱骑，一边说：妈，你坐稳了，坐稳了啊。

　　她紧紧地抓住车座，两脚粘住后轮的横梁，不停地哎呀哎呀地叫着，然后又哈哈大笑，儿子也笑，一边笑一边加快车速，车子快要飞起来了，真的有种飞翔的感觉，真好。

　　她说：你慢点，再这样，我就甩出去了。

　　儿子满不在乎地说：不会，有我呢。

　　其实，她的心里是踏实的，即使甩出去她也不怕，就是摔破了流血了又算得了什么呢。但居然，车子一直没有倒，也没有撞上任何障碍物，他们安全到家了。

　　回到家，她对儿子说的第一句话就是：我向你保证，以后再也不带那个人回家了。

　　儿子不看她，说：没事，只要你高兴。

　　她扳过来儿子，让他看着她，说：我只有跟你在一起才高兴。

　　你撒谎！儿子挣脱了她，指着自己的房间说：只是，他不能进我的房间，我要换锁换钥匙。

　　她的心再次受到重击，有伤口的手指使劲地擦在了桌子角上，一种锐利的痛迅速袭遍全身，她的身体不由自主地颤抖，并紧紧地缩在了一起，嘴角露出了一抹狠狠的笑意。

　　她拨打了文队长留下的那个号码，文队长不在，一个年轻的充满朝气的声音问她要报案吗？告诉他就行。她慢慢地说出了张余的名字，还说出了那个小区，可能，张余在那里干活。

张姐给她介绍对象，是一个工厂倒班的工人，个子不高，但很敦实，皮肤黑亮，站在那里有些腼腆，似乎不知道该说什么好。一如她当年的模样，相亲时，总是这么拘束，总担心别人嫌她胖。

张姐说大非孝顺、体贴、技术好，是个焊工，挺不错的，老婆死了，就想找个知冷知热的人，一起踏踏实实过日子。

男人叫大非，他开口了，像倒豆子一样，哗啦啦地：我有一丫头，我妈带，今年十五岁了，正在青春期，性子有些拧。你放心，等我们结婚，她还是跟我妈，不会让你为难的。

孩子、老人，一大家子，听起来挺热闹的，像是一种回归，她的心底生出一丝渴望。跟着大非一起上他家看望老人和他的女儿，老人胖胖的，笑眯眯的，打量她的眼神里是满心欢喜的，一个劲地说着：好，挺好，挺好，长挺好看的。她瘦了很多，恢复了原有的清丽模样，但也已经老了，有皱纹了，皮肤也暗了。而大非的女儿挺拔、高挑、美丽，正是青春最靓丽的时候，她羡慕起。两人站在那儿对望着，她笑了一下，大非让女儿叫阿姨，女儿尖锐地说了一句：听说你是扫大街的？

嗯，她用力地点了点头，比起她的过去，这实在不算什么。

女儿重重地哼了一下，说：我才不要扫大街的当我阿姨！

大非紧紧地拉住了她，呵斥女儿：阳阳，说什么呢，没大没小的，叫阿姨。阳阳没有叫，而是瞪了大非一眼，走了，说是去同学家。

大非和母亲留她一起吃饭，是臊子面，细长、筋道，汤调得十分均匀，每一粒肉或菜都与汤融为了一体，所谓的化境，她还第一次吃到这样的臊子汤，一连喝了两碗，让她蓦地想起了没坐牢前的日子，无休无止地吃，快乐而自由。原来，她一直期待着这样一种家庭氛围，可是，她错过了。现在，也像梦一样，透着某种不真实，像是生活给予她痛苦的一丝缓解，过后，一切将恢复原状。

眼睛湿湿的，和着汤一起喝得干干净净的，甚至她还吸溜了两声，然后放下碗，说：真好吃。说完灿烂地对老人和大非笑着，大非也笑了，说：那当然，我妈调的臊子汤一绝，厂里谁家过事，都要叫我妈去调头臊汤。

母亲只是淡淡地笑着，并没有露出一丝像儿子一般的得意或骄傲，她注意到了英子的强颜欢笑，还关切地问了一句：你怎么了，不舒服吗，是不是汤不合口味。

没有，特别好喝。英子再次强调臊子汤的美味，老人放下心来，说儿媳妇都去世好几年了，儿子一直当爹又当妈，把姑娘拉扯这么大，挺不容易的。你们俩要是真成啊，那敢情好，互相有个照应。英子和大非互相看看，都笑了。大非大咧咧地说：肯定能成，妈。老人看她，她点了点头，说：大非人挺好的，您也这么好。老人乐得呵呵地笑了起来。

大非来看她，坐在橱窗台上，拿着一杯冰淇淋，静静地等待着。她走过来，一起坐在窗台上吃冰淇淋，她喜欢奶油的味道，从少女时代起，就嗜吃如命，一天的大部分时间都会花在吃上，其中就有这美味的冰淇淋。大非说要装修房子，买新家具，约她哪天有时间一起去看。还说要见她的哥哥，问她备什么样的见面礼好。

冰淇淋在嘴里慢慢地融化，滑落进胃里，几分冰凉从心底升起，在喉咙口盘桓，牙齿咯吱吱地响。她说：这冰淇淋挺冰的，老了，怕凉，下次别买了。

大非下意识地嗯了一声，继续说着冰箱和彩电，沙发和床，他执着于那些实物的式样和颜色，还有功能，像是一个实用主义者，也像是一个实物，具有木头和金属的混合质感。她想，她想要试着和一个物质产生碰撞和温暖，还有爱情。最后两个字总是让她觉得酸涩，似乎是一个本末倒置的词语，像空气，像风像雨，与她应该没什么关系，却颠倒了她的人生。

张余站在那儿，似乎略略地惊讶，随即又释然，向大非伸出手，愉快地自我介绍：我是英子的男朋友，您怎么称呼？

爱情像是一场地震、海啸，顷刻之间就将一切化为乌有，所有的物质都随之毁灭。张余的几句话就击倒了大非，他站了起来，结结巴巴地问张余：你，你是谁，谁？

张余再次强调了身份，是英子的男朋友。

大非把脸转向英子，再次重复刚才的问题，只不过转换了人称：他是谁？英子，他到底是谁？

英子看了看街头，人来人往，车来车去，很正常，没有警车，也没有警察，此时是傍晚，警察下班了，文队长并没有接到她的讯息，那个小警察对她没头没脑的报案也肯定没当回事。或者，他们根本没有证据，没法起诉张余，没有任何证据能够表明他与当年的那件案子有关。除非她亲自把他领到警察局，确确实实地告诉文队长：这就是张余，当年骗我十万的那个人。但此时此刻，她不会，她不想把这件事扩大，不想让大非知道得更多。

于是，她淡淡地摇了摇头说：只是一个路人，有一次受伤躺在地上快死了，被我发现了，装在垃圾车上送到了医院里，他捡了一条命。

大非更加怀疑：你救了他，你是他的救命恩人？这背后似乎隐匿着无数的可能性，大非迟疑地看看张余，然后质问英子：那你还找我？他并不像外表那么憨厚，他什么都懂。

英子坚持道：大非，你误会了，我和他真的没有关系，就是在大街上碰着他了，送他去医院了，我们没有关系。她语气很坚定，当时，她确实是这么想的，现在也没有改变。

大非盯着她看，不相信地问道：没有吗？

她坚定地摇了摇头，大非又转过头去看着张余，说：你听见了，我媳妇跟你没关系，以后别再胡说八道，听见没？他向张余挥了挥手中的拳头。

张余轻蔑地看了他一眼，转过头看着英子，说：怎么了，你是不是生我气了？

英子也看着他，目光毫不躲闪，带着某种挑衅，一字一句地说：张余，你不要胡说八道！我跟你没有任何关系，现在没有，以后没有，过去也没有，我们从来就不认识，我只是救了你，你不用为此过意不去，那天就是一头猪我也会救的。

她忽地从包里拿出一把瑞士军刀，原本是用来走夜路防身的，她将刀尖对着自己的胸膛说：你走吧，以后不要再来找我，你要再来，我就杀了我自己。

张余一把抢过了英子手中的刀说：你干什么，从哪儿搞的这玩意，像真的一样！

他摸了摸刀锋：这么利，这可不是闹着玩的，以后可不要随便拿在手里，一不小心就把你自个划伤了。他的话充满关切和温暖，而且发自内心，根本没把英子的决绝往心里去，好像英子在演戏，而且演得还挺像那么回事。观众是大非。

大非站了几秒钟，默默走开了，他的脚步很慢，好像有些迟疑，英子叫了一声：大非。他停了一下，但没转过身来。英子又叫了一声，就被张余捂住了嘴，听起来还抱住了似的，大非就加快了脚步。

英子使劲推了一把张余，大叫道：你滚，你就是一个混蛋，你毁了我的生活，我讨厌你，我恨你，这辈子我都不想再见到你。

张余打了一个趔趄站住了，问她：我就不明白了，女人干吗老是这么口是心非，我们俩都那样了，你为什么还要跟别人相亲？你应该嫁的人是我，是我，懂吗？

不可能，不可能，她使劲地摇着头，她不可能嫁给他，永远都不可能。她要把他送进监狱，告诉文队长一切，他就是那个当年卷了十万元消失了的人。

张余看她不说话，以为她心动了，靠近她轻声说：晚上，我去你那儿。说完，两眼亮晶晶地看着她，

她盯着他，冷冷地问：去我那儿干什么？

他看着她的表情，有点讪讪地，搔了搔头，笑着反问：你说干什么？

她一下子就崩溃了，好像刚才的决绝和刚烈真正是一场表演，观众走了，她的表演再也进行不下去了。她把头使劲地往旁边的柱子上撞，那个大水泥柱很结实，一下就流出了血。他忙把她拉住了，着急地说：我马上送你去医院，别担心，一切都会好的。

她头上缠了条绷带，十分羞愧，几乎不敢抬头看任何人。他送她回家，门一开，儿子怀疑地看着他们，她强忍着痛，对他说：你回去吧。

他不放心，要跟她进去，她坚决地说：不用了，儿子会照顾我的。但就在这

时，儿子竟然满面含笑地说了句：叔叔，您进来坐会儿。她一时惊讶地张开了嘴，他乘机而入，看到桌上的两盘菜和米饭，就赞许儿子：真能干，像个小大人一样。

儿子一点也没表示出反感，还主动说：叔叔，您也吃，我去拿筷子和碗。

他们像是一家人一样坐在一起吃饭、聊天。她甚至恍然以为，他们已经结婚了，正式办过结婚手续了，像所有合法婚姻那样，他们是正式的一家人。

但很快，这种假象就被打破了，儿子说一会儿要去同学家拿习题集，可能要晚点回来，让妈妈别等他。说完真的拿了一本书走了，门哐的一声，英子的心震了一下，恐惧、羞耻、担心各种情绪倏忽而至，空旷的屋子里又剩下她和这个陌生而又熟悉的男人。后者正渐渐靠近她，那种强大的男人气息笼罩住她，让她恍惚以为这是爱情，理智告诉她这是陷阱。渐渐开始分裂的她变成两个，互相指责、争斗，甚至动起了手，而她站在一旁，冷静地看着这一切，男人的手臂渐渐爬上她的脸，像蚂蚁一样，一小口一小口地吞噬她。

夜已经深了，儿子还没有回来，她要去同学家找儿子，他说：你知道是哪个同学家吗？当然不知道，她根本就不知道儿子去哪儿了，他平常跟哪些孩子来往，跟谁关系好，她从来都不知道。

他们一起来到大街上，等车的时候，她无意中转过头，看到银行取款机的房间灯很亮，里面有一个乞丐，还有她的儿子，他们都低着头睡着了，下意识地，头靠在了一起。

她转过头看着他，像是看着一团羞耻，紧紧地贴着自己，温热的气息一阵阵袭来。她感到灼热、羞愧，还想要躲避，她渐渐走向银行，身后，他亦步亦趋，像是她的一个影子，大大地，笼罩住她。她的身影萎缩成一小团，额外地缀在一边，像是一个已到晚期的恶性肿瘤，等待一把手术刀的割离。那个潜意识的自己再次跳出来，手里拿着一把理想中的刀，低下头弯下身子，一点一点地割那个光明中的一抹暗影，一次又一次，暗影去了又来了，潜意识的自己怀里抱满了阴影，有的开始掉落，砸在原有的阴影上，无数的影子蜂拥而来，紧紧地包围住她，她快要窒息。

她打开银行门，用手遮住刺亮的白光，低下头弯下身子，试着抱起儿子，比她还要高的儿子很瘦，但很重，她怎么努力都抱不起来，他要帮她，她不让，她摇动着儿子，叫道：新新，走，咱们回家去睡。

乞丐睁开眼睛，惊慌地看着他们，问：你们要干什么，抢孩子吗？

她万分羞愧，连说对不起，解释说：这是我儿子，我一直在找他，真不好意思。

乞丐怀疑地问道：你有什么证据，能证明你们是母子关系？

证据？她从来没想到会有这样的问题，眼前睡得正香、脑袋亲密地搭在乞丐肩上的孩子真真切切是她的儿子，她从来没想过要证明这一点，周围的人也自然而然地认为这是事实。可现在，眼前的陌生人要她拿出证据来，她忽然感到十分无助，还有一种羞耻到死的毁灭感。

她除了一而再再而三地说：我是他妈妈，我本来就是他妈妈，我真的是他妈妈。

乞丐不信，望望她，又望望她身旁那个脸上有疤的男人，摇摇头说：你们一点都不像好人，看看，一个缠着绷带，一个留着疤，刚从战场上下来的吧？得罪谁了，下手这么狠？

他手一挥，不耐烦地说：你这老头，怎么说话呢，这就是我们家儿子，查户口怎么着，让开！说着，他低下身子要去抱儿子。

滚开！英子忽然怒不可遏，发出了咆哮般的嚎叫，吓了屋子里所有的人，他们都惊愕地看着她，连儿子新新也在朦胧中哼了一声。英子恶狠狠地瞪了张余一眼，说：这是我的儿子，是我一个人的，与任何人都没有关系。

张余有点羞愧地，不安地，搔着头喃喃地说：当然，当然，没人抢你的儿子。

她不再理他，低下身子叫儿子：新新，新新，你醒醒。

儿子换了个姿势，嘴里喃喃地说：再睡会儿，再睡会儿，天还没亮呢。她努力地抹开儿子的眼睛，说：看看，都这么亮了，咱回家去睡，妈给你把床铺好了。

儿子一下子醒了，坐端正了，急切地问道：谁让你进我房间了，你哪来的钥匙？

她一愣，刚才的话只是随口而说，她并没有进儿子的房间，自从换锁换钥匙，那个房间的大门就对她永远地关闭了，她曾经试着想要一把钥匙，但儿子始终不松口，她为此一直很失落，觉得儿子不信任她，可又觉得自己是咎由自取，怪不得儿子。她嚅嚅地说：我没有，没有钥匙啊，你没给我钥匙啊。

那你怎么给我铺床？儿子步步紧逼。

她后退了，怕了，她说谎了，随口的一句话竟然是一句谎言，当着儿子的面被拆穿了，还有两个见证人，一个陌生人，一个是他。她打了自己一耳光，说：对不起，新新，我说错了，我没有铺床，我只是想让你回去，咱们回家睡觉，好吗？语气近于哀求。

儿子站了起来，说：好吧，走，回家。说完，往外走去，她忙跟了过去。

张余也亦步亦趋，好像她的影子，她有些恼恨，转过头恶狠狠地说：别跟着我。张余就站住了，在路灯的阴影里，走出好远，她回过头去，他还站在那里，她在想，如果我现在给文队长打电话，应该还来得及。

家属院门口的对面就有一个电话亭，她对儿子说：你先上楼，我去打个电话。说着疾步走到了对面，站在电话亭里，她看到张余已经走了，走得很慢，像是搞不清往哪边走。电话通了，是文队长，问是哪儿，找谁。

英子一字一顿地说：我是陈兰，我看见张余了。她说出了具体位置，还说张余正在路上走着，文队长撂下了电话。过了一会儿，她听到了远处的警笛声，她想象警察发现了张余，把他拉上了车，送到了警局，警察问他姓名、年龄、职业、居住地，还问他犯过什么事？她仿佛看到张余慢慢抬起头，看着警察茫然地说：没有。文队长一定会找英子去警局指认张余，她想她一定要去，为了儿子。

她回到屋里，儿子还没有睡，从里屋走出来，问她刚才给谁打电话，目光凛然，什么时候，儿子开始变得陌生，看她的眼神总是透着怀疑和不安，仿佛知道她内心想些什么。一边跟张余上床一边打电话叫警察抓他，她感觉自己的矛盾和不齿，她不相信，只有十二岁的儿子能看出她的纠结和恐惧，更不会想到，那个令她和儿子感情产生裂缝的陌生男人会是他的父亲。父亲，这两个字，让她感到罪恶，他于这个家，于儿子是一种可耻的存在，从来就没有，以后，现在也不应该有。她开始想，文队长到底抓没抓到张余，如果没抓到，张余还会不会再来找她，如果找她，她要如何干脆利落地报警，将张余真正地绳之以法。

她走近儿子，摸着他的头说：早点睡吧，明天还要上课呢。

儿子坚持要知道她给谁打电话，为什么这么晚，她随口说：给同事张姐，明天有点事，想让张姐替我一下。她说得那么自然，借口从嘴里跑出来的时候，一点都没有经过大脑，所以连她自己都感到惊讶，谎言原来是会自然生成的。

这似乎是一个说得过去的理由，儿子似乎信了，去刷牙洗脸了。她坐在沙发上，努力倾听外面的警笛，再没有响，似乎一切都结束了。她有一种极度的疲乏和困倦，不知不觉地，竟然躺在沙发上睡着了。儿子从卫生间里出来，拿了一床被子轻轻盖在她的身上。

大非在楼下的院子里焊一只很大的狗笼子，他买了一只金毛，毛色油黑发亮，两只眼睛掩映在浓密的长毛里，闭着的时候看上去很懒散，只要睁开一条缝就透出锐利的眼神，好像随时要扑上来。英子想起了从前院子里的那只流浪狗，这么多年过去了，应该死了吧。她慢慢走近它，蹲下身子，摸它的脖子那儿，它懒懒地看了她一眼，舒服地闭上了眼睛。有一条很粗的钢链条将金毛拴在院子里的水泥柱子上，她摸了摸那链索，沉甸甸的，真是好钢。她问大非笼子焊了放哪儿，这么大一个东西，屋子里肯定放不下。

大非闷声闷气地说：给一个哥们焊的，人家正在做狗的生意，在青海那边，搞了一个藏獒基地，现在，藏獒挺值钱的，那哥们发了，什么时候带你去参观一下。

大非好像忘记了那天的事，还把钥匙给她让她上楼去喝点水，她说不用，就坐在这陪着大非，还可以说说话。她问他母亲呢。大非说母亲信佛，每次初一十五都会去五泉山上香，这会应该在山上，中午饭咱们待会儿出去吃。

他们吃完饭，大非送她去上班，两人的气氛一直很好，大非没有再提与结婚有关的事情，她也没有说张余，更没有说过去，觉得不和谐，以后找机会再说

207

吧。不知为什么，她发觉内心里对报警抓张余这件事，她还是没有下定决心，甚至想就这样放过他吧，就当从来不认识他。

但大非提起了张余，他说：我看见了那人。

她一愣：谁，你看见了谁？她本能地认为是张余，还没来由地慌张。

大非意味深长地看了她一眼，说：就那天找你的那个人，前几天，在庙滩子那儿等车的时候，我看见他从一个院子里出来，那是农民房，还有条大狼狗，在门口卧着。

张余怎么会跑到庙滩子，还住在农民房，英子恍然记起对张余居然一无所知，过去短暂而又热烈，却并不真实。现在，他还是一个影子，她只是见到他本人，听到他说这说那，他所有的一切都是从他嘴里跑出来的，但从没有见过。她忽然产生了好奇，想去看一看，张余到底住在哪里？真实的一面是怎么样的？

大非接着说道：他好像在那儿住，当时端了一盆水往外泼，那是下午，正是上班的时间，水泼完了，又进去了。他到底是干什么的？大非转过头问英子。

我也不知道。英子摇摇头，说，好像是开了一个什么公司，做广告。她想起公交站牌上的洗发水广告，那个明星她很喜欢，一头像瀑布一般美丽的长发。也可能，他是个骗子，就是那么随便一说，那广告根本就与他没什么关系。

她让大非领她去那个地方看一下，他们去了，她看见了那条狼狗，懒懒地躺在地上，闭着眼睛，她进大门的时候只是微睁开眼睛看了她一眼，房主站在一旁，一个中年男人。这的确是个农民房，是男人的家产，总共有二层楼，二十个房间，每个房间二十平方米，专门出租给外地人。男人姓刘，人们都叫他老刘，他说张余不在，上工地了。并指了指远处的一个新开发小区，说：你们去那儿找他吧。

小区绿化得挺漂亮，真的像深圳一样。虽然英子从来没去过深圳，她记得张余这么比喻过，也许张余嘴里的小区正是这个地方。区里区外，绿树成荫，鲜花盛开，幽静的小路，开阔的街道，那些并不高大的建筑是土黄色的，绿色玻璃，楼顶套了一圈蓝色，像是小时候看的外国童话故事中的城堡。

真漂亮，住在这儿的人都是些什么人啊。英子感叹着。

有钱人呗。大非打量着这里的一切，眼里虽然也露出欣赏和热切，但并不强烈，而且马上就发现了问题，地理位置太偏，离市中心太远，谁住这儿啊。

他们对于开发商把房子建在这么偏的地方觉得不可思议，可又羡慕不已，这么好的房子，真可惜了。大非说：要是退休了，在这买一套倒还挺好的，每天在院子里锻炼锻炼身体，空气也新鲜。他长相憨憨的，说话瓮声瓮气的，而且一本正经的，把英子惹笑了，说：人开发商花那么多钱，就卖给老头老太太？那能挣上钱吗？

销售处冷冷清清的，一个小伙子走上来问他们要买房子吗？他们随口说想看看房子的结构、价格，还问都有什么人买房子，这儿公交车都没有，上班挺不方便的。

销售人员拿出一个完整的规划图，告诉他们公交公司已经在他们这开了线路，马上就要通车，还说了中小学的规划位置，超市、商场，甚至还有一个省级医院的分院位置布局图，并指着远处的几块空地，说那里要建学校，那里要建医院，等等，都已经开工了，最迟后年就能建好。还问他们准备买个多大的，多少钱的，在哪儿上班，像他们这种情况，可以贷款，首期只需付房子款的百分之三十，手续由他们来办。第一期房子已经卖得差不多了，只剩下几套了，是复式的，问他们想不想看一下，有样板房。

两个人跟着那个销售员去看样板房，豪华大气，又看房间布局，二层，带天台，像过去有钱人家的洋房。一问价格，只要四十来万，英子飞快地算了一下，首付需要十二万块钱，她的存款远远不够。销售员激情四溢地说：这个价格特别合算，天台是赠送的，等于是买一层送一层。

样板房的天台被篷起来了，墙上贴了装饰画，打了壁橱，柜子里有酒和酒杯，树根造型的桌椅，古朴稚拙，旁边是一个小花园，里面甚至还种上了一棵花椒树，当然都是假的。但英子特别喜欢这个天台，如果自己能真正拥有这么一个天台，坐在桌子旁看看书，喝杯热气腾腾的咖啡，生活中所有的苦难都无所谓了。

销售员说，你们可以自己规划，按照你们的想法，可能会比这更好，更符合你们的要求。英子的脑海里马上浮现出各种电视上见过的最豪华的装修，家具店里见到过的最漂亮的家具，还有个性化的一些小玩意儿，比如一只蓝色的风铃，挂在进门的墙上。

就在这时，他们看到了张余，他戴着一只报纸折成的简易帽子，穿着一件月白色的工作服，衣服和帽子上都沾满了白灰，手里拿着一只板刷提着一只油漆桶，从楼的那头走过来，与他们打了个照面，几个人都愣住了。

还是张余反应最快，下意识地叫了一声英子，说：你们怎么在这里？看了看大非，又看了看英子，英子想也没想，就说：大非想买房，让我陪他来看看，这儿环境还挺不错的。转过头看大非，大非迟疑了一下，点了点头。

英子接着问张余：你在这干什么呢，你怎么穿得跟小工似的？

张余有点尴尬地笑了，说：这不，我们在这儿接了个活儿，人手少，我只好自己上了。还说他们在这里已经做了好几家了，并问英子看没看里面，更漂亮呢。

英子指了指旁边的销售人员，刚看过，确实挺漂亮的。

哦，张余似乎有些失望，看看大非，又看看销售人员，销售员马上说：既然你们认识，刚好你带他们去转转。还对英子说：您再考虑考虑，这个价格确实特别实惠。并给了她一张名片，让她想好了打电话，说完就回去了。

大非也想回去，英子就要跟着走，张余拉住了她，说：你不是来看我的吗，干吗要跟着他去？

大非就走了，没再回头。英子哎了一声，大非沿着楼梯下去了，脚步声在空旷的楼道里传得很远，一下一下，敲打着英子。

她一时茫然，看着张余，张余说：你这样做是伤害他，知不知道，明知没有希望，你还要纠缠他，明摆着是利用他，你以为他是傻子呀？

她被戳穿了心事，脚底下就有点飘，但嘴还是硬：不要你管，我的事你少管。说着挣脱张余跑了出去。

她撵上了大非，两人走在了一起，但谁也不说话，一直走到公交车站，车很少，人也很少，他们站在那儿一直等着。隔着半米远的距离，大非在抽烟，她望着远处，时而回过头去看小区里的楼，天蓝色的边，尖尖的拱顶，像童话中的城堡，又像梦幻中的仙境。

大非也回过头去看了一眼那楼，说：你回去找他吧，我先走了。

车来了，大非上了车，她想跟上去，可又觉得毫无理由，就站在那儿发愣，车开走了，卷起一层尘土味，很快又飘散了。

她将身子靠在一棵柳树上，树皮粗糙，疤节很多，但结实、宽大，靠上去很温暖，比人可靠。

再来一趟公交车还要很长时间，她不想等了，慢慢往前走去。街道很宽，但人很少，车也很少，她往回追溯，自己究竟是怎么来到这儿的，为什么，现在怎么会一个人？一天就这么过去了，什么也没干，也没有陪着儿子。她本来想干什么来着，她明明记得早上出门时兴致勃勃的，信心十足，好像要干一件大事来着。但究竟要干什么，现在她一点都想不起来了。

不知不觉地，她走到了张余住的出租屋，那个房东的门房开着，房东正在看电视，电视机旁边放着一只电话机。

她出现在门口，房东看了她一眼，问她找着了吗？这问题毫无头脑，她想不起来要找什么。

你不是找那个脸上有疤的男人吗，叫什么余的？

哦，她想起来了，是的，那个脸上有疤的男人，他原来没疤的，很英俊呢，说话也温文尔雅，很有魅力的，但现在可怜见的，住在这种荒僻的农民房里，站在高高的脚手架，拿着板刷，在烈日下刷墙、刷天顶，挣着辛苦钱。

那些钱都去哪儿了，十万呢，在80年代，这是一个不可想象的数字，对一个家庭尤其如此，他一下子有了那么多钱，都用哪儿去了，为什么现在却如此落魄？

她走进屋里，在沙发上坐下来，茶几上放着烟和打火机，她点了一支很熟练地抽起来。这还是在那十万元消失以后，她开始用这种烟熏火燎的方法麻痹自己，直到进监狱。

老刘看着电视，也不说话，他们像是两个世界的人，各干各的事，想着各自的心事，时而有进出的人，有的和老刘聊一两句，眼神斜睨着她，她视而不见。好奇的人直接问老刘：谁呀。

老刘也看一眼她，好像在征询她的意思，她兀自抽着烟，仿佛没听见他们的对话，也没意识到陌生人对她的好奇。老刘就对那人说：该干吗干吗去。

屋子里一时又安静了下来。电视节目演完了，换了一个台，又换了一个，她的烟早抽完了，目光一直无意识地停在屏幕上。不知什么时候，老刘已经出去了，院子里飘起了饭菜的香气，人们陆陆续续地都回来了，三三两两地，往对面的房子涌去，香气正是从那里来的。院子里开始散落着吃饭的人，蹲着的、站着的、坐着的，饭盆也是各种各样的，铝的塑料的不锈钢的，有男的有女的，穿着上一律都显得陈旧、脏污，看不出原有的颜色。

她想象张余每天也这样站着吃饭，穿着这样的衣服，去找她时，却换上一件干净体面的衣服，像个公子哥儿，或者老板，他挺不容易的。

她站起来，走到电话机旁，拨打文队长的电话，文队长并没有初次见面时的激动，淡淡地说一句：我知道了。就撂了电话。她一时愣住了，文队长怎么了，不想抓张余了吗，抑或是觉得她根本靠不住，对她提供的任何信息都不再理会，就让她自生自灭，还有很多的大案要案等着他们呢。

门口的墙上有一面椭圆形的镜子，刚好映出她尖削的脸，眼神里透出明显的憎恶，还有仇恨，如果手里有把刀的话，也许，她会把镜子劈碎。

张余回来了，还穿着那件做小工的衣服，纸糊的帽子倒是去掉了，脸也洗干净了，就露出了原有的清秀模样。他进大门直接往对面去了，跟人们打招呼，调笑，老刘给他打完饭，向这边努了一下嘴：等你一下午了。

张余转过头来，看到了她。她站在门口，好像在迎接他，脸上有一层微微的笑意，笑意下面有寒霜。她感到阵阵寒意，于是，笑溢开了，尽量显得十分开心，但笑的尾巴梢上有点苦，好像要哭。

张余走了进来，晃着手里的饭盒，问她：没跟那个大非走呀？眼里满是调笑还有几分得意，似乎早就知道了这个结果。

她也笑了，说：我饿了。

张余把饭盒递过来，说：你肯定吃不惯，要不出去吃？

她看了一眼那饭，莲花菜米饭，有几粒白生生的肥肉，白得让她直起生理反应，她强忍住了，说：这附近没有饭馆呀。

张余指了指院子里的那辆摩托车，破旧不堪，她其实早就看见了，但以为是坏的。张余就发动车子，让她坐在后座上，院子里的人吹起了口哨，还有哗声，张余哈哈地笑着，她也笑，这次是真的，还有种很特别的感觉，好像第一次坐在男人的车子后座上，可以靠在前面的那宽厚的背上，很踏实。但一路上，她一直没有靠过去，甚至都没有碰一下张余的身体，两只手一直紧紧地抓住后座的两根粗钢管上，生怕被甩出去，车虽然破，但车速很快。

他们来到了一家看上去还不错的饭馆。等菜时，张余说起在这个小区做的工程，总共有四家，同时开工，但大小不同，材料不同，其中有一家快完工了，等把这几家做完，他赚了钱，也要在这个小区买套房子安顿下来。

她一直不怎么说话，只是做一个最好的听众和观众。他看上去一点不像个骗子，说的每一句话都透着认真和实在，没有虚幻的成分，没有高大上的理论，简洁明快，像唠家常一样，还透着某种亲切和信任。菜上齐了，热气腾腾的，略略地使张余的样子透出了几分不真实，好像起雾的样子，雾一散他也会消失。

她吃了很少的一点。张余说：你那么瘦，应该多吃点。她说吃不下，进监狱后人就开始迅速地瘦，以前是怕胖，瘦的时候也开始害怕，怕自己最后变成一把骨头，还没挨枪子呢，就自己先没了声气，没想到还活过来了。不由自主地，又说到监狱的事，张余的表情就有点僵了，好像她是故意的，要破坏美好的气氛，要不断地撕裂伤口，一遍遍给他看，还要说伤口如何如何痛，可他不知道如何安慰她，大概他没有这方面的经验。一个正常的人都不会有这种经验，更不会体谅其中的痛，之前之中之后的精神蜕变，只有经历过的人才知道。

张余埋着头狼吞虎咽，仿佛饿了好几天，终于有一顿好饭，实在不能浪费了。但即使这样，他吃饭的样子看上去还是优雅的，从来不大张着嘴咀嚼，更不会塞满了饭接她的话茬，他只是速度很快，饭进去没了，似乎只是一瞬间的事，后面好像有什么在赶着他。

她无意中抬起头看到了马路对面停着一辆警车，心里一瞬间掠过可能是文队长，可又想不可能，他刚才的态度那么冷淡。张余问她在看什么，顺着她的目光伸过去，哦了一声：大概是巡逻车吧，这一带不大太平，经常发生各种案子，还有过命案呢，我有一天亲眼看见地上躺着一男两女，全身都是血，一直流到那儿。他指着警车前面的一棵大树。

警车门打开了，下来两个警察，其中一个就是文队长，他也正在看她，她愣了一下，低声喝了一句：快跑。

张余并没有反应过来，也没有动，只是平静地看着她，然后转向警察，文队长走了进来。张余夹了一筷子红烧肉放进了嘴里，仔细地嚼着，文队长走过来，说：张余，跟我们走一趟吧。

张余站起来，嘴还在蠕动着嚼那块肉，咽下去才问道：我犯什么罪了？

文队长没有解释，向身边的小警察用眼神示意了一下，小警察马上拿出手铐，铐住了张余的手说：你涉嫌一起重大的诈骗案，请到警局协助我们调查。还对她说：麻烦你也去做个证。

张余看着她，目光在探询，她说：我叫陈兰，耳东陈，兰州的兰。

张余不明所以，摇了摇头，很无辜。陈兰拿出钱包，里面有一张她二十八岁时的照片，那是认识张余后她特意去相馆里照的，里面的她很胖，眼睛、鼻子、嘴巴挤到了一起，但很开心，灿烂地笑着。那个小警察凑过来看了一眼，问这是谁？

没有人理他。

晚上十二点钟，她才回到家，远远地，她看到儿子站在楼门口，穿着一件薄毛衣，整个身体都缩在一起，嘴唇已经哆嗦得说不出话来了。她急忙脱下外套，搭在儿子身上，紧紧搂住他，往家里走去。

她问儿子站在这里多久了，儿子没精打采地说：没多久，作业做完，我就站这等你，我想你肯定会回来的。儿子已经冻透了，一直打着战，说出的话也是哆哆嗦嗦的，他还说着：妈妈，我马上就要小学毕业了，等我考上师大附中，我就住校，再也不妨碍你了。

她的心一震，不知道说什么话，想搂紧儿子，又觉得自己不配，反而松开了手，儿子却往她身边使劲靠了靠，似乎想要一丝温暖，她就搂住了他，儿子的身体越来越软，上楼时几乎是完全靠在她身上，她返身抱住了儿子，问他：你怎么了？手碰到儿子的脸和头，巨烫。

儿子住院了，发高烧了，嘴里一直说着胡话，一会儿说有白马来接他，嘚嘚嘚，驮着他去了一个很美的地方，有妈妈、外爷、外奶奶，外奶奶做的饭可好吃了，他吃了很多很多；一会儿又说看见爸爸了，给他买了一个遥控飞机，他们在一起玩，飞机飞得很高，后来就不见了，爸爸也不见了。过了一天一夜后，才慢慢安静下来，又足足地睡了一天一夜，到第三天，儿子睁开眼睛时，她正好去了厕所，刚一出来，就看着儿子穿着睡衣睡裤站在厕所门口，看见她虚弱地叫了一声妈妈，我想喝小米粥。

小米粥里放了糯米和瘦肉丁，儿子小时候她母亲经常给他做，还给他擀小面条，放胡萝卜丁和鸡蛋，儿子喜欢吃的许多东西都是她母亲做的，而她什么都不会。以前是母亲做，母亲走了以后，儿子帮她做，到现在为止，她做过的饭屈指可数。

儿子很喜欢吃，还一个劲夸她做得好，比外奶奶做得好，儿子第一次这样说。以前，他总说她笨，什么都不会，还没他做得好，但儿子开始夸奖她了，透着一种生分，从前的无所顾忌，亲密无间，一下子被扯开了。她想向儿子保证些什么，又觉得说什么都是谎言，儿子已经不相信她了，只相信自己的眼睛，她在心在，她不在，说什么都是多余。

儿子的病时好时坏，医生说可以出院了，儿子就开始不舒服了，不是头疼就是浑身没劲，还让她把书本拿来，就在病房里看书做题，还说，反正没几个月了，他可以不用去学校了，自学，然后参加毕业考试。

她请了一个星期假，又请了一个星期，单位的同事来医院看儿子，还问她什么时候上班去，人都排不开了，这段时间大家都忙得很。

她还没说什么，儿子已经开始头疼，还说眼睛疼、嗓子疼，浑身没劲，让叫医生来，他要输液。同事们面面相觑，只好说走，儿子马上说：阿姨，再见。还催促她赶紧去叫医生，他疼得受不了了。

她去送同事，他们站在楼道里，同事问她儿子到底啥病啊，看着好好的，怎么老是不舒服，你要好好检查一下，千万别留下什么病根。她连连点头，又满心歉意，既为给他们添麻烦了，又为儿子刚才的态度。同事倒不介意，还让她安安心心的，孩子最重要。

大非来了，带了很多吃的。以前，儿子不愿意见到张余，但现在对大非则更是警惕，对他的食物看都不看，眼神里充满"野草烧不尽，春风吹又生"的愤怒和绝望。他甚至当着大非的面问：张叔叔去哪儿了，我想他了，他上次给我买的遥控飞机可好玩了，你下次给我拿过来，我要在这儿玩。那只飞机连包装都没拆过，还原封不动地放在阳台上的那只玩具箱里。

大非问儿子：张叔叔经常去你家吗？

是啊，他几乎每天都去，还住在我们家，像我爸爸一样，给我买遥控飞机和文具，看，这本书也是他买的。一本凡尔纳的《海底两万里》，是英子买给他在医院解闷的，可他说起谎来像真的一样，大非一下就相信了。英子想解释，估计没有丝毫胜算，就没有吭声。她第一次发现了儿子撒谎的本领，而且当着她的面，如果是在家里，或在平时他健康的时候，也许，英子早就一巴掌甩过去了，或者严厉地斥责。但现在，谎言与她有关，而且是在医院，当着一个本来她拉来当替身的大非，她什么话都说不出来了。大非也不需要听她说什么，此时此刻，他认为童言无忌，真相已经被儿子揭开，她再说什么都是欲盖弥彰。她低着头忙着给儿子和大非剥核桃吃，先是用夹子夹开，然后仔细地把上面的黑皮撕掉，递给大非，不接大非的目光，大非接过去了，放进嘴里有滋有味地嚼起来，还笑着跟儿子说话。她飞快地抬起眼撩了一眼大非，他的表情看起来比哭强不到哪里。她的心里就充满歉意，大非是真心的，这么多年来唯一真心待她的一个人，但她没有福气，从今天起，他们将永远地错过了。

她送大非从医院出来，大非怏怏的，她也不知道该说什么，走到路口时，大非才说了一句：我下个星期要去青海送狗笼子，你想不想跟我一起去，看藏獒。

她的心一下被点燃了：可以吗？她以为以后都没有机会再见到大非了。

大非很肯定地点头：当然，那是我朋友，他养了很多藏獒，各个品种都有。

英子想带儿子一起去，刚好散散心，他也就再没有理由赖在医院了。儿子显然动心了，兴致勃勃地问了好多狗的事情，还问坐火车还是卡车，他喜欢大卡车，座位很高，有一种俯视众生的感觉。坐在大非的大卡车里，左看右摸，问东问西，只是不直接问大非，每次都由英子转话。大非也知道他在问自己，每次不等英子转过来就直接回答，儿子慢慢地就撇开了英子，和大非亲昵起来。

基地离青海湖很近，不时有游人被带进来参观。藏獒们都被粗大的铁链子拴着，一个个懒洋洋的，躺或卧在地上闭着眼睛，似乎在睡觉。除了长相凶悍外，与别的狗没什么区别，但因此而击退了大批游人，他们只是远远地看着，指手画脚，却一步也不敢靠近。

英子的手紧紧拉住儿子，儿子却总是跃跃欲试，非要走到近前，摸一摸，被大非的朋友老张拦住了。那是个长相粗犷的男人，可能是长期在高原生活的原因，面颊黑红，穿着打扮也像个藏族人，但是是汉人，本来是大非的同事，到青海养狗也是近五年的事。

英子问他有没有像毛毛那样长相的狗，她极力地描述着样子，老张笑了，说那种土狗卖不上价钱，但小孩养倒合适，他可以帮小朋友找一只。他是对着儿子说的，儿子绷不住开心地笑了，指着一只小小的黑色藏獒，说：我想要这只。小家伙毛色光亮，眼睛漆黑，懵懵地看着他们，好像知道他们在说什么，还配合地立起身子，弓起腰，做了个漂亮的跳跃动作。但老张说这不行，别看小，这是个大狗，将来长这么高，他比画着，到他的胸口那儿。

儿子更想要了，眼睛一直盯着小狗，还走到它跟前，摸它的毛，狗很舒服的样子，两个小家伙看起来像亲兄弟，你来我往，十分亲密。大非就说老张，你给他养几天吧，这孩子多喜欢。

老张说行啊，一只狗而已，但事先声明，藏獒这东西一离了高原就不容易活，很难养呢。他说了一些注意事项。大非问儿子听懂了没，养狗很麻烦的，会生病，还要吃好的，就像照顾一个小孩子一样。儿子抱着小狗，一个劲逗着它玩，嘴里只是嗯嗯地不断地点头，临了说：谢谢叔叔。

周末，英子和儿子去餐厅吃饭，看见了房东老刘，心里腾地一热，好像张余的影子，老刘也看见了她，眼神奇怪地挑了一下。结完账，他特意走到他们这一桌来，说：张余被抓了，你知道吗？

她知道，是她给警局打的电话，并跟到警局做证，但张余并没承认，他对十三年前的诈骗案一无所知，还说那时他在陕西老家待业，从来没出过远门。所谓的广告公司是后来的事了，虽然他不是老板，但的确在那干过，老板是他的一个舅舅，舅舅跑了，他代人受过。后来的事她就不知道了，一个多月了，不知道文队长他们查到证据了没有。

老刘说：听说，他在老家杀了人，他老婆跟人做那事被他撞见了，那人从窗户里逃走了，他把老婆杀了，然后逃到了这里，用的是化名，他真名叫李鱼，钓鱼的鱼。

这是什么时候的事，他杀人的事？

半年多了，他老婆的弟弟还追到北城来差点把他砍死，要不是被一个清洁工发现了，他这会已经是个死人了。顿了顿，老刘说：我那儿还有一些他的东西，你要不要去拿一下？

她转过头看了看儿子，儿子正夹起一块红烧肉给小狗喂，一个多月的功夫，小狗已经长高了不少，有原来的毛毛那么大了，毛色更加黑亮，两只眼睛亮晶晶的，非常活泼，它没有毛毛的那股子讨好气，看见老刘低低地吼着，儿子没有理会，只是夹着红烧肉，开心地说：吃呀，吃呀。

她点了点头，说：改天吧，去之前我给你打电话。

儿子问她：那个人要死了吗？

她嗯了一声：应该会吧，他杀了人，杀人是要偿命的。

儿子看着她：你和一个杀人犯在一起？差点让他做我的继父。

她愣了然后笑了，是啊，她不是跟骗子，就是跟杀人犯，眼前的儿子就是证据，是抹不掉的过去。儿子曾经问过她，父亲是谁？她不看他，说他没有父亲，他是个试管婴儿，就是一个精子和一个卵子放在试管里结合而成的，与人没有关系。儿子不理解，说：那岂不是怪胎，像外星人那样。这比之前表兄弟们说他是骗子的儿子更可耻。儿子很不能接受，从此不再问她这个问题，

她慢慢地说：是啊，幸亏被警察抓走了，太可怕了。

狱警喊张余：你的未婚妻来看你了。张全疑惑地走出来，看到英子，眼睛亮了，疾步走过来，站在那儿问她怎么过来了，英子指指电话，他拿起来把刚才的话重复一遍。英子笑笑，说：你不恨我？是我告发的你。

张余摇头，说：你也很不容易，骗你的那个人应该下地狱。

英子一时恍惚，自己真的认错人了？他不是十三年前的那个张余，而是李鱼，一个逃亡的杀人犯。这更可怕，以前骗的是钱，害的是心，现在则有性命之忧。这个世界一直像一只网，紧紧地扣住她，让她几乎窒息，更要命的是，儿子身份不详。她看了看李鱼，心里甚至有一丝希望，他就是那个骗子，孩子的父亲，自己八年的牢狱生涯好歹有一个去处，而现在，他只是一个与自己毫无关联的杀人犯。曾经有过的憧憬、热烈仿佛是幻觉，只是在她的心灵上游弋，并未在她的身体上留下过什么烙印，她紧紧地抱住了双臂。

李鱼似乎有些悔恨：本来，我想要娶你的，我在那个小区买了套房子，写的是你的名字，年底我们就可以结婚。

跟一个杀人犯结婚？她讥讽地笑了，仿佛在听一个笑话，自己已然是一个笑话，前半辈子被骗，后半辈子又滚在了刀尖上，这是什么样的人生？她冷笑了一声。

李鱼并不以为意，自顾自地说下去：那个房子十月份交工，到时你可以拿着合同去取钥匙。

她说：我有房子，干吗要你的房子？

李鱼愣了一下，笑了：要不你就卖了，给我当纸钱烧，反正我也没什么亲人了，要钱也没用。还说，合同就在他的包袱里，在老刘的农民房里，让她有时间去取一下，他给老刘嘱咐过的。

文队长过来送犯人，两人在看守所门口遇上了，英子问他张余的案子有什么进展，文队长摇摇头说：他可能真的不是你要找的那个人。

英子笑了：不是也好，真他妈没劲。她说了句脏话，从知道被骗的那天起，脏话就种在了心里，各种刻毒、诅咒的言辞不时冒出，好像就此惩罚了那个坏人，抑或减轻了自己的罪。但一直卡在喉咙里，一次也没有冲出来过，今天是第一次，她非常意外，却异样地痛快，好像一直阴霾的天空忽然晴了，太阳出来了，她就笑了，笑得很放肆。

文队长看看她，不再理她，直接押着犯人去看守所了。

油纸伞

1

桥塌了！

司机停下了车子，叶子探头窗外，前面一长溜的车子，大的小的，有人已经从车子上下来，往前走，陆陆续续地，脚步匆匆，天快黑了。

叶子看看天，还有太阳，隐没在火烧云背后，淡淡的，像一个红色的剪影，背景有点黑，再望另一边，有个月亮，淡淡的，鼓鼓的多半圆形，边角有些嘶嘶啦啦的，像是刚学会手工孩子手里的一个剪纸作品，唯其简约，倒也安静。

司机让大家都下车，只能走过去，车子得调头回去。叶子跟在人群的后面，听见咒骂、报怨，她心里也有，只是没说出来。有个常坐车的女孩，小月，走在她身边，跟她商量要打辆车回去，还说再叫两个人，拼车，十块钱，一人两块五。

叶子看了一眼，前面无尽的车流和人流，看不到桥，说：你没听说，桥塌了吗，车怎么过去。

小月哦了一声，说：早知道，从西站那边走了，那边车多，多晚，都能回去。她的老公在西站住，周末才回家，小月总爱说起老公，年轻、帅气、挣钱多，只是两人每周末才能在一起。说他家在西站，母亲在那儿，他得陪他妈。

同住在一个城市，坐车不到半个小时的车程，却因为母亲，一周才能见一次，这是什么夫妻，聊胜于无。小月却强调，他要陪他妈呀。似乎这很正常。

但小月在叶子面前总是兴奋而优越的，因为叶子一个人，离婚，孩子归男方。

两人说着话，不知不觉地就上了桥，并没有塌，好好的，还有小车在上面跑，一问才知道，桥下有裂缝，小车还可以，大车不行，再过一段时间，小车也不行了，桥得彻底封闭。

小月有些兴奋：那以后我们就可以从西站走了。

一过桥，人们就四面八方地散了，叶子和小月坐上了回小区的公交车，这是最后一趟了，比平常晚了半个小时，明显地，司机在等他们。是个三十来岁的粗粝男人，说话总是简单粗暴，透着十二分的不耐烦，老跟乘客吵架，但叶子却对他印象温和。好几次，她出来迟了，远远地看见车来了，招手，奔跑，车停在那里，等她。一次，两次，好多次，叶子的内心里就有了感激，司机跟别人吵架的时候，她从不搭腔，有一次乘客向她说理，她把头转向窗外。

车上只有她和小月两个人，叶子不想太冷清，主动跟司机搭话：以后桥不让走了，这边站上就没人了，这条线还跑吗？这条线主要拉西城区的人，桥一封闭，西城区的人过不来，这车还有意义吗？

司机说，那还得跑，还有安宁区的人，从沙井驿过来，不过要早一些，可能七点就收车了。

现在已经九点了。每天的这趟车，几乎没有人，就拉叶子和小月，周末，小月回西站了，叶子一个人。司机也不说话，拉着她一直到家属院门口才停下，好像特意为她一个人开的专车，叶子每次都要说谢谢，心里还觉得很过意不去。

道路很宽阔，车开得很快，月亮、太阳都看不见了，两旁路灯很亮，这是黄河北岸，风景很好，但人烟稀少，即使最美好的夏日傍晚，也见不到几个人，偶尔会有些学生骑车路过这里作短暂地停留，然后又走了。

车到站了，叶子和小月说着话下了车，车开走了。叶子转过身去，略略地遗憾，刚才应该给司机说声谢谢的，虽然司机大多数时候没吭声，但她知道，司机是有感觉的，说过和不说是不一样的。她刚才忘了，有点后悔，怎么和小月说得那么投入呢。

一个小区分成左右两边，左边是房管局分给职工的，右边是廉租房，小月在左边，房子是她母亲分的，叶子在右边，是她申请的，因为单身，收入不稳定。在这一点上，小月又比她优越，从下车到小区的左右，每次，叶子都会有隐隐的不舒服。

小区很大，五十多幢楼，道路两旁铺满了酒店、餐厅和酒吧，那里灯火辉煌，人声喧哗。每次路过时，她会不由自主地透过玻璃看里面的人和桌子，上面的杯盏和冒着热气的咖啡，像是明代的青瓷，华美而昂贵。

小月忽然说：我请你喝咖啡吧。

叶子一愣：为什么？

小月拉着她往一间咖啡店走，说：哪来那么多为什么，就是想请，走吧。语气竟有几分任性和恳求。叶子就不再迟疑，心想，下次我请她就是了。

咖啡店里人居然很多，几乎铺满了每个座位，大都是年轻人，两两成对，但也有三五成群，在一起打牌，声音压得很低，像是在安静地读书。服务员领着她们一直走到了尽头，四人座，旁边有假山石和真芭蕉，叶子很大，几乎扑打到座位，叶子很喜欢这种感觉，有浪漫的味道。

小月不仅要了咖啡，更要了瓶红酒，很熟练地倒了两杯。叶子平常不喝酒，也觉得贵，欠小月太多的人情不好，毕竟跟她没有太深的交情，只是因为坐车。她一直在想，咖啡多少钱，酒多少钱，什么时候要回请小月一下。

小月说：我每天晚上都要喝一杯红酒，红酒对女人好，养颜、活血。

是，小月很白净，看上去气质就不一般，叶子从没想过和这样的女人做朋友。从第一眼见到她，叶子就对她很有好感，主动地跟她说话，帮她抢座位，一来二去的，小月也开始主动找她，还有时约她一块坐车，两人的关系慢慢近了，话也就稠了，许多该说的不该说的都倒出来了。说得越多，了解得越深入，叶子才发觉两人之间差别很大，学历、家世、经济条件等各个方面，小月都比她强得多，她唯一比小月优越的地方就是她比小月的应酬多。小月似乎没什么朋友，每天就是上班下班回家，钱和时间倒比较充裕，想想这一年多来，经常都是小月主动地和她搭话，约伴，她从没拒绝过。

反正她经常一个人，每天下班后，总有人约场子，吃饭、爬山、旅游，她也懒得回去，家里冷清，就是个睡觉的地儿而已，最多洗澡吃饭，她的广阔天地都在朋友中间。比如半生不熟的小月，这样的朋友她也有好几个。

喝了两三杯酒后，小月忽然说：你知道吗，今天是我的生日，我三十一岁了。说着，小月的脸上溢出笑，继续说：以前妈妈在的时候，每次我过生日，都会给我买礼物，每次都是钢笔，我家里有很多钢笔，整整一盒子，那时，我特别憎恨钢笔，我想要洋娃娃。后来，我挣了第一个月的工资，就给自己买了一个很大的洋娃娃，比我还高，每天陪我一起睡觉。

叶子觉得不好意思，今天居然是她生日，她要早一点说，自己会给她准备礼物。叶子看了看外面，很黑，远处的家属楼隐没在星星点点里，感觉像繁星，两两之间隔着遥远的很多光年。太晚了，来不及了，等明天她去别的地方买，一定要买个好的，对得起今晚这杯咖啡和红酒。咖啡很好喝，红酒倒一般，感觉还没有超市里的二三十块钱的酒好。

叶子又想着付待会儿的酒钱，估计得七八十吧，算是给她的礼物，还不寒酸，她包里装着一百块钱，应该够了。上卫生间的时候，她问了一下价格：一百八十块钱。她吓了一跳，这么大的人情远远超出了她的负荷，她付不起。

从卫生间回来，叶子的心情就有些低落，想到两个人如此不对等，看小月一杯接一杯的样子，根本没把这种上百块钱的酒放在眼里，而她却连一杯二十几块钱的咖啡也舍不得喝。又一想，反正是小月请客，反正是她过生日，自己只是来陪她的，要那么多负担干什么，人家也许根本不稀罕自己的礼物呢。

叶子也聊起了上初中的女儿，个子这么高，很瘦，穿得很脏很旧，像是要饭的。其实她爸工资很高呢，只是，有了后妈，后妈带了个比女儿大五岁的女儿，所以自己的女儿只能捡后姐姐的旧衣裳穿。有一次，她给女儿买了件滑雪衫，女儿可高兴了，可第二天又拿回来了，说是不敢要，爸爸打她了，还说再敢要叶子的东西，非打死她不可，说着，伸出胳膊、腿给她看上面的青斑。

叶子打开了话匣子：我女儿两岁时，我们离的婚，两岁前女儿一直跟着我。离婚时我想要她，可是家里人都劝我别要，说是养不活，我的工作不稳定，工资太低，女儿跟着我太受罪，可现在，我女儿被人打，我连个屁都不敢放。

后来，又要了两瓶红酒都喝完了，醉了，再要，酒没有了。老板娘比叶子大几岁，十分歉意，说太晚，让她们明天来，明天一定把酒备足，让她们喝得尽兴。说着，就准备打烊。她们只得悻悻离开。

两人摇摇晃晃的，但还有意识，叶子坚持要送小月上楼，小月说不用，说有她老公，她老公要来接她。叶子觉得她在说胡话，什么老公，明明在西站。这么晚，怎么可能，那个妈宝，早回家陪他妈去了吧。

坚持送到了门口，小月打开门，请她进门看她的老公，叶子好奇，屋里不像有人的样子，也有些乱，沙发上、地上、床上，到处是洋娃娃，各种样子、大小、尺寸，有的立在地上，像真人一样大小，而两米宽的大床上，居然摆了一圈洋娃娃，小月从一个娃娃的腿下面钻进去，向叶子招手：来呀，他们都是我的老公。

叶子笑了，客厅的墙上挂着一张黑白照片，是一个很年轻的女人，跟小月有点像，但比她漂亮，脸比较圆润，眼睛深大，唇形很美，有点像三十年代的影星王丹凤。她问：这是你妈妈吗？

小月还埋在洋娃娃堆里，大声地嗯了一声，又补充说：她死了，我考上大学那年，她自杀了，从五楼，砰地一下，跳下去，没了。说完，头从洋娃娃里面探出来，嘿嘿地笑了。

叶子盯着她看了一会儿，她一直那么笑着，最后就僵在那儿了，好像傻了。叶子问她：你一个人住这儿吗，你父亲呢？

她不笑了，那么僵的笑意也没有了，整个脸都绷紧了，严肃了，说：没有了，我很小的时候他就抛弃了我们。说着，她把一个较小的娃娃高高地抛起来，碰到天花板掉下来，砸在她身上，还弹了一下，掉在了床上，她又笑了：我是弃儿，所有的人都不要我。说着，她又笑了，哈哈哈地，仿佛中了亿元彩票，笑得无所顾忌而又贪婪。

叶子也砰的一声倒在了床上，就在她的身边，把床震得跳了一下，好几只洋娃娃都扑通通地掉到了地上。小月也跳了一下，转过头来看叶子，叶子看着天花板说：其实一个人过也挺好的，我就这样过了十年，自由，挣多少花多少。她挣得不多，每个月省吃俭用，刚够，还能攒一点，投资，比如买股票，小有进账，进进出出，都是她的，没有人跟她抢，也没有人靠她养，比如女儿，不需要她花一分钱，真正的无牵无挂。

可我真他妈地想给女儿花钱，花很多钱，哪怕累死我也心甘，她为什么就不需要呢？叶子骂人，说脏话，非常流畅，从来没这样过。

小月说：她会需要的，等她长大了，她爸管不着她了，她就是你的了，她整天跟你要钱，你挣的这点根本不够她花。小月拍着床板，使劲地拍，最后的两个洋娃娃也终于掉在了地上，床上就剩下她俩了。小月抬起手凑着灯光仔细地看着，好像上面有嫦娥。

叶子很向往那一天，拉住小月的手说：那一天真的来到了，我就请你喝酒，红酒，咱们一醉方休。

她们的对话是断断续续的，前言不搭后语，有时，两人抢着说，有时，谁都不说话了，以为对方睡着了，却又蹦出一句，像呢喃，后来，两个人都不作声了，只有无声的灯光静静地照着她们。

早晨醒来，小月先醒了，她上了闹钟，每天早上六点准时叫早，身边的叶子把她吓了一跳，她根本没有看清是谁，就大叫起来，叶子一跃而起，问她出什么事了。小月望着叶子，像是第一次见到她，抑或她是一个坏人，目光审视而愤怒。

叶子顿时尴尬，指着自己语无伦次地说：我怎么在你家，你昨晚喝醉了，我送你回来，我怎么进来的，怎么办，我要回家。

小月一直惊骇地看着她，似乎不能自抑。叶子一时无措，待了几秒钟，急忙拿起自己的衣服说：对不起，我也没想到会这样。她拉开门出去，关门，小月自始至终都没有发声。

宽阔的大马路上，有人在跑步，还有车从她身边飞驰而过，她从来没有这么早起过床，习惯了黑夜，这意外的清晨让她呼吸到了久违的清新空气，整个身心都为之一振。她甩甩头发，跑起来了，身体里郁结的东西一一散去，经过的人和事物都透着某种亲切和温暖，有的人在看她，在微笑，她也笑，不需要说什么，也无所谓认不认识，只是在这一瞬间，四目相对，就有了某种默契，彼此心领神会，所以笑了。

想起小月刚才的目光，好像她是一个不知进退的人，居然会闯进她家，与她共居一室，还躺在她的床上，两个人挨得那么紧睡了一夜。

本来，这没什么，女生睡一个被子里讲知心话，在少女时代时有发生，只是这些年几乎绝迹了，朋友们都有老公和孩子，很忙，无暇和她共叙从前，更没可能逃到她的屋子来，两人共处一室，回忆往事。

但昨天晚上，怎么回事，居然跟小月这样的人住在了一起。在叶子印象里，小月有点高冷，因为文化和金钱的原因，小月无论跟她走得多近，两人之间总好像隔着什么，叶子一直觉得无所谓。现在，她触碰到了两人关系的底线，她再次感到那种尴尬。

她一气儿跑到了家门口，精神焕发，想着今天回西城那边，可能的话去看看母亲，已经一个月没有去过了，也不知道母亲骂她了没有。当然，母亲一般是不当面说她什么的，但她能从普通的对话里感觉到母亲的焦虑、难过或喜悦、平和。

但怎么也找不到钥匙，包都被她翻了个遍，一遍又一遍，钥匙果真不在里面。

她站在那里开始回忆，昨天晚上，从下班到车上再到酒吧和小月的家，一路仔细搜寻过来，她似乎一直没有打开过包，钱是小月付的，当场拍在桌子上的，到小月家，小月打开包找的钥匙，与她根本没什么关系，然后，就是睡觉、起床、跑步，到这里。

她没奈何，沿着原路一直走到了小月家楼下，抬头望望那里，实在没有勇气上去敲门，刚才小月那审慎而怀疑的眼神让她心虚，想想还是算了，不就一把钥匙吗？丢就丢了吧。

2

下晚班时已经九点了，母亲看见叶子很吃惊：怎么不打个电话说一声，这么晚了，我可以等着你。母亲通常八点多就睡了。

她不喜欢打电话给母亲，也不喜欢母亲等她，她讨厌与母亲相依为命的感觉，在离婚后差不多十年的日子里，她回到这个小院子里，每天早出晚归，听母亲夜里催她早睡，清晨敲她窗户让她早起。左邻右舍的人们都知道她离婚了，各种各样的男人要介绍给她，她一律不见。她每天晚归，天完全黑了，所有的人都熬不住黑夜，回屋看电视了，睡觉了，她才会踏着月色或灯光沿着那条僻静的小路独自走来。

路灯常常是坏的，也不坏透，还一闪一闪的，像鬼火，灭了又亮了，如此反复，总是半死不活的。小路上白天也行人稀少，黑夜里则透着各种意外，隐藏在树窝间、柱子后面或远远的人影里，开始，她总是觉得身后有人，周围有一圈恐惧的大气圈，随时会淹没她。但时间久了，那些黑影和大气圈就淡了，她觉得无所谓了，即使有人扑过来，她也可以反抗一下，乘机捅对方一刀，反正不是你死就是我活，没什么好怕的。

她走进屋里，母亲问她吃了没，家里有饺子、面和菜，还有饼干、蛋糕等，短短的几秒钟，母亲说了一大堆吃的，她好烦，强忍着说：我吃过了，你不用管了，你睡你的。

母亲没有睡，坐在灯下开始拆一件旧的毛衣，说要织一块毛毯，已经拆了很久，那个用来装旧毛线的编织袋已经装满了三分之二；还顺手打开了电视，电视里演着拖沓的剧情，男女主人公又哭又喊，只有噪声，没有情感，母亲时而抬头看一下，嘴里嘟囔，还透着惊奇，剧情已经反复了几百遍，每一次的惊奇也都不变。

真是老了，叶子觉得自己也一天天地就这样走向母亲，母亲三十二岁时守寡，她三十二岁离婚，这是一个轮回。年轻时，别人都说她长得像父亲，瘦高、漂亮，现在，大部分人觉得她更像母亲，肤白、脸圆、慈眉善目的，她憎恨最后一个词。有时，也憎恨母亲。

离婚时，她想要孩子，但母亲说女人带了孩子不好再嫁人，哪一个男人愿意给别的男人养孩子呢？她哭了又哭，后来也想通了，不单是再嫁人的问题，她没有稳定的工作，连养女儿都是问题，凭她当时的经济条件，她没法给女儿更好的吃穿，也不能让她受最好的教育，她放弃了女儿的抚养权，就像放弃了全世界。从此，她与母亲相依为命，她们互相照顾，互相咒骂，又谁也离不开谁。

终于，她申请到了廉租房，自由的感觉真好，每天就是翻山越岭，她也要回自己的小屋，哪怕吃一盘剩下的咸菜，也心里踏实。

再回到母亲这里，就感觉平和多了，以前看不惯的事不爱听的话都变得无所谓了，说也好不说也罢，有一句没一句的，反正都不往心里去。一件羽绒衣或一只护膝都会让母亲满脸笑意，而在以前，母亲总是看都不看一眼就说：净乱花钱，我又不用，我的衣服多的是，我的裤子多的是。是多少多少年以前的，旧了破了也舍不得扔还要当抹布，以前，叶子只要一拿起那些破衣烂衫的抹布，就愤怒得不行，扔了一次又一次，母亲终于将那些东西收拾掉了，以后再用没用过她不知道，但是，的确再没见过了。她不知道母亲将那些旧衣物怎么处理了，也懒得管，眼不见心不烦。

母亲依旧给她备着她爱吃的大枣、核桃，还有吴家的酿皮，只要她回来，家里总有这些东西，她拿只碗，把酿皮倒进去，调上辣子、醋和芝麻酱，喂一根到嘴里，香极了，不由自主地说：真好吃。每次都这样，她是真喜欢，吃完坐在电视机前一边看拖沓的剧情，一边吃大枣或核桃，一边听母亲说谁家的闺女来了，谁家的孙子上大学了，哪个叔或姨得病了，死了，办了丧礼了。

想想，十年、二十年的光景，真是弹指一挥间，转眼，自己四十二岁了。母亲说得兴起，白净的脸上泛着淡淡的粉红色，眼角的皱纹若隐若现。很奇怪，母亲虽然快七十了，但脸很光洁，皱纹也不明显，只是眼角、嘴角耷拉下来，显出比皱纹更明显的老态。

母亲拉开柜子，取出一个手绢包的小包，里面放着她家的钥匙。那是她特意留给母亲的，母亲白天没事，总喜欢跟着院子里的人逛街，有时会坐着公交车逛到很远的地方，比如，女儿家。有时，一个人，有时，两三个人，直到有一次，母亲带了五六个老太太跑到叶子家，开门进去，吃东西，瓜子皮、水果皮扔了一地，正好赶上叶子回家，叶子被那些从来没见过的陌生人惊呆了。她发了脾气，摔了东西，跟母亲跳脚呐喊，母亲开始还在解释，说会帮她打扫，可后来，母亲就什么话都不说了，只是拿起笤帚扫地，她把笤帚抢过去了，大声地对母亲说：出去，以后都不要来这儿了。

果然，自那以后，母亲就再也没来过，过年也没有。

她说：我回头给您再配一把。她还想说：这样，你去我那儿方便一些。但不知为什么，后面一句话在嘴边滚了千百万次，就是爬不出口。此时此刻，也被封着。

母亲说：配不配都行，反正也用不上。母亲倒是自然，像什么事都没发生过。

叶子说：肯定要配，不然我下次丢了钥匙怎么办，就得换门了。她说着笑了起来，好像是一个很好的笑话，母亲也勉强笑了一下，叶子的笑就渐渐稀了，那句话又开始在嘴边滚动。

她说起了小月和老公分居的事，还说起昨天晚上她和小月去酒吧喝酒，两人醉了，她去小月家，两人躺在床上骂人，床上有很多洋娃娃。说到这里，母亲的眼睛抬起来，慢慢地看她。她忽然发觉母亲的眼光很慈祥，眼里充满爱意，瞬间，她的心也变得柔软，语气更加温和，甚至轻轻地笑，她用手比画着，那么大，那么大的洋娃娃，都比我高，还有那眼睛一开一闭，像活的一样，特别好玩。

母亲开口了，说：你小的时候就喜欢一只洋娃娃，记得吗。过年的时候，我和你爸带着你和你哥去相馆照全家福，你看到橱窗里的洋娃娃，喜欢得不得了，非要抱着那只洋娃娃照相。她当然记得，那张照片现在还存在家里的照相册上，她戴着红领巾，眼睛大大的，无限的好奇。可惜，现在，每次照镜子，她的眼睛一点都不大，还很没精神，她长丑了。

但她没说后来小月变脸了，也没说钥匙可能丢小月家了，她认为最大的可能是，落在车上了，被那个粗暴的司机收起来了，等着她今晚或后晚遇到时还给她。

母亲嘿嘿地笑着，甚至笑出了声，似乎有什么好笑的事。叶子忽然有些恼怒，她喜欢母亲刚才的平和，不喜欢这样的笑声，有嘲讽，更多的了然一切，她讨厌被母亲看透的样子。她不想再说下去了，太晚了，睡觉吧。

叶子做了一个奇怪的梦，小月和司机站在一起，司机搂着她的肩，淫邪地笑，小月的表情很骄傲，似乎司机是她的老公，她在向叶子炫耀，叶子果然在梦中有受伤的感觉，而且心很痛，好像很心爱的东西被小月拿走了。直到醒来，这种痛的感觉还延续着，她摸了摸心脏，心跳很平缓，但就是很难受。

这真是奇怪，做这样的梦！也许是晚上母亲的表情，那天早上小月的表情，混合在一起了吧，梦真是无所不能啊。她不由苦涩地笑了。

3

西站繁华热闹，有一条长长的步行街，吃的用的，大的小的，衣服鞋帽，贵的便宜的，应有尽有，像一个缩小版的批发市场。叶子喜欢在这里买点小东西，比如袜子、内裤、手套什么的，偶尔，也会搭件衣服、丝巾之类的。价格不贵，但很实用。

车来了，有个中年妇女始终低着头，几次从车门口滑落，自动往后退，但又不退出人群，像是贴在人群里低空飞行的一只蛾子，每次起落于她都十分缓慢。终于，叶子看见她的手插进了一个大包里，前面一个女人的大包，她悄无声息地从里面拿出了什么东西迅速地塞进衣服底下，然后转出人群走了。

叶子被人群拥上了车，很庆幸地，她得到了一个座位，坐下来看向窗外，那个女人已经消失了。她转过头巡视了一圈车厢里，寻找刚才丢东西的人，也是一个女人，岁数跟她差不多大，就坐在她后面几排的座位上，有一个同伴，两人坐在一起，正在庆幸赶上了这趟车，还有座位。她一直没有听到女人发出丢失东西的惊慌和尖叫，也许，那要等很久，回家以后。

调度站里，她见到了那个粗暴的司机，他正端着一杯水从调度室出来，她叫了一声：师傅。那人转过头来看她，她笑笑，想说钥匙的事，却感觉过于直白，应该先问好，说感谢，然后过渡到丢钥匙这件事上，那样也许才比较自然。

她不说话，司机的眼神就很疑惑，不明白她想干什么。她只好问他有没有见到钥匙，她前几天回家把钥匙落到他的车上了，就桥断的那天。

司机摇摇头，说：没有，没见到。他的态度很冷淡，甚至没有笑一下，叶子第一次感觉到这种冷淡。以前，她一直觉得这司机心地很好，每次等她，拉着她一个人在黑夜里跑，特地停在家属院门口，她心里总是隐隐地感动。但现在那些感动扑地一下灭了，随之而来的是后悔，司机一定认为她在没事找事。

她还是要坐司机的车，这次是反方向，坐的路线比之前长得多，车上人也多，她坐在了车厢的后面，离司机很远，中间隔很多人，有几个人是一拨的，叽叽喳喳地讲个不停，人声、人影融合成一片，她一点都看不到司机了。

她看着窗外，这条路上很繁华，沿路各种单位的办公大楼，气派、威严、高大，透着某种高不可攀的气势。她很羡慕里面工作的人，有一份稳定的工资、家庭，他们的人生规划向着更高更远更开阔的方向一路奔去。

而她住的地方要一直走到城市的边缘、角落，然后才是一套小小的蜗居，跟小月的房子比起来，她的家简直像小人国，只有一张床，柜子是吊在天花板上的，每次她都得站在床上仰着脸才能取到衣服和被子。

快到家时，车上的人已经稀了，只有四五个人，下车的门坏了，从上车的门口下车，她站得离司机很近，她对他笑了一下，司机好像想起什么似的，问了句：今天怎么从这边走？

她愣了一下，她没想到他会开口，下意识地说：是啊。然后急急忙忙地下来了。

车开走了，她站在那儿没动，却轻轻地笑，看着马路上车来车往，又看着对面的黄河边，绿树成荫，柳絮纷纷扬扬，她忽然不想回家，就径直过了马路，踏着草地下了楼梯，到了黄河岸边。

下午四点多钟，河边还是有不少人，沙滩上有孩子在堆沙堡，有人在放风筝，还有人在钓鱼，穿着皮衣皮裤，举着巨大的网，网里有一条小小的挣扎的鱼，有很多围观的人。

她坐在长椅上，看着空中五颜六色的风筝，想起很多年前有个喜欢她的男生，有一天拿着一个极简易的风筝站在她上班的地方等她。她当时羞涩，不知道如何面对这种事情，只是一味地拒绝，不理男生，离开他径直骑车回家去，一路上都没回头，但一直在好奇，那男生会怎么样，以后还来找他，放风筝是怎样的，好玩吗？她想了一路，回家时筋疲力尽。男生果然好几天都没有来，她渐渐地失望，或者不再期待，毕竟她不理人家，不给人家面子，人都有自尊心的，谁还愿意总找一个不理自己的人呢？但仅仅三天以后，男生又出现了，什么也没拿，只是嘻嘻地笑着，也没什么要求，只是帮她推着自行车陪她走回家。这一次她没有拒绝，毕竟，人家什么都没说，自己要说些什么，有点多此一举。到家门口时，男孩说要去广州开一家饭馆，可能好长时间都见不到了。她松了一口气，真的以后再见不到了。

　　男孩其实没给她留下多少记忆，男孩走了，后来，她有了男朋友，结婚生孩子，离婚好几年后，男孩又出现在她新的柜台。原来的单位破产倒闭，她在一家商场租了一个柜台卖童装，男孩和一个女孩抱着一个孩子出现在她的柜台前。她有点意外，还有点羞愧，好像单位破产，她成了无业游民，是一件很丢人的事。

　　男孩并没多说什么，只是给小孩子买了一套衣服，还说现在不去广州了，就在兰州，在公园门口开了家火锅店，让她带朋友去，给她打折。她知道那家店，生意很火，但没想到是男孩开的，他长大了。

　　她点头说好，一定去。倒是真的去过两次，和商场的同事，还有一次是和两个同学，她也没有去找男孩，她不想占他的便宜。

　　她只是想起了那只风筝，是男孩自己粘的，白色的纸，用墨汁画了一只大大的蜻蜓，边缘涂了一圈红色，看上去很醒目，不知道飞到天空是什么样子的。

小　偷

　　小罗低着头看柜台里的烟，小偷站在他身后，手伸进了他的右兜里，眼睛看着细辛笑。细辛看着小罗，小罗低着头浑然不觉，其他营业员也都看见了，谁也不吭声，只是把目光移开，招呼别的顾客。说白了，怕报复。

　　小偷的手从小罗的口袋里出来了，食指和中指间夹着一只黑钱包，细辛急中生智，狠狠地拍了一下柜台，问小罗：你到底买不买呀，净在这看什么呢？

　　小偷吓了一跳，手一抖，钱包"噗"掉在了地上。

　　小罗也吓了一跳，抬起头看一眼细辛，又看看地下，疑惑地捡起钱包，仔细端详着，惊讶地发现是自己的，失声叫道：钱包，我的钱包，怎么掉地下了？他看了看周围，小偷正悠闲地往门口走去，出门时，忽然转过脸来向细辛点了点头。

　　小罗疑惑地问细辛：怎么回事，我的钱包怎么会掉地下？

　　细辛没好气地说：你说呢，你没看见小偷吗？

　　真是小偷，你为什么不告诉我一声？

　　他还怪上我了，细辛气不打一处来，又拍了一下桌子：你这人有没有良心，我要不吭声，你这会儿还能看见钱包吗？

　　小罗好像明白了什么似的点点头：噢，你这是在提醒我。

　　忽然，他又觉得什么地方不对头：那个小偷为什么给你点头？

　　旁边的几个营业员早已经围了过来，替细辛抱打不平：哎，你知道不知道，那些小偷都认识我们，今天他偷不上你的东西，反过来，他就会偷我们，你懂不懂啊，细辛这几天肯定得提心吊胆地过日子，都是你呀，那么笨，小偷在你旁边站了那么半天都没感觉。

　　小罗至此完全明白了，细辛闯祸了，他错怪细辛了，他有些不好意思，低着头连烟也没顾上买，就匆匆地离去了。几个营业员围在细辛的旁边看着他的背影，不屑地说：真是个棒槌，早知道你不帮他就好了。

细辛辩解道：谁帮他了，只不过实在看不过他那个笨样。

有位年长的大姐听出了话外之音，故意说：哎，刚才那小伙长得挺帅的。

几个女人一下子全明白她的意思了，马上附和道：是啊，比贼帅多了。

细辛忍不住，扑哧一下笑出了声：真是有病！

细辛是店里唯一没结婚的女孩，几位大姐平常爱开玩笑，尤其对床上床下的事津津乐道，当着细辛的面也说，全然没把她当一个未婚女孩。开始，细辛还不好意思，总是避得远远地，后来也就习惯了，偶尔还会插话问上一两句，有时问得很不专业，引得那些女人更乐了。还说细辛该找个婆家了，问细辛有什么条件，给她介绍一个。细辛知道这又是拿她取乐，即使是真的，她也不会去看，她的心高着呢。小罗人长得不错，尤其是他那件洗得发白的工作服，显得人特别干净，他经常来店里买烟，细辛早就注意他了，只是没说过话而已。

下班时，那位年长的李大姐提醒她：小心啊，你今天招惹了那个贼，小心他跟上你。

这一说，细辛想起来了，不过，她不在乎地说：没事，我骑车子，他没机会。

另外一个大姐说：哎，还是小心点好。

店门口的对面，贼正蹲在马路对面的道牙子上抽烟，望见细辛，他笑了，并点了点头。细辛的心倏地一下提了起来，她夹紧了背包，包里有十块钱，是母亲给她买面的。

她紧张而快速地向周围扫了几眼，一闪身钻进了店门右首的小铁门里，自行车在后院里，她走得非常快，贼对这个店非常熟悉，会马上跟过来，如果她动作够快，开锁、推车、出大门，然后跳上车子就好了，她可以一口气儿骑到家里，不买面了，先把今天扛过去再说。

她的动作没有贼快，后院门口，贼和几个同伙拦住了她的去路，他们笑着，有的扶住了车把，有的站在了她的后面，前后左右，形成了一个开放性的包围圈。其中一个陌生面孔，脸胖墩墩的，眼睛被挤成了一条狭小的缝隙，左面颊上有一道纵深到太阳穴那儿的伤疤，好像是个头儿，站在她的对面，笑得比那些人更灿烂，眼睛完全看不到了。

贼对伤疤脸说：大哥，就是她，敢坏我们兄弟的好事。

细辛壮起胆子，严厉地说：你们干什么，让开！她推着车子就要从那些人中间穿过去，离门口不远就是热闹的街道，正是下班的高峰期，人很多，车也不少，只要能出去，她就骑上车子飞奔，就能远远地甩开他们。

没有一个贼被她吓住，相反，那几个人笑得更欢了，慢慢向她靠近，包围圈越来越小，贼推了细辛一把：小娘们儿，居然敢管闲事。口气略带淫邪的味道，细辛极为厌恶地甩了一下身子。

她四处张望着，希望能看到一个熟人，西城区就这么大，烟酒商店又在城区中心，她每天上下班几乎都能碰上熟人，同学、朋友、邻居、叔叔、阿姨，管他呢，只要是认识的人，她喊一声，只要那个人走过来，这帮人肯定就散了。

可是没看到熟悉的面孔，她又被围在里面，外面的人也看不到她，贼却说话了：细辛妹妹，别看了，你的情哥哥早跑了。他们老在店里活动，对几个营业员的名字再熟悉不过。

这一下提醒了细辛：对呀，这几个贼不就很熟吗？他们时常在店里转悠，每个月见面的次数比她哥还多呢。她一下子笑了，对贼说：你也太不够意思了吧，下手也不看看对象是谁，你今天下手的那位，别说，还真是我对象。

贼愣了一下，然后哈哈大笑，不屑地说：你哄鬼去吧，他哪点像你对象，他进来你们连句话都没有，人都不理你，你他妈暗恋吧。

你他妈才暗恋呢。本来对小罗不领情还怪她，细辛就窝着一肚子火，这会儿，火"噌"地一下子就喷出来了。

那个贼愣了一下，用手指着细辛：你他妈敢骂我？

细辛一把打掉那只手，把车子往原地一墩，往前跨了一步，离贼非常近，她大声大气地说：你他妈敢骂我？你要干什么，你有本事一个人来呀，叫这么多人干吗，我就一个小姑娘，你还怕打不过我吗？胆子小成这样，还当贼，还想欺负人，你还不赶紧回家吃你妈的奶去。

那几个同伙全笑了，伤疤脸也哈哈地笑着，贼有点恼羞成怒，想发作，又感觉跌份儿，只得干笑了两声，说：这小娘们儿还挺厉害，哈哈。

细辛用手推开他，推着车子就往外走，居然没人拦她，她一气推到马路上，上车，快速地蹬着，一下子就骑出好远，回过头再去看，后院门口空荡荡的，那群人已经散了，她松了一口气。

回到家里，母亲问她买的面呢，还等着和面片呢，菜都切好了。细辛没理母亲，径直走进屋里，喝了一口凉白开，坐在了沙发上。

母亲追进来：你怎么没买面，没面今晚吃什么呀？

细辛没好气地说：吃馍馍吧，反正我今天买不了。说着她拉开包找钱包，想把面钱还给母亲，反正她这几天也不想上街，让哥哥去买好了。可她找来找去，钱包没了，用画报纸叠的钱包没了，里面装着十块钱呢！

"我的钱呢，钱呢？"她把包里所有的东西都倒在了沙发上，钥匙、手绢、账单、几页纸全掉出来了，可是，没有钱包。

母亲看着她的样子莫名其妙：你干什么，搞这么乱做什么？

细辛没好气地说：我的钱包被贼偷了，你的面我买不上了！

你说什么？母亲一个月才挣五十二块钱，细辛居然这一下就给她丢掉了十块，那个气呀，一巴掌就拍在了细辛的头上。

细辛没想到这么大了，母亲还会打她，她捂着头恨恨地看母亲，眼泪在眼圈里转了转，又硬生生地咽了回去。母亲还犹自气得不行，还想打她，手举起来又放下，恨了两声，挑开门帘出去了。她站在院子里开始骂贼，声音大，言语尖刻，但一点儿也不解恨，反而让细辛感到难堪。母亲总是为芝麻大的事在院子里大声叫骂，家里有针尖大的事都会在左邻右舍之间迅速传播，见了细辛总要问东问西，细辛恨不得拿个帘子把自己罩起来，谁也看不见或听不见。

骂够了，见没人搭理，母亲就不解气，又旋风般冲进屋来，对细辛大声骂道：还不快点去做饭，等着我做好，你吃现成的呀。

细辛懒懒地从沙发上站起来，那一巴掌没多痛，但心里痛：我都这么大了还打我，总是打我，你等着，等我结婚以后再也不回来了。

她又恨贼，跟她说着话，就把她的钱包拿走了，她居然一点感觉都没有！这帮可恶的贼，哪天一定叫个警察叔叔把你们全逮走！

巧了，几个月后，有个警察叔叔来商店要人，说是要做人口普查，从各个单位临时调几个人过去帮忙，可能一半年的时间，工资还由原来单位发，要个年轻点、手脚利索点的。主任一想就是细辛了，店里就数她年轻没结婚，没负担。细辛当然求之不得，当警察，这是她从小的梦想，虽然不是正式的，但也是制服、警帽，跟真警察一模一样。她心里那个得意：贼啊，再惹我试试，我找一车警察，吓死你。

奇怪的是，那次事件后，贼和那几个同伙再也没来过店里，大街上也没见过，仿佛凭空消失了，她还想，不可能偷了十块钱就洗心革面重新做人了，他们是不是挪地方了，找了个更有钱的地更容易下手的主？

到警局上班以后，细辛才渐渐得知，原来正是严打期间，杀人案自然不用说了，这次把一般的小偷小摸也列为严打对象，严打期间，凡是被警察当场抓个现形的，所有涉案人员都会重判，轻则判刑，重则死刑。那些贼被抓得抓，逃得逃，剩下的也藏起来不敢露面了，街道和店铺一时清静了不少。

细辛觉得严打真好，要是早几天就更好了，她就不会丢钱了，也不会整天挨骂了。母亲是个钻进钱眼里的人，十块钱几乎要了她的命，一有空就乱发脾气，指桑骂槐，点着细辛的额头恶狠狠地说：笨、傻、蠢！我怎么生了你这么笨的人，天下怎么会你这么笨的人，贼不偷你才怪！那手指头一下一下地剁着细辛的额头，既沉又重，像一根硬邦邦的棍子，顶得细辛的头生疼，快要昏了，在那一刻，她恨不得死了的好。

细辛开始跟着警察挨家挨户上门走访、登记，后来，资料越堆越多，她就不出去了，留在警局将资料整理、归档。在户籍整理中，她看到了小罗和贼，小罗今年二十四岁，中专毕业后分在北化厂下属一家企业当电气技术员，家里还有两个弟弟和父亲，母亲早逝了。照片上的小罗看上去更加稚嫩和帅气，甚至还有些羞涩。小罗家原来离她家很近，附近有家北化厂职工澡堂，她和母亲常去那洗澡。

细辛指着贼的照片对大队长欧明说：这是个贼，我认识，老去我们商店的。

欧明头也不抬地问：叫什么？

细辛看了看名字：赵卫平。

欧明哦了一声：我知道，老在你们那一块活动，外号叫虾米，这儿的常客了。

细辛惊奇地问：他到你们这儿来偷东西？

欧明哈哈大笑起来：抓进来！敢到这儿来偷东西？亏你想得出！

细辛也笑了，说：他还偷过我十块钱。

嗯？

欧明严肃起来：什么时候，给他们街道打电话，让他吐出来。

细辛兴奋了：真能追回来？

欧明很有把握地说：当然，我们公安局是干什么的。

细辛就乐了，一想到贼乖乖地掏出钱，自己拿着十块钱拍到母亲面前，再也没人骂她了，真爽哪。

贼真的逮回来了，大名赵卫平，外号虾米，身材细长，眼睛小小的，细细的，看人时目光总是闪烁不定，一副做贼心虚的模样。

细辛推了他一把：你还认识我吗？

虾米仔细地看看她，摇了摇头，细辛提醒他：中心烟酒商店。

噢，虾米长长地噢了一声，还像见了老熟人似的乐了：是你呀，穿上警服真神气。

细辛也觉得很神气，真听到有人这么夸她时，心里就更加得意，但马上想起夸她的这个人是个贼，而且偷过她的十块钱，就一点也神气不起来了，相反，她很生气，仰着头逼问虾米：你还记得你干的坏事吗？

虾米摇摇头：不懂你说什么。

细辛更生气了：什么，这么快就忘了，十块钱，我的十块钱呢？

虾米一下子慌了，他看了看坐在对面的欧明，对细辛说：细辛姐姐，你可不能乱说啊，我可没拿你的钱。

细辛一愣，小偷这么快改口叫她姐姐，她还真有点不适应：这会儿叫姐姐了，你不是管我叫妹妹吗？

虾米讪笑着：姐姐，你就饶了我，我什么事也没干过。

细辛冷笑着：什么事也没干过，那你整天在我们商店里转悠什么呢，买东西呀？你敢说你没偷钱，上次你们几个人围着我干吗呢？

虾米拍着脑袋说：什么时候，没有的事呀。

细辛气坏了，用手指着虾米说：还不承认？就那次我身上刚好装着十块钱，那是我妈让我买面的钱，却被你们偷走了，为这事，我妈整天都骂我，我都快被骂死了。她本来还想说母亲打她的事，话到嘴边，又觉得太丢人，就咽了回去。

虾米摊着手说：姐姐，你一定记错了，我根本就没拿过你的钱。

细辛还想说什么，欧明却从她身后一下子就窜到了小偷面前，二话不说，抬起他那蒲扇般的大手一巴掌拍在虾米的脸上，立时，一股鲜血顺着虾米的嘴角流了出来。

欧明用手指着细辛问虾米：你到底偷没偷过她的钱？

虾米用手擦了一把嘴角的血，态度马上变了，本来就弓着的身体又向下弯了几十度，他忙不迭地说：偷过，偷过。

欧明说：把钱给她。

虾米有点为难地说：欧队长，我身上没带那么多钱，您也知道，这么长时间了，没活儿干，哪儿有钱啊。

欧明不吭声，也不看他，他只好说：要不我现在借去，立马借来。

欧明说：又是偷，手痒痒了吧，想往枪口上撞，是吧，好啊，正愁抓不到人呢，你要自动送上门，我也没办法。

虾米马上摆手：不不，我回家跟我妈要去，我妈卖烤红薯呢，有现钱。

欧明抬了一下下巴：行，细辛，你跟着他去一趟。

我？细辛有点犹豫：半路上他要跑了怎么办？

欧明看着虾米不说话，虾米马上向细辛保证：我不会跑的，我一定还你钱。

细辛满意地点了点头，拍拍身上的警服，说：走吧。她心里很有底，有欧明给她撑腰，谅这虾米不敢怎么样。

小平房北化厂家属院门口摆了一个大铁皮桶子，上面摆着几个烤好的红薯，一个中年女人正在翻烤红薯，个子细高，猛一看，跟虾米长得非常像，仔细看，大眼睛双眼皮，比虾米漂亮得多，只是皮肤黑，脸上的褶子又粗又长，一看就是长年在户外风吹雨打太阳晒的。虾米走过去，跟他母亲说着什么，大概母亲说他了，他有点恶狠狠的，母亲满心不情愿地从围裙兜里掏出了一把零钱，还没数呢，就被虾米抢了过来。

虾米向细辛走来，一边走一边数手里的钱，走到细辛面前时，钱已经数清楚了，两块两毛钱，他递给细辛两块。

细辛接过来说：不够。

虾米嬉笑着说：这已经够多了，我妈一天哪能挣十块钱，你也太狠了吧？

细辛一时张口结舌，不知道该说什么。

虾米摆摆手说：我就不跟你回去了，拜拜！说着转身要走。

细辛大惊，忙拦住了他：那怎么行，欧队长问起来怎么办？

虾米笑嘻嘻地：不会的，像我这样的小泥鳅，他早就忘了。

他拨开她，细辛拉住了他的胳膊：不行，你跟我回去。

虾米就着胳膊贴近细辛，嘴对着她的耳朵一字一顿地说：我日你妈！

说完，狠狠地推开细辛跑了，细辛被他推了个大跟头，等她从地上爬起来时，虾米已经钻进了家属院旁边的小巷子里，她追过去，一直从巷子里追出来，前面是一片开阔的大野地，虾米正快速地在大野地里奔跑。

细辛对着大野地大声地骂了一句：我日你妈！

虾米听见了，转过身来向她笑着，做了个抹脖子的动作，跑得更快了。

细辛急匆匆地冲进警局，向欧明报告：欧队长，虾米跑了，怎么办？

欧明正在听手下人汇报工作，顺手从桌上拿起一个本子，让细辛把案情经过写下来，手下人还在汇报：眼看到年底了，可抓罪犯的任务还没完成，还差几个。

欧明气得直拍桌子：我就不信了，平常那些贼都跑哪儿去了，都变成好人了？

细辛详细地写下了事情发生的经过，因为气愤有很多加油添醋的地方，比如，虾米跟母亲要钱时凶神恶煞的，还她钱时骂了她一句很难听的话"我日你妈"，还狠狠地把她推倒在地，她爬起来后追出了好大一截子，但毕竟贼是男的，她跑不过，还是被虾米跑掉了。

欧明拿着那份案情经过看完后笑了：这不来了吗？

周日，细辛和母亲一起去洗澡，一手提着小竹篮，一手挽着母亲，母亲一直在絮叨，说同事魏阿姨的侄子在北化厂的303厂当电工，人挺好，工作也好，又是国有大企业，问她要不要见一下。那侄子细辛见过，矮胖的个子，本来不大的眼睛被肥肉挤成了一条细缝，细辛一点儿也不喜欢，母亲的话也不往心里去。她只是在想，马上就要路过小罗家了，会不会碰上小罗呢？

小罗推着自行车从院子里走出来，穿着一件北化厂特有的工作服，浅蓝色，洗得非常干净，几乎刚一出家属院就骑上了车子，车子扭了两下，路过细辛时，他瞄了一眼，忙从车子上跳下来：是你。

细辛也愣住了，她没想到小罗会跟自己打招呼，有点迟疑地问：你认识我吗？

小罗不好意思地笑了：怎么会忘呢，上次要不是你帮我，那小偷就把我钱包偷去了。看来他认的没错，男人的眼神真好使，认人很准。

细辛哦了一声，也笑了：我还以为你没良心呢。

小罗愣愣地看着细辛，她俏皮地眨了眨眼睛，小罗释然了，说：其实一直想向你说声谢谢，去了你们商店好几次，可没敢进去。

你去我们商店了？细辛开心地笑了起来，她没提在警局帮忙的事，只是问他什么时候再去，给他挑个好烟。

知道他们要去职工澡堂洗澡，小罗马上说：我有内部票，改天送你几张。

细辛乐了，母亲也呵呵地笑了：那太好了。

小罗也很开心，说：改天我去商店找你。

好。细辛还是没说她在警局帮忙的事，心想，人家说不定只是随便说说，自己太当真了，岂不是显得很可笑，再说了，两人又不熟。

一天下午，小罗出现在警局门口，手里拿着十几张职工澡堂的内部票，大大出乎细辛的意料，高兴得不知道说什么好，想来想去说：要不我给你钱吧？

小罗忙摆手：这是内部票，本身就是发给职工的，厂里就有澡堂，好多人都不用，我也是跟别人要的，没花一分钱。

细辛说：那多不好意思，要不我请你看电影吧，这两天演越剧《柳毅传书》，可好看了。

小罗笑了：你喜欢看越戏？能看懂吗？

细辛说：有字幕啊，听他们唱戏挺有意思的。

小罗就高兴地说：那好，我请你看，我现在就去买票。

晚上，细辛在局里加班，院子里灯火通明，几个警察在审犯人，又喊又叫的，热闹非凡。细辛忙到十一点多钟，工作总算告一段落，她伸了伸懒腰，走到院子里，推车子准备下班。

老槐树下绑着一个犯人，耷拉着下巴，灰头土脸的，细辛经过他身边时，那人有气无力地叫了一声：细辛。

细辛下意识地嗯了一声，马上又觉得不对劲，这犯人怎么知道自己的名字，她仰着头看那个人：谁？

那个人睁开眼睛乜斜着她，两眼都肿得老高，只露出一条狭小的缝隙，隐约透出一束贼光。那人又说：你过来。

细辛放下车子，慢慢走过去，想仔细分辨一下到底是谁，刚走到近前，那人张开嘴，扑地一口痰吐在了细辛的警服上。

你！细辛使劲地跺了一下脚：你也太嚣张了，敢对警察这样。她马上叫：小张，这个犯人吐我。

那位叫小张的警察忙走过来，问：怎么了，怎么了？

细辛指着那个绑在树上的犯人说：你看，你看，他朝我身上吐痰。

小张踢了一脚那人，说：臭虾米，是不是活得不耐烦了，敢侮辱警察！

虾米？细辛仔细地看了看那人：你是虾米？你怎么又被抓回来了？细辛得意地笑了起来：跑呀，你怎么不跑了，你不是跑挺快吗，怎么跑局子里来了？

她乐得直拍手，虾米又向她吐了一口痰，这次很准，直接就吐到了她的脸上，细辛气坏了，她用袖子擦了一把脸，对小张说：再踢他，再踢他，在警察局还这么嚣张，这还得了。

小张就推了虾米一把，又给了他两脚，说：你给我老实点。然后拍着细辛说：走，走，这种亡命之徒，别理他，你个小姑娘家家的。

细辛恨恨地说：这贼这么可恨，枪毙才好。

虾米悠悠地说：我他妈做了鬼，天天晚上去找你。

细辛的身上倏地起了一层寒意。

小张奇怪地问细辛：你认识这人？

细辛坚决地摇头：不认识。细辛推着车子要走，想起什么似的问小张：这人是因为什么罪进来的？

小张说：我也不大清楚，好像是流氓罪加盗窃罪吧。

细辛想起以前他们一帮人围攻她时，虾米称她小娘们儿，还使劲往她跟前凑，真像个流氓。

细辛和小罗看完电影，细辛说：星期五早上要在俱乐部开审判大会，一起去看吧。

小罗愣了一下：那有什么好看的，都是杀人犯什么的，咦。做出一副很害怕的样子。

细辛笑了：去看看吧，你知道吗，上次那个偷你的贼这次也要判了。

小罗来了兴趣：你们把他抓住了？

细辛想起那一本本厚厚的户籍本，心里偷笑：公安局抓个人太容易了，别说是虾米，就是小罗你的家里，我也知道得一清二楚。但她不说破，只是笑：那当然了，他只是一个小贼，抓他太容易了。

小罗说：那好吧，我明天换个班，陪你去。

警车押着犯人从俱乐部里出来了，虾米在第三辆车上，站在车厢的最后面，面朝着人群，一直低着头，看不见他的表情。他被判了死刑，警车开上大路，一路呼啸着去了郊外的刑场，人群慢慢地散了，细辛和小罗向家走去。

小平房北化厂的家属院门口立着一只大铁皮桶子，上面摆着几个烤好的红薯，虾米的母亲正坐在一旁打瞌睡，天阴阴的，刮着寒风，细辛对小罗说：咱们买几个烤红薯吧。

死亡的味道

　　小宇的手一直插在裤兜里，紧紧地握住刀把，急切到跑到林琅家门口，门半掩着，隐隐地传来吼秦腔的声音，他推门走了进去，四合院里空无一人，秦腔吼得更响了，不只是收音机，还有林琅的声音，粗粝高亢，一点也不像他平时说话的样子。小宇顺着声音走向南屋，他挑开门帘，林琅躺在床上，收音机放在膝上，他闭着眼睛，头随着音乐声摆来摆去。小宇慢慢地向床边走去，他刚挪到床边，林琅倏地一下睁开了眼睛，说时迟那时快，小宇刷地一下就掏出了匕首，刀尖抵在了林琅的喉咙上，林琅有些吃惊地问：小宇，你要干什么？

　　一股浓郁的玫瑰花香味沉沉地向南宇漫了过来，小宇打了个喷嚏，刀子从手里跌落下来，掉在瓷砖上发出了清脆的声音：当啷、当、当。小宇隐隐约约记得这声音好像在哪里听过，一定听过。

　　他站在当地，心慢慢地柔软起来，轻轻地喊了一声：爸。

　　有好多年了吧，小宇没有喊过林琅爸，见了林琅要么不说话，要么直呼林琅，林琅早已习惯了，而这声爸却让他一下子陌生起来，他望着儿子愣愣地：你叫我什么？

　　小宇又叫了一声爸，然后呵呵地笑了，自从做完手术以后，他的笑看上去总是有点傻兮兮的。林琅的心里有点发酸，故作轻松地笑了笑，说：傻儿子，认祖归宗来了，你说来就来了嘛，拿把刀干什么，怪吓人的，赶快收起来。

　　小宇还是傻笑着说：爸，我想和你住在一起。

　　林琅纳闷了：为什么？你妈让你来的？

　　小宇摇摇头：没有，是我自己想。

　　林琅拍了拍小宇，说：你妈不是病了吗，你还是陪着她吧，她需要人照顾。

　　小宇一副孩子气，说：不，我要照顾你，就几天。

就几天？林琅有点不明所以，也许，小宇真的想和他待几天，那就待几天吧，儿子长这么大，他真没怎么好好照顾过，儿子五岁那年，他遇上了贾芳，他的婚姻就出现了问题。小宇的妈妈南辉和他吵架了，第一次，南辉那么伤心，他却无能为力，南辉没有选择离婚，而是和他继续过下去，也开始了他们漫长的十八年的吵架生涯，所有的愧疚和自责在一次次的吵架中慢慢地消失殆尽，后几年里，他只想着逃离，不惜一切代价，只要能让他摆脱这段婚姻。三年了，他刚刚自由了三年，南辉就又找来了，不是南辉自己，而是派她的儿子，三番五次地叫他去看她。

林琅说：行，那你就住下吧，就住那间北房吧，我让你阿姨给你收拾收拾。

小宇摇摇头：不用了，我就和你住在一起，睡一张床上。

为什么？怎么越来越大了，还喜欢和人挤在一起睡了？林琅觉得这有些奇怪，也许正是那手术闹的，儿子才变得这样不解人情。

小宇乐呵呵地说：我要陪着你。

贾芳看到小宇坐在林琅的身边，两人正聊着电视剧，吃着花生米，一副父子情深的模样，有些莫名其妙：你们？

林琅向她使了个眼色，把她拉到一边说：这孩子也不知怎么了，忽然说要跟我住几天，你就随他吧，你这两天去北屋住吧。

贾芳脸庞大眼睛小，但皮肤白而细腻，看上去有一种别样的味道，而且说话做事异常的温柔，与林琅从来不过多的争执。

小宇显得异常勤快，无论林琅伸手想取什么，他总是会抢先取到，然后毕恭毕敬地递到林琅手里，甚至林琅上厕所的时候，他也会跟着，林琅说：就这么两步路，你老跟着我干吗？

小宇只是呵呵地笑，但不说话，林琅往前走，他还是跟在后面，弄得林琅很无奈，只好随他了，林琅在里面大便，他站在外面像个站岗的，时不时地咳嗽一声，林琅有点生气了：你老站在门口，我拉不出来。

小宇离得远一点，林琅从厕所里一出来，他马上冲过去，抓住林琅仔细地看，看得林琅莫名其妙：你干什么？

小宇看到林琅的瞳孔里有一个影子，黑乎乎的，像个方形块，但有眼睛和嘴巴，而且越来越清晰，此时，嘴巴咧开来，正呲呲地笑着，玫瑰花的香味越来越浓了。

林琅要去上班，小宇说：爸，你别去了，你就在家里听秦腔，我给你做红烧肉。小宇的母亲做得一手好菜，这几天下来，林琅发觉小宇已颇得其母亲的真传，但是，饭再好吃，班总得上吧。

林琅说：你做好了，我下班回来吃。

小宇有点失望：那我跟你一起去上班。

林琅开车，小宇坐在林琅斜对面的座位上，林琅感到了一种无形的压力，他不明白小宇要干什么，监视他？可是为什么，他妈让他这么做的吗？小宇的妈妈三年前得了胰腺癌，一而再再而三地要求见他，可他不想去见她，也不敢去见她，他害怕她那双幽怨的眼睛，害怕听到她的声音：无论你在外面做什么，我都不在乎。她越这么说，林琅越害怕，她不在乎，可他在乎，他有了别的女人，不可能再去见她了，他要对现在的女人负责。现在她病了，要命的病，可是他什么也做不了，何必还要去见呢，徒增加彼此的怨恨罢了。

他不去见她，她就派儿子来监视他，这招真是太狠了，这比见她更难受，林琅想好了，这趟车回来，就去见小宇的母亲，无论她说什么，她什么样子，他都不吭声，不抬头看她。

小宇在心里默默地说：妈，你等着，爸马上就要来了。

母亲在离婚半年后就查出了胰腺癌，疼起来大颗大颗的汗珠往下掉，面无人色，好几次昏迷过去，嘴里不断地喊林琅的名字。

小宇站在 32 路总站，等 124，他看见了贾芳，正提着一桶水往车上走，不是 124，自从她和父亲的关系公开化以后，她就换到了别的车上。母亲的病全都是因为这女人害的，一想到这，小宇就冲了上去，对着女人喝了一声：你这个不要脸的女人。那女人蓦地转过身来，大概她一直担心这一幕，脸上露出了惊恐的表情：林宇！

小宇一拳打了上去，但在半空中就被人截住了，是一只更为有力的手臂，是林琅，林琅就势一拳把小宇打倒在地：你这个浑小子，你敢欺负贾阿姨。林琅也许是护那个女人心切，这一拳下手非常狠，小宇不但倒在了地上，嘴角鼻孔里都冒出了血，尤其是鼻子，血一旦流出来就像拧开的水管，咕嘟咕嘟的，有一种冒不完决不罢休的气势。那女人有点紧张：流血了。林琅弯下身去想要拉小宇起来，可是小宇却猛地一头顶在了林琅的肚子上，林琅往后跟跄了几下，被女人扶住了，他抬起手还要打小宇，可是，南宇却站起身来慢慢地走了，一边走一边擦着嘴角和鼻孔里的血。

小宇回到家里，母亲坐在床上，眼睛望着窗帘上的那两只新疆小靴子。那是父亲有一次去新疆带回来的，小靴底色是白的，有一株刺绣般精细的红牡丹花，从后跟一直缠到了鞋面上，鞋帮套的粉红色，底子是黑色的，靴口又托了一层粉红色，既精巧又可爱，母亲一直很喜欢它，没事的时候老拿着一块纯棉布擦它，所以十几年了，可小靴子依然新崭崭的。

小宇心里一阵难过，父亲早就知道母亲病了，是胰腺癌，可连问都没有问过，一见面就知道护着那女人、打他，母亲还想他做什么？

小宇打开抽屉找户口本、身份证，母亲站在他身后：你要干什么？

小宇不吭声，拿着那些东西要出门，母亲气急又心寒：难道你也要离开我吗？

小宇说：不是，我要改姓，不姓林了。

母亲愣了，不知如何是好，小宇拿着那些证件转身往外走，母亲一把拉住他：谁让你改的，谁让你改了，你为什么要改？

小宇大声吼道：我告诉你，他和你离婚了，已经不管你的死活了，别拦着我。说完，冲出了门。

从此他叫南宇了，这是一个很艰难的过程，同学一不留神就会叫他林宇。有些东西习惯了就很难改变，小宇下定了决心，有人叫他林宇，他理也不理，周围的人终于习惯了他的新名字：南宇。

成为南宇后的第一件事，就是生病。自从那次被父亲打了以后，南宇老是莫名其妙地头晕头疼，开始他以为是书看多了，后来发现不对劲，即使一整天不看，他也会头晕头疼，他去学校医疗室看了看，那个医生说：你还是去大医院拍个片子看看。片子清晰地显示，他的后脑勺那儿有一大块瘀血，必须做开颅手术才能清除瘀血，否则，他的头会越来越疼，最后瘀血压迫脑神经而死。他蓦然想起，那天被林琅打翻在地的时候，他的头碰在了一块石头上。

母亲的病暂时被搁置起来，全力以赴治南宇的病，脑袋要被打开，听上去总是有些恐怖，可比起活命来，这毕竟还算是一线希望。手术还算顺利，南宇醒来以后，一一认出了母亲、老师和同学，吃饭、穿衣看上去都没什么问题，只是说起话来有点断档，总是在答非所问。他这样子已经不适合上大学了，母亲给他办了休学手续。

手术后的南宇总是乐呵呵的，和谁都是一团和气，对以前最头疼的家务现在干得得心应手了，见了院子里的人也总是主动地打招呼，帮人家提东西，人们都说：南宇可爱了。是啊，以前的南宇有点过于沉闷了，好像一个自闭症的孩子，现在就好多了嘛。他还很会逗母亲开心，穿上母亲的花衣服趴在地上手含在嘴里做婴儿状，母亲却怎么也笑不出来，多大的孩子了，做这种样子多傻。是啊，没人直说，但母亲明白，院子里的人夸南宇比以前可爱了，其实真实的意思就是南宇是个傻子。

胰腺癌在南宇做手术那段日子好像躲了起来，紧张过后，它又来了，而且一阵紧似一阵地疼，南宇在母亲的指导下，一边打针一边说：妈，想吃什么，想不想喝粥，喝大米还是小米的？他想做点好吃的，好吃的能让人忘记痛。

母亲摇摇头：我什么都不想吃。她的眼神又一次落在小靴子上，南宇想起了一个词：林琅。

做完手术后，许多事情都忘记了，这个词也一度被忘记了，可现在一切都清晰了起来，他想起来了，林琅，那个曾经被称为父亲的人，他曾经清晰地见证了那一幕：林琅搂着那女人一起上了车，母亲在他身边慢慢地软了下去，瘫在了地上。那年他上高二，他硬是用自己有力的胳膊扶起了母亲，一起回家，在院子里碰见了正要回去的小姨。小姨坐在他家的客厅里有板有眼地告诉母亲一件事：姐夫有外遇了。

母亲轻松地笑了：不可能，他那么爱我，怎么可能爱别的女人。

　　小姨说：我就知道你不信，你看看吧，这是什么？她拿出手机来让母亲看上面的照片，可母亲根本不看，一把将手机推了回去，对小姨说：别老跟着那些外人编排你姐夫，他把我一直当公主供着呢。南宇看着小姨张口结舌的样子也有些迷惑了，刚才母亲不是明明看见了父亲和别的女人在一起吗？为什么还要这样对小姨？他甚至有点佩服母亲，真坚强，并没有被一个莫名其妙的女人打倒。

　　小姨已经不是第一次这样说了，也不是只有小姨一个人说过这件事了，母亲也不是第一次见父亲和别的女人了，南宇自己也见过好几次，父亲好像是有意做给母亲看的，他几乎不回家了，几乎每天和那个女人招摇过市，甚至陪着那女人去医院看病，看妇科病。母亲硬扛着，南宇有点担心，她这样要扛到什么时候啊，难道父亲会回头吗？

　　这些事情南宇记得很清楚，只是情感上有些麻木，应该去找一次林琅，让他来家看看，他都多久没有回家了，再说了，母亲病成这样，母亲需要他。

　　南宇来到车站，这是他小时候经常来的地方，已经刻在了记忆深处，一想到林琅就会不由自主地走到这里。林琅正坐在调度室的门口吸烟，似乎有些疲惫。看见南宇，眼皮也没抬一下。南宇笑嘻嘻地说：林琅，我妈想见你，她病得很重。

　　林琅看了他一眼，吸了一口烟，然后把烟扔在脚下踩灭，说了一句：我不去，我跟她已经没什么关系了。然后，他好像想起了什么似的，问了一句：听说你前段时间做了个手术，你怎么了？

　　南宇指了指脑袋：这有瘀血，清除干净就好了。

　　林琅哦一声，这时，有个调度员提着拖布过来了，跟南宇打了个招呼：林宇，来看你爸了？

　　南宇搔搔头：你认错人了吧，我叫南宇，他也不是我爸。调度员一愣，看了看林琅，林琅也愣住了，然后一把揪住南宇：说，谁让你改姓的，是你妈吗？

　　南宇脸上还带着笑，无辜地说：谁改姓了，我本来就叫南宇。

　　林琅提起拳头想给那笑脸上来一下，又觉得有什么地方不对头，手慢慢地松开了，疑惑地坐回去，南宇又说了一遍：我妈想见你，她病得很重。

林琅不再说话，走进了调度室，南宇跟了进去，调度室有人认识南宇，没有人拦他，还有人热情地问他：林宇，你妈的病怎么样了？

南宇似乎有些茫然：你们认错人了吧，我叫南宇。

那些人呵呵地笑了起来，南宇的母亲叫南辉，改姓了。林琅和南辉的事，全公交公司的人都知道，当年，英俊风趣的林琅找了当医生的南辉，成为公交公司的一大佳话，结婚五年后，两人吵架闹到林琅天天回父母家，后来就和现在的贾芳好上了，这让全公司的人大跌眼镜，一个英俊潇洒，一个其貌不扬，怎么看怎么不像，可一转眼，人好几年了，硬是让林琅和漂亮的女医生离了婚，住进了她父亲留给她的小四合院。

女医生得了胰腺癌，儿子一趟趟地来找林琅，听说林琅为了贾芳还把儿子打成了脑震荡，做了开颅手术，林琅对前妻真狠哪，贾芳真厉害呀。

林琅换好衣服，看到南宇还站在那儿，几个调度员正在跟他说话，看见他似乎有些羞愧，林琅也不理会，他已经习惯了同事的眼光，他只是对着南宇说了一句：还不走。

南宇以为他要去见母亲，赶忙跟着他走出了调度室，可是，林琅的脚步并不是往南宇家去的，他和南宇走了一段路，在拐弯处停了下来：你老跟着我干什么，我不是说了吗，我不去，你回去吧，以后不要来找我，我和你妈已经没什么关系了，我是不会去的。说完一言不发地往前走去，走到了四合院的门口，一回头，南宇还立在他的背后。

南宇笑嘻嘻地，说的还是那句话：我妈想见你，她的病真的拖不起了。

林琅不去，又不能让南宇这么一直纠缠下去，南宇上次做完手术后，想事情一根筋，挺好哄的。想到这，林琅的脸上挂满了慈爱的笑容，他伸出手去拍了拍南宇的肩，亲昵地说：要不你先去，我一会儿过去。

南宇本能地后退了一步，摆脱了他的手，脸上闪过一丝厌恶的表情，与他那笑呵呵的模样判若两人，可厌恶只是一闪而过，随即又换上了笑脸，他很笃定地说：我不去，我要等你。

林琅是个没有耐心的人，和南辉那一页早就翻过去了，儿子老在他面前晃来晃去，说那个女人怎么怎么样，那与他有什么关系，那女人要是真那么看重他，他们俩也不至于闹到今天这种地步，都已经没关系了还见她干什么。林琅想到这儿，不管不顾地打开门，走进去，南宇要跟进去，可是他理也没理，把门哐的一声关上了，南宇的鼻头碰在了门板上，鼻血流了出来，南宇对痛很麻木，可是，血流下来的感觉还是有些异样，他抹了一把鼻子，手上红通通的，他舔了一口，有点咸，流血了，他自言自语着，然后仰起头，血腥的味道顺着鼻腔流进嘴里，他不断地用舌头舔吃着，咽下去。

贾芳看到南宇躺在自家的四合院门口不省人事，吓坏了，赶忙叫上林琅一起把南宇送进了南辉所在的医院，当南辉和妹妹南真赶到医院时，南宇已经醒了，问他怎么回事，他只是茫然地说了一句：流鼻血了。

南宇鼻子里的毛细血管很脆，一旦流血很难止住，医生说他这是失血性休克，还好，发现得比较早，否则的话，后果很难设想。

南真骂林琅太狠心了，对儿子下这样的黑手。

可林琅和贾芳早走了，在南辉他们赶到医院的十分钟之前就离开了，不见就是不见，天塌下来也是枉然。

南宇在医院住了两天后，没什么事出院了，他的眼神更加清亮了，笑容更加灿烂了，人也越来越清瘦了，以前同学们叫他胖子，可现在他一点也不胖了，反而更英俊了，他长得越发像林琅了。

南辉时而昏迷时而清醒的，有一回拉着床边的南宇喃喃地说：林琅，你是林琅，你来看我了？

林琅，南宇对这个名字一点也不陌生，他们都说这个人是他爸，母亲也一直想见他，他为什么一直都不来呢，要不要去找他呢，可是，他在哪里呢？

南宇问小姨：林琅住在哪里，我去找他。

南真吃了一惊，南宇居然连林琅都不记得了，她摸了摸南宇的头，担心地问：南宇，你没事吧，林琅是你爸呀，你找过他两次，都碰得头破血流回来了，你做开颅手术就是他害的，你记得吗？

南宇嘻嘻地笑了：我脑袋没事，好着呢。

小姨点点头：好就行，千万别去找他，知道吗？你妈妈现在这样，全指靠你了，你要再有点什么事，你让她怎么活呀。

南宇乐呵呵地说：妈妈现在可好了，不发火，不摔东西，比以前好。

南辉疼成那样，还发脾气呢，哪有力气。南真怜惜地看了一眼姐姐，她以前多要强，读书读得最好，眼科手术做得那么好，连西安的人都跑过来找她，可是，一离婚，她整个人都垮了，得病，退休，南宇开颅，一连串的事情，是个人都得趴下。看她的样子好像没几天活头了，母亲把寿衣什么的都给她做好了，一边做一边哭，白发人送黑发人，何况是那么优秀的一个女儿呢。姐姐唯一的愿望就是想见到林琅，那个没良心的王八蛋，真是个冷血动物，对自己的老婆不管不顾，居然还把亲生儿子打成脑震荡，这还是人吗？南真恨不能找一帮人把那个人渣打死算了，他以后就不会再出来害人了。可是，姐姐想见他，看样子，如果南辉一直见不到他，这口气都咽不下去。

南真对南宇说：走，和小姨一起去找那个王八蛋。

南宇马上拍着手说：好啊，好啊，王八蛋，王八蛋。他嘴里一直重复着这三个字，非常好玩的三个字，说着说着，连南真也禁不住笑了，亲生儿子叫自己老爹王八蛋，的确挺好玩。

林琅的父母已经很久没有见到过南宇了。林琅和南辉离了婚，他们也不好意思跑到前媳妇家看孙子，只是日盼夜想地以为南宇大了，会自己跑来看他们，等啊盼啊，等来的却是已经做开颅手术的南宇。南宇做完手术以后，没人在他面前提起过爷爷奶奶，他的记忆早把这两个老人自动地删除了。

所以，当两个老人把他拉住，左一个孙子，右一个小宇地叫他时，南宇很是茫然，甚至有些惶惑地看着小姨：他们是不是疯子啊？

小姨没好气地说：不是疯子，是林琅的爹妈。

林琅的爹妈，南宇点了点头：我明白了。他也顺手拉住了两个老人，笑呵呵地说：爷爷，奶奶，林琅在不在呀，我妈想见他。

爷爷，奶奶，多亲哪，他们好久没听到小宇这么叫他们了，此时此刻，听着小宇的声音，他们觉得南辉这媳妇还是好，虽然和儿子离了婚，可还让儿子来看他们，叫他们。都怪那个没出息的儿子，好好的，闹什么离婚，把能干的南辉不

要了，找了个那个贾什么，真是瞎了眼。

奶奶嘴里一边叫着亲孙子，一边连声说：在，在，我现在就给你爸打电话。

爷爷没有阻止老太婆，本来他们和儿子闹僵了，已经有两年多没有来往了，儿子每次来看他们，都是托隔壁的邻居把东西转给他们，互相从不见面，过年也不准他来。可现在，小宇来看他们了，他们对儿子的那点气可以暂时放一放，虽然好媳妇没了，可好孙子还在，就冲这好孙子，他们可以原谅儿子抛弃好媳妇的罪过。

林琅家在一楼，他的父母圈了一个小院子，院子里种了很多的花花草草，南宇立即被那些花草吸引了，他不断地指着那些花草问：奶奶，这叫什么，这叫什么。他的嘴巴很甜，一口一个奶奶，或爷爷，哄得两个老人乐得合不拢嘴，给他讲花的名字，以及怎么浇水，怎么种出来的，并说：如果你喜欢，奶奶待会儿给你移两棵带回去，可爱活呢。

南宇指着百合花说：奶奶，你身上有百合花的味道。

奶奶一愣，呵呵地笑了：好孩子，奶奶老了，土埋到脖子这儿的人了，哪有什么花的味道，没有土味就不错了。

南宇拉住奶奶，仔细地看着她，奶奶被他看得莫名其妙：怎么了，我脸上长花了。

南宇没有说话，他看到奶奶眼睛里的那个人了，黑乎乎的，像个方形块，眼睛和嘴巴非常清晰，此时，嘴巴咧开来，正咝咝地笑着，百合花的香味越来越浓了。

南宇抱住奶奶哭了：奶奶，我不让你死。

奶奶愣了愣，看看爷爷，又看看小姨，然后哈哈地笑了，拍了拍小宇说：傻孩子，奶奶怎么会死呢，看见你高兴都来不及，别哭了，先陪爷爷说会儿话，我给你们做好吃的去。

南宇拉住奶奶的胳膊：我跟你一块去，我做饭可好吃呢。

奶奶一摆手：不用，奶奶还没那么老，做得动。

可南宇坚持要一起去，奶奶看着爷爷，爷爷笑呵呵地说：就让他给你帮忙，难得他这么孝顺。

　　林琅回来的时候，饭已经做好了，摆在桌上正等着他呢。许久没有见面了，大家都不知道该说些什么，林琅站在门口，看着南宇、南真还有父母，有一种很奇怪的感觉，恍若隔世。

　　母亲先走了过来，拉住了他的手说：儿子回来了，快洗洗手吃饭。林琅有点木然地说：好。他去洗手，然后来到饭厅坐了下来，就坐在南宇的旁边，南宇一直看着他笑，然后说：林琅，我妈妈想见你。

　　父亲对林琅说：不管怎么说，小辉给你当了那么长时间媳妇，刚才小真都给我说了，她病成这样，于情于理，你都应该去看看她，待会儿吃完饭就去，也不枉你们夫妻一场。

　　林琅不说话，端起碗吃了起来，他去夹菜的时候才发觉大家都没有动筷子，他说了一句：你们怎么不吃？

　　母亲说：好，大家吃。她给南真夹了点菜放进南真的碗里，又给南宇夹，南宇忙端起碗接住了，顺手给奶奶夹了好几样菜，放进奶奶的碗里，奶奶乐得直说好好好，好孙子。爷爷也看着笑。

　　南真心里气哼哼的，真是一家人，把她这个当小姨的根本理也不理，尽围着那个奶奶转啊，到底人家亲啊，当着两个老人她不好发作，她在等待，只要林琅跟着她出了这个门，看她怎么收拾他，她要让他生不如死，至少不能比姐姐活得长。

　　吃完饭，林琅要走，父亲和母亲又嘱咐一遍：和小宇一起去看看他妈，听见了吗？林琅还是没有说话，只是往外走。

　　南真叫南宇一块走，可南宇不走，他说要在奶奶家住几天，奶奶和爷爷愣了，他们没敢有这样的奢望，当着南真的面，他们也不敢说让小宇留下来的话。

　　南真不由分说，一把拉住南宇出了门：住什么住，你怎么哪都爱住，你怎么不住人墙头上去。

　　南宇被拉得身不由己，一边往外走，一边回过头叫着：奶奶，奶奶。叫着叫着就哭了起来。

南真那个气呀，真是脑子坏掉了，分不清里外，自己的妈躺在床上不省人事，他倒好，还在这给人当好孙子！她真为自己的姐姐寒心，这样想着，就踢了南宇两脚：哭什么哭，你妈还没死呢。

南宇噤了声，恐惧地看着南真，南真说：看什么看，追林琅去呀，他都跑了。南宇似懂非懂地点了点头，跟了下去。

南真和南宇走出门洞时，林琅已经拐过弯不见了，南宇茫然四顾：不见了。

他问小姨：怎么办？

南真拉着南宇说：走。他们拐过弯时看到了林琅还在快步地往前走，快要出家属院大门了，南真拿出手机打了个电话：你们准备好了吗？他出来了。

林琅刚走出家属院没多远，就被几个人围住了，那几个人问他：你是林琅吗？

林琅问什么事？

其中有个人笑了：有个姐姐想你了，看，来了。

林琅转过头去，南真和南宇走了上来，南真说：林琅，我姐就快要死了，你去不去见吧，她今天能变成这样，都是你害的，哼，要不是看我姐面上，我杀你的心都有。

林琅无动于衷地说：那你杀了我吧，我是不会去见你姐的，永远都不。

南真气得咬牙切齿，可又无可奈何，她狠了狠心，一挥手，那几个人拥了上来，把林琅围在了中间，一阵拳打脚踢的声音，南宇恐怖地抱住了头，使劲地喊着：不要，不要。

南真一把拉住他，头也不回地往家走去。

南宇一直木木的，母亲喊着要喝水，喊了好几声，他都没有反应，母亲唉地叹了一口气：这孩子怎么像魔怔了一样？

南真从卫生间里出来，推了南宇一把：你怎么了，你妈要水喝呢。南宇还是没有反应。

南宇端过水来给姐姐喂，南辉喝不到嘴里，南宇忽然喊了一声：用勺子。说着从桌上取了把勺子递给南真，南真伸手去接，没接住，勺子掉在了地上，当啷一声，清晰无比。

南真生气地说：怎么回事呀，给个勺子也这么费劲。

南宇却恐怖地看着那只勺子，抱住了头，喃喃地说：奶奶死了，奶奶死了。

南真愣了一下：什么奶奶？

南宇还在喃喃自语：奶奶死了，种花的奶奶死了。

南真说：你胡说八道什么呢。说着弓下身子捡起了勺子，给姐姐喂水。

南辉问：谁是种花的奶奶？

南真不耐烦地说：你听他胡说八道，谁知道他在哪儿梦游呢？

南辉眼睛定定地看着南真：你给我说实话，他说的奶奶是谁？

南真从小就怵这个姐姐，只要被她的眼神这么一盯，什么心里话都得给她倒出来：就是林琅的妈。

她和小宇去林琅父母家的事根本就没说过，她也不想让姐姐知道，既然林琅没来，说那些还有什么意义呢？再说了，林琅那天晚上被她叫的几个人打断了腿，这会儿正躺在医院呢，姐要是知道这些事还不得疯了。

南辉还是定定地看着她，等着她往下说，南真只得说了：你不是想见林琅吗，小宇找了他两次都没找来，我只好亲自出马了，跑他父母家去了，谁知，你家小宇见了他爷爷奶奶亲得跟什么似的，还要住两天，硬让我给拉回来了。

南辉果然生气了：我什么时候说要见林琅了，我说了吗，你听见了吗，什么时候，我怎么不知道。

轮到南真无奈了，南辉昏迷时下意识里总会喊林琅，清醒时谁也不提这个茬儿，南辉以为谁都不知道她的心事呢，装吧，你就装吧，从小你就爱装，到现在了还这么装。

南辉非常气愤地说：我给你们说好了，你们以后谁也不许在我面前提那个名字，谁也不许去找他，谁找我跟谁急。

她转过脸指着南宇大声地问：小宇，你给我说实话，你什么时候去找那个人了，你怎么不告诉我？

南宇霍地站了起来：我要去看奶奶。说完就往门口冲去，南真和南辉都愣住

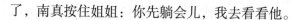

了，南真按住姐姐：你先躺会儿，我去看看他。

南真一直跟着南宇跑到了林琅父母家的院子里，小花园的前面果然搭着灵棚，南宇冲进去跑到棺材那儿，使劲地掀棺材板儿，嘴里喊着奶奶。

灵堂里的人们都愣住了，然后，几个小伙子冲上来把南宇拉开了，把他一把摔在地上，问他是谁，这是要干吗？

南宇不回答，只是伤心地哭了，一边哭一边喃喃地说：奶奶，奶奶。

林琅来了，腿上还打着石膏，走路一瘸一拐的，南真站在灵堂门口冷冷地看着他，他往里探了一下头，看到了坐在地上哭泣的南宇，喊了一声：小宇。

南宇抬起头来，看到了林琅，眼前一亮，马上从地下爬起来，走到林琅面前说：林琅，我妈想要见你，她病得很重。这些话像是事先背好的，张口就来。

林琅已经听过好几遍了，像是耳边刮过一阵风，过了就过了，心里没有任何反应，他只是给南宇说：给奶奶磕两个头吧，好好的，别闹。

南宇听话地跪了下去，对着奶奶的遗像磕了两个头，站了起来，把刚才的话又说了一遍，林琅还是没有接他的茬儿，摸了摸他的头说：去屋里，爷爷在呢，陪爷爷说会儿话。南宇哦了一声，去了。

南真忍了忍，没有吭声，这是灵堂，躺在棺材里的那个人是南宇的奶奶，她没有任何理由拦小宇，有人拉了一只凳子让她坐，她只好坐了下来，有人给她倒水，还有人端了一盘吃的放在了她面前。

她看看林琅，他坐在灵堂的草席上，穿着孝衣，低着头，有人来了，他会主动地递上烧纸和香，一起磕头，一遍又一遍地磕头，他的旁边坐着贾芳，宽大的孝衣更加显出了她的柔静和韵味，他们坐得很近，衣服不时地摩擦着，对面还有林琅的两个姐姐，一个弟弟，他们都穿着孝衣，低着头，做着一样的动作，他们更像一家人。

姐姐与这个家已经一点关系都没有了，她为什么还要带小宇来，小宇为什么还要陪那个所谓的爷爷说话，他的妈妈此时躺在床上奄奄一息，她比任何人更需要小宇。

南真站了起来，林琅也站了起来，他俩一前一后走进了小屋，小宇坐在床边，拉着爷爷的手，爷爷坐在床上披着外套，在给小宇讲奶奶死的经过：她说你喜欢花，要给你移几棵。那天你走了以后，她就一样一样地折枝插在瓶子里泡根，昨天，她说那些花都活了，可以移在盆子里养了，她就坐在这儿，一棵一棵地往盆子里移，总共移了七八盆呢，看，都在窗台上。

窗台上有一排小花盆，小得只有手掌大，每只盆子里种着一棵小小的花苗，有的只有两瓣小小的叶子，有的只有细长的枝，枝头上有一点点嫩绿。

移完以后，她又去做饭，饭刚一端上来，她说她腰疼，想躺会儿，可是这一躺就再没起来。爷爷一直在抹眼泪，一边抹一边又从头讲了起来。

林琅找了只大袋子，将那些小花盆一个一个地放进了袋子里，递给小宇：你先回吧，让爷爷休息会儿，这是奶奶给你移的花，你拿回去好好养着，也算是个念想。

小宇却将袋子摔在地上，使劲地踩踏着，一边踩一边说：我不要花，我不要花，这些害人的花，奶奶就是这些花害死的，我不要花。他用尽了全身力气，恨不能将那些盆子和嫩苗踩成碎末。花盆破裂的尖角插进了他的鞋子，血从里面渗出来，他好像没有痛感，还在那些尖角、破口上用力地踩着，更多的血渗了出来，他一边踩一边把拉他的人甩开，他的力气很大，林琅和爷爷一时对他无可奈何，南真跑到外面叫了几个帮忙的小伙子，才把他制服了。小宇依在南真的怀里抽泣着，喃喃地叫：奶奶，奶奶。

人们都说，这孩子跟他奶奶感情真好呀。

南真一边拖着小宇往外走，一边对林琅恶狠狠地说：林琅，你他妈的真是个混蛋，小宇变成今天这样，全都是你害的。

林琅低下头不吭声，爷爷走过来对南真说：领孩子去医院看看，伤口别感染了。

南真说了句：猫哭耗子假慈悲。

爷爷愣了愣，又对林琅说：一起去，她一个女娃娃家收拾不住。

林琅答应了一声，一起跟了出来。

南真冷笑着说：你孝子做到头了吧，不用管儿子、老婆，他们死了你才利落呢。

林琅没有接她的茬儿，招手喊一起的司机送南真和小宇，南真理也不理，站在路边打出租车，小宇对林琅笑嘻嘻地说：林琅，你跟我们一起去吧，我妈想见你，她病得很重。

出租车来了，南真把小宇一把推进了车里，砰的一声关上了车门，小宇看到窗户外的林琅，笑嘻嘻地说：流鼻血了。林琅的鼻血真的就流了下来。

林琅的父亲走进了南辉的家，南辉当时正坐在沙发上看一本医疗杂志，上面有眼科的一些报道，她站起来，喊了一声：爸。

父亲说：听说你病了，我一直想来看看你，可又不敢来，琅儿那样，我和他妈没脸呀。

南辉摆摆手：您别这么说，那不关你们的事。

小宇他奶奶去世了，她活着时老念叨你。

南辉笑了笑：本来我应该去一下，您看，我现在根本出不了门。

父亲忙摆手：不不，我不是这个意思，我们知道你得了病，他奶奶是要来看你的，又怕你不高兴，她没来看你，遗憾哪。

南辉摇摇头：我们不懂事，让您二老跟着操心了。

不懂事的是林琅，那个混账，放着你这么好的媳妇不疼，好日子不过，非要瞎折腾，我看他还能折腾几天。

老爷子气愤过了头，咳嗽起来，南辉忙把水递给他，他喝了两口，南辉又给他捶了捶背，问他好点了没。他点着头又轻咳了两声。

父亲又接着说起了老伴：我们老在一起说道你的好啊，老伴活着的时候一直穿你买的衣服，还有那个痒痒挠，那个按摩椅，床垫，一天到晚唠叨个没完，一唠叨就骂林琅那坏小子，你看，你看，我穿的这件羊毛衫还是你买的呢。

南辉轻轻叫了一声爸。

其实，这些东西算什么呢，跟老人对她的好比起来，太少太小了，真的不值得放在心上。住在一起时，老人对她特别好，她工作忙，不能按时回家，她的衣服经常是老太太洗的，包括内衣内裤，她怀孕时，老太太陪她去公众澡堂洗澡，她肚子大，身子弯不下去，老人弓下身子给她搓脚丫子，她不让，可老人说：别乱动，怀孕时多搓搓脚舒服。她下班晚，有时林琅不在，老爷子总是站在家属院门口，一边抽烟一边等她，等等，说实在的，她的亲生父母也没为她做过这么多，对于这么好的老人，几件衣服，几样家用东西算什么呢，买得再多，再贵，都不能跟老人对她的心比。

老人说：你看你得了病，我们也一直没来看你，实在是没脸呀。

南辉说：爸，是我没脸见你们，是我不中用，我谁都不怨，只怨我自己。

老人叹了一口气：你这孩子，就是心重，不然也不会得这病。他接着问：林琅来看过你没有？

南辉摇摇头：不用，都已经离了，再见面还有什么意思。

小宇在一旁插话说：有意思，他流鼻血可好玩了。

南辉愣了一下：谁，你说谁流鼻血。

小宇拍着手笑了起来：王八蛋，王八蛋。

南辉叹了一口气：我现在就是担心这孩子，等我死了以后谁来照顾他呢，你看，他这样子，连话都说不清楚。

老人点着头：我早看出来了，上次在我家时我就看着不对劲，他小姨给我说了，唉，可怜的孩子。他顿了顿说：你放心，只要有我一把老骨头在，这孩子饿不着。

老人接着说：再说了，我有一套那么大的房子呢，我准备立遗嘱，到时留给小宇，再给他留点钱，好歹吃饭够了。

南辉说：不用了，钱我儿这有。

小宇自言自语地说：钱我这儿有，饭我也有。然后嘻嘻地笑了。

小宇送爷爷出来，碰见了院子里的李伯伯，他和母亲是一个医院的，是骨科专家，以前给爷爷治过腰病，爷爷见了他很高兴，拉着手一个劲地说谢谢，又问他身体怎么样？

李伯伯退休没几天，看上去很硬朗，他还记得爷爷，很热情地问他腰病再犯过没有。两人站在一起寒暄了几句，小宇疑惑地吸着鼻子。

小宇把爷爷送出家属院大门，爷爷说：赶紧回去吧，你妈身边离不开人。

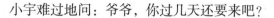

小宇难过地问：爷爷，你过几天还要来吧？

爷爷摇摇头说：我来有什么用，你爸来才是真的。

小宇接着说：李伯伯要死了，你来参加他的葬礼吧。

爷爷吓了一跳，看看周围并没有特别靠近的人，他用手捂了捂小宇的嘴：不许胡说八道，听见不？

可小宇认真地说：他真的快要死了，他眼睛里有影子，那是死人的影子。

爷爷愣了，一种不祥的预感袭上心头，老李真的要死了，他才六十几岁，不能啊，他看起来挺硬实的嘛。他又看了看小宇，小宇笑嘻嘻的模样，他不笑的时候还看不出来，一咧着嘴，真的有点傻了巴几的。

爷爷松了一口气，傻子说话能当真吗？他摆了摆手，走了。

小宇回到院子里，那个李伯伯还在，他有一只金毛，他几乎每天中午、晚上都要到院子里遛狗，小宇很喜欢狗，他蹲下身子摸着金毛的毛，那狗被他摸多了，已经有点认识他了，伸出舌头舔着他的手，小宇用头碰了碰狗头，一股浓郁的悲伤涌来，小宇的眼泪就流了下来。李伯伯刚开始还觉得好玩，可小宇趴在那儿半天不动，就有些疑惑，他走过来扶起小宇，小宇一头扑进了他怀里，呜呜地哭起来。

李伯伯不明白这是怎么回事，院子里来来去去的人好奇地问：小宇这是怎么了？大家都知道小宇开过颅，已经没以前好使了，但扑在老李的怀里哭，还是透着古怪。老李和南辉家的交情不见得比一般同事好多少，只是一个是骨科主任，一个是眼科主任，工作上来来去去会有些交往，无非是我的亲戚病了找你，你的家人不舒服了找我，彼此对症嘛。小宇这孩子怎么给老李撒上娇了？老李在众人的怀疑中一边安抚小宇，一边也暗自纳闷，这孩子怎么突然对自己表现得这么亲热？

老李哄了小宇半天，小宇才抬起头来，泪眼蒙眬地看着李伯伯说：李伯伯，你把这只金毛给我吧，我保证对它好，把它养得胖胖的。

这让老李十分为难，这是他最喜欢的狗了，从小养大了，也好几年了，跟家里人似的，怎么能说给就给人呢？可面对小宇的眼泪和恳切的眼神，他实在不能一口拒绝，只好说：行，等来年它下崽，我一定给你一只。

小宇眼睛眨也不眨地看着金毛说：我就要它，你看它多可怜呀。

老李连着摇了好几下头：有我在，它还能可怜，在我们家，我是老大，它就是老二，其他人都得围着我们爷俩转。说完呵呵地笑起来。

小宇没有笑，很认真地对老李说：反正金毛是我的，谁也不许抢。

老李敷衍地说：行行行，只要你想它了，随时来看它。

小宇眼睛一亮：真的吗？

老李有些莫名其妙，暂时他还没意识到这话有什么问题，可随后的几天里，小宇几乎是如影随形，金毛走哪儿它跟哪儿，老李领着金毛到家门口了，小宇还站在它旁边，老李有些不好意思：到屋里去坐坐？

小宇点点头，真的就跟着老李上来了，来了就一直围着金毛转，也不管老李家的人在做什么，到饭点了，他还是丝毫没有要走的意思，老李的家人就不耐烦了，直白地说：小宇，回家吃饭去吧。

小宇抬起头来，向李伯伯望去，老李起初有些不好意思，不敢迎他的目光，转过头看着别处，后来，老李也有些烦了，摆着手说：去吧，赶紧家去吧，你出来这么长时间，你妈该着急了。再到后来，老李走哪儿都躲着小宇，瞅小宇不在的时候赶紧溜回家，尽量避免见着小宇。

好些日子不见小宇了，不见了吧，老李的心也不大安生，叹着气给老伴说：小宇这孩子也够背的，本来那么机灵的一孩子你看看都变成什么样了。

老伴也叹息：大人折腾，孩子跟着遭殃啊。

那只金毛大概也想小宇了，有些不安地在家里走来走去，有时就望着老李发呆，好像在说：我想小宇了，让我见见他吧。

那天晚上，下着瓢泼大雨，南辉疼了一天一夜，打了一针杜冷丁，好不容易睡去了，小宇坐在沙发上看动画片，一边看一边侧耳倾听着外面的动静，他听到的不是雨声，而是奇怪的吱吱的声音，好像是什么东西在挠门，执着而又坚定的一次一次从门上划下来，再划下来。医院派来的护工平时也住在家里，她也听到了这奇怪的声音，恐怖地看着小宇，指着门，不敢说话。小宇没有害怕，向门口

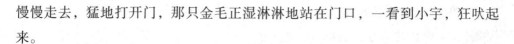

慢慢走去，猛地打开门，那只金毛正湿淋淋地站在门口，一看到小宇，狂吠起来。

小宇哇的一声哭了：李伯伯死了，李伯伯死了。

老李真的死了，那天晚了，他早早地睡了，半夜有了尿意，想去厕所，下床时一阵晕眩，一头栽下了床，等120来时，已经没有心跳了。医生说是脑溢血，即使能抢救过来也是植物人，遭不完的罪。

南辉从楼上下来了，大家很久没见她了，以为她已经被癌症折磨成什么样了，可看到她的面容没多大改变，还是那么瘦，面色苍白，反而增添了一份异样的安静的美。大家都说：你还是那么漂亮，小宇也长成大孩子了。

那怎么可能，一个被死亡笼罩着的人是无论如何不会比活人更美，小宇也是个有病的孩子，也许别人都是从病人的角度来看他们的吧，南辉倒也不计较这些。病到这份儿上，她把什么都看开了。

南辉问他们的身体怎么样，孩子大学毕业了没有，还说到这岁数了，身体健康，孩子有出息比什么都强。

小宇走到哪儿，那只金毛跟到哪儿，慢吞吞地，尾巴一甩一甩的，跟以前和老李在一起时一模一样。大家说：这狗跟你们家小宇还挺投缘的。

南辉也叹息：是，我不让他养，他非要养，还说要离家出走，和狗一块儿过去，你说，我也没办法。南辉摇着头。

大家劝她：孩子嘛，就喜欢个狗啊猫的，现在的孩子都是一个人，孤独惯了，养个狗也挺好，就是这狗怪大的，跟老李那么多年了，对小宇不一定忠心，你们要小心一点。这是实话，自家从小养大的狗还有伤人的，何况别人家的狗呢。

金毛洗干净以后非常漂亮，一身金黄色的毛即使在屋里也闪烁着金光，它的眼睛圆圆的黑黑的，看人的时候很专注，好像人的眼睛，护工开玩笑地说：小宇，我看这金毛的眼睛和你有些像呢。

南辉听见这些话很不高兴，可仔细一看，真是那么回事，那狗的眼神真的有些像小宇：专注之余还透着那么一丝忧郁。

小宇却很高兴，特意蹲在金毛的身边，让妈妈给他俩照相，非说金毛是他弟弟。南辉被他拗不过，就照了两张，照片拍得很好，小宇一手搭在金毛的脖子上，金毛的一条前腿搭在了小宇的膝盖上，小宇的另一只手从侧面伸过来握住了金毛的腿，看上去很亲密。

但金毛看上去更喜欢和南辉待在一起，它似乎总在观察南辉，南辉的眼神在哪儿，它的眼神也在哪儿，南辉看小靴子，它也看小靴子，甚至比南辉还专心。南辉感觉到了这一点，心里一动，用手摸着金毛那光滑润泽的毛发说：你知道我的心里在想什么，是吗？

金毛看着她，吐着长长的舌头，然后一下子就冲到门口，门正好开着，护工从外面买东西刚回来，东西放在门口的桌上，她反过身要去关门的时候，金毛一步蹿了出去，吓得护工大喊：小宇，小宇，你的狗跑了。

正在厨房里忙碌的小宇就赶忙奔了出来：在哪儿，金毛在哪儿？

护工指着门外说：我进来刚要关门，它一下子就蹿出去了。小宇也蹿了出去。

天已经快黑了，街上弥漫着一股浓郁的山茶花味道，那是母亲身上的香味，小宇有一种很熟悉又很陌生的感觉，他没有回家，顺着那股味道一直前行。他来到贾芳家的小四合院时，天已经完全黑了。小四合院的门大开着，小宇听到了疯狂的犬吠声，那声音来自金毛，小宇一个箭步奔进了小院里。

金毛咬住了林琅的一条腿，往外拖他，林琅用另一条腿使劲踢它，他们大概纠缠了很长时间，林琅抬起目光向墙那边看去，一只铁锹正靠着墙立着，他伸出手去刚好够得着，他两只手握住铁锹把，照着金毛的头狠狠地铲了下去。一只圆滚滚的东西骨碌碌地滚动着，然后停在地上不动了。

小宇心里的什么东西咔嚓一声断了，他愣了一下，转头向家里奔去。

母亲南辉仰面躺在床上，嘴边全是一抹一抹的血红色牙印。小宇在床边跪下来，握住了母亲的手，还有些温凉，大概刚刚咽气。

护工扶住了他，说：小宇，别难过，你妈妈以后再也不遭罪了。

小宇呜呜地哭了起来，边哭边说：是林琅杀了她，我亲眼看见的，用铁锹一下子就铲下了她的头。林琅，林琅这个王八蛋，我要找他去，我要砍他的头，让他给妈妈抵命。

小宇跑到书房，拿了一把匕首揣在裤兜里跑出去了。

林琅开着一辆公交车，车上坐满了人，他的斜对面坐着小宇，小宇不时地看看前方，又看看林琅，林琅一直目视着前方，如往常那样。一阵钻心的疼痛突然从林琅的脊背那儿开始了，一路前行，开始他以为抽筋了，使劲地动了动上身，结果一动更加不得了，那种疼痛迅速加剧了，像是有人拿着一把手术刀正在割裂他的身体，刀口是横着切的，从后背切到了前胸，还在往上漫延，一直抵达了他的嘴巴里，他忍不住哎哟了一声，这时车已经开到了十字路口，前面后面都是一大堆的车，他必须顺着车流继续前行，他要把车开到一个安全的地方。

一辆公交车奇怪地停靠在路边，司机伏在方向盘上，好像睡着了一样，小宇和一大帮乘客挤上前去，叫他拍他：喂，师傅，师傅。有人把他的头抬了起来，他闭着眼睛，龇着牙，额头上冒出了细密的汗珠，已经说不出一句话来。

林琅送到医院时，心脏已经停止了跳动。

小宇一路狂奔到林琅的父亲家，老人正在院子里和人打牌，小宇上气不接下气地说：爷爷，爷爷，我妈见到我爸了，他们在一起了。

爷爷丢下手里的牌，慢慢站了起来，仔细地看着小宇问：你说什么？

小宇顿了顿，指着天空说：你看，你看，他们在那儿呢，在一起笑呢。

爷爷仰起头望望天空，阳光的确很灿烂，天空很蓝，几缕白云像丝绵一样散落其中，连一只鸟影也见不着。

两只麻雀并排站在树枝上，叽叽叽喳喳地叫着，爷爷拿起一块石头向它们打过去，石头连树枝也没有碰着就掉在了地上，两只麻雀扇了扇翅膀，惊诧地看着爷爷，小宇也看着爷爷，问：爷爷，你干吗要打麻雀？它们多可爱呀。

爷爷就搂住了小宇，吭吭哧哧地哭了起来。

黑夜里

文英站在一棵槐树下，手里拿着一本很薄的书，嘴里喃喃自语，还走来走去，脚步急促，似乎在背着什么或练着什么，罗菲有点好奇，慢慢地靠近她，悄无声息地。文英一直很专注，罗菲忽然有点担心，万一吓着她怎么了，她的眼神总是那么惊惧。罗菲停下来，抬起手去拍文英的肩膀，但文英忽地一下转了过来，笑了，说：我就知道是你。

罗菲倒愣了，问她怎么知道的。文英笑笑，表情略显神秘，说：我就是知道，我当然知道。这是她回答问题的一贯风格，再问下去也是这几句话。但她接着说：我还知道，你喜欢吴斌。

罗菲很意外，忙转头看了看四周，并没有人注意他们，罗菲就很生气，说：你别瞎说。文英就笑了，她知道自己说中了罗菲的心事。

罗菲想岔开话题，就瞟了一眼她手中的书，问她看什么呢。文英马上把书藏到了背后，但罗菲已经看到了书的名字，《英语九百句》。

哇，这么用功，是在学英语，怎么，准备出国吗？这是句玩笑话，罗菲只是随口一说，但文英很认真很严肃地说：我姑姑叫我毕业后去英国念书，伦敦，你知道这个城市吗？接着，她说了一句很漂亮的英语，听不懂说什么，但听语调像是一首诗。文英的英语成绩一直不错，口语也不错，但没想到她居然会念诗。文英说这是雪莱的诗：冬天到了，春天还会远吗？

哦，罗菲听说过这首诗，只是不大理解诗的意义，但她装作很严肃的样子，点了点头说：写得真好。然后她绷不住大笑了起来，实在太可笑了。

随即，刘燕和李丽走了过来，问她笑什么，她俩是罗菲的铁杆姐们，三个人总是如影随形。文英有点害怕。果然，罗菲指着文英说：她教我念诗，用英语念，可好听了。她的眼神里透着揶揄和促狭。

是吗，是吗？念念，给我们念念。她们开始推搡文英，显然，并不是真的要听英语原诗，而是在看文英的笑话。文英眼里的惊惧加深了，她慢慢地向后退，她很瘦，腿很细，裤子很肥，看上去轻飘飘的，像一片树叶，在空中乱飞，不知何处是目的地。她的身后是槐树，她碰到了树，无路可退。女生们在她的肩上、胸上乱拍，还拽她的头发，嘴里乱七八糟地嚷着：念啊，你念不念？

那些手掌噼里啪啦地，布鞋们也纷纷上前助阵，文英低着头双手紧紧地抱着那本英语书，把脸埋进胸口，拳头和脚没头没脑地打下来，她的身体慢慢委软，蹲了下去，落在地上。

罗菲一直站在外围，当眼前的一幕是个再平常不过的游戏，这两个女生是她的好姐妹，经常在一起玩，有时候看谁不顺眼，会教训一下，偶尔也会动刀子吓唬一下那些胆小的男生。对付女生，她们从来只用这种手段，踢踢打打，女生就吓软了，而她们哈哈笑着，相拥而去，只当好玩而已。

罗菲没有走，站在那里看地上的文英，她还保持着先前的姿势，书被紧紧地抱在胸前，看不到她的表情。罗菲叫了一声：文英。文英没有动，罗菲走过去扶她，她随之站了起来，罗菲帮她拍身上的土，还骂那几个女生：真是，手下没个轻重的，下次我告诉她们，你是我的好姊妹，她们就不会欺负你了。

文英意外地看她，显然，她不相信，罗菲和她从小一起长大，从来都很强势，不欺负她就不错了，还怎么可能帮她呢。

罗菲又加了一句：我保证。

文英不好意思了，摇摇头，说：没事的。说着笑了，额头上有几处红印，显然是刚才的巴掌烙上去的。

罗菲摸了摸那儿，问她疼么？说着又恨恨地道：待会儿我去骂她们，太过分了，你是多好的一个人啊。说着又帮她整理头发，刚才被扯乱了，还揪掉几缕，头皮跳着疼，文英躲开了她的手，说：我想回去了。

天完全黑了，校园里安静下来，罗菲和白天的几个女生一起躲在教室里抽烟，罗菲说她们白天下手太重了，玩玩的嘛，干吗不依不饶的，人家是残疾人。

最后三个字引得几个女生哈哈大笑起来，而且笑个不停，罗菲愣了愣，后来也觉得这词用得好笑，跟着她们一起笑了几声，然后很严肃地拍了拍桌子，说：笑什么，笑什么。

有人不干了，也拍桌子，喊道：你装什么装，还去扶人家，人家领不领情，是不是当你汉奸？众人又哈哈笑了起来。罗菲气恼了，说：你才汉奸呢。

你才是汉奸呢。这句话在两人来回好几次，被众人劝了回去，罗菲还不解恨，拍了一下桌子，说：反正这样没意思，应该教训姚瑶，那才刺激呢。

对，对。众人纷纷应和。姚瑶长得漂亮，学习又好，走到哪里都是一道风景，好多男生都维护她，胆子再大的女生也不敢动她。

罗菲却跳出来：我才不怕她，我早就想教训她了。她没说心底的那个秘密，她喜欢的吴斌喜欢姚瑶，好像姚瑶也喜欢他，两人总是眉来眼去的，她早就压不住火了。

连好朋友刘燕也不知道她的心事，只是觉得没必要招惹姚瑶，目标太大，说不定老师都会跳出来，捉拿凶手，那她们几个在学校就待不下去了。

那才好，我早就不想上学了，我爸身体不太好，早就想退休，让我去接班。罗菲满不在乎地说，就是离校，她也得教训一下姚瑶，她得不到的东西也决不能让别人轻而易举地得到。

别的女生没这好命，但对于教训姚瑶还是兴致勃勃，不是想看姚瑶的怂样，而是想知道她们动了她以后，老师和男生们会拿她们怎么样，真是想想都刺激。

她们七嘴八舌地说着动手的时间、地点和参与人员。

窗口那儿咚地响了一声，众人吓了一跳，你看看我，我看看你，然后一起冲向窗口，向下面看去，但这是二楼，刚好伸出一个平台，挡住了视线，外面什么也没有。

可能是猫吧，学校里有猫。有人说了一句，哦，众人长舒了一口气，的确有只猫，是看门的李大爷养的，说是捉老鼠的。

传达室门口，文英蹲在地上逗弄那只猫，黑色，脖子那儿有一圈浅浅的白色，像一个项圈，十分醒目，文英一遍遍抚摸那只项圈，嘴里还喃喃地说着什么。

　　几个女生站住了，互相看看，十分怀疑，但又很不确定，罗菲走过去问：文英，这么晚你怎么不回家？

　　文英没有抬头，也没有说话，只是专心地给猫说话，听不清说什么，只是一句接一句，十分短促，又很有节奏，有点像唱诗班的祈祷，又像神父，一遍一遍地说：阿门。

　　罗菲转过头向几个女生摇摇头摆摆手，大家谁都不说话，默默地从文英身边走过，出了校门，有人开口：这文英不但有病，还有点神道道的。

　　是啊，阿门。刘燕学她的样，众人笑了起来，刚才压抑的气氛一扫而光，她们各奔东西，就在学校门口分手，说好第二天下午的事，一起去堵截姚瑶，折磨折磨她。一想到这个词，她们就开心得不得了，几乎要跳起来，但又忍住了。

　　文英慢慢站起来，怀里还抱着猫，猫闭着眼睛，十分惬意。文英慢慢走出校门口，没有人拦她，传达室门没锁，里面空无一人，看门的李大爷回家吃饭去了。

　　罗菲家离学校不远，而且路过的都是繁华路段，她脚步很快，肚子很饿，心里一直惦记母亲的晚饭，最好是拉条子拌红烧肉，再来点儿蒜薹，这是她的最爱，能吃满满的两大碗。进了家属院，转过弯，往前走几步就是三单元，她刚走到楼门口，喵的一声，一只黑影子在黑暗的楼道里发出两道锐利的光芒，像狼，她的心脏抖了抖，定睛一看，却是只猫。猫后面还有一个人，站在楼梯下面的阴影里，非常黑，但罗菲还是认出来了：文英，你怎么在这儿？

　　她马上想起，刚才文英明明在传达室门口逗弄这只猫的，怎么走在了她的前面，哗，像鬼片里见到鬼时的那种瘆人感瞬间罩住了她，她平时以胆大著称的。她镇定了一下自己，走过去仔细看就是文英。

　　文英正眼睛眨也不眨地看着她，说：我想回家。

　　回家？罗菲愣了一下，说：回呀，可你怎么到我家来了？

　　文英家也在这个院子，但在最里面的一幢楼里，还要走一段路，拐好几个弯呢。罗菲笑了：你怎么了，迷路了？

　　文英也嘿嘿地笑了，指了指猫说：我想带它一起回家，你别告诉别人。

　　罗菲这时才看清那只猫，正是李大爷的那只，她明白了什么，指着文英说：

你偷李大爷的猫，你居然敢偷？她没有说下去，只是意外文英居然能做出这种事来，她一向那么胆小怕事，眼神老是躲躲闪闪的，居然也做这种小偷小摸的事。

想到这里，她觉得可笑，抚着文英的肩膀说：你放心，我不会说出去的，不过。她指着猫说：你把这小东西放哪儿呢，你妈会让你养吗？罗菲的母亲不喜欢小动物，无论狗或猫都不准带回家来，罗菲很羡慕文英。

文英笑了，说：我把它藏起来，我妈发现不了。说着，她很开心，抱着猫开始往外走，向罗菲摆摆手说：再见。

罗菲也摆手，文英走到院子里的亮光处，衣服背后蹭了很多土，看来，她在这个楼道里站了很久了。

文英忽然转过头来说：我也会为你保密的。说完，一路跳着走了，像个小孩子一样。

罗菲不知所以然，自言自语道：保密，保什么密，我有什么事？莫名其妙。她甩甩头，上楼去了。

罗菲和几个女生等在姚瑶家的那条小径上，行人很少，只有几辆车在路上狂奔。远处有一个人影慢慢走过来，一边走一边东张西望，看上去不像姚瑶，倒像是文英。

罗菲摇摇头说：不会吧，她怎么跑这来了，她家不在这儿呀？

渐渐地，文英走近了，她好像才发现罗菲他们，吓了一跳，惊惧地看了她们一眼，就飞快地低下头去，继续往前走。罗菲叫住了她：你跑这来干吗？

文英没有抬头，只是摇摇头，想快点越过她们去，但是被一个女生扯住了，叫她：问你话呢？

文英抬起头来，看着她们，慢慢地说：我去找姚瑶玩，我知道她家，你们要去吗？

女生下意识地松了手，看看罗菲，罗菲也很意外，问文英：你怎么知道，你去过她家吗？

嗯，吴斌也去过。文英说着眼睛眨也不眨地看着罗菲，罗菲忽然心虚了，她不相信神经兮兮的文英能看懂她的心思。

　　文英嘴角轻轻上抿，看起来笑了，眼神略带神秘地说：我还知道，他俩在搞对象。

　　众人先是一愣，然后就哈哈地笑了起来，他们没想到文英也会这么八卦，不过正合她们的心意，她们七嘴八舌地说着这件事，边说边笑，不亦乐乎。罗菲没参与，只是看着文英，文英也看着她，眼底带着轻轻的笑意，然后转过身走了。

　　罗菲说：回吧。几个女生止住说笑，吃惊地说：姚瑶还没来呢？

　　罗菲已经径直往回走了，边走边说：她不会来了。是的，她有这种感觉，不为什么，她就这样想的。心里还有些莫名的恨意，又让姚瑶跑了，这个叛徒。她愤愤地骂了一句。声音很轻，但刘燕还是听见了，问谁是叛徒，谁。还很义愤填膺，别的女生也叫起来了，问是谁，现在就去把她揪出来，好好地教训她一顿。

　　是文英吧，是她吗？众人纷纷问罗菲，刚才只有文英从这走过，也许是她通风报信的，但大家又觉得奇怪，文英怎么会知道她们今天的行动。那个傻子。

　　她那么笨，怎么可能？罗菲不耐烦地回道，她直觉上文英好像参与其中了，但又觉得没可能，只是心里很堵。不知道是因为今天的事没弄成，还是因为吴斌和姚瑶搞对象的这件事，被文英那么轻而易举地说出来了，几个好姐妹都知道了，她再也没可能了，他妈的。她说了一句脏话，以前也这样说，但从没像今天这么没劲，一点力道都没有，干巴巴的，没意思透了。

　　姚瑶一组下午搞卫生，很晚了，姚瑶提着水桶去院子里的水管子那儿倒水换水，罗菲和刘燕、李丽站在那儿，姚瑶有点惊讶，说：你们站在这里干什么？罗菲说不干什么。但也不走，还是站着，姚瑶充满疑问，但也不好再问，只好打了水往教室里走，后面，三个人跟了上来。

　　教室里，还有两个学生，文英也在，姚瑶走了进去，罗菲也走了进去，还有刘燕，刘燕对那三个学生说：你们回家吧，我们有事要给姚瑶说。文英看着罗菲，不知为什么，罗菲回避了一下她的目光，似乎，她的想法一下子就被文英看透了。

　　文英没说什么，率先背起了书包，其余两个学生也背起书包，姚瑶拦住他们，说：等我。说着也背起书包，却被刘燕一把拽了下来，其余三个人张大嘴巴看着，刘燕恶声恶气地说：还不走？

文英二话不说，飞快地跑出了教室，那两个人也跟了出来，没有走远，站在那儿，说怎么办？找老师吗？他们都已经下班了，教师的宿舍楼离这很远，等老师们赶过来，黄花菜都凉了。

远处，操场上有几个男生在踢足球，文英一眼看到了吴斌，吴斌身材颀长，是校田径队的中长跑运动员，她跑了过去，上气不接下气地，却只是看着吴斌，嘴唇哆嗦，一个字也说不出来。吴斌奇怪地看着她，不知道她要干吗，其余几个男生也看着她，愣了几秒钟，轰地一下笑了。文英的脸涨得通红，还是说不出来话。

有男生说：走开，没看见我们在踢球，小心踢到你，把脑子踢坏了。男生们哈哈地全笑了。

文英的脸越发红了，她恨不能马上消失，但整个身子都很僵硬，一步也动不了。一个男生推了她一把，她晃了晃，趔趄了两步，又站稳了，但还是不走，有男生就不耐烦了，说干吗，神经病呀。

文英还看着吴斌，却目光涣散，心神处于完全游离的状态。男生们开始各种怪话，也斜着吴斌：怎么着，有意思啊？

吴斌也笑，说：有个屁意思。但他没像别的男生说怪话，他也看着文英，哎了她一声，问她有什么事？

文英这时才好像回过神来，转头指了指教室的方向，吴斌看了看那里，一起搞卫生的那两个学生还站在那儿，也看着这边。几个男生互相看看，吴斌挥手说：走，去看看。

教室门从里面反锁着，从窗户里看到，罗菲正坐在桌子上教训姚瑶：留这么长头发干吗呀，勾引谁呀，狐狸精，说，你是不是怀孕了？

姚瑶被刘燕双手按在后面，动弹不得，但还是说：你才怀孕了呢。罗菲马上给她屁股上一脚，又问她：说，孩子是谁的？

几个男生在外面看到这一幕，本来很愤怒，但听到他们对话的内容，却很惊讶，姚瑶怀孕了，这消息像雷吓到了他们，心里也开始疑惑：姚瑶真怀孕了吗，孩子是谁的？谁的？这个谜立时调动了他们所有的兴奋点，他们想看下去，想知道结果。

文英小声地问了句吴斌：是你的！吴斌没反应过来，问她：你说什么？

孩子是你的！文英大声地说了一遍，然后飞快地跑走了，她跑得那么快，好像后面有军队在追杀她。

几个男生互相看看，再看吴斌，然后就哈哈地大笑了起来，笑声不可抑制，两个女生也抿着嘴笑，偷看吴斌。吴斌急了，说：那就是个神经病，你们信她的话。

说着，开始敲窗户，喊罗菲：你们干吗呢，开门。

外面的声音早已惊动了里面的人，她们马上放开了姚瑶，打开了门，笑盈盈地说：你们来了，刚好一起听听，姚瑶同学有重要事情宣布。

姚瑶愤怒地看着她，恨恨地说：罗菲，你等着，我饶不了你。说着要往外走，被罗菲拉住了，说：哎，你的事情还没宣布呢。

姚瑶使劲挣扎了两下，但罗菲比她高大得多，又是学校短跑四百米的纪录保持者，她没能挣脱，罗菲冷冷地说：告诉他们，孩子的父亲是谁？

姚瑶反手要打罗菲的耳光，却被罗菲捉住了手，动弹不得，罗菲却干脆利落地甩给她一记耳光，又响又脆，几个男生冲了上去，一把拉开了罗菲，冲罗菲咆哮道：你干吗打人，你神经病呀？

罗菲站在外围，嘴角挂着冷笑，头也不回地走出了教室。

姚瑶怀孕的消息迅速传遍了校园，班主任找姚瑶了解情况，还带她去校医那儿做了检查，结果惊人，姚瑶真的怀孕了，已经两个多月。问她孩子的父亲是谁，是不是吴斌，姚瑶说当然不是，但具体是谁，她打死都不说，因为查无实据，学校只好勒令姚瑶退学，对吴斌口头提出警告。

教学楼前一棵槐树下，文英总喜欢站在那儿一个人发呆，自从上次拿英语书被女生们围攻后，她就再也没拿过书。正值槐花盛开的时节，树上缀满了小白花，发出很浓的幽香，文英站在花下，穿着一件白色的衬衣，黑裤子，那种买来的黑胶底布鞋，短头发，皮肤很白，看上去非常干净。只是她一直甩着双手，嘴里还念念有词，走近了能听出来，她念的是英语，而且好像是对话，她一会儿扮演 A，一会儿又是 B 角，表情就很生动，语气也不大一样，有时粗，有时细。

吴斌忽然出现在她面前，她看着他，目光惊惧，身体似乎都在颤抖。吴斌的目光冰冷，似乎在喷火，如果文英是个男生，也许他早就一拳头打过来了。

文英飞快地说：你和姚瑶的事是罗菲说的。

吴斌一下子怔住了，文英接着说：罗菲喜欢你，特别喜欢，所以就恨姚瑶，所以就……她没往下说，所以就发生了后来一系列的事情，姚瑶退学了，还坏了名声。文英还强调说：不信，你问罗菲。

吴斌捏紧了拳头，一言不发地走了。

文英站在那儿，呆呆的，好像还没从刚才的惊惧中清醒过来，罗菲走过来拍她，她啊地叫了一声，转过头看是罗菲，不好意思地笑了。罗菲知道她的这个毛病，想什么事情都特别专注，这时候拍她或叫她总会吓她一跳，小时候经常这样吓唬她，但长大了，她还是这样，罗菲却没有兴趣再逗她，这次是下意识的。

罗菲向远去的吴斌努了努嘴，问文英：他刚才跟你说话了吗？

啊，文英的脸腾地红了，忙摇手说：没有没有。说着赶紧跑掉了。

罗菲站在那儿，看着她的背影，说：没有就没有，你跑什么。

傍晚，罗菲和两个女生坐在院子的小花园里聊天，她有些心不在焉的，她们在等文英，她一定要问个清楚，到底吴斌跟文英说了些什么？她知道，姚瑶走了后，吴斌就变得很消沉，也不爱跟人说话。但白天他竟然主动跟文英那个神经病说话，他们在一起说了些什么呢，文英为什么见了她会跑？

天完全黑了，文英从楼里出来了，抱着那只猫，和她的母亲一起，她俩不说话，也不看对方，不知道的人会以为她们彼此不认识。走到一棵大柳树下，那儿有石桌和石椅，还有一只昏暗的路灯，她们同时坐下来，将猫放在桌子上，她的母亲打开一只罐头，倒出一小盘吃的放在猫面前，猫低下头呼哧呼哧地吃着。

三个人看呆了，说：文英家好奢侈啊，居然拿罐头喂猫。虽然生活已渐渐富裕，但猫食在这个城市还完全是个新兴食品，女生们从来没见过，以为是普通人吃的罐头，自然会对母女俩的行为纳罕。

罗菲大概知道文英的父亲本来是个大学老师，因为发表了一篇言辞激烈的论文后被发配到了大西北，成为一个普通的工人，娶了厂里三代贫农的文英娘。本来，家里一直由文英娘说了算，文英父亲走哪儿都低着头，从来不敢正眼看人，偶尔抬起头也是一脸惊惧。文英惊惧的样子大概正是遗传于此。后来，知识分子平反，文英的父亲被安排进当地一所中学当了语文老师，据说，学生很喜欢他的课，他的知识面相当地广，引经据典，张口就来。但一旦从课堂上下来，她父亲还是低着头，伛着背，看人的目光依然惊惧，好像做了天大的坏事，这辈子再也不能抬起头做人。文英有个姑姑在国外，经常给文英寄些洋玩意儿，有一次给文英买了个大洋娃娃，眼睛会动，还会发出"你好""我很疼"呜呜哭的声音，着实让院子里的孩子们惊奇了一番。

罗菲不怀好意地说：你们仔细看看那猫，认出来没有？她想，这不算她说出去的，本来，文英偷猫就不是什么光彩的事情。这只猫李大爷养了那么久，学生们几乎都认识，只是平常不太注意罢了。

两个女生并没有想起来，因为猫的样子都差不多，白的黑的花的，或者黑中间白，好像就这几种吧。两个女生问罗菲：怎么了，这猫你认识吗？

罗菲觉得这俩人真笨，还要怎么点拨啊，再说下去，她就成告密者了，一世英名毁在一只猫的手里，太不合算了。她不再理她们，而是叫了一声：文英。

文英转过头来看到花园里的三个人，目光马上变得惊惧不安，很害怕的样子，她没有前来，甚至有种想逃跑的畏缩。罗菲向她勾了勾指头，不容置疑地拍了拍身边的座位，文英还在看着她，她的母亲也听到了叫声，正往这边看过来，但她们三个人所在处没有灯，只是影影绰绰的几个黑影。母亲大概担心文英，拉住她不让过去。

文英却有点执拗地甩开了母亲，走过来，她们笑嘻嘻地看着她，满不在乎的样子，拍了拍她的肩，说：把你家罐头拿过来，我们尝尝。

文英惊讶地看了她们一眼，说：那是猫食，人不能吃的。女生们一愣，也略略地不好意思，但还是执意让她拿过来。文英不明所以，犹豫了几秒钟，还是走回去把罐头拿来了，李丽接过来，闻了一下，很香，她甚至下意识地吸了一下鼻子，又有点不好意思，把罐头递给刘燕。刘燕也闻了闻，往罗菲鼻子底下递，问她怎么样。罗菲夸张地吸了一下鼻子，说比红烧肉还香，三个人全笑了。

刘燕把罐头递还给文英，说：你吃了它。

文英求助地看着罗菲，罗菲笑着点了点头，还下勾了一下小拇指，文英只好舀了一小口喂进嘴里，很腥，她"哇"地一下又吐了出来。

刘燕急了，随手就甩了文英一记耳光，说：你怎么吐出来了，你怎么能吐出来呢，这么好吃的东西，太糟蹋粮食了，把这些都吃了，再要吐出来，你就把地舔干净。

文英的脸腾地就热了，还火辣辣的，刘燕出手一向很重，她摸了摸脸，低下头去又舀了一口猫食喂进嘴里，没有吐，像平常吃饭一样，很自然，女生们夸了一句：这就对了。

文英又吃了一口，又吃了一口，就在此时，那只猫忽然嗖地跳了过来，一把打翻了文英手中的罐头，猫食全撒在了地上。

猫喵地叫了一声，两只眼睛在黑暗中发出蓝莹莹的光，还龇牙咧嘴的，像是在跟女生们示威。连罗菲都吓得站了起来，两个女生也有点害怕，说：我们走吧。

三个人呼啦一下跑了，猫又对着文英叫了一声，文英摸了一下它的脖子，说：谢谢你。

猫低下头津津有味地吃了起来。

放学路上，文英独自回家，一边走一边踢石子，开始用劲很小，石子滚得不远，她追上去再踢，石子拐个弯停在前面，她跑过去追着踢，人渐渐兴奋，一颗石子被踢得很高，几乎在空中划了个抛物线，然后掉落在地上，又滚了几下。

姚瑶站在石子那儿，正笑盈盈地看着她。文英呆住了，从初中到高中，她和姚瑶虽然同学五年了，但两人没说过几句话，姚瑶长得那么漂亮，走到哪里都是焦点。现在，她站在去往火车站的矮墙那儿，阳光把她照得很亮，能看清脸上细细的茸毛在轻轻地颤动，还发出金色的光芒，她只穿了一件普通的碎花连衣裙，但看上去美极了，像电影明星一样，文英无法抑制地激动起来。

姚瑶叫了她一声文英。文英没有答应，她还有点迷糊，不相信姚瑶在跟她说话。姚瑶走过来，拍了她一下：我叫你呢。

文英哦了一声，点头说是，我知道。

姚瑶拉着文英在一棵大柳树下坐下，这儿有一块大石头，是人们乘凉时坐的，石头表面极其光滑，像打磨过一样。

姚瑶望着远处的工地，高高的塔吊吊臂很长，挂起一只很大的水泥桶慢慢升上去，上面有工人接过去，吊臂再慢慢地转动方向，落下，重复刚才的动作。姚瑶指了指那里，说：那个开塔吊的人是我爸。

文英略略惊奇，每天上学放学路过这里，从来没注意过这塔吊，更没想到那是姚瑶的父亲，她仔细地看着开车的人，玻璃窗开着，那人戴着安全帽，遮住了大半边脸，什么也没看到。但文英以无比羡慕的口气说：你爸真厉害。

姚瑶说：你爸才厉害呢，讲课讲得特别好，我们都特别喜欢。

文英略略惊讶，原来姚瑶转去了父亲所在的学校，那学校位置有点偏，父亲每天要骑四十多分钟的自行车。

文英迟疑了一下，问道：我爸讲得有赵老师好吗？赵老师是他们的语文老师，一直很受同学们的欢迎。

姚瑶的眼神跳了一下，低下头深思了几秒钟，说：都挺好的。转而问她：还记得赵老师讲《荷塘月色》吗？

当然，全班都被赵阳神采飞扬、激情四射的声音和描述而吸引，一个个黑蚂蚁般的文字像明信片里的风景那么具体可感。文英叹了一声：赵老师的课讲得才好呢。

姚瑶望着远处的塔吊，说：是，那都是过去的事了。她转而说：你爸爸讲得更好，他引经据典地特别有文化，你一定也学了不少吧？

文英想起家里的父亲常常是低着头吃饭、拖地、洗碗，一声不响，叫他一声爸爸，偶尔还会吓到他，但说起语文、历史，他总是滔滔不绝，像水龙头坏了一样。她其实有时挺烦他的，烦他那惊惧的眼神，烦他缩手缩脚的样子，自己的所有坏毛病几乎都遗传了他，有时，她甚至恨自己为什么会是他的孩子？相比较而言，她反而羡慕罗菲的父亲，虽然个子不高，但站在院子里和别人高谈阔论，下棋时跟别人寸土必争的样子，很男人气，她希望有一个那样的父亲。

现在，她心目中的女神姚瑶居然在夸她的父亲，父亲的形象一下子变得温和柔软了起来，她有一点点骄傲，甚至想，罗菲的父亲是不如她的父亲有文化。

你的小孩呢？她指了指姚瑶的肚子。

没了。姚瑶轻松地笑了，说，我们太小了，没法自己做主，只能任人摆布。有了事吃亏的都是我们女生，你以后要长个心眼，可不能像我这么倒霉。

文英尴尬地笑了，说：我才不会那样呢，我一辈子都不结婚。

姚瑶"嗯"了一声说，我也不结，结婚不好。

文英说：那吴斌呢，他那么喜欢你？

姚瑶转过头看她，抚着她的肩膀笑了：他只是我的一个好哥们，两肋插刀的那种。

文英懂，他们家有《水浒传》，就是梁山好汉的意思，是兄弟，就这样，她也很羡慕，一百单八将，能够一条心，拧成一股绳，那宋江多厉害。可惜罗菲对吴斌那么痴迷。

罗菲算个屁。姚瑶骂了句脏话，接着说：要不是她，我也不会离开学校的。

文英很惊讶，没想到姚瑶说脏话时居然也那么好看。

姚瑶站起来说要走了，问她明天晚上有没有时间，去情人街转转，有好戏看。

文英使劲点了点头，姚瑶约她，她无法拒绝。

本区有名的爱情街，一到晚上，尤其是十点以后，这里的树荫下就人影绰绰，喘息声私语声笑声不绝于耳，走近看，情侣间的各种姿势，搂抱的亲吻的，还有直接女的坐在男的怀里嘴巴一直接在一起，像连体儿一样，要多紧有多紧。

文英还是第一次来这里，而且这么晚，任她胆子再大，也有点害怕，但又很好奇，不明白那些人在干什么，直接走得很近，几乎能看到对方的脸和眼睛，对方像没有看到她一样依然我行我素。文英看清了他们在干什么，就自己红了脸，退得远远的，站在路边，心还怦怦地跳个不停，心想这什么鬼地方，这么晚还这么多人，这些人都在干吗？

一辆摩托车风驰电掣般从远处驶来，一把拉起文英，转瞬间离开，文英啊地叫了一声，但被摩托车带起的声浪瞬间淹没了，几乎可以忽略不计。那些情侣根本没注意到发生了什么事，甚至文英出现过没，他们都没有什么印象。

文英醒来后发现自己躺在冰凉的水泥地上，她环顾四周，好像是一院新盖的房子，房顶很低，窗户也很小，透进几点微弱的光，能看清屋里的一切，罗菲被绳子紧紧地捆着，手脚都捆住了，躺在她身边，一动不动。

她有点儿害怕，担心罗菲已经死了，试着用脚碰了碰罗菲，罗菲动了，醒了，看看她，又看看四周，问她这是什么地方。

文英摇摇头说不知道，问罗菲：发生什么事了，谁把你绑起来了。罗菲咬牙切齿地说：别让我捉到，有你好看。好像那个绑她的人就在墙外站着，能听到她们所说的一切。

文英有点害怕，问捉到谁？罗菲恨恨地说：还不是姚瑶那个小贱人！下午，她带了俩男生在小桥洞那儿堵我，当时只有我一个人，哼，他们肯定是早就暗摸好了，知道我那会儿路过那里，故意堵我。哼，等着，别让我出去，我一定要打死那个小贱人。

月光里，罗菲脸上的血已经凝固了，整个人比平常肿大了一倍，但目光却是狠的，如果姚瑶此时就在眼前，说不定真的就会被打死了。文英想到自己和姚瑶昨天见过面，是姚瑶约她来这儿的，罗菲会不会认为她俩是同谋呢？一想到此，她既兴奋又害怕，能跟姚瑶做同谋，是她的骄傲，可是与罗菲为敌，又是她今生最恐惧的事情。如果，罗菲知道了这件事，无疑，先死的一定是她。

文英慢慢向门口走去，探头看了看外面，很黑，一条很长的巷子，但感觉还是比罗菲安全。她走出门，巷子两边的房子都一模一样，低矮整齐，大概有二十间之多，都是空的，在黑夜中像长了眼睛，不怀好意地瞪着她，她狂奔起来。

罗菲在后面喊道：文英，文英，你到哪儿去，你帮我解开，等等我。

文英一直跑出巷子，前面是一片大野地，穿过大野地就是黄河，河上有座桥，过了桥，就是文英熟悉的回家的路。

文英转过头看远处那丛黑黢黢的房子，在黑暗中像一座黑森林，密匝而深幽，她认得那些房子，是母亲村里一位远房表亲盖的，准备出租给外地人。

—— 后记 ——

　　文字，如一棵棵小树苗般在大脑里疯长，一截截一段段，各有风致，外观不同，形制有别，却是同一段根，同一个人，都是下意识的流露，不自觉地抒写。儿时的呓语，青春期的彷徨，走入社会、成家立业时的蜕变，透着原始、本真，质地模糊，根本谈不上文学。

　　十五年前，走进兰州市作家协会，有了作家的标示，文字变成文学，一字之差，却是天壤之别，灵感忽然而至，文字自动排列成行，变成一个个精巧的故事，在人世间行走和奔忙的人群和背影就此有了另一个虚构的世界，在这个文字的世界里，他们彼此依靠、联系、纠结、矛盾，最后趋于统一和平静。至此，有了一个叫小说的东西进入了我的生活，它成为我每天思绪的一部分，曾经的幻想、痴迷和不可思议，从此变得有所归属。

　　这是一个漫长的过程，一个个独立的文字如何连缀，它们之间有着怎样的拼凑关系，迈着怎样的步伐，最后去向哪里，每一颗文字的后面都是未知数。每一篇小说的写作都如同走迷宫，开始不知道结束，过程不知道路径，看似相像的十字路口，其实大相径庭，走了无数弯路，重又折回到原点。人物终究是有生命的，即使在小说里，他们也有自己的性格、目光和步伐，他们沿着自己的道路逶迤前行，任何不合他们本意的修饰和演绎都是多余，无关宏旨的漫谈更是极大的浪费，最终都会被舍弃。只有这样，他们才渐渐成形，博尔赫斯的《环形剧场》，那个从火堆里淡然走出的人物终于知道自己只不过是别人梦中的影子，小说人物也只不过是作家梦中的影子，但他们一样活得精彩，甚至要活得比现实更具体生动，更有存在感，直到一个意想不到的结局。

　　这也许就是小说的魅力，只是写了这么多年，我依然走不出自己呓语式的窠臼，文字功底先天不足，这对一个作家来说是无法治愈的硬伤。所以，至今，我没能成为一个作家，依然只是一个文学发烧友，徘徊在文学的外围，无法破墙而入。

　　汪小平主席有一天忽然问我：你写的小说够出一本书吗？他的话像一道曙光，瞬间照亮了我的作家之梦，是啊，写了这么多年，我应该出一本书了。我的小说人物要站起来了，与现实中的真人对话、共鸣，发现彼此的共振点，一起唏嘘，一起经历，只有这样，他们才会有真正的血液和骨骼，成为现实生活的一部分。

我感谢文联，感谢汪小平主席，没有他们就没有这本书，"传承繁荣兰州文艺，扶持优秀艺术人才"这个工程已先后扶持推介了很多优秀知名的作家和艺术家，我的书能列入这个工程，是我的荣幸，能搭上这个平台，更上一层楼，是我人生中一次大的机遇和转折，我希望这是一个全新的开始，未来一定会更加美好。

在此，也感谢所有曾经支持过我和帮助过我的老师和朋友们，谢谢你们，让我一路坚持下来，在文学这块圣地上成就我的梦想。

作　者

2019 年 1 月 31 日